2022年中国女性文学作品选

暮色与跳舞熊

张莉 主编

江苏凤凰文艺出版社

图书在版编目(CIP)数据

暮色与跳舞熊：2022年中国女性文学作品选 / 张莉
主编. —南京：江苏凤凰文艺出版社，2023.3(2023.8重印)
ISBN 978-7-5594-7314-1

Ⅰ.①暮… Ⅱ.①张… Ⅲ.①中篇小说-小说集-中国-当代②短篇小说-小说集-中国-当代 Ⅳ.
①I247.7

中国版本图书馆CIP数据核字(2022)第224203号

暮色与跳舞熊：2022年中国女性文学作品选
张莉 主编

出 版 人	张在健
策划统筹	孙 茜 李 黎
责任编辑	李珊珊 唐 婧
责任印制	刘 巍
出版发行	江苏凤凰文艺出版社
	南京市中央路165号，邮编：210009
网 址	http://www.jswenyi.com
印 刷	苏州市越洋印刷有限公司
开 本	880毫米×1230毫米 1/32
印 张	15
字 数	320千字
版 次	2023年3月第1版
印 次	2023年8月第2次印刷
书 号	ISBN 978-7-5594-7314-1
定 价	59.80元

江苏凤凰文艺版图书凡印刷、装订错误，可向出版社调换，联系电话025-83280257

目录 contents

序言　　　假如我们拥有秉笔直书、坦陈己见的勇气

Part 1　春光好　黄佟佟　　　　　　003
爱　　　　冯荃女士　范小青　　　　033
　　　　　女猫　盛可以　　　　　　051
　　　　　县城美人　张惠雯　　　　069
　　　　　幽暗时刻　卢文丽　　　　107
　　　　　花神　苏枕书　　　　　　135
　　　　　它不是红色　修新羽　　　155

Part 2　暮色与跳舞熊　鲁敏　　　　181
秘密　　　在阁楼上　艾玛　　　　　205
　　　　　去海南吧　姚鄂梅　　　　222
　　　　　春之盐　张天翼　　　　　242
　　　　　我的太太变成了鼠妇　朱婧　255
　　　　　雾在夜晚升起　汤成难　　270
　　　　　传声筒　王苏辛　　　　　283

Part 3 远方

起因	金仁顺	323
端正好	张怡微	345
蒙面纪	黄昱宁	361
光明招待所	吴　君	401
单身母亲日记	阿依努尔·吐马尔别克	420
起舞吧	杨知寒	447

序言

假如我们拥有秉笔直书、坦陈己见的勇气

张 莉

从第一本女性文学年选《2019年中国女性文学年选》问世到今天，已经是第四年。正如读者们所看到的，《2022年女性文学作品选》发生了一些变化，我挑选了青年作家阿依努尔的非虚构作品《单身母亲日记》放在第20篇，我希望在未来挑选更多的非虚构女性作品进入年选，以更丰富年选的题材范围，也就是说，从2022年开始，"女性文学年选"所致力于收录的20个故事里，将打破题材的分野，既有虚构作品，也有非虚构作品。另外，伴随着装帧的变化，我选用了鲁敏的《暮色与跳舞熊》作为整个年选的书名，"暮色与跳舞熊"有着一种欢脱而又深情的调性，将使年选的文学气质更鲜明。当然，年选依然有它的不变——20位女作家的20部作品，20位女性的人生故事，阅读这些故事不仅会意识到故事本身的鲜活、生动、有趣，还会意识到众语喧哗、杂花生树的美妙。当然，在编选时，我依然使用了"爱""秘密"和"远方"这样的栏目，无论是爱，还是秘密或远方，这三个词语都具有普遍性，它们不仅仅属于女性，也属于男性。换言之，在这本年选里，我强调女性视角重要的同时，我也

希望强调女性所写题材的普遍性，强调人类书写主题的共通。

很多人问过我，为什么要强调女性声音和女性视角，我的回答是，女性视角不是在"被强调"，而是本就应该有一个女性视角存在，这对于研究者和创作者而言都非常重要。——因为以前我们的文学写作和文学阅读有意或无意忽略了女性视角的重要，因此，我希望通过我的努力，让女性写作的意义被更多的人注意，也让基于女性立场的阅读和基于男性立场的阅读能站在共同的层面。说到底，承认并尊重作为女性的感受，不掩藏，把基于女性视角所看到的写下，是对平等的确认，也是对写作自由的追求。对于女性而言，这也意味着一种自我解放，一种自我确认。

一

那么，什么是写作者的自我解放呢？

曾经有一位拍摄冰心纪录片的记者问我，为什么冰心早期的写作止于家庭，什么原因使她不如后来的那些女作家写得那么锐利？这个问题很有意思，回答起来也很复杂，因为影响一个作家创作特点的因素太多了。我只讨论影响她自由创作的障碍。《女学生与中国现代女性写作的发生》是我的博士论文专著，它关注的是1898年至1925年的中国现代女作家写作。在那本书里，我着重分析过冰心的创作。

冰心十九岁开始写作，很年轻就受到读者的欢迎。当时，她在创作谈里写过自己的创作习惯："这时我每写完一篇东西，必请我母亲先看，父亲有时也参加点意见。"这句话好像随意说的，但研究者不能忽视。我读到这个资料的时候愣了一下。——当一位女作家把她的父亲、母亲、弟弟们作为第一读者时,你能指望她抛弃乖女儿、好姐姐的形象?指望她进行"越轨"的创作几乎是空想,她的家庭教育不允许。也是在那个创作谈里,冰心解释说小说中的"我"和作者不是一回事,她的母亲反问她:难道不是你写吗?当作家明知身边人和读者会将小说人物对号入座时,她写作时、发表以前会不会自我审查?而且,还有另一个原因,当时年轻的冰心受到了广大读者的热爱,小说中那种对优雅、纯洁女性形象的刻意塑造和克制讲述使她收到了雪片一样的读者来信,也受到了密集的赞扬。这些来信和夸奖来自大众和传统,它们对于冰心如何成为"冰心女士"起到了强烈的塑造作用,最终,这种力量内化为冰心的主体性格,进行写作的冰心女士有礼有节、温柔敦厚,从不越雷池一步。

这最终导致了冰心在叙事上的自我清洁,没有情欲,没有越轨,没有冒犯,在写作过程中,她心中始终有一个"冰心女士",并且要尽力使她完美。所以,正如今天我们所看到的,冰心完成了大众想象中的"冰心",这是从两性关系中抽离出来的角色,它洁白、美丽,但也让人不满足。今天的研究者甚至尖锐地说,那个"冰心女士""不过是披着女性外衣的男性想象物"。

我认为,作为现代中国第一位广受关注的女作家,冰心这样写作不是不可以理解的,那是一种自我保护,她不想让人说三道四,她的家人也不愿意,所以,她不得不如此。当一位女作家意识到自己作品的第一读者是父亲、母亲和弟弟时,当她意识到万千读者都期待另一个她时,她会泯灭内心的另一个"我"。

我在另外的场合批评过女作家写作中的察言观色,什么是察言观色的写作呢,恐怕这就是。内在的自我限制、自我束缚、自我清洁使冰心的写作不自由。在这种情况下,年轻的她能创作出一部与传统抗辩、与世界抗辩、挑战人们阅读习惯的作品吗?答案当然是否定的。所以,年轻冰心的写作只能如此这般。也必须提到的是,反倒是到了晚年,冰心越来越犀利,越来越敢写,因为此时的她开始懂得了什么是解放自我、什么是自由表达,她开始懂得了"自我解放"对于一位写作者的宝贵。

年轻的冰心并不是个案。另一个例子是她同时代的黄庐隐,庐隐热爱写作,一直在《小说月报》发表小说。这个杂志喜欢书写社会问题的小说,庐隐一直坚持写这样的作品:工人、农民、贫穷者等等,她因此成为当时著名的女作家。但是,作为女高师的学生,这些人的生活之于庐隐是隔膜的,她最擅长写青年女性生存的困惑。而那又不是《小说月报》所爱,我们知道,主编茅盾非常欣赏庐隐关于社会生活的小说。今天看来,庐隐的小说并不成功,原因一则当然与天赋有关,另一方面,为了编辑和批评家的趣味,她没能真正打开自我。事实上,即使是写她的青年女性生活时,她也畏手畏脚,怕读者对号入座。

一百年来中国的女性写作史上,像冰心、庐隐这样的女性写作者很多,她们身上未必没有成为优秀大作家的潜质,她们也许可以写得更好,但是,最终没有能"人尽其才",原因在于环境、道德以及内心对自我的束缚。

二

波伏瓦在《妇女与创造力》中说:"妇女是受条件限制的。她们不仅受从父母和老师那里直接受到的教育和限制,而且也受到她们所读的那些书的限制,受到她们所读的书——包括女作家们所写的书——所传给她们的那些神话的限制。她们受到传统的妇女形象的限制,而她们感到要脱离这种模式又是极其困难的。"波伏瓦说的情况现在恐怕依然存在,我们大部分人,在写作时是否想到过要冲破藩篱——冲破教育的、世俗的、书本里有关"好女人/好作家"形象的束缚?答案是否定的。作为女性,我们是与这些规则和谐相处的,我们沉湎于"好女人/好作家"的规则中,以使自己适应这个规则。取悦他人,为身边习俗与惯例所困扰,是大多数女作者面临的障碍,我们恐怕终生要与这样或那样的内心限制进行搏斗。我以为,突破这些限制就是自我解放的开始,是一个起点。没有自我解放,其他无从谈起。

当然,也有女作家在她最年轻的时候就天然地具有自由写作的勇气。我想到丁玲。当时的读者回忆说,丁玲《莎菲女士的日记》的到来,宣布了冰心时代的结束。所有读者都意识到一位新锐女作家的到来,甚至一个新的写作时代的到来。这部小说写了一位现代女性的内心世界,女性在爱情中的两难。年轻的丁玲在写作时,一定没有想过她母亲看过后会怎么样,广大读者会不会将她与莎菲对号入座,她恐怕是毫不在乎的。要知道,那是1927年的中国。丁玲当时也很年轻,写作《莎菲女士的日记》时,丁玲是完全没有兴趣做什么乖乖女的,在当时,她任性地听从了内心的声音。她也一下子就成为中国最受人瞩目的女作家。她为什么受到大家的关注?因为她勇敢地冲破了传统的、道德的、写作惯例的束缚。

我也想到萧红。萧红是好作家,她的好,在于天然地没有边界感,她不仅仅是能解放自我的那种作家,而且,在她生命的后期,她也具有了冲破障碍、向一切成规说"不"的勇气。虽然萧红命运多舛,一生饱受不公,但只要去读她的作品,就会完全明白,她实在是可以被称作文学世界的勇者。

萧红的《生死场》,有许多不合常理的、让有洁癖者避过头去的书写。写作时的萧红是"忍心"的。她写乡村女人的生产和死亡,很卑贱,看得人惊心动魄。年轻的萧红很早就有生育的经验,那些性的、生产的经验,都包含在这样的文字里了。她是对疼痛极为敏感的女人,可是,在文字中她又可以如此直视那困扰她一生的伤口、屈辱。当年鲁迅评价她的写作是"越轨的笔致","力透纸背",很贴切。看萧红,很多人会想到女性写作领域的"身体写作",但萧红的大不同在于,她时时可以跳开"自我",目光辽阔。比如她一方面写饥饿,说桌子可以吃吗,草褥子可以吃吗,一方面,她也看到屋外的穷人们衣不蔽体。

仔细去想,萧红的写作跟"教养"二字完全不沾边——有教养的女人是温婉和柔和的,是有规矩的,可是萧红完全不是,她的色彩是硬的,是横冲直撞的,是浓烈的而不是素雅的。有教养的女作家是什么样子的?大概有教养的作家想到自己的书写会导致别人怪异的目光和奇怪的流言便会羞怯地停下笔。可是萧红没有，她绝不因为自己天生是女人就要躲闪什么；相反，她像个接生婆一样注视女人的分娩，看着那作为负累的女人身体撑大、变形、毁灭。

谁说女性的写作一定是柔软的、温驯的、素净的；谁说女性的写作一定是羞怯的和肤浅的？谁说女性的写作一定是不锐利不勇敢的？萧红的写作打破了这些惯常印象。我认为，萧红拿起笔写作，首先挣脱和战胜的是自己内心的恐惧——设身处地，我们就会了解这个女作家如何挣脱束缚，也就会了解这位作家的勇气。

当年萧红把《呼兰河传》第一章给朋友看，朋友说，写得不错，但就不知道这是小说还是散文。萧红的回答是，我不管，只要写得好。这个回答是在萧红三十岁的时候，她临死前的一年。她还对聂绀弩说过一段话："有一种小说学，小说有一定的写法，一定要具备某几种东西，一定写得像巴尔扎克或契诃夫的作品那样。我不相信这一套。有各式各样的作者，有各式各样的小说。"这是萧红写《呼兰河传》之前说的。这些话属于自由的写作者萧红。也许以前萧红在写作中有过她的迟疑和自我否定，但是，到写《呼兰河传》时，萧红内心已经开始养成自由的习惯。

《呼兰河传》里，萧红跨越了写作文体的界限，她以一种无拘无束的自由的写作样本对那些所谓的文学惯例说"不"。《呼兰河传》也许放不进某种惯常的文体，但这一点也不影响它的魅力。她由一己之所见，抵达了辽远，她写出了人类整体的命运和际遇。在我看来，作为作家，萧红为我们提供的经验是，在时代潮流里尽可能去寻找属于自己的写作天地。她绝不自我规训，使自己更符合大多数人的审美口味。这是我喜欢萧红的原因。萧红只活了三十一岁，生命短暂，但是，她文字的生命却远超过她肉身的。《怀念鲁迅先生》《呼兰河传》能为万千读者诵读，能为几代读者共同热爱，实在是一位目光辽远、内心养成自由写作习惯的作家应得的荣誉。

不在任何事物面前失去自我，不在任何事物——亲情、伦理、教条、掌声、他人的目光以及爱情面前失去独立思考的能力，这是我理解的自我的解放。坦率说，我之所以讨论确认自我的声音、确认自我的视角，也基于我个人内心的困扰。我希望自己写下的文字能做到听从内心的声音；我也希望自己能做到秉笔直书，坦陈己见。——但这些目标并不容易达到，它实在需要我们终生与身体中那个怯懦和懒惰的"我"进行不屈不挠的搏斗。

三

从范小青、金仁顺、鲁敏、黄昱宁、黄佟佟到修新羽、朱婧、王苏辛、杨知寒、阿依努尔，2022年女性文学年选的作者群落，跨越了"50后"到"90后"多个代际，这样的跨度代表了作品风格的多样，及作家美学追求的不同。当然，我们会看到面对同一故事，不同作家的理解角度的不同。这也让人再次意识到，即使是在同一女性的内部，我们对不同事件都有着不同的立场和看法，女性视角从来不是单一和狭隘的。

2020年冬天，我的一位研究生曾经告诉我，她在美甲店里看到了一本翻破了的《2019年女性文学选》，那个场景真让我开心。

作为编者，我当然希望年选能越来越深入地走进普通读者的生活中去，同时我也希望普通读者在未来能加入到写作者的行列，写下她们的所见、所闻、所想。事实上，近年出版的非虚构女性作品中，无论是《秋园》还是《日日杂记》都告诉我们，当从来没有专业写作经验的女性开始记下自我的生活，那本身就深具意义。

今天，对于一位女性而言，在写作中发出自己独特的声音，写出所见所闻，其实就是在自我解放，是在对自我进行确认。——当越来越多的女性拿起笔，当越来越多的女性写下她们的日常所见和所得，那是真正的女性写作之光，那是我们时代真正的女性写作的崛起。

感谢二十位作家的支持，正是她们的慷慨授权，这部年选才能以最理想的样貌得以出版。感谢我的研究生曹译、程舒颖、赵浩宇、易彦妮、赵泽楠、谭镜汝的协助，他们前期所做的广泛筛选工作使这一选本具备了别样的宽阔、生机与能量。

Part *1*

爱

春光好

黄佟佟

一

王凤看着眼前的果篮有点恍惚，一个香瓜，三四只红富士，两个火龙果，顶上配一小串绿色的宁夏玫瑰葡萄，如果她愿意，还可以把宁夏葡萄换成普通本地葡萄，还能再便宜二十块——但又怎么样，再怎么省，也总归比一只母鸡要贵。三十年前，第一次见到黄莺，就是她跟着她妈来王凤家送礼，黄莺手上拎着的正是一只老母鸡。

那年王凤初中毕业，家刚搬到市教育局新盖的九层楼房。湖南夏天奇热冬天奇冷，一般人都不爱选顶楼，但是王凤喜欢，因为九楼多了一个带天窗的小阁楼，八九个平方，外面还带一个小阳台，从小阳台可以望见一中那个没有一朵莲花的爱莲湖，天气好的时候，甚至还能从小阳台上看到风吹过湖面粼粼的波光。

王凤已经把小阁楼的装修都想好了，她可以做一面墙的原木书架，把所有的书都搬上阁楼，再摆一盏落地台灯和一个沙发，天冷时就躲在上面看书，天热时就在阳台上乘凉，喝雀巢咖啡，是，一定是雀巢咖啡，因为电视里放广告，滴滴香浓，意犹未尽。谁能抵挡意犹未尽的诱惑呢。

那天妈妈刚从深圳出差回来，帮王凤买了一条粉蓝色裙子，波浪裙边还镶了一圈水晶，把侧边的拉链拉上时，王凤觉得自己好像《出水芙蓉》里的跳水姑娘，人轻得像一朵云，忍不住摆了一个芭蕾 pose，转起圈来。

这时刚好听到门铃响，她在蓝色的波浪里探出头来，从客厅中间劈过，一半是为了开门，一半是为了看一下效果，因为只有客厅有落地镜。就那么一瞥之下，也忍不住为镜中的美少女叫一声好。

她志得意满地把门一开，发现外面站着一对风尘仆仆灰头土脸的母女，头发蓬乱，气喘吁吁，母女俩长得几乎一模一样，只是一个老一号，一个小一号，一款的细眉细眼细鼻子细脸，白生生的面皮底上左右两坨大红，一头一脸的大汗——九楼是难爬一点。

就在开门的那一瞬间，那个细细瘦瘦的中年女人马上对着她堆出一个薄薄窘窘的微笑。

王凤扭头就喊："爸，有人找你。"

那年她爸刚升了处长，开学前川流不息地有人来送礼，要转学要升学要开条的要感谢的……母女两人手里各拎着一只旧网兜，妈妈网兜里勒着两条白沙烟和一瓶高粱白，女儿网兜里勒着一只惊疑不定的麻黄母鸡。

"这也是他们乡下人能想到的最贵重的礼物了。"周主任说。

周主任是王凤的妈，教育学院的办公室主任，同时也是教育局老局长的女儿。王处长若不是找了周主任，当年也肯定和黄莺的爸爸一样分到山里去教书了，再一不小心娶一个农村姑娘，就一辈子别想出来了——就像他的大学同学黄树人一样，一辈子卡在山里头出不来，后来闭塞得干脆连山都不愿意出了，女儿上高中这样的大事，也由着黄莺的妈妈出面了。

等待的时间，门口的母女有点手足无措，小姑娘头发黄黄软软地贴在额头上，眼睛更是慌张得不知道往哪里看。王凤一眼看到她们沾满泥巴的鞋子，于是用手指着鞋柜，轻轻提醒她们去换鞋："我妈刚擦了地板，那边有拖鞋。"

"不进了不进了，弄脏屋子。就是来感谢王处长的。"中年女人眼尖，瞄见了屋里正披衬衣扣扣子的王处长，"我是黄树人的堂客，感谢王处长帮黄莺调校，还换到了重点班，她一定会努力的，不辜负王叔叔的信任。"背完这几句客套话，中年妇人松了一口气，火速从黄莺手中夺过那只母鸡把两个网兜往门里的墙边一放，又扯着女儿过来认人，"这是王叔叔，黄莺，叫王叔叔……这是你王凤姐姐，你们小时候见过的，你们俩将来就是一个班的同学了，有事多问王凤姐姐，她初中也在一中读的。"

小姑娘嘴里嗫嚅着，声音细细的，也不知道在叫还是没叫。

什么姐姐，谁是你姐姐！十五岁的王凤最恨别人叫她姐姐，她翻了一下白眼，恨恨用力踢了一下脚边的网兜，老母鸡一下子受了惊，在网兜里猛地往上腾了一下，力道太大，瓷砖太滑，顺势游走了半个客厅，在客厅里涂了一个大大的"又"字，是鸡屎。呀，妈妈刚抹干净的地板，到底还是被乡下来人给弄脏了。

二

　　王凤的果篮是小区门口"爽又甜水果店"里买的，她和李老板是老熟人，因为有次李老板和城管因为占地扯大皮，王凤站边上说要为李老板在他们报纸上说几句话，唬住了城管，倒落下个人情。多少年了，但凡买两斤水果她总要再多拿几只蜜橘，"小李，多拿你两只橘子啊。"王凤总是会喊一嗓子，李老板也不和她计较，说"你拿你拿"。

　　王凤搞不清李老板到底是怕她呢，还是有点喜欢她，毕竟，她拿的次数确实有点多，以她的经验，男人愿意给你东西的时候，你拿多少他都不会生气；不愿意给你东西时，你拿他一根葱都不行，这个经验是她的前夫刘韶光身体力行告诉她的。他们离婚的时候，他说走就走，带着孩子，连一只孩子的袜子都没给她留下作念想——想想就气，索性不想了。

　　这世界，最伤你心的都是你认为最亲的人，反倒外人偶尔对你还有几分真心，你看小李给她装个果篮扎得多扎实，一百二，小李一边扎塑料透明膜一边说这是个大人情哩，送出去客气，别个家这么大的果篮至少得卖你一百八。

　　王凤暗自冷笑，如今住豪宅的人家哪里会把这果篮当人情，如果一个果篮代表一个红包，那么果篮就只是一个红包壳子，里面厚厚的一沓钱和一对十克重的金镯子才是硬杠杠的人情。这么重的礼她也是人生第一次送，是真的有点心痛，可不送重一点哪能成事。

一念至此，王凤就感叹，真是人算不如天算，怎么会想到有一天她要来求黄莺呢？这三十多年，读书、恋爱、工作……哪一次不是她去帮黄莺呢？

上高中的时候，黄莺怯怯的，如果不是王凤带着她，一中谁会认识她，还把她们并称为"二凤"，她也配称"凤"?! 黄莺高中穿的那些漂亮裙子全是拾她不要的。

高中三年，每到周末，黄莺总会来她家蹭饭。黄莺是住读生，家里远，两三个月才回去一次，学校的伙食好差，王凤见她每次都只买一两饭一份白菜，就跟爸爸说，"学校那白菜根本不能吃，里面有虫，我就碰到过一次，吓死了，再也不敢在学校吃饭了。"

王处长听了就有点不忍，对周主任说，叫孩子周末来家里吃一顿，改善改善伙食，反正添个人就是添双筷子的事。周主任笑笑说，帮帮老同学也是应该的，但老黄也是，帮他这么多，也不进城来谢谢咱们。

王处长不耐烦，不是送了老母鸡了吗，心意到就行了，你又不是不知道他家情况，一堆人吃饭只有黄树人一人赚钱……王凤最烦她妈妈拿腔拿调："妈，你让黄莺周六来吧，阁楼沙发床又空着，她成绩好，你都不用请人教我数学了。"

周主任一想也是，等于免费请个伴读，就点头答应。

黄莺就成了王家常来常往的客人，这小女孩倒是不声不响不招人嫌，吃完饭知道帮着拿碗筷递纸巾争着去刷碗，比衣来伸手饭来张口的王凤强。每次周主任都要戳着王凤的头恨恨地说，你看看人家黄莺多懂事，眼里有活，你呢？什么都不会，一点眼色没有，你将来怎么办。

王凤就笑而不语，黄莺那就是装个样子讨大人喜欢，怎么会轮到她刷碗呢？她是客人，家里有阿姨，黄莺就是会装，扮猪吃老虎，别看她瘦瘦的，吃得可多。有一次周主任吃饭时接了个工作电话，打得久了一点，回来一看桌上没人，她拿着空碗到厨房盛汤，结果两个锅里都是空的，大叫汤呢，饭呢？我还没吃呢！阿姨就努努嘴，黄莺脸就红了，后来吃得少了。

但是王凤还是喜欢黄莺的，黄莺在的时候，王凤觉得自己的好就全都落到了实处，她那些踢踢踏踏随处抛洒的小才情小趣味全都有人殷勤地拾起来细细欣赏、真诚应和——刻意巴结的人，王凤不是没见过，但黄莺眼神里的光是装不出来的。王凤想，那时的她就是黄莺眼中的神奇公主吧，任何一点东西在黄莺眼里都可以带着光闪着电在她原本贫瘠黑暗的生活里放出一个璀璨大烟花。

王凤喜欢的书、喜欢的音乐，她六个喇叭八个声道的录音机、她的衣服、她的书、她的阁楼……这些亮晶晶的烟花点子照亮了黄莺的脸，让她的眼睛出现了光，阁楼里长出了新世界。

每个周六，黄莺在阁楼的灯都亮到半夜，周主任起夜时看到吓一跳，在下面喊，黄莺赶紧睡，书可以借回去看……

有时做题做累了，王凤就用那台听英语磁带的录音机放音乐，从邓丽君到小虎队，从《甜蜜蜜》到《祝福》。黄莺最喜欢听香港歌手张德兰的《春光美》，听了一遍还要再听一遍，她说这首歌让她想起小时候山里的春天，春风浩荡，凉凉地刮过脸，让人没来由地高兴。

王凤有一次逗她,穿了一件张德兰同款的白色短夹克配黑色锥形裤,拿了一节甘蔗,在阳台这头模仿张德兰闭眼甩头的表情:"我们在回忆,说着那冬天,在冬天的山巅,露出春的生机……"王凤那行云流水的歌声把黄莺听得如醉如痴,她坐在高脚凳上眼睛里满是崇拜:"王凤,你唱得太好听了,张德兰都没有你那么厉害……"

说得兴起身体左摇右摆,差点从坐的高脚凳上掉下去,王凤眼明手快抓住她细瘦的胳膊,"啊,黄莺,你小心,这是九楼啊,掉下去就是个肉饼了,春光好不了了……"黄莺一下子就栽到了王凤的怀里,碰到了她的胸,软绵绵的发育得好好的胸。惊魂未定的两个少女又大笑起来,笑声像小船一样轻轻推开了夜色,迎面吹来了凉爽的风……

"我们的故事,说着那春天,在春天的好时光,留在我们心里,我们慢慢说着过去,微风吹过冬的寒意,我们眼里的春天,有一种神奇啊,啊,啊,这就是春天的美丽……"录音机里的张德兰这样软软地唱着。

三

王凤现在想,她和黄莺真的有友谊吗?

当然是有的。

她们毕竟一起经历过少女时代的秘密成长,那些周六脸红心跳的卧谈会是青春沉积岩下最深的底色。

考大学时,王凤是提早录取进了南湖大学的英语系。而黄莺是正正经经考的,那年题难,只进了历史系。

拿到录取通知书的时候,王凤说,太好了,我们还在同一个学校。

还是按高中的节奏,黄莺三不五时来找王凤玩,这也很能理解,因为王凤忙,唱歌跳舞广播站联欢会主持人编系刊哪一样离得开她,她像一根哧哧冒着火星的仙女棒,自带光芒,耀眼夺目。很快,她的身边就有了护花使者刘韶光,那个在校园里开重型摩托车的建筑系帅哥,他一件黑色皮衣,里面衬一件白T恤,戴着墨镜,头发梳得溜光,车灯打得雪亮,从学校的东门开来西门,油门轰轰响,全校都能听到王凤银铃般的笑声。

王凤没有忘记黄莺,时不时还是叫上她一起玩,不要的裙子拼命塞给她,看完的书丢给她,甚至不要的追求者也打发给她——实事求是地说,连黄莺后来那位挑不出毛病的爱人,也是王凤不经意间发给她的。

黄莺现在的爱人叫王锋,是隔壁学校计算机系的,王凤去那个学校广播站联欢,和他跳了一次舞,他就追了过来,一直守在学校的舞厅里,一看就是好小伙子,高高大大,目光诚恳,戴着一副方框眼镜,一笑起来露出白白的牙齿,"有点书生气,可绝对是个聪明人"。王凤对黄莺说。那天正好是她十九岁生日,她穿着一条火红的吊带裙,头上歪戴着一个红色的蝴蝶结,眼睫毛涂得又长又翘,红嘴唇涂得厚厚的,活像米老鼠里可爱的米妮,娇得来有点艳,艳得来又有点憨,刘韶光把她的腰搂得紧紧的,一分钟也不让她脱离他的视线。王锋在舞厅里干待了半晚,王凤又有点于心不忍,于是就使了个眼色给黄莺,低声附在她耳边说:"黄莺,有个外校的傻子,跟过来了,我今天不能陪他,你替我去找他跳支舞,就说我已经有男朋友了,让他早点回去吧!"

这样陪人的事其实黄莺也干过很多次,只有这一次她截了和。这两个人倒是在王凤的眼皮子底下真的谈起了恋爱,一毕业就结婚,一结婚就生孩子,结婚也没有请王凤,惹得王凤说了他们好几次,你们都没给介绍人送呢子短裤——湖南人做介绍是要收大礼的。

少女时代的友谊起于分享秘密,终于男人。王凤和黄莺的友谊自从黄莺和王锋好上之后就慢慢淡了下去,女人嘛,重色轻友,王凤自问也没时间分给黄莺啊,又要谈恋爱又要找工作哪有时间再像高中一样和她整天腻在阁楼里瞎想,那些猜来猜去的生理问题在真刀实枪的演练里显得如此轻飘和不值一提。

而且王凤也能理解,谁让王锋一开始追的是她呢,换了谁也是有点膈应的。

四

王凤拎着果篮走出水果店,招手叫了一辆的士。

好久没坐过的士了,以前家里有车有司机,好几部车轮着开,王凤从来没有想过要去学车,现在好了,想学也不行了,眼睛都老花了。

今天天气真好,风清气扬,的士广播出奇地应景,居然是那首熟到不能再熟悉的张德兰的《春光美》:"我们在回忆,回忆那冬天……啊,啊,我们眼里的春天,有一种神奇啊,这就是春天的美丽。"

黄莺是最爱这首歌的人,王凤想起她们在阁楼上听这首歌的样子,嘴角就微微扬起来,要到四十多岁回望,才知道没有出阁前的少女岁月是最无忧无虑的。是啊,王凤原本是温暖阁楼上最娇俏最天真的豌豆公主,生活在云端的仙女,偶尔低头俯看人间疾苦时,黄莺已经是她能看到的最低的底线。

人是讲命的,比如她王凤,前半生就是用好东西的命。王凤坐在的土里一抬眼还可以看见对岸坡子街当年她和刘韶光结婚时住的那一栋白色公寓楼,怡凤台,香港人做的楼盘,一九九九年一平米要卖三千,那时一个人一年的工资还没有三千。那个一百多平米的公寓是刘韶光的领导兼老板万豪哥买下送给他们的新婚礼物,装修得美轮美奂,全套港式家具席梦思还带煤气带冷暖空调,整个长沙都没有见过这么阔气的新房,一推开窗,一江春水向东流,橘子洲岳麓山,要多气派有多气派。谁知道这房子后来竟然被刘韶光给抵押掉了,万豪哥更惨,怎么就进去了呢?这二十多年,真是瞬息万变啊,王凤感叹。

幸亏刘韶光走得早,自己开了公司,没有搅和进万豪哥这桩事。他就是走狗屎运,年轻时什么好事都叫他撞上了,读书的时候读的是土木工程,那时节谁能想到后来房地产这么红火,他的同学全部都发财了,十五周年同学见面会是在深圳湾游艇上开的,他那个深圳的同学当年也是追过自己的,因为长得矮,被她pass了,谁知道人家就在深圳成了大老板呢?和刘韶光离婚后,他还叫她去深圳玩,他以为她傻啊,三十八岁的女人去做什么?她王凤也是见过世面的人,那些男人一翘屁股,就知道他们要拉些什么屁。王凤眯着眼睛笑,在智商上,她还是有自信的。

只有一件事让她真的惆怅,怎么回事呢?年轻时看着清清朗朗的男孩子,十几二十年以后怎么就变得这样面目可憎了呢?就像刘韶光,年轻时多帅,一件黑色皮衣,里面一件白衬衣,一条黑色萝卜裤子,一双马丁靴,头发长长盖过眼睛,可是眼珠子盯着人的时候会变成栗色,真是个帅哥啊。她第一次看到他的时候心一下就软了下去,什么蓝天什么白云都不存在了,只有她和他……怎么后来就变成那样一个浑身散发着酒气的恶俗中年男人呢?

王凤真想时间就永远停在他们相遇的那一年,他是建筑系的王子,她则是刚考进外语系最可爱的系花,黄莺是她最可靠的朋友,父母追在她后面叫你出去玩多穿点衣服啊,多穿点啊,当心膝盖着凉啊……

那一年每天都有像今天这样的阳光,清澈得可以望见千米万米外春天的山麓,碧绿中夹杂着点点桃花的粉和新叶的绿,"我们眼里的春天,有一种神奇,啊,这就是春天的美丽"。

五

车子到了万澜阁,奶白的大理石门楼配黑色高大木门,五只雪白粉嫩的小天使不知疲倦地飞翔在喷泉水雾里,这喷泉得有三十米高吧,得费多少电啊,王凤被这派头震撼得倒吸了一口凉气。完全不是当年怡园那种港式的小气作风,万澜阁大门大窗大树,进了小区大门里面还一转十八圈才到E栋楼门口。大门紧闭,王凤上下打探了半天,才知道原来是要按门铃。

王凤对着微信里黄莺的指点郑重地按下去，3502，又按一次，3502，可是扩音器里面永远在说你拨的号码是空号，打黄莺的电话，也没有接，如此三番四次，王凤就愣在了当场，天哪，这可怎么办？如果依她往日的脾气，恨不得把果篮扔下就走，今天可断断扔不得，扔了，就没工作了。

她在单位是怎么闹到这步田地的，王凤真的有点恍惚，自省了一万遍，她真的没有做错任何事啊。

九九年她们那一届的工作可是真难找，她也是左找关系右找关系才进的《晨报》。那时媒体方兴未艾，黄莺这种历史系的分去小县城当三流大专的老师，还是凭借刘韶光爸爸的铁关系硬插了一个她进去。

王凤从小的理想就是当记者，成为法拉齐，各国政要全都要在她的诘问下垂下高贵的头颅，结果一入行才知道根本没戏。一切都只能按通稿，还不能错一个字，有一次王凤在通稿上多写了几句，害得报社的副总连着去做了一个月的检查。王凤受不了拘束，刚好当时晨报系统新申请了一个刊号叫《新报》，根本没有人愿意去，全是从外面招的人，王凤就报名去组建《新报》，结果《新报》一下子就做起来了，一下子几十万份的发行量，王凤理所当然就成了副刊部的主任。《新报》是份都市报，副刊上约来的个个都是全国叫得响的专栏作家，那是王凤跑北京跑广州跑上海亲自约来的稿子，那十来年，哪一个到长沙做活动的作家歌手见了她王凤不得亲亲热热地叫上一声凤姐，发不发稿，发多大的版，全在她一句话。

她二十八九岁就做到主任，三十岁做到编委，也算是事业型女强人，曾经一度有猎头公司老打她的电话，要她去北京或者广州做媒体，她想想都拒绝了。有些是职位不满意，有些是工资不满意，关键还是因为刘韶光不同意。刘韶光说你跑去广东干什么，过几年我们就要生孩子，我公司那么忙，你难道想我找个小的吗？你要愿意，我也可以。

王凤劈面就打了他一个耳光，厉声喝道："你敢！"

但是也就不去了，一个女的，在全省效益最好最出名的报纸当副主编，事业对得起自己了。家里刘韶光也给她长脸，白色奔驰车送进送出，哪一个报社领导见了她王凤不点头哈腰，都知道她老公手里随意漏一点宣传费就够报社吃半年。

那真是十来年锦缎般的好日子啊，流光溢彩，惊喜连连，干什么都顺风顺水，恋爱升职加薪生仔，只可惜花无百日红——王凤现在感慨最深的就是这五个字。黄莺啊，就算你现在住着豪宅，生了二胎，和王锋夫妻恩爱，又可以一言定我生死，你也要记得花无百日红啊……

但人在兴头的时候，谁能想到这五个字，谁又愿意听这五个字呢？

正想到此，手机响了，是黄莺的电话，她的声音还是如当年一样轻快，只是更多了一份自信。自从上次在高中同学聚会上见过一次，她们俩也是小两年没见了，当时黄莺正怀着二胎，王凤说好生孩子要来看她的，谁知一拖拖到现在，孩子都快一岁了，若不是这次事出突然，王凤也不想见她，尤其是自己不那么顺的时候。

人生像个转盘，一转三十年，转来转去，王凤居然就转成了黄莺的下属，中间还隔着三四层。谁能想到呢，她王凤也有一天要来求黄莺呢，好在，王凤觉得自己硬要泊的话，还是泊得到黄莺这个码头的，毕竟，高中三年她吃了王凤家三年饭。

黄莺电话里说她刚才在喂奶，没听到，王凤说那你帮我开门啊，黄莺说我开不了门，要你按一个井字再加3502再按一个井字，我听到铃响，才能给你开门。

送个礼，这么折腾，好不容易进了电梯，王凤竟然觉得自己像虚脱了一样，果篮重得要死，衣服又穿多了，热得头发全是湿的。硕大的金光闪闪的电梯往三十五楼狂升，也不知是失重还是脱水，王凤竟然觉得真的有点晕，在那一瞬间她觉得自己突然理解了三十年前黄莺的妈妈脸上的窘迫和累心——真的，世上只有求人，是真难。

六

出得电梯，王凤在楼梯间呆愣了半晌，满目是晶光闪亮的云纹大理石，根本找不到门在哪里，要定好久的神，走过一个拐角，才看到细小的门牌号。暗黑色镶金的大门是半开着的，通天通地的白色大理石地面，再衬上大厅那盏水晶灯，照得人睁不开眼。王凤感叹，原来豪宅都要搞得那么亮闪闪，其实就是要震慑来客心神，让人臣服的，这不，她还只刚到门口，就心虚脚软起来。

这时黄莺就穿着一套淡蓝色的丝质睡衣走了出来，她还是细眉细眼的秀气样子，只是脸略方了一点，看人的时候，颇有威仪，这是多年官场生涯对她的改变。上次见面，王凤就发现黄莺早就不是那个睁大眼睛听她胡扯的小女孩了，她话不多，但是句句藏着刀锋，带着护盾，倒有些拒人于千里之外的意思，这大概就叫"官腔"吧。

王凤在媒体这么多年，"官腔"她是见得多了，但是没想到黄莺也有官腔了，没办法，这就是屁股决定脑袋。今天她王凤也是有备而来，怀揣着几万人民币和一对金镯子还有她们二十几年前的阁楼友谊，她不信就炸不开黄莺这后天生成的"官腔堡垒"。

只是，万万没想到，跟在黄莺后面出来的，竟然是十多年未见的王锋。

王锋当然也胖了一点，但是那不叫肥，叫壮，他穿着一身黑底红条子运动装，显然是要出门跑步。王凤模糊记得王锋原来是一个略带点羞涩露着大白牙的大男孩，现在果然有了互联网大厂高管的派头，方头大脸面色红润，跟豪宅十分搭调。

黄莺神色莫测地对王凤笑了笑："还记得我老公王锋吧？你们也好多年不见了吧！"

王凤有点心慌地敷衍道："记得记得，毕业之后就没见过了。"

王锋笑嘻嘻地走过来，像无数工作会面一样，和王凤握了握手，眼睛像扫描机一样上下瞄了一遍王凤，脸色微变，王凤就觉得心里一疼。

千算万算，找了个不是周六又不是周日的平常日子，以为王锋在深圳上班不可能在家，谁知道这么寸，居然就撞个正着，黄莺不是跟她说王锋一个月才回来一次吗，早知道，王凤就打扮得漂亮一点了。本来想着要请女同学帮忙，她还特意往老了打扮，穿了皱巴巴的一件灰色太空小袄子，一条黑色运动裤，粉也没打，眉也没画，头发也没去染，完全是想讨个同情分，这下好了，当年的形象算是在王锋的眼里彻底垮了。"王凤，我们当年的女神，你真的……变化大啊！"王锋笑着说。黄莺回过头就打了他手一下，"王锋，不会说话你少说话，没有一句中听的。"

黄莺又过来接过王凤的果篮顺手放在地上，"来，王凤，换一下鞋，我们先去看宝宝，不要理这种不会说话的理工男……我跟你说，你今天一定要参观一下我家的阁楼，我是照着你家阁楼装修的，我太喜欢你家以前的阁楼了，一看到这个楼盘的房子有一个阁楼，我就说一定要买，实现我少女时代的梦……"

王凤木然跟着她往屋子里走，一走竟然走到洗手间，王凤说不是看宝宝吗？黄莺说现在养仔门道多，我十多年前生老大时没这么多讲究，现在的育婴师说抱小孩子之前都要消一下毒，你先到这里来，我给你喷一下，然后你再洗个手，我们再去抱宝宝。

黄莺拿着一根大管子对着王凤前面后面喷了一下，喷得她一头烟，又拿出一瓶白色的东西要她喷手上，再给她套了一件布围兜，前前后后弄了五分钟，这才算消好毒。王凤在这种摆弄里突然觉得有一点恼怒，她像有毒的人吗？看个宝宝，用得着这样防着人吗？

人在屋檐下，王凤咬紧牙关，在心里对自己说，忍！

七

"是轻伤，我真的没打她，就是想吓唬吓唬她，她鼻子流血是她自己撞到桌子的,不是我打的。"王凤翻来覆去重复着这几句话,客厅里的沙发太大,她甚至有点看不清黄莺脸上的表情,只是感到和黄莺之间像是隔了一条滔滔大河,任她怎么撕心裂肺地喊,那边好像都无法听到。

王凤颓然地想到,她们可能真的没有她想象得那么熟。

大学毕业这二十多年,断断续续见过几次面,但都是巨多人的场合,只来得及加个微信。黄莺先是分到一所理工学院当团支书,后来干脆就从了政。有一次王凤带着一堆省里和中央的记者下基层采风,还到她挂职的县里参观过。她当时是县长的助理,王凤问她过得怎么样,她说比较难,因为那一任县长没读过大学,也特别不喜欢她们这种"名门正派"大学生出身的下属。看得出来,她小心翼翼地伺候着,晚上吃饭连上桌的份都没有,只是战战兢兢在门口打点。后来还是王凤硬把她扯了过来,跟大家介绍这是她最好的朋友,把那个大肚腩县长吓了一大跳,以为黄莺有这等通天的关系。后来黄莺还特地打电话感谢过王凤,说她说那几句话,后来她和县长的关系慢慢又好转了,要不然她可能就在那一年辞职跟着王锋去深圳了。

世事难料,谁能想到黄莺后来如此之顺利,补选的时候因为她是女的,被派去一个地级市当管文化的副市长。她干得很不错,几个回合,居然回到省里面,成了出版集团的书记。前两年《晨报》也归到集团,黄莺就一跃成为王凤的顶头上司,这才叫山不转水转,谁能想到有这么一出。当然,黄莺当她的官,王凤也犯不着求她,《新报》山高皇帝远,王凤也自有一块地盘,记者是无冕之王。

无奈《新报》的好日子只持续了十年，然后就慢慢变得奇形怪状，先是订报数不断萎缩，于是《新报》请了一个南方的名报人掌舵。王凤兴兴头头跟着他干了一段时间，结果发现新老总的眼睛总是盯着报社里的小女孩，搞出些不三不四的事，王凤就一万个看不上了。有一次带着她出去见客户，喝醉了他乘乱摸王凤的手，还居然在酒桌上色眯眯地说，"让我们凤美女和张总喝个交杯酒"。"陈世光，你把我当什么人了！"王凤一点面子也没给他，当场就甩杯子走人了，第二天，上至报社领导下至普通群众，全部收到她的电子邮件，闹得这个陈姓人灰头土脸卷铺盖走人。

再后来，又是斗转星移的十来年，《新报》几起几落，王凤自岿然不动。她的文凭过硬，又是创业元老，谁能动得了她。只是《新报》的规模越来越小，收入也越来越低，编委还要拉广告。王凤哪里是拉广告的人，刘韶光的公司又垮了，再加扯皮离婚这些破事，再后来就是父亲去世……王凤料理完父亲的丧事回来就像丢了魂一样，头发白了一半，变了一个人。

她再也提不起精神去参加那些毫无意义的会，也再没有心气去和一任又一任的新主编周旋，有时会开着开着就满脸泪水，把一屋子人吓得不轻。慢慢地，就有些风言风语传出去，还是和王凤相熟多年的老财务提醒她说，新主编对她很不满意，老在社长那里告她的状。

王凤想着当这个穷地方的破编委也没什么意义，收入还没有《晨报》一个老编辑高，于是就申请回《晨报》。社长见她缠得紧，就跟她说《晨报》现在编制紧，没有位子给你。王凤说，我还要什么位子，去《晨报》的文化版当个普通编辑就好，过几年等退休，我儿子在美国，我退休就去美国找他，给他带孩子。

最后总算是安排了一个文化部副主任的位子给她，纯粹是面子，因为副主任有三四个，全是她这样等退休的资深职员，大家都不怎么上班，就是混日子。"也没什么不好，至少图个清闲。"王凤安慰自己，巧的是她回《晨报》的办公室还是一九九九年时的那间屋子，连桌子都没变，当年她坐这桌子的时候是二十二岁如花似玉的小姑娘，二十年以后，已然是头发半白的中年妇人。以前青春气盛的她进办公室，带着光带着彩，都能感觉到同事的目光像聚光灯一样打过来，照得心里亮堂堂的。现在只觉得同事的目光诡异得像狼，虽然看上去没人看她，但王凤能感觉得到背后发凉。

他们都恨她，王凤知道，晨报完全是上面拨款的单位，多一个编制同事们就少分几千块奖金，有一次路过茶水间，王凤还听见两个年轻同事在骂她"又多一个老妖婆，占着茅坑不拉屎，活全我们干，工资奖金倒是照拿"。

王凤何曾吃过这等亏，她是别人给个坏脸色都嘴不饶人的人，走过去一脚就把纯净水台子踢翻，又把桌子上同事们中午吃饭用的碗筷全都扫落在地，乒乒乓乓一阵响，地上红的黑的再加剩茶剩菜，把两个同事吓得目瞪口呆。王凤拿起桌子上开着瓶盖的剁辣椒就往两个同事身上泼，破口大骂："老娘在二十多年前帮《晨报》打天下的时候你们还在吃屎呢，你们这些小人，只敢在背后骂人……"

现场之骇人，创了《晨报》三十年的纪录，同事们虽然披红戴绿，但也没有受伤，报社领导知道请了尊难惹的菩萨，但是请神容易送神难，再加上文化部主任是以前王凤带过的实习生，他也怕她，此事就此不了了之。

八

自此，在办公室王凤就落了单，倒是没有人敢议论她了，但是人人看她眼睛都不对了，王凤也不以为意。自从父亲死后，她就觉得这世间再也没有什么事可以伤到她了。

但她还是小看了这个世界。

苦日子还是那个罗小蕾来了以后。罗小蕾是出版集团空降下来的新社长，王凤盘算着再熬个两年就搞个病退，哪里知道新社长上来三把火，硬是要推行什么末位淘汰制，淘汰的人只拿百分之七十的工资，没有奖金。要知道，他们《晨报》主要的收入是在奖金这一块，四千来块工资还要打七折，在长沙是真的活不下去。

白痴都知道在他们文化部一投票，当然就是淘汰她啊。王凤跑到退休的老社长家里哭诉，老社长说他也没办法，现在罗社长不买他的账，然后就说自己累了要休息。老社长的老婆脸色尤其不好，嘀嘀咕咕说老社长病了没人来关心，被人骗了钱追不回来，倒是这些麻烦事来家里哭……王凤心中有愧，自己平时不"烧香"，不来老社长家走动，出了事谁管你呢……刘韶光在的时候倒是来烧过香，可惜后来搞集资一把都搞走了，本来就欠人家一个人情。

只能靠自己了。王凤在听到宣布她末位淘汰的消息之后，就跑到罗小蕾的办公室大闹，拍着桌大吼："我是单位的正式编制，创办了《新报》，没有功劳有苦劳，报社不能这样把一个老臣子就丢到保管室，我是正正规规南湖大学的本科生……"

罗小蕾冷笑着说，本科生就不要拿来说了，现在集团非硕士不进了。王凤又说，凭什么安排我去保管室。罗小蕾说本来想安排你去工会，但你和同事们的关系都不好，又不是党员……王凤说我堂堂南湖大学正规本科生，我坚决不去保管室，如果要我去，出了什么事你们负全部责任……

"你能出什么事？发神经啊！我这人什么都怕，就是不怕发神经。"罗小蕾出了名的不怕邪，但是她没有想到王凤发起神经来，也够她喝一壶的。王凤冷静地抄起桌上的笔记本电脑就扔了过去，罗小蕾被她扔了一个冷不防，人就想往外走，不小心绊到电话线，一个跟跄脸就磕到了桌角，仰面摔在地上，血已经流了一脸。

"是轻伤，我真的没打她，就是想吓唬吓唬她，她鼻子流血是她自己撞到桌子的，不是我打的。"王凤又说一次——她确实太轻敌了，她没想到罗小蕾那么泼，马上报了警，又住了院，各种做检查，号称被打成了脑震荡。

"书记劝我认错，说这样不会处理我。结果检查费九千多我也赔了，到医院赔礼道歉我也做了，可是姓罗的还是不放过我。昨天我们书记说她已经报告集团说要开除我，这几天就要决定了，所以我才来找你想想办法——我还有两年就可以内退了，前几年我爸去世以后，我妈得了老年痴呆，我真的不能没有这份工作啊,小莺,你帮帮我吧!"王凤带着哭腔说,"要不是没有办法,我真的不会来找你,你知道我一辈子都没求过人……"

可是王凤看不懂此时黄莺脸上的表情,是不是当久了官的人就是脸上不会透出半点信息呢。王凤心想要不要豁出去趁着哭腔给她来一个震撼的双膝跪地时,跑完步的王锋打开门冲了进来:"还在聊呢你们……"

黄莺好像突然看到救星一样,招手叫王锋过来:"过来过来,来给王凤出出主意,唉,王凤你这件事还真的麻烦,众目睽睽之下冲上去打了领导,还流了血,性质很恶劣,罗小蕾这个人又是个犟脾气,这件事难办啊……"

王锋拿着擦汗的毛巾坐下来:"王凤,依我说,你这工作不要也罢,我当年也是从公务员辞职去了深圳,你看现在不是蛮好。"

王凤苦笑道:"你辞职那时多年轻啊,我四十几岁的人了,谁还要我啊。而且这是长沙,不比你们深圳那种大码头,根本找不到工作,你要为我想一想,我在《晨报》待了这么些年,再过两年我就可以拿全额退休金退休了,在长沙,一两万不是小数目,当然,你老总不知道我们小老百姓的苦……"

"话不是这么讲的,"王锋哈哈大笑打断了她的诉苦,"我也是老百姓,我觉得这件事上吃个教训也好,你也要反省反省自己的脾气……"

一口气从地底涌上来,抵住了王凤的喉管子,让她几乎出不了声。

她怒目圆睁,霍地站了起来,倒把黄莺夫妇吓了一跳:"黄莺，王锋，我一生就求你们这一次，这次你帮了我，我下辈子给你做牛做马，如果帮不到的话，我就只有去跳楼了。"

"跳什么楼，不要讲这种气话，好日子在后头。"王锋说，"按我说，你减减肥，收拾收拾，再找个男朋友，别一个人越过越独。当年你可是外语系的系花啊，你看你现在成什么样子了……"黄莺看着王凤的脸越来越白，啪地打了老公一下，"王锋，你不会说话就滚远一点……"

"好好好，讲错了讲错了，我走了我走了。"王锋顺势站了起来，蹦着跳着就走了。

看着这么嘻嘻哈哈耍花腔的夫妻，王凤凄然一笑，说："那你们忙啊，我走了。"

电梯快到的时候，王凤突转过身对送她出门的黄莺悄悄说："果篮里有一个红包和一对金镯子，是我给小宝宝的见面礼，收好，别让保姆拿了哈。"

黄莺大惊说那怎么行，趁着她急急回去找果篮的当儿，王凤三步并两步扑进了刚好上来的电梯，按上关门键。屏幕显示到了十八楼，王凤才低低地吼出一声。她的两个拳头握得紧紧的，走到家里时，都没有松开。

九

刘韶光出事是在二〇一二年，拖累了一圈人，欠了那么多债，害得连王凤娘家都被人泼了红漆。那几年真是活得胆战心惊，刘韶光突然就失踪了，后来才知道是躲到马来西亚好几月，把王凤丢到热锅上煎熬。那是王凤人生第一次知道追债是怎样的吓人，几个人坐在你家里，吃喝拉撒，默默无言，专等孩子回来，在厨房剁杀一只鸡，鸡头跳几跳，鸡身满屋疯走，王凤当场就吓晕了，晕血也晕人。醒来以后，她就拿了一把刀，疯了一样地砍那些人："我没钱我没钱，你们去找刘韶光，你们不能欺负孤儿寡母。"

真是造孽，那几年不知道是怎么熬过来的，头发大把大把地掉，吃了安眠药也没办法睡着，眼睛永远睁着，走在路上总感觉有人在后面跟踪她。事实上也是，他们跟过她好几次，把她吓得躲在报社不敢回来，还是她爸爸过来守着她过了几个月。

所以婚是王凤坚决要离的，不得不离，谁知道刘韶光还能搞出什么花样来。刘韶光说他要出国找他哥，孩子是刘家独苗，他一定要带走。走就走吧，总比在国内这样担惊受怕的好。孩子一年寄回一张明信片，没有地址，摸着明信片上妈妈两个字，王凤眼泪就流个不停。她没办法，她保护不了他，谁让他摊上一个这样的爹呢。

如果说人生真的有什么过不去的坎，那就是二〇一五年父亲的死。她从来没想到爸爸身体那么好会得肺癌，他一病，妈妈就崩溃了，什么都做不了，只是躺在床上说头晕，不肯去医院。她说她一进医院就腿软，王凤明白其实就是不肯面对。妈妈不肯去，就只有王凤自己去。她跑了半年医院，别的倒没什么，就是天天想搞钱，因为爸爸的病没有别的大碍，就是要买进口的神药吉非替尼，一粒一千，一个月三十万。王凤一生没有差过钱，只有那半年像疯了一样到处借钱，但是哪里借得到，刘韶光把能借的人都得罪光了。

爸爸很快就走了，火化的那天，天灰蒙蒙的，她抱着骨灰盒回家的时候，又是疲倦又还有点开心，嘴里喃喃自语："爸爸，回家了，终于结束了，终于结束了，我们的苦日子终于结束了。"

爸爸的苦日子结束了，但她的苦日子并没有结束。妈妈越来越糊涂了，天天自言自语，有一次还爬到阁楼上跑到阳台上唱歌，王凤没有办法，只好把阁楼焊死，派了一个保姆日夜看护着。

她一个月回去看一次妈妈，看一次回来的心情就更恶劣。如果她退休了，她现在立即就可以搬回湘阴去和妈妈住在一起，但是她无法想象和一个瘦得如鸡每天喃喃自语的七十岁女人如何相处。她跟妈妈一直不太对付，妈妈像爸爸的大女儿，她像爸爸的小女儿，她们在一起总是吵，而且最重要的是，她从来没有照顾过人，她的儿子是婆婆带大的，她连自己都照顾不好，这几年才好不容易学会了做饭和搞卫生。

王凤原来的打算是熬到四十五岁可以内退，拿着一份不错的工资，然后再找个老实人结个婚，她甚至想到了最差的结局，实在不行，就跟水果店的老李。老李老婆死了几年了，有了那份一万二的退休工资，不怕他不待她如菩萨。

可是这份工资也没了。

从黄莺家回来的第五天，也是一个周一，早上她刚准备好保温壶，要去上班，收到人事处的电话，要她回去结算工资。说她还可以补两万块补休工资，但是和单位就没有关系了。

也就是说她被开除了，生活把它最后一层鸭绒被也抽走了。

黄莺果然没有帮她，她早就应该知道，那天简直是自取其辱啊。她从见到她的第一秒就知道她不会帮她，可是千不该啊万不该啊，你不帮我，你不要嘲笑我啊！吃了我家三年饭，甚至还救过你的命，可是你转脸就不认人。她打着她的官腔和她那个有钱老公一起嘲笑她，嘲笑她的失意，嘲笑她的老，嘲笑她的潦倒，嘲笑她的无能，嘲笑她的蠢。

十

太熟的人，吵架在电话里比较容易进行，因为那好像是另外一个时空里的故事。

"王凤，你不要生气，不是我不帮你，这件事是党委会决定的，我一个人也做不了主，五个人有四个人说坚决要开除，我再反对也没有用，王凤，你要理解我的难处，你想一下，不可能为了你的事我把工作也不要了吧……"

"嗯，但是你为什么要跟高中群里的人说我的事？"

"我没说啊。"

"你说谎，你跟刘露和吉娜说了，你说我神经质，打领导，所以被单位开除了。"

"……不好意思，小凤，她们问，我就答了几句，没有恶意的。"

"黄莺，你不帮我就算了，要给我留一点面子吧，你让我回老家都没法见同学了……"

"对不起对不起，我多嘴了，真的对不起，以后别人问你的事，我一句话也不说了。"

"你记得以后真的不能说我的事了，一句也不能说了。"王凤的声调突然一转，像是突然想开了，变得轻快和高昂起来，"没事，这工作我也干厌了，早就想走了，我要去美国看儿子了，我解脱了，还要感谢你呢。"

黄莺窘迫地笑道："你这样想就好，有什么困难你和我说，我能帮的一定帮，对了，你上次给我的红包和金镯子，你看是我给你送回去，还是寄给你？"

"不用了，我去拿，上次你不是说你家的楼房有个阁楼吗，你说照着我家阁楼做的，我这次想去看看。"

王凤最后一次到黄莺家来是空手来的，临走的时候，她还去老李的水果店转了一圈："小李小李，我要走了，我拿你几个橘子哈。"

"你拿你拿。"李老板堆着笑说。

她一路走一路吃橘子，二十分钟的路倒走了四十分钟，一身的热气。啊，走路真快乐，而且还让人不长肉，王凤想当初应该多走路。

熟门熟路上了楼，黄莺已经在家里候着了，穿着旧色的睡衣，一如当年在王凤家阁楼里周末的打扮。王凤这一回才细看，大厅原是落地玻璃，框了一个硕大的湘江在里面，倒像一幅活动的画，对面那灯火阑珊处倒恰好是王凤生活了十来年的地方，看着还真是有点眼热。

人生真是太快了，一转眼，世界就调转了个儿。

黄莺一手着红包和金器盒子，一手拿了一盒燕窝："对不起，王凤，没有帮到你，这燕窝你拿回去补身体……"她红着脸说,"其实我的权力也很有限。"

王凤止住她的话头:"今天不说这些不愉快的事,只叙旧。"

"那好,叙旧,叙旧。"

"去阁楼上聊吧,春天了,也暖和。"

王凤上得楼来,发现黄莺几乎是照着她的装修复制了一个阁楼,果然是真的喜欢。"原来你对我家阁楼一直这么挂念,记得比人深。"王凤说。

黄莺又红了脸。

她在阁楼上放上水果和咖啡,是王凤当年最喜欢的牌子,两个人同时念出来,滴滴香浓,意犹未尽。"你还别说,这个牌子的咖啡现在蛮难找。"黄莺说,"没几个店有卖。"

"我现在不喝咖啡了,喝了睡不着。"王凤说,"其实黄莺啊,我蛮想问你,那时候,你每周到我家来,开不开心啊?"

"嗯……"黄莺沉吟半晌,"晚上熬夜躲在你家阁楼上看书的时候最开心。"

"其他时候不开心啊?"

"也不是不开心,就是觉得好紧张,去别人家里做客,肯定是很紧张的,特别是你爸又对我那么好,所以我妈要我格外懂事,不要惹人不高兴,所以我跟你们在一起的时候,都特别小心。"

王凤淡淡一笑:"我好傻,我一直以为你在我家玩得特别开心,你是我最好的朋友。"

"王凤,你什么都好,就是不太知道人心,吃你剩下的半边蛋糕穿你不要的裙子,其实没有那么开心。你记得吗,我有次在你家吃多了,害得你妈没饭吃那次。"

"不记得了。"

"你肯定忘了，我永远记得，唉，那个时候学校伙食实在太差了，实在是饿，没忍住，结果闹了笑话。这件事导致我后来一直在你家不敢吃饱饭，我怕你们笑我。"

黄莺的眼睛亮晶晶地看着王凤，在这一刻，王凤突然明白了一点，原来每个人回忆里的世界是不一样的。

"那你觉得我家谁对你最好？"

"你爸。"

"你知道他是怎么去世的吗？"

"肺癌。"

"他是跳楼去世的，本来他可以不死的，但是他要吃的靶向药叫吉非替尼，一粒一千，一个月三十万，他知道我拿不出这么多钱，他是为了不让我为难。"

王凤的眼睛亮晶晶地看着黄莺，黄莺满脸惊愕，也不知如何接话，只好两两相对无言。

大约过了三五分钟，王凤说："这里气闷，不如去阳台坐坐，哎，你阳台上也放了高脚凳啊，以前我记得你就最爱坐高脚凳。"

"是啊，我喜欢坐高脚凳上看风景，喝咖啡，望远方，有书看，有歌听，那时，你活得像个公主……"黄莺走过去，坐上了凳子，"真的，少女时代最让我记忆深刻的一个瞬间，就是我们在阳台上听《春光美》，你拿着一节甘蔗做话筒，我们一起合唱《春光美》……"

王凤突然就放声唱起来，"我们在回忆，回忆那过去……"黄莺出神地听着，一如当年，唱到高潮处，她忍不住也应和起来,"啊,啊,我们眼里的春天,有一种神奇,啊,这就是春天的美丽。"

她抱着膝盖陶醉地唱着,身体歪向栏杆外,几乎同三十年前一模一样,王凤问自己,如果时光穿越,让我再选,我还会拉住她吗?是啊,要是当年不拉住她就好了,这一切悲惨的事就不会发生了。王凤抬头看了一眼楼顶,倒是没有装监控,她飞快地跨了一步,用力推了一下,黄莺就掉了出去。

王凤用三十年前一样的声音大叫:"啊,黄莺,你小心!"

十一

也不知过了多久,听到了"砰"的一声闷响。

王凤浑身发抖,探头往下一看,黄莺就跌坐在楼下大阳台的白色藤椅上,眼睛睁得巨大,两人对视的时候,都吓呆了。

Oh,shit!黄莺说过她家是顶楼复式,她居然忘了。

(《上海文学》2022年第4期)

黄佟佟　作家,资深媒体人,长期任职时尚杂志编辑,主编,人物采访记者,专栏撰稿人,曾获2016年《南方都市报》年度记者,第11届南都新闻报道奖,《南都周刊》年度新闻报道大奖,作品散见于《广州文艺》《上海文学》《花城》《小说月报》,至今已出版个人著作14部。

冯荃女士

范小青

我父母去世以后，我家的老房子就没人住了。开始几年，我一直在忙于整理自己的生活，没有心思也没有时间去整理老屋。我在外面漂泊了许多年后，终于回到家乡，心才稍稍安定下来，也才想起了老房子，虽然暂时还没想清楚要把它怎么样，但至少可以找中介先把它租出去，就赶紧联系了一家中介。

中介就开在我家老房子所在的那条小街上，门面小，是我需要的，我家那一点点旧屋，找这样的中介恰好，互不嫌弃。

老房子是一处平房，只有一统间。不过好在这种老房子的统间，不仅开间大，层高足有三四米，我好像听我妈说过，从前房梁和椽都是明的，没有天花板，后来有了天花板，房屋上方就不会显得那么空荡阴森了。不过我并没有问我妈天花板是什么时候加上去的。这不关我事。

我从小跟父母不亲，是因为我和我爸不是一个姓，大家都说我是厕所里拣来的，我问过我爸我妈，问了好几次，他们都叫我不要听别人瞎说。但我心里一直是有怀疑的。

我家的门原先是朝南的，从大院里进出，和大院的邻居低头不见抬头见。后来大院里的居民各自为政，搭建了花式品种多样的违建房，害得我家的房门一开出来，就正对着隔壁邻居家的一间放马桶的小屋，他们连门都不装，只用一块布帘子挡一下，风一吹，帘子掀起，坐在马桶上的是谁，看得清清楚楚。

真是出门见屎。

他们也知道我家会有意见，夫妻俩轮番到我家来诉苦，这也是没有办法，家里三个孩子，都长大成人了，马桶却一直放在爸爸妈妈的床前，这叫十七八岁的姑娘小伙怎么办。

气得我爸直接就把自家的门封了，把朝东的窗户改成了大门，从此我们的家门就沿着街巷、我们的家就背对着大院和邻居了。好像我们这一户，被这个大院踢出来了。

我妈老是嘀咕说，其实不合算的，其实不合算的，埋怨我爸做的都是吃亏的事。

那时候我在外地上大学，那一年放假回家，差一点没找到自己的家。我正想扭身而去，可是一个多事的邻居叫住了我，把我从院子里领出来，领到家门口。

我妈生病了，我爸写信让我回来看看我妈，我才勉强回来，我上大学的那个城市离我的家乡很远。是的，我是故意的。

准确地说，我家的那间房，确实不太好找——大宅东二路第二进五开间中最东边的一个统间。

从这样的文字里，你能把它想象出来吗？

至少，你可以想象出这个院子是一座大宅吧。

关于这座已经和我家背靠背的老宅，现在大家习惯称它吴宅，我们家已经放弃进出的那个大门门口，有一个控保建筑的牌子，上面写的也是吴宅，但是后来有一次，我无意中看到我小时候的邻居、也是我的小学同学小曹，在朋友圈发了一组图片，就是这个宅子的，文字说明却是：丁宅。天下状元第一家。

吴州丁氏是状元大户，在吴州明明有他们家的老宅，那可是大名鼎鼎的名人故居，受到保护重视，修缮以后，重现辉煌。怎么又冒出来一个丁宅呢，是小曹搞错了吗？

当然不是。关于平江后街8号的这个宅子，到底是吴宅，是沈宅，是潘宅，还是丁宅，历来都是有争议的，也有不同的记载。

假如原来确实是丁宅，后来转卖给他姓人家，那么算谁的呢，当然算后来的买主。但是如果后来的买主不如原先的户主名气大，那么也可以用原来的户主命名。反正无论原来还是后来，都已经烟消云散了。

我特意问了问小曹，小曹说，我瞎说说的。

我说你为什么要瞎说呢，小曹却又认真起来，说，其实我不是瞎说的，事实就是这样的，但可惜——

可惜什么？

可惜没有实证。

那等于还是瞎说。

我也瞎鼓励她说，如果你是金口，瞎说说，说不定也会说中了的。

我们一起笑了起来，笑声中含着一点对老宅的轻薄和蔑视。

因为它和我们一样，都老了，我们嘲笑老宅，也就是在嘲笑自己。

其实我们的目光不应该如此短浅，如果有一天，证实了如小曹所说，那么我们这个平江后街8号的命运就会发生翻天覆地的变化了。

至于是什么样的变化，现在它还没来呢，也不知道它会不会来，还是等它来了再说吧。

我也不着急。几百年都过去了，再过几十年、几百年，也都是一眨眼的工夫。

我就继续保持对老宅不即不离不痛不痒的态度吧。

这种老式的晚清时期的砖木结构房屋，经过了百十年的风吹雨打，已经老朽破败得很了，好在近些年政府统一把老房子改造修缮加固，又搞了独立的厕所和厨房，出租就方便多了。

只不过这种处于古城小巷深处的老房子，实在也租不出个什么好价钱，所以我没太放在心上，只管请中介小刘代理就行。

现在的人都没有长心，租房子也一样，不长的时间里，就换过几个房客，不过都还说得过去，有一个女生走的时候丢弃了无数的网购垃圾以及许多还没有拆开的快递，还有一个租客把一台小型电扇带走了，这都是小事，也不用怪你怪他了。

好在房子虽旧，总有适合的人要住，上一个房客走后，中介小刘很快就联系我，说新的房客又来了，一切程序照旧，押一付三，房租是中介小刘根据行情，主动替我加了100元。

每次有新房客到，我都要抽空去一趟，倒不是我多么想要见见房客的面，我和他们没有别的关系，只有金钱的关系。但是出租房屋有规定，户主要自己来签租房合同，要签名的，有几次我想请中介小刘代签，但是小刘很规矩，说不行，你好歹得自己来一趟。

就这样几年里我见过了好几个租客，大致上记得，一个是银行柜员，一个是公司文员，一个是帮人画动画的，还有一个，起先在企业打工，后来开了直播间，想做网红，没做成，撤了。

现在，最新一个租客也到位了，是个女生，姓冯，名荃。这个名字好像有点熟。不过也管不了那么多。称她小冯即可。

手续办好后，我们就拜拜了，现在到处都是速度，真好。片刻，手机信息告知租金已到账。

我没有加小冯的微信，不需要。我们都是讲诚信的人，不会撇开中介私下直接联系的，所以户主和租客平时没有什么交集，租金是中介小刘代收代转的，中间出现一些问题比如水管漏了，老式空调要加氟利昂之类，都是中介两边协调的。

所以，除了第一次非见不可的面签，之后就如同陌路，相忘于江湖。

前面的几位租客，基本上都是这个路子。

但是正如你们所猜想，到了小冯这里，发生了状况，否则哪来的故事往下写呢。

先是中介小刘发微信给我，说是租客反映说房子里有声音，这话说的，不明不白，也不合理，现在这个世界上，到处有声音，所谓的万籁俱寂，那可能是远古时代的事。

我想回信，又觉得写不清楚，干脆语音了小刘，我说，那是老房子，有声音很正常，木板壁，隔音差，我们小时候，隔壁人家放个屁都能听见，何况现在又过了几十年，这些板壁已经毁得差不多就是一张硬纸板那样了。

小刘语音回复说，她说不是隔壁人家的声音，就是你家房子本身，有声音。

我说，那也正常呀，老房子有点声音，太正常了，没有声音才怪呢，木结构的，热胀冷缩，有点吱吱嘎嘎的声音，那才叫老房子。

小刘停顿了一下，好像是相信了我说的，他说，好吧，我跟她说。

安静了两天，小刘又来微信了，说，她说不对，她晚上仔细听了，不是木头结构发出的声音，也不是房子本身的声音。

那是什么声音？

不是要拍恐怖片吧。

不是木头的声音，不是房子的声音，难道会是人的声音？这间房子，据我所知，是我爷爷买下来的，那时候这个姓吴的大户人家败落了，后辈子孙卖祖产，可是要卖他们也不好好商量着卖，你卖一间，我卖一间，东卖一间，西卖一间，搞到最后，一个吴宅里的几十间大小屋子，竟然有了好几种身份。

这是另外的话题了，暂且按下不表，如故事需要，再拿出来说事。

我家的这一间，成为我家以后，就只住过我爷爷奶奶和我的父亲母亲，还有我。

难道是老人家们在说话。

不要吓人。

我也曾看到过类似的说法，说如果老房子地底下有空间，会吸收地面上的声音，等到具备了一定的外部条件，就会反馈出来。

也就是说,你会听到地下有人在说话。

难道我家老房子下面,有个空间,不知道大不大?是古墓?是防空洞?是另一个世界?

我想多了。

还有别的解释,说是有什么磁场,会将过去的声音或者形象吸走,然后到时候再放出来,这个有点像拍电影了。

而像故宫的那个电闪雷鸣之时宫女行走的传说,它的依据居然也蛮像个知识的,叫"四氧化三铁",听起来很科学哦,所以许多人相信。辟谣也没有用。就是一直有人相信。

那么我也且照着"科学"的精神推测一下,如果小冯听到的是人在说话,那我先得了解一下,他们是什么口音,这样也许我可以判断出说话的是我爷爷奶奶,还是我的父亲母亲。

我爷爷奶奶是从苏北乡下逃荒逃来的,爷爷有点文化,就在巷子口摆个代写书信的摊子,也算半个文化人,做得还不错,至少后来能买下吴宅的一间房,很了不起了。只是他们的口音一直没有改变。

我的父亲母亲就不一样了,他们出生在这个城市,从小到大,一直生活在这里,受苏北口音的影响不大,讲得一口地道的本地话,尤其我的母亲,娘家就是本地人,在她的熏陶下,我父亲的那一点点苏北尾音,也消失殆尽了。

我耐心地跟小刘解释口音的问题,扯到一半,好脾气的小刘却打断了我,说,阿姨,可是她明确说了,不是人说话,她说她听出来,像是弹珠在地上弹跳的声音。

我"啊哈"了一声后,忽然就呆若木鸡了。

在我内心深处，或者是在我的大脑的某个角落，有一团被遮蔽的阴影，它一直守在那里，许多年来，我能够感觉它的存在，却始终无法将它拉出摆到阳光下看清楚。

奇怪的是，当小刘转述出小冯说的"弹珠"两个字的时候，如同一道闪电，瞬间照亮了那团阴影。

就是弹珠。

我脱口而出说，弹珠？什么弹珠，玻璃弹珠吗？她一个——95后？00后？她知道玻璃弹珠？

小刘的态度一直很好，他年纪轻轻就知道和气生财，很好。但是现在碰到这样的事情，他终于有点忍耐不住了，他小心试探我说，阿姨，要不，你直接和她联系行不行，因为我在中间传话，传不清楚，这不是我能解决的问题，我做了好几年中介，还从来没有碰到过这样的事情。

那是，这种事情，吓人倒怪，要是天天碰上，会怀疑人生的。

我只能同意小刘的建议，其实中介原本是最担心户主和租客私下联络的，现在他主动地甚至带点生硬地把我和小冯拉在了一起，微信刚一加上，小冯就联络我了。

我说，我听中介转告了，说你听到疑似弹珠在地板上滚动的声音？

小冯说，不是疑似听到声音，是真的有弹珠，玻璃弹珠，非常分明，开始是从高处掉落，哒——哒——哒——，那种一弹一弹的声音，然后慢慢地降低，减慢，最后是滚落地板，然后还在地板上滚动一阵。

我说，再然后呢？

再然后就没了。

我又想了想，我问她，你小时候，玩过玻璃弹珠？

小冯说，没有。

那你怎么知道那是玻璃弹珠？

小冯对答如流，我从网上查的。

我心里嘀咕一声，那你怎么不查钢珠铁珠珍珠，还偏偏知道个玻璃弹珠。我觉得这个小冯有点奇怪，就提出跟她视频通话，我想看看她的脸。

视频一连接，我看到小冯的脸色，不是我所想象或预料的害怕或者惊慌，反而感觉有一点诡异，她似笑非笑，而且我的心理活动，她似乎能够察觉，她笑眯眯地跟我说，阿姨，我寻思，可能是你小时候玩过的，藏在家里什么地方，现在房子老了，松动了，它们就滚出来了——从弹珠落地第一声的音量和重量感来分析，它应该是从比较高的地方掉下来的。

还好，她没有分析出有人在半夜里扔弹珠。

她不仅有逻辑，还有推理。

她的推理，把我推回到小时候了。我小的时候，有一段时间，曾经非常痴迷玻璃弹珠，虽然女孩子不玩打弹珠游戏，但是五彩缤纷的玻璃弹珠，在那个色彩单调的年代，简直就是我们的花花世界呀。

女孩子不玩打弹珠游戏，弹珠就到不了女孩手里，那怎么办呢，拣。

现在回想当年的那一段时光，那就是今日归来如昨梦，云里雾里，走路都踩在棉花上。阴沟洞里，水井旁边，弄堂旮旯，天井角落，但凡有人脚印的地方，都是我的目光所涉及之处，我妈看我眼睛发直，眼神发定，以为我得病了，还带我去了一趟医院，结果还是医生眼睛凶，说，回去回去，这孩子没病，心术不正，心里有鬼。

鬼比病更可怕，我妈逼着我把心里的鬼说出来，我才不。

可是我已经知道，要想拣到弹珠，还要想拣到很多弹珠，那是骗鬼。所以后来也就只剩下唯一的一个办法——对的，你们猜到了：偷。

我们大院里有个男孩，打玻璃弹珠凶得很，赢了很多弹珠，得了个绰号叫"弹珠大王"，每天走到东走到西，都有跟屁虫马屁精追在后面讨好，据说他有一百多颗玻璃弹珠，装了半书包，每天挎在身上，也不嫌重。

不求拥有，但求看上一眼吧。

有一天终于轮到我了，弹珠大王的爸爸从部队回来探亲，这可是家里、院子里、巷子里的大事，那一天大王也疏忽了，高兴使人麻痹，他竟然把书包搁在天井的水泥台上，就奔进屋去喊那个解放军了。

正好我经过吗？

才不是。

我已经久候着这一天了。酝酿了许久的我，抓住了时机，十分镇定地走到水泥台边，背起大王的书包，真的很沉哎，我肩一垮，腿一软，打了个趔趄，但最后还是挺住了。

是五彩缤纷给了我力量。

我跑回家慌慌张张把大王的书包塞到床底下，再返身出去观察"敌情"。

我没有想到大王失误的时间那么短他就醒悟了，当我再次回到事发的天井里，大王已经躺在地上游动着身子大哭大闹了。

我吓得又赶紧跑回家，往床底下张望一下，顿时魂飞魄散，床底下的书包已经不见了。

那天晚上大王家大动干戈，组成了居委会、派出所、解放军三结合搜查小组，在大院和巷子里，挨家挨户询问——说是询问，实质就是搜查啦，他们东翻翻西瞅瞅，一群人到我家的时候，吓得我差点尿裤子。

当然，他们没有搜到玻璃弹珠，那只书包已经无影无踪，但是他们不甘心就这么撤退，派出所的公安警惕性高，朝我家的天花板看了又看，然后他"咦"了一声说，这种老房子，一般都没有天花板的，你们家怎么会有天花板？

我妈直接回答说，天花板是密封的。答非所问。

难道我妈做贼心虚，不打自招了。

不过幸好他们没有梯子，没有上天花板的办法，就留下一句话，明天借个梯子来，挖地三尺，上梁揭瓦，也要找出来。

一夜无话。

当然，是因为我睡着了，不知道别人有没有话。

一直到早晨起来，我才知道，一夜是有话的，有很多话，我爸我妈把我出卖了，他们把大王的书包交了出去，承认是我偷的。

反正我又不是他们亲生的。

因为爸妈主动代替我坦白交待并且退还了赃物,派出所和学校都没有把我怎么样,毕竟,能把一个七八岁的偷玻璃弹珠的孩子怎么样呢。

我走出院子去上学,看到大王走在前面,背着那个沉甸甸的书包,身后跟着一大串崇拜者。

这个情形,已经离我远去半个多世纪了,可是小冯的一句话,又把我打回了原形,因为弹珠回来了。

可是事情还是有蹊跷的,当年爸妈把我出卖了,大王的玻璃弹珠也物归原主了,几十年后,小冯听到的弹珠声音是从哪里来的呢。

我努力把自己的思路调整到正常的频道,一调整了,我就觉得自己想明白了,我说,那这样吧,你再试试,如果你觉得不适合住、不想住——

小冯立刻就说,阿姨,您别误会,我不是对房子不满意,我喜欢这样的老房子的,我只是想知道声音到底是怎么回事。

我可说不出是怎么回事。我又没有听到。

由小冯再住、再听,只过了一天,中介小刘又联系我了,希望我能够到他店里去一下,他口气有点急切,说小冯也马上就到,我估计小冯有了什么真凭实据,不想去也得去一下了。

果然我们在那个狭小的门面里一见面,小冯就朝我一伸手,摊开手掌,手心里真有一颗彩色玻璃弹珠,就是我们小时候玩的那种,细看,上面还有些小的坑坑洼洼,打弹珠的时候,弹珠互相撞击撞出来的。

小刘也凑上来看看,他小时候在乡下生活,好像没人玩这个,他有点疑惑,疑惑中还有一丝担心。

可我才不会上小冯的当,我说,这个,你可以去买呀。

小冯说,哪里有卖?

我一时间还真想不起来哪里有卖,毕竟这都是大半个世纪前的东西了,我想了想后,灵感来了,我说,你可以到小商品市场去买。

小冯居然坦然地点了点头,好像她早就知道,是故意试探我的。

难道她真是在小商品市场买的吗,那她到底想干啥?不想住了,要提前退租,又不想损失押金和提前交了的房租,所以搞个玻璃弹珠来挑事情?这都算不上什么创意,而且根本用不着的。

我直接就说,你不想住就不住吧,押金退你,你预付的租金,也好商量的——

小冯立刻说,阿姨,我不是要退租,我要住的,我很喜欢这个房子,我只是想了解一下,弹珠到底是从哪里滚出来的。

我不作声,我也不知道弹珠是从哪里滚出来的。

小冯见我装聋作哑,就直接推动说,阿姨,要不,你一起回去看看?

我不想回去。可是除此,我还能怎么样呢。

我们又朝小刘看看,看得出小刘并不想去,但也许是良好的职业习惯或者是其他什么原因,让他觉得他应该一起去一下。

我们三人就一起往平江后街我家过来。我已经很久没有走进老屋了,当时打扫卫生,是请清洁工做的,我在门外等着,清洁工以为我怕灰,朝我看了两眼,换门锁也是锁匠来换的,我一直远远地站着,等到锁匠把新钥匙交到我手上,我都没有想到要去开一下门试试。

是的,我不敢进去。

为什么我上大学要走得那么远,大学毕业我就跟着男友远走天涯,母亲病逝时,我们正在北方的冬天里玩滑雪,滑雪滑得真快,一下子就冲到了山那边。我没有能够见到母亲最后一面。后来父亲去世时,我忙着晋级考试,接到父亲病危的通知,我没能立刻放下前途赶回家,也一样没能见上最后一面。

所以多年来我一直不怎么敢回去,好像他们还等在那里。

现在我不得不去和他们见面了,他们要责怪我,就责怪吧。

现在我们三个站在老屋中间,东张西望,毫无疑问,这时候弹珠是不会出来的。

这是我出生和长大的地方,尽管时光让它有了些陌生感,但毕竟我还是认识它的,我四处打量,上下张望,除了家里的一口大橱的橱顶,别的再没有"高处"了。

这口大衣橱是个老物件,它和房子一样,很高,橱顶上有东西,站在屋里的人是看不见的,作为户主的我,许多年都不曾踏进来,小冯是个租客,也不会爬上去看看橱顶,小刘端了凳子,在凳子上再踮起脚,看到了。

什么也没有,除了灰尘。

高处没有,只得往低处找,可是根据小冯的判断,明明是从高处掉落下来,然后弹跳,然后滚动。

所以,低处就更不会有了。

我不知道我的心情是怎么样的,我根本不知道我是希望找到弹珠呢，还是不希望找到弹珠，我只是知道，现在这屋子里没有弹珠，高处没有，低处也没有，它们无处可藏。

我想走了，可是小冯喊住了我，她指着天花板说，阿姨，天花板。

我心里忽然咯噔一下，不由自主地重复了一遍几十年前我妈说过的话，我说，天花板是密封的。

其实我不相信。

可是天花板太高，站在下面看不清楚，假如它不是密封的，那里也许有一块活动木板，要不然，弹珠是怎么跑进天花板的呢。只是因为我有较严重的颈椎病，无法长时间地仰起脑袋细细地往上看，我请小冯和小刘朝上面看，他们仰着头看了一会，虽然天花板做工精细，严丝合缝，但是年轻人眼神好，仔细看了，是能够发现缝隙的。

小刘绕到后面的院子里，想去借一架梯子，结果梯子没借着，倒是跟过来两个邻居，好在他们不是老邻居，是新住户，我不认得他们，他们也不认得我。但是他们有点多嘴多舌，争相告诉我们说，这个房子很长时间没有人住了。

其中的一个，朝天花板看了看，转身出去，一会儿进来时，人没进屋，先顶进来一根又长又粗的竹竿。

接着他们就用这根竹竿顶我家的天花板，东戳戳西戳戳，不一会儿果然戳到一块松动的木板，听到"噗"的一声，大家都"呀呀"起来。

我妈说谎了，天花板不是密封的。

头顶上有个大大的储物空间。

从那个空间，没有滚出一书包的玻璃弹珠，却扒出来一个长方形的油布包，拆开来一看，包裹着一块金光闪闪的匾牌，上书"富贵"两字。

恰好小曹的电话来了，她问我在干什么，想约我喝茶，我说我在老屋，在天花板上看到了"富贵"两个字的匾。

小曹在电话那头尖叫起来，要死了，要死了，她大喊大叫，激动得语无伦次，她说，真的要死了。

事情就是这么简单。

这是一块嘉庆皇帝赐给丁家的匾牌，始终不知下落，想证明吴宅就是丁宅的一方，一直在寻找这块匾，反对吴宅就是丁宅的人，总是泼冷水，说不可能在吴宅找到丁家的东西。

他们一直找不到它，是因为这些年来，我家一直背对着大院，他们把我家忘记了。

现在好了，它跟着玻璃弹珠一起出来了，

我告诉小曹，除了这块匾，还有一张纸条，上面写着受某人委托，现将"富贵"藏于天花板内，并不知何时何日能够重见天日。如若后人发现，望能物归原主。

落款是我爷爷。

小曹却不爱听，她胡乱地说，不管不管，只要有匾就行。

确实如此，有了匾，吴宅就恢复成了丁宅，迅速从控保建筑升级为市级文物，省级文物的批文也正在来的路上。

小曹终于约到我喝茶，还叫了一个小学同学小金，我们聊了很多话题，后来也聊了我把老宅出租的过程。

小曹是个马大哈，没有听出什么意思，小金比较细心，说，哦，租你房子的人也姓冯啊？

我没有听懂她的意思，朝她看了看，说，是呀，姓冯怎么啦？

小金问，那她叫冯什么呢？

我说，她叫冯荃。荃，就是草字头下面一个全部的全。

我的两个儿时伙伴，脸色古怪起来，她们先是愣了，蒙了，一言不发地看着我，好像不认得我，又好像怀疑我，过了片刻，她们共同发出奇怪的大笑。

可我更奇怪呀，就一个租客，名叫冯荃，有那么好笑吗？我说，你们笑什么呢？

小曹说，冯荃，你别逗了，你不就是冯荃吗？

小金说，怎么会这么巧，你难道碰到了一个同名同姓的人？

这下子轮到我张口结舌了。

小曹和小金就轮番地进攻我了，她们说，你是以为我们老糊涂了，捉弄我们吧。

我们老是老了，但还没有糊涂呢。

其实是我被她们搞糊涂了，我说，什么什么什么，我不是叫于梅吗？

小曹说，冯荃，你得了吧，还想搞我们，于梅是你的微信名，不过，我们早就把你改成原名了。

她们两个把手机给我看，果然，在她们的手机里，我的名字就是冯荃。

小曹说，装，你继续装——别以为那时候我们小，就不懂，你妈姓冯，你是跟你妈姓的，这个我们都知道。

049

我怀疑说，你们都是跟爸爸姓的，我为什么要跟我妈姓？

小金说，那还用说，你爸犯错误了，怕影响你罢。

虽然她们说得言之凿凿，但我不能相信她们，这两货，小的时候，就喜欢联手作弄我，我不会轻易上她们的当。

我们散场的时候，经过茶室门口的柜台，当天的晚报到了，搁在那儿，我一眼瞄到一个通栏的大标题：冯荃女士子承父愿，找到并捐献金匾，为状元府正名。

小曹和小金也看到了，她们两个一脸诡异地朝着我笑，好像在说，看你再跟我们玩花招。

所以，我也不得不承认我就是冯荃女士了。

（《作家》2022年第3期）

范小青　著名作家、江苏省作家协会名誉主席。代表作有长篇小说《女同志》《赤脚医生万泉和》《香火》《我的名字叫王村》《灭籍记》等。短篇小说《城乡简史》获第四届鲁迅文学奖，长篇小说《城市表情》获中宣部第十届五个一工程奖。曾获中国小说学会短篇小说成就奖、林斤澜杰出短篇小说奖、汪曾祺短篇小说奖、吴承恩长篇小说奖、施耐庵文学奖、东吴文学奖大奖等。有多部作品翻译到国外。

女　猫

盛可以

　　随着一个紧实的拥抱，几个月的虚拟爱情落地现实。三十多岁的人，在通往婚姻的旅途中，并不看重车窗外的景致，目的地才是最期待的。她来他的城市开始新的篇章：和他相处、同居试婚。他开车来机场接的她。他是一个笑容开阔，口腔洁净的男人，比照片更为顺眼。她没失望。副驾座上有猫毛，显然是米雅的。他给她发过那只黄猫的照片，一只八岁的母猫，城府很深的样子。她说它很可爱，不过那是一句违心话。他左手开车，右手攥着她的手，车技娴熟，不时侧过笑脸来看她。她知道，他对她也很满意。虚拟与现实的无缝接驳鼓舞着他们，四十分钟的车程根本经不起甜蜜的消磨，眨眼间就到了他的住所。

　　这是一个不错的社区。园林绿化颇为讲究。树上的蝉鸣声烘托着人间烟火气。人工湖里的睡莲开着白花。一对鸳鸯泊在水中，展示宁静的一面。他已经为她复制了新钥匙。那片金黄的钥匙，在他裤兜里煨得浑身滚烫，她仿佛触到了他的裸体，心神为之一荡。他站在她身后指导她开锁，轻柔地吻了她裸露的后颈，她在那酥痒带来的晕眩中将钥匙插入锁孔，按照他说的，向左旋转两圈半，推门不开，手上加了一把劲，不料却用力过度，门被猛然推开的声响显得粗鲁。

"轻点,别伤到米雅了。"他急切地说,"它总在门边上等我。"

开门弄出那种响声,让她感觉自己像个愚钝的乡下人,他说话的语气里似乎也有这个意思。黄猫不在门边。他关上门,边喊米雅边脱鞋,给她递了一双拖鞋之后,就抛下她去寻猫了。

他的妻子五年前因车祸去世,被撞断了腿。房子里没有留下她的印迹。

她打量她即将生活的地方。这是一个长条形的公寓,空间很大。按设计规划,玄关右侧为临街大凸窗卧室,左侧依次是客厅、餐厅和厨房。但他改变了布局,大凸窗卧室改成了猫房,里面是与猫有关的一切。堆着整包的猫粮和猫沙。满地猫玩具。一人多高的猫爬架、毛抓柱、轨道球、隧道、帐篷……猫屎盆和铲子都是粉红色的。

玄关左侧的客厅是联结其他空间的通道,变成卧室后没有任何私密性。这里也是遍地玩具,逗猫棒、弹簧鼠、猫抓板、仿真鱼……她用脚拨出一条路来,站在他们日常翻云覆雨的地方。室内并不温馨。简单到寂寥。除了墙上那张有猫的电影海报以外,并没有任何装饰。一张猫的专用楼梯挡在床侧,人必须绕到另一面才能上床。

她想起他说的,猫有腿疾,不能跳跃。

是猫非床不睡,还是他需要猫睡在身边?

她忽生一股"寄猫篱下"的感觉。

他是一个零售市场分析师,精于制作数字图表,他甚至能将他们的感情波动做成图表分析，他们正是在恩爱值爆表时开始见面试婚的。这种节奏和步调一致的感情并不常有，彼此认定对方是那个正确的人，可以携手到老的。

甜蜜占据上风。她开始幻想着如何布置卧室。

客厅家具风格现代。灰色大理石面圆茶几，上面有茶盘、杯垫。灰色沙发是新的，缝隙里插着一根系着羽毛的逗猫棒，它像面胜利的旗帜，宣告着猫的领土与地位。它无处不在。

一丝对猫的厌恶浮上她的心头。

他在厨房哄猫，嗓音是尖细甜腻的："米雅，今天怎么不高兴呢？……哦，宝贝……至少喝点鱼汤吧……这可是你最爱吃的呀。"

她走进厨房，看见漂亮的中央厨柜兼吧台，那是她喜欢的。她看见自己在那儿洗碗切菜，他从后面撩起她的裙摆，但吧台上面的猫餐具扫了她的兴。那些精致的器皿里盛着精致的食物，猫像个芭蕾舞者，姿态优雅地站着，仰着头朝他咪咪地叫。

他给猫介绍新来的客人，仍是那种甜腻的腔调。

这是一只普通的虎纹猫，尖削的脸，吊梢的眼，冷幽的目光。她讨好他，假装欢喜地抚摸它。它躲开她，两眼斜睨着她，脑袋在他的腹部来回磨蹭，喉咙里发出咕噜咕噜的愉悦声响。他则用不久前在车上紧攥她手的那只手，反复捋着竖起的猫尾。他们配合默契。

他本应该抱着她亲吻，胶着中一起倒在那张大床上。但他一进门，手和心都不在她身上了，好像她已经在这里生活了很久。

她情绪控制得很好，微笑着参观厨房。看不到人的生活痕迹，处处是猫的物品。灶台上垒着小罐头食品，外壳上印着猫头，一看就是高档货。洗碗池堆着猫用过的餐具，上面沾着酱食。猫毛无处不在。

"你尽管按你的喜好来收拾房子。"他说。

他们在餐馆吃饭。这时候，他完全是她的了。爱情又衔接起来，重新美满如意。他打算周末和她去买床上用品，花卉植物，选哪种挑哪样，一切都由她作主。他给了她管理家居的权力与自由，等于颁发了"女主人"委任书。她很谨慎地使用这个权力，没有直接指出猫不该占有主卧，而是委婉地从风水角度谈开来。比如卧室，是一个家庭最重要的地方，它主健康运势，还有生育与感情，如果卧室不够私密，且是出入通道，会破坏风水能量。

"我只要你住得舒服，"他说，"都听你的。"

他对她宠溺时，她觉得自己是只猫。

他们当晚就动手调整布局。猫和它的一切被挪到闲置的餐厅。他拖动吸尘器清洁地毯。她卷起袖管，擦窗拭壁，清除猫的痕迹与气味，一边想着如何努力去爱他最爱的东西。

猫坐在对面房间里，冷峻地盯着他们。

抬席梦思时，有一张照片掉下来，照片里是一个长发女人，胸前抱着一只黄色奶猫，生日蛋糕上插着很多蜡烛，烛光将那张年轻漂亮的脸和黄色奶猫的眼睛映照得分外明亮。不用问，她知道那是谁。他知道她知道，因此也没说话，只是将照片放到别的什么地方以后，回来继续干活。

她喜欢这个卧室，透过大窗可以看见天空和樱花树，做猫房简直太浪费了。他们在屋中拥抱，彼此都很满意这番劳动成果，他称赞她的设计与审美。他低头准备亲吻她时，忽然想起了猫梯，于是放开她去搬梯子，依旧挡在床沿边。这个丑陋的东西占据不少空间，还严重地破坏了整体美观与气氛。

她知道，现在她不能对这个梯子发表看法，更不能移开它。

全屋收拾妥当，洗干净身体头发之后，已经是凌晨时分。就着窗外透进来的昏黄灯光和花香，他们这才有时间投入亲吻，探索彼此疲惫不堪的身体，开始试婚的第一次性生活。

窗外朦胧。光线对于做这类事情恰到好处，双方的身材和脸庞都显得漂亮完美，眼袋、雀斑、眉毛稀疏等瑕疵均被很好地隐藏起来。他很结实。手法细腻。世界罩在一张薄薄的被单下。他们不必着急。时钟走完那半圈，他才需要起床上班。而她可以睡到任何时候。床在重压下呻吟，带来更大的刺激。谁也不想太快结束。他们面对面，以一种最省力的方式运动。正如痴如醉之际，她看到一团黑影爬上他的脑袋，惊吓过后，她意识到是那只猫。

猫滚落在两具身体中间，头在他胸前磨蹭，嗓子里呼噜呼噜响，尾巴扫到她的脸上，她闻到一股鱼腥味。

他试图将猫挪走，但是猫抵拒着，后爪子勾住被单，发出不情愿的叫声。

她转过身，背对着他和猫，假装疲惫地睡过去了。

天还没有大亮，他轻轻吻了一下她的额头，小心翼翼地下了地。她听见猫的呼噜声随他移动，仿佛是他的呼吸声。她微睁双眼，看见他带上房门的背影，腋下夹着猫。

他和猫构成一个固定的世界。她感到自己是多余的。

不过，这种想法没持续多久，另一种情绪打败了它。昨天晚上，他是握着她的手睡的，隔着猫，给了她足够多的安抚。他向她道歉，承诺下一次做爱，会预先关上房门，事后再放猫进来。她希望每晚都把它关在外面，但没说出来。她依然谨慎地行使他赋予她的权力。她处在一种尴尬的年龄，特别怕把事情搞砸，多少懂了些委曲求全的艺术。更何况她已经按她的喜好布置了家居，把他的家弄了个天翻地覆，如果又逼他撵猫下床，打破他们的生活习惯，未免有些得寸进尺，给他留下自私、对动物不够友善的印象。

她起来，拉开窗帘，推开窗，自然光透进来，新鲜空气驱散了房间里的浊气。樱花树上有两只鸟，在相互梳理羽毛，嘴里喊喊喳喳。她不禁脸露微笑，静静地看了一会，直到它们飞走，留下一树静寂。

她决定对那只猫好。抱着这个想法，她来到厨房，猫已经高举尾巴，在吧台上吃早餐了。她读出一些娇宠的意味。她克制内心的反感，甜美地叫了声猫的名字，摸了摸它的背。她主动问他，如何喂猫，猫爱玩哪个游戏，他不在家的时候，她会照顾好它。

"我的猫。我的女人。"他心满意足地亲她的脸。

女人一样的猫，还是猫一样的女人？她的思想在这个问题上停留了一下。

他介绍猫的饮食习惯，那种温柔的语气显然是针对猫的。他赶时间上班，最后象征性地拥抱了一下她，叮嘱她，不要关闭客厅的百叶窗帘，猫喜欢坐在那儿看外面的行人和狗。否则它容易抑郁。

厨房里只剩下她和猫。她们相距几米，隔空打量。

"米雅……"她率先打破僵局，走近它，但是不敢伸手摸它。

猫轻轻喵了一声，从吧台那头走过来，仿佛这样可以将她的脸看得更仔细。

"我可以摸你吗？"她伸出一只手。

猫慢腾腾走到那只悬空的手下面，挨着手心磨蹭起来，它释放的信任与温柔，瞬间让她充满感动，对它变得怜爱起来。她甚至抱起它，脸对脸地亲热，内心同时升起对他更深的爱意。

她让猫趴在肩头，开始清洗满池的猫餐具，心里涌动甜蜜与幸福，想着他，期待着晚上的黑灯时刻。

他给她在餐馆订了午饭，晚上带她出去吃泰餐，又问她与猫相处如何。这一天，她陪猫玩遍了所有的玩具游戏。猫很聪明，她从中获得了快乐。

下午五点多，猫不再玩任何游戏，坐在大门边，尾巴在地上扫来扫去。没多久，她听到钥匙插入锁孔的声音，门被轻轻推开，他回来了，刚进屋猫就贴过去，紧挨着他的小腿磨蹭起来。他抱起猫，一边跟猫甜腻说话，一边敷衍地亲了她的额头。无论他走到哪里，都没有放开猫，坐在沙发上和她说话时，手也在抚摸着猫，从猫头到猫尾，捋过竖起的尾巴，一遍一遍，不厌其烦。

那只手本应在分别一天后饥渴地抚摸她的肌肤，诉诸思念和欲望。蜷在他怀里的本应是她，而不是一只猫。

她又变成那个多余的人了。

但是，幸福感在晚上回来了。他关上了房门，让她尽了兴。

事后她去了一趟洗手间，返回时猫已经在床上了。他正专心细致地捋猫，好像在弥补刚才对它的冷落，他的手没再碰她。

属于她和他的夜晚结束了。她面向窗口侧卧，整晚都没翻身。

周六。在街上与他牵手行走，她突觉身心一阵轻松。天空明媚。穿过林梢的风清新甘醇。她深呼吸。他没有察觉，猫一直压在她胸口，他还总把猫放在她怀里，试图让她们增进感情。

没有猫，她的胃口很好。他们在一个干净的小馆子吃了重庆小面，灌汤包子。店主称她为太太。她和他愉快默认。他们边吃边聊，新闻，房地产，零售市场，最后话题回到自身，关于婚姻和孩子。因环境和时间关系无法深入，他们将留待床上去讨论这些事情。

他们来到一个巨大的综合商场，成为最早的一批顾客。他还是那句话，挑她喜欢的，她喜欢了，他就会喜欢。他攥着她的手，十指相扣。商店服务员也将他们当作夫妻。他们确实很登对。他比她高一头，身形挺拔；她穿着平跟鞋，照样窈窕。

她谢绝了店员的推荐，心里知道自己要哪一种。他们在床上用品区移动，像欣赏艺术展览那样，不时伸手摸捏材质，测试手感，讨论颜色是否与家具窗帘相配。她并没有独断专横，而是尊重他的意见，甚至顺从他的想法，除非真的差距太远。

沙发抱枕很重要，可以提升客厅的动感。他的沙发是灰色的，她想着用亮色的抱枕点缀。雪白假羊毛抱枕柔欢舒适，金色的布面抱枕清爽洁净，都很漂亮，她心里偏向假羊毛的，有一种额外的温暖。她问他喜欢哪一种，他指着假羊毛抱枕说："米雅会喜欢这个，它最爱这些毛茸茸的东西。"

她心里有一种被针刺的细微痛感。一只普通的猫，总是轻而易举地破坏她的心情，甚至都不用它亲自出场。好像是它对他施了魔法，无形中操控着他，故意让他说出那番话来。她进一步想起和它相处的时候，它允许她抚摸它，和她一起玩游戏，那些友好也许是伪装的，它是一只城府很深的猫，懂得用表面的单纯柔弱蒙蔽他。

她假装考虑片刻，不惜舍弃了自己的偏爱，选择了布面抱枕。这时候，布面抱枕那金色的光泽带着一丝胜利的意味。

"还是布面的好，人造羊毛容易生螨虫，藏污纳垢。"她这么解释道。这只是她根据地毯生螨虫推测来的。她不想他笑话她吃一只猫的醋。当然，这个擅长数据图表的分析员，对女人的心思毫无察觉。他点点头，同意她的话，称赞女人在家居布置方面的天才，揽着她的肩，在耳朵上赏了她一吻。

他将金色抱枕填进大型购物车里，对首批战果心满意足。

她挽着他的手臂。他的身体有一种温柔的吸引力，像那个羊毛抱枕，她渴望把脸埋进去。

她之前是喜欢猫的。第一次听说他有一只猫时，她还挺开心，没想到那只黄猫会像一颗石子，卡在她幸福的齿轮中。她对他的一切都很满意，他的床上功夫让她大快朵颐。但除了关门行房的那一阵，她和他可以无缝接驳、亲密拥抱之外，猫无刻不在。当她依傍着他，一起在沙发看电视，猫就会过来盘在他腿上，嗓子里呼噜呼噜，他那双抚遍她全身的手，就得在猫身上忙碌，从头捋到尾，眼看着猫毛渐渐油光顺滑。

她心里反感猫，总是坐直了身体，正襟危坐地盯着电视机。他们一上床，那只猫就跟过来，伏在他的身边，他捋着猫入睡，好像他身边没有睡着一个女人。

她要了一张淡蓝色薄毯，坐在沙发上看电视时，腿上有点凉。她选的是那种手指粗的毛绳编织毯，既可以保暖，又可以搭在沙发装饰客厅。他捏了捏她的手，放到嘴边蹭了一下，说晚上给她煮热姜汤水泡脚活血。他一句话，就瓦解了她对猫垒筑的排斥与嫉忌。因猫而对他悄然削减的爱意，像潮汐无声地涨了起来。她将脸贴着他的手臂，又一次决定对猫好。

在过去的三十五年中，她有过两次恋爱经历。第一次是二十四岁，本命凶年，男友劈腿；第二次发生在二十八岁，对方出国，感情渐渐脱离了轨道。此后几年，她像颗种子在时间中沉睡，直到这个爱猫的男人，让绿芽破土而出。

现在，他们在商场边上的盆栽店，她要从这满院的花卉盆景中，挑选属于他们的植物。他教她认识了不少品种。他嗅花的样子，像一匹马。他不急不缓，很享受这种时光。

这就是生活，她想，为了一朵花，慢下来。

人海茫茫遇见他，幸运。她吻了他的手臂。

"这是猫草，米雅最喜欢吃。"他指着一盆青草说道，"这种草含纤维，可以刺激肠胃蠕动，帮助猫咪消除胃里的毛球。"

"猫会吃草？"她有点惊讶。同时松开了他。

他点点头，给她讲与猫有关的知识、米雅的个性，好像她将接替他照料那只黄猫似的。

他说米雅时独一无二的语气，仿佛一颗沙粒摩擦着她的心。

也许是花香过于浓郁，她感觉空气有点稀薄，胸口一阵发紧。

为了讨好他，她将一盆猫草放进购物车，另外选了平安树、散尾葵，以及耐旱的多肉植物。

晚上，她正在洗手间给面部补水。

"你过来看。"他倚在门边说，带着得意。

她好奇，顺着他指的方向看过去，只见猫淡定地卧在淡蓝色新毛毯上。

"呀，那是我的。"新毛毯她还没开始用，就被猫霸占了，她本能地冲过去，从猫身下抽出了毯子。但随即意识到，他喜欢猫卧新毯的样子，要与她分享。如果她与他相拥，同样充满爱意地注视这一幕，他们的感情也会在此升温。

但她粗暴地毁坏了这个时刻。

"我好像有点对猫毛过敏了。"她弥补似的为自己辩解。

晚上，他一边看娱乐节目，一边抛掷沙沙作响的锡纸球逗猫，猫追到锡纸球，咬回来给他。出于对毛毯一事的弥补，她也陪猫玩了一阵游戏。最后她玩累了，躺在沙发上，头枕着他的大腿，盖着那张新毛毯，从毯子里伸出脚趾头逗猫。每次脚趾头探出来，猫便用爪子轻轻极速一搭。它反应很快。她忍不住咯咯直笑。

他很高兴她们相处这么愉快。

但这和谐的一幕很快便以她的尖叫声结束,猫爪像刀片割开了她的大脚趾,豆大的血泪泪渗出。

她和他之间和谐完美,从肉体到精神。但是,猫在搞破坏。它就像一只新鲜苹果被轻微碰伤的部分,一小点损伤正在腐烂变色,病菌慢慢攻击整只苹果。只有挖掉这一小块腐烂,苹果才能储存更久。

她的脚趾头还有点隐隐作痛。

他吻别她上班。屋里只剩下她和猫。短兵相接。她盯着它。它瞪着她。中间隔着中央厨台,以及它早餐后的脏碗碟。

昨天晚上,它的呼噜和他的鼾声搅在一起,在耳边如滚滚雷声。那处境让她觉得有点滑稽。他不知道她睡不着,也不知道她想他抱着她睡。但至少她清楚,他更愿意抱着猫睡。她上了几次厕所。刷了几回手机。黑暗中的屏幕亮光刺激得她两眼流泪。直到窗口亮起来,他和猫离开床,她脑中的尘埃落定,恢复平静,她打算睡一会,但他一大早就在用尖细甜腻的噪音和猫说话,声音传到卧室里,那只猫在喵呜喵呜地回应。她也听到猫粮落到碗里的沙沙声,猫餐具触碰大理石台的声音,眼望着床边的猫梯,心里涌起一股厌恶。这件东西又大又丑,结实地挡住了半边床沿,好像卧室里睡着行动不便的残疾人。新买的蓝白隐花床套,抱枕和枕头,同花色的新窗帘,按她的审美收拾的,明亮温馨,但猫梯破坏了一切。

猫一动不动。它有点心虚,似乎知道自己给她和他之间造成了罅隙，眼神既严峻又惧怕。

她和猫僵持了一阵，猫撇下她率先调转头去。它从沙发上面走到客厅窗台，嗅着那盆猫草，用脑袋蹭着草叶，这样旁若无人地玩了一阵，舔了舔爪子，就目不转睛地盯着窗外。

有人在遛狗，黑狗抬腿朝灌木丛撒尿。

她走过去，放下了客厅的百叶窗帘。屋里的光线暗了下来。

猫吃了一惊。它扭转头瞪着她，仿佛在问："为什么？"

她心里有胜利的小快慰。接着她开始施展他赋予的主人权力，将散尾葵搬到卧室靠窗的角落，挪走猫梯，让床罩自然垂落，将被面抚扯得像镜子一样平整。她欣赏着重新布置的卧室，没有猫，显得宽敞干净。等他回来，她打算跟他说，让猫睡它自己的房间。中午她出去散步，在商场买了一盏粉红色的布罩台灯，点缀浅蓝色调的卧室，想象周围黑下来，她和他在那圈暧昧的粉红光晕中兴风作浪，不觉心湖荡漾。

她开门时很小心。但猫不在门边。换了鞋走进卧室，浅蓝色的被罩上赫然一团黄，那只猫盘卧床中，冷冷地看着她，没有表现出一丝惊慌。

没有猫梯，它是能跳上床的。

她大声叫它下去。它岿然不动，眼神咄咄逼人，露出决一雌雄的坚定。她拿起一个木衣架去捅它。它像老虎般叫嚣，龇出尖牙，对衣架又咬又抓，和她搏斗起来。她没料到它这么凶，手上便使了点劲，它的吼叫声吓人，像一个垂死挣扎的亡命之徒。衣架传递着它的反抗力度，她几乎就要败给它，它那拼命的架势让她有点害怕，但正是这种害怕给了她勇敢，逼她真正拿出人类的强大来。

它敌不过她，滚下床去，没站稳，晃了一下，但还是撑起了身体，瘸着腿离开了卧室。

它狼狈颓丧，恢复了一只小动物的脆弱。

她很疑惑：没有梯子，这只有腿疾的猫，是怎么跳上床的？难道它的腿疾是伪装的？

她来到厨房，为刚才的粗暴感到愧疚，居然对一只几斤重的猫大动干戈，未免可笑。

她想着给猫准备食物，缓和一下气氛，与它握手言和。她不敢去捉它，把餐碟放到地上，喊它的名字。

它躲起来了。

她下午睡得很死。由于猫，他，性生活，以及新的环境，她连续几晚失去睡眠，原是想小睡一下，再起来准备晚饭——她主动要亮一手，为他做一锅川味水煮鱼。她是被开门声惊醒的。同时听到他逼紧嗓门，用甜腻尖细的声音和猫说话。进门第一件事，他本应该喊她的名字，让她出现在视野里，然后来一个阔别后的亲吻与拥抱。但他没来推卧室的门。她知道他会坐在沙发上休息，他和猫会有长时间的耳鬓厮磨。如果不是想起要做水煮鱼，她会避免看见那一幕。

她硬着头皮去厨房，如她所知，他正在专心地撸猫。

猫盯着她，充满敌意与紧张。

"把百叶窗帘拉上去吧。"这是他见到她说的第一句话。

她这才意识到自己犯下的错，心里羞愧，又无法对关闭窗帘的事自圆其说，便装作没事似的打开窗帘，然后逃也似的躲到厨房做饭。她心绪不宁，影响了菜的味道，远没达到平时的水准，但他还是亲了她的脸颊，称赞她的厨艺。他似乎并没有把窗帘的关闭当回事，更不会想到她与猫之间发生了战争。她心里慢慢自然了。他们在吧台吃饭时，聊了一点上了热搜的话题，他显得疲惫，兴致不高，说今天特别忙，有两回眼前发黑，差点晕倒。她包揽了洗碗清洁等杂事，让他去休息，他也说他感到一种前所未有的疲倦的确需要躺下来。

她在厨房洗刷。然后蹲下来擦地，所有角落都清洁到了，一大把猫毛扔进了垃圾桶。最后她把自己收拾干净，穿上吊带睡衣，一个人在沙发上看美剧。时间刚好八点，离睡觉还早，她没去打扰他，想着他休息好了，就会出来和她一起说会话，毕竟一整天他们只互发了几条信息。不过，她也担心，因为她没听他的话，关上了窗帘，伤害了猫，他不愉快，所以撇下她独自待着。他不是那种什么都挑明说透的人，跟他在一起，需要放聪明一点。

房间里没有任何动静。再精彩的电视剧，她也看不进去了。心里渐渐不是滋味。她才来一周，处在蜜月中，不应该获得这种冷落。他可以枕着她的大腿休息，如果内心需要她，他会希望她待在身边，享受她的抚慰。她思考着自己是否应该进房间，说几句温柔的贴心话，表达一下关切和担忧。但一想到猫正和他相依相偎，就觉得自己是多余的，自己的温情也是多余的。

她怀念没见面前，他们的关系那么亲近，无话不谈，现在住在一起，反倒隔着千山万水，咫尺天涯。

问题在猫。她是这么想的。

挨到十点多,终于到了睡觉的时间,她关掉电视,轻轻推开卧室门,情况令她意外。房里亮着灯,他正靠在床头,电脑放在腿上,一手捋猫,一手打字。她当然也看到了床边的猫梯,他恢复了原来的样子。

她知道,已经没必要和他谈猫的事情了。

他到底是不是真的不舒服,他有没有睡觉,醒了有多久……反正他没想着出去看她一眼,说几句话,问一问她今天过得怎么样。她观察他的手,那只手单纯地捋着猫尾,握着那根竖直的东西,从根部往上捋,一遍复一遍,那猫尾仿佛是他的阳具,他正享受捋动过程中的愉悦与满足。

猫也在享受着,呼噜呼噜。

白天与猫战斗获得的胜利,瞬间化为乌有,它正获得他比平时更多的温柔。他沉迷于捋玩一根猫尾,将她长时间冷落在客厅,这样的夜晚是羞辱的。

她第一次感到负面情绪一触即发。她想大喊一声:"我受够了这只猫!"

但她只是面向窗户,做了一个深呼吸,顺手拉合窗帘间的缝隙,挤出笑脸,转身上床。

"我以为你一直在睡觉……你感觉好点了吧?"她语调轻愉。

"休息了一阵,还是有点晕。"他看了她一秒,手不离猫。

她从这句话里听出一个重要信号:今晚他不会和她过性生活。

"米雅的腿瘸得厉害,现在它一定很疼……"他把猫抱在胸前，给予它更为细致的温柔与怜爱。

他没有质问她为什么拉下百叶窗，挪走猫梯。

一丝怜悯从堆积的负面情绪里挤出来，她想伸手摸一摸猫，但害怕它尖利的爪子和牙齿，手只好落在他的手臂上，摸到结实的肌肉，她希望这只温暖的胳膊挽住她的脖子，亲吻她，驱散心头的乌云。

也许他是个心思粗糙的工科生。他开始处理工作邮件。他的手臂和身体围成一个窝，猫在窝中。

她闭上了眼睛。冰冷的孤寂包围了她。

脑海里那个声音又开始叫嚣。

她欲言又止。

是猫的问题，她的问题，还是他的问题？

他总算熄灯躺下。她屏息等待，希望他的手会爬到身上。

世界安静极了。只听见猫的呼噜声。

"也许，我还是离开的好。"终于，她对着天花板轻轻说道。

他过了一阵才回应："如果你真那么想，我尊重你的决定。"

他没问为什么，似乎早已深思熟虑。

但她心目中的剧本不是这样写的。她等着他靠近她，抱紧她，请她留下。

夜静静下沉。接近黑暗的底部时，她扭转头，想对他说猫能跳上床的事，却看见猫的黑影挡在中间，它眼里闪着磷光鬼火。

翌日清晨，他照常上班，她比他晚起来一个小时。挫败感令她很不好受，她无法在两个人的关系中找出硬伤，感情却是这样结束。她喝了半杯牛奶，开始收拾行李，准备搭下午两点的航班回自己的城市。她听到客厅有些声响，目光穿过玄关，看见猫在客厅里奔跑，踢玩粉色的锡纸球，跳上沙发，又从沙发鱼跃而下，一点也不像是有腿疾的猫。

(《人民文学》2022年第9期)

盛可以　　女，20世纪70年代出生于湖南省益阳市，后移居深圳。著有十部长篇小说，包括《北妹》《野蛮生长》《女佣手记》《锦灰》《息壤》等，以及《留一个房间给你用》《福地》等多部中短小说集。作品被翻译成十五种语言在海外出版发行。

县城美人

张惠雯

南方的夜

八十年代后期,我们县城有三个出名的美人:何丽、丽娜和红霞。她们美得迥异。何丽有标准的古典美人的五官,行为举止里透着温柔的羞怯。丽娜丰满而美丽,性格奔放,有点儿像外国人,我后来才知道这种与众不同是因为她母亲是维吾尔族,混了血的缘故。三人之中,红霞明显不如另外两个漂亮,她眼睛不大,身材也平板了些。可她身上有股说不清的味道,使人不能不注意到她。那时候,县城街上几乎没有女孩儿骑摩托车,但红霞有辆白色小摩托,我们经常看到她骑着摩托风一般"掠过"大街。她的白衬衫扎进牛仔裤,顺滑的直短发迎风飘拂,身姿笔挺,像个气度不凡的骑手。

后来,我看了一部港片,似乎帮我解开了"秘密"。这部老港片没有任何影响,也没有当红明星参演,是我"混电影院"时无意中看到的。当年,县城的影院规定十岁以下的孩子跟大人进场,不必买票。所谓"混电影院",就是当看电影的人群蜂拥检票进场时,我们几个迅速分散开,每人跟在事先"盯上"的一对成人男女身后,让检票员误以为我们是他们的小孩儿或弟弟妹妹,就这样混进去看免费电影。很多年过去,"混电影院"时看过的古今中外的电影大多已在记忆里烟消云散,但那部老港片《靓妹正传》却清晰如昨。当时,影片里的阿珊一出现,我就惊呆了,仿佛我们街上的红霞跳进了大银幕。我突然明白了长得并不特别好看的红霞为什么能跻身"三美",因为她和电影里的阿珊一样,有股女孩儿身上罕见的清爽、帅气,这股帅气很都市、很港味儿。

我和红霞没什么交集。她比我大十来岁,是我哥哥那代人。他们读高中时,哥哥给她写过求爱信,但没写几封就被她妈发现,找上门来。于是,这段"不良早恋"没开始就被迫终止了。九十年代初,我读初中时,红霞从县城的街道上消失了。听说她辞去税务局的工作,南下广东了。一九九六年底,我哥哥也去了广东。在那里,机缘巧合,他们遇见过几次。哥哥给我讲述了他们会面的情景,我把他零零碎碎的描述加以修补,整理成下面的故事。

那是我到深圳后的第二年。一天晚上,我和单位同事和同事的朋友一起吃烧烤。同事的朋友带着他的女友,那女孩儿在一家台资电子配件厂工作。她听说我是河南西城人,惊讶地说那我可能认识她的朋友。我问她的朋友叫什么,她说叫红霞。我说红霞我肯定认识,她在我们县里是名人。她问我红霞为什么是名人。我说因为她美啊。那女孩儿有点不相信似的笑了。我想,并不是每个人都能看出她的好的。

我又问那女孩儿,你和红霞很熟吗?她说,当然了,好姐妹啦。然后,像是为了证明她说的是真话,她立即给红霞拨打电话,说帮她"捞"到了一个"靓仔"老乡。她们说笑了几句,她把电话递给我。我接过电话,报上我的名字。我听到那边"啊"地惊叫一声,连声问"是你啊""真是你啊"。的确是红霞的声音,尽管她在电话里讲普通话。"你也到南方来了?什么时候过来的?"她问我。我说来了一年多了。她怪我怎么不和她联系,说我来之前可以去她家要她的联系方式啊。我笑着说:"哪儿敢去?害怕你妈。"她大笑起来。因为周围人声嘈杂,我们只简短地聊了一会儿,交换了电话号码。打完电话,其他人笑话我打个电话怎么打得面红耳赤,肯定心里有鬼。我说明明是酒喝多了。

但当晚那股兴奋劲儿过去,我反倒犹豫要不要给红霞打电话了。我想如果打电话,肯定要约见面,但不知道为什么,我有点儿羞于见她,或者说,我虽然想见面,但感觉自己还没有准备好。我刚来不久,连个像样的住处都没有,而听说她自己做生意,发展得很好,我若急吼吼地找她,像在高攀人家。我当时在一家培训公司做文案,工作非常忙,周末都得加班,慢慢地,就把约她见面的事推后了。

有一天,我接到了她的电话。她没有问我为什么没和她联系,我倒自己觉得羞愧,撒谎说那天晚上把她的电话记在纸条上,喝酒时不小心把纸条弄丢了。她笑了,笑的声音有点儿让我心虚,似乎她一下子听出我在撒谎,却并不在意。她说她也忙得很,所以到现在才想起给我打电话。她问我到了这边以后情况怎样，我大致说了下工作的情况，说挺忙乱的。她安慰我说初来都这样，慢慢就上手了。又聊了几句，她说如果我这个周末不上班，就见面一起吃个饭吧，太久没见过老家里来的人了，很想。我说周末白天也经常要加班，晚上可能有时间。说完我就后悔了，心想晚上她恐怕是不方便的。但她说晚上也可以，说她家附近有一家重庆鸡公煲不错，问我能不能吃辣。我说，辣的最喜欢。她笑了，说果然是老家人，口味重。打完电话，她就把餐馆的地址发给我。

那家餐馆在福田区的华强北，而我当时住在龙岗区的一个城中村。那天下午，我转了三趟公车，才找到那里，仍然比约定时间迟到了半个小时。服务员把我带进一个用竹编的隔挡围起来的、清雅的小隔间，她已经在里面了。我狼狈地解释路上转车耽误了，她说她也刚到，没怎么等，又说不该让我跑这么远，主要是这里离她的住处近，吃完饭走过去方便，老家的规矩，来了一定得去家里坐坐。我赶忙抓过菜单说这顿饭必须我请，因为我迟到。她说她刚才已经点了菜，她经常来，知道什么好吃。她提起那个粗陶的茶壶，给我倒上一杯茶，感慨地说："好几年不见，想不到在离家这么远的地方见了面。"

我喝着茶，从匆忙、狼狈的状态中慢慢缓和过来。菜上来以后，我们的谈话更顺畅而愉快。她询问我的工作、生活情况，我说了很多，最后免不了夹杂些抱怨。后来，我们又说起家乡的一些人、地方上的改变。我告诉她我们读的高中又盖了新校区，就在贾鲁河边，城北那个湖被填了，上面盖起住宅小区，告诉她我们县的大美人何丽嫁了个警察，还有，当年教我们的那位时髦的英语老师离婚了，然后和他的学生结婚了……她听得入神。我问她怎么这么久没有回老家，她说她在"赛格电子市场"有个柜台，销售电脑配件，就这么一个小生意，时时刻刻都离不开人。我说你太厉害了，成女强人了。她说什么女强人，只是个小老板，赚点儿辛苦钱。但从她的笑容里，我看得出她对现在的事业很满意。

吃完饭，她邀我去家里坐坐。我们一起往她的住处走去。深秋的天气里，她穿着黑色高领针织连衣裙和牛仔外套，还是那头顺滑、洒脱的短发，但看起来又和以前不太一样。后来，我察觉到那首先是因为她的眼神不一样了。过去，她的眼神飒爽、冷傲，仿佛不怎么看人，如今它变得温柔亲切，甚至还夹杂着一丝兴奋。我们大概走了十分钟，走进一座外面看像写字楼的酒店式公寓。我们乘电梯来到十八楼，走上一条狭长、寂静的过道，地面铺着灰色地毯。走道两侧是一扇扇灰白的、密合得无一丝缝隙的门，门后没有任何声响传来。这里和我住的地方完全不一样，我那栋楼的走道里充满了各种嘈杂的声音，人人仿佛都开着门做饭、看电视、过生活……

她住的是个一室一厅的单元，屋里并没有当时广东流行的酒店式装潢，显得简约、明净。客厅的落地窗外就是华强北灯光璀璨的夜景。她问我喝茶还是喝咖啡，我说随便什么都可以。她说到了南方也学会了泡茶，就泡茶吧，边泡边聊，更有意思。

我说，住在这样的地方，应该就是很多人怀揣的"特区梦"吧。她笑着说我太夸张，说这房子只是租的，她还买不起。

"租金也很贵吧？"我问。

她说了个数目,差不多是我两个月的工资。

"你出来是对的,虽然那时候你放弃了机关的铁饭碗儿,大家都觉得可惜。"我说。

她说她也这样觉得,起码眼界开阔了很多,知道了很多自己以前不知道的事,还做了自己以前觉得根本做不了的事。

"放在过去,我根本想象不到你能做生意。"我说。

"我自己也想不到。"她兴奋地说,一双眼显得异常明亮,"但我发现我挺喜欢工作的,喜欢忙起来。刚开始,常常忙得一天只能吃一顿饭,但我觉得好充实。一辈子禁锢在小县城里,在机关里坐班儿混饭吃,像我爸我妈那样,我可受不了。"

后来,她讲到刚来时的懵懂,闹的那些笑话,讲她怎么在电子厂找到工作,怎样慢慢熟悉了业务、因为认识了一位经商的朋友而动了自己创业的打算……她当初借了好几个人的钱租下柜台,进了第一批货。

"你胆子真大。"我说。

"在这边做事,就是需要胆子大一点儿。"她说。

"要是还不了呢?"我问。

"只要好好干,肯定能还上钱,这个账我算过。"她确定地说。

我对她讲了我的打算,说等我对培训业务熟悉了,也想开一家自己的培训公司。

"好啊,太棒了!"她说。

"我需要积累更多经验和客户资源。"我说。

"到时候需要资金告诉我。"她爽朗地说。

"真傻,没见过主动提出借钱给人的。"我笑着说。

"我才不借钱给你,我们合伙,你赚钱了给我分成不就行了?"

"那一言为定。"我说。

"一言为定。"她说。

那天晚上,我们聊了很多。本来,来深圳一年,我感觉有点儿受挫,甚至有点儿疲倦,但那天晚上,她好像又让我燃起了对都市生活的热情和对未来的憧憬,那憧憬美好而强烈。有一会儿,我看着窗外繁华的特区夜景,心想我必须占有这"璀璨"的一部分,就像她一样。

我离开时已经过了午夜。她坚持送我到楼下。这个时间已经没有公车了,我们走到附近的街口等出租车。城市里终夜不熄的灯火依然流光溢彩,但街道上已经安静而空荡,只有稀疏的车辆不时驶过。那些与夜空相接的高楼大厦,那种灯火通明的寂静,给人一种奇特的感觉,仿佛置身一个灿烂而无声的梦境里。南方的秋风只有凉爽,没有寒意。她在风里踱来踱去。不知道为什么,我想到鸟,她就像一只美丽、轻盈、不怎么安分的鸟。

"我喜欢南方。"她说。

"我也是。"我说。

因为两个人都太忙,我们后来见面的机会并不多,但经常打电话,都是在晚上、两个人忙完一整天的工作后。夜深人静时,我们聊聊天,纵使说不出什么新鲜的东西,也仿佛这一天终于放松、宁和地结束了。后来,我把妻子和孩子都接到深圳。有天夜里,红霞打电话来,因为家人都睡了,我只好跑到洗澡间里去接。她似乎一下子就听出了异样，问我是不是家里人已经到了。我说是，所以这段时间忙着搬家、安置他们，没和她联系。她说改天找时间请我家里人一起吃饭。我说太远了，最近也太忙，以后找时间吧。我们没有多聊就匆匆挂了电话。夜间通话无法继续，我试着白天上班时抽空给她打电话，但她往往在忙，等她忙完打回来，我可能又不方便了……最后，电话也很少打了。

二〇〇一年的某天，我突然想起好久没和红霞联系，就给她打了个电话，得到的提示是我所拨打的是空号。我想，她可能换号了。但我之后一直没有接到她的信息和电话。有一次，我在华强北约了客户见面，办完事就走去"赛格电子市场"。我记得她说过她的柜台在二层，我去那里找她的时候还有些紧张，心想自己这样找过来会不会太冒失。但我到了那里一打听，他们说她已经不干了。

二〇〇三年，我在广州的一个家具公司找到管理职位，全家就从深圳搬去广州。二〇〇四年，我去深圳出差，接待我的是我们外包工厂的一位负责人彭军，也是河南人。那天晚饭后，他说带我去找个地方唱歌放松放松，我知道那是什么地方，说不必了，我想早点儿休息。他说那地方是河南老乡开的，宵夜有正宗河南烩面，去吧，确定不搞其他乱七八糟的，就是唱歌、喝酒、吃烩面。

我随他去了那地方。一个穿粉色亮片裙子的女孩儿带我们进了一个房间，操着带四川口音的普通话，娇声娇气地说她今晚为我们包间服务，让我们先看酒单。我对彭军说，说好了，不搞乱七八糟的。他说知道你不喜欢那一套,绝对不搞。但过一会儿,女孩儿就问我们想叫几位"公主"。我赶紧说:"不需要陪唱,我们喜欢自己唱。"

那女孩儿有点儿愕然,接着挤出一个笑脸,说来唱歌的老板都需要陪唱呢,自己唱多没有意思啊。

这时候,正在看酒单的彭军说:"今天不需要陪唱。"

那女孩儿有点儿一根筋,又劝道:"可是来这里都会叫公主呢,我们的公主漂亮,唱歌也好,一起唱好热闹的。"

彭军不耐烦了:"说不需要就是不需要,你没听清楚吗?"

"没关系的,不如我先把她们叫进来,老板看一看,如果没有喜欢的可以不选。"

我也有点儿烦了,不再说话。我想,恐怕他们这里是要求必须点女人来陪唱的,根本不是正经唱歌的地方。

彭军这时把酒单扔到一边,说:"你新来的吧?我经常来这儿,和你们老板很熟。我不认识你,你懂不懂规矩啊?"

女孩儿赶忙赔笑着解释说:"老板是熟客啊,只是,我们这里的规定是……"

"你不要给我说什么规定!"彭军发飙了,"你滚出去,换其他人进来服务。"

女孩儿的脸色变了,连声道歉。

我对他说"算了、算了"。

彭军叫我不用管,说他在这儿第一次碰见这种事儿,得帮老董管管他的员工。

"还有,叫你老板进来。"他说。

女孩儿快落泪了，说："我有什么做错的地方请老板您教我啊……"

"去叫董少华！"她越恳求他越来气。

"我们老板今天不在。"女孩儿说。

"那叫红姐过来！你现在给我出去。"彭军说，指着门。

那女孩儿端着托盘哭着出去了。

我说："算了，一个小姑娘。"

他说："本来来高高兴兴来唱歌，被这不懂事的弄一肚子气。"

过一会儿，有个瘦削、高挑的女人敲门走进来，身后跟着刚才那个女孩儿。她不像其他夜总会里的女孩儿那样穿着性感暴露、职业特征明显的衣服，而是穿一身黑色正装套裙。看见对方，我俩都愣住了。

过一会儿，她问："你怎么来了？"

"怎么？你俩认识啊？"彭军问。

"认识，红霞和我一个县的。"我说，看着她。

她这时转过脸，冲彭军一笑，说："你呀，过来也不提前打个电话说一声，前台最近换人了，竟然给你安排个新来的，惹你生气啦。"

彭军假装生气地说："就是，不认识我倒算了，张总说不想让人陪唱、不想烦，她一直纠缠不休，这不是逼着我们犯错误吗？还跟我说什么规定，弄得人一肚子气。"

她转头对那女孩儿说："快给彭总道歉。"

女孩儿走上来，九十度鞠躬，说："对不起，彭总。"

彭军不吭声。

女孩儿就继续鞠躬,说:"对不起……"

后来,彭军看也不看她,挥手像驱赶一条狗似的说:"出去吧。"

红霞说:"我换个人进来服务。"

彭军说:"你不忙的话也过来坐一会儿吧,陪你老乡说说话。"

"你们来了就不忙了,"她莞尔一笑,"我出去安排下,待会儿就过来。"

她出去以后,我问彭军:"你和她很熟?"

彭军说:"她是这里的领班儿,老董的左右手。我经常来,混熟了。"

很快,另一个女孩儿进来,送来一瓶打开的红酒、三个杯子,接着又端进来果盘和零食盒子,说:"红姐说了,这些都是送的。老板请慢用。"

彭军看了我一眼,说:"你老乡会办事儿。"

我笑了下,没说话。

"你呢,和她很熟?"他问我。

"算是吧。"我说,"不过,也几年没见面了。"

过一会儿,红霞进来了,在我旁边坐下来。

彭军递给她一支烟,隔着我,又凑过去给她点上。她甩甩头发,身子往后一靠就抽起来。她眼皮上涂着厚厚的黑眼影,显得脸庞更加瘦削,脸色更加苍白。

"董少华人呢?"彭军问她。

"去东莞了。"她说。

"真没想到会在这儿遇见,都好吧?"她问我,声音和人都隔着薄薄的烟雾。

"都好。我搬去广州了。"我说。

"怪不得。"她说。

她说"怪不得"让我有点儿不舒服,似乎我们俩失联是因为我去了广州。我说:"我后来给你打电话,你的号码变了,我找不到你。"

她只是含糊地"嗯"了一声。

"这叫'他乡遇故知',我把他带来的,你得感谢我。"彭军插话说。

"当然感谢你。"她说着,和彭军碰了一杯。

我们三个很快喝完那瓶红酒,彭军又叫了瓶"黑方"。她和我们一起继续喝烈酒。

"不知道你这么能喝。"我对她说。

"练的。"她漫不经心地回答,和我碰了碰杯。

过一会儿,彭军和服务我们房间的小姑娘在合唱一首歌。红霞突然对我说:"走吧,我们出去抽根烟,里面太吵,没法说话。"

我跟她走出去,走到歌厅的后面。后面是片停车场,相隔着一排矮棕榈树,是个肮脏、凌乱的建筑工地。工地没有开工,但亮着灯,灯光照着浑浊的空气,像一团灰黄的雾。棕榈树扇形的叶子在没有风的夜里像一个个无力垂落的硕大手掌,你能想象那上面沾染了多少尘土。从我们身后的那排房子里,仍然传来隐约的歌声、笑声、男人女人的叫声,但外面比里面还是安静多了。

空气燥闷、黏稠，饱含着南方特有的溽热，散发着湿哒哒的汗味儿和工业社会的烟尘味儿。

"在这种地方看见我，挺惊讶的吧？"她假装轻松地说，抽了口烟。

我想否认，但又觉得那样太假，就说"有点儿惊讶"。

"我后来给你打电话发现你换号了……"我说。

"你说过了。"她打断我。

我继续说："我还去赛格那边找过你。"

她有点儿吃惊："你真去找过我？"

"去了，他们说你不干了。"

她低下头，弹掉一块灰白的烟灰，沉默不语。

她脸上没什么表情，既没有陷入回忆也没有悲伤的样子，或许她尽力不让自己流露什么，她的姿势也像个放荡不羁的男孩子，只有那双涂着厚厚眼影的眼睛让她看起来很女人气——一个经历过沧桑、守着她的秘密的女人。

"我被人骗了。"她总算决定对我讲讲，"我接了个大单，是个很熟的客户订的。我们搞批发的，多少都有拖延货款的问题，拿了货两三个月后才付钱，差不多是行业的习惯。那个单很大，那个混蛋还先付了百分之二十的定金，说其他还按老习惯，三个月后付清。我也是太久没遇上事儿，胆子大了，而且确实利润很高，就去订了一大批货。结果货发出去不久，人就找不到了。我以前不是给你说过我投了很多钱买股票？那些股票也赔得一塌糊涂。柜台的租金都交不上了，房租也交不上，供货商天天打电话催账……我只好把手机号码换了，柜台转让，全部东西都贱价折给别人。"

"遇到这么大的困难,为什么不跟我说?"我说。

她叹了口气,说:"给你说你能做什么呢?你也很不容易,养活着一家子,自顾不暇。我给你说,除了让你为难,没有任何用处。"

我无话可说,因为她的话虽然很直,直得让人难受,却是实话。我当时的情况,确实帮不上什么忙。

"所以你就到这种地方来工作?"我问。

她诧异地瞅了我一眼,问:"怎么了?不可以吗?"

"不适合你。"我说。

"什么适合我?"她冷冷地问。

"我不知道什么适合你,但这里肯定不适合你。"

"你以为这是什么工作?卖笑的工作?"她看着我。

"我没这么说……"我退缩了。

"你这么想了,又何必不承认?在歌厅工作怎么了?被人催债、被法院找上门,然后东躲西藏,搬到个猪窝一样的地方,可就连那样的地方,人家还欺负你,把你的东西从屋里扔出来……都快流落街头了,还在乎什么工作适合不适合。那时有人肯给我工作,肯给我地方住,我就感激他。"

"我们不说这个。"我感觉到她气恼了,而我也觉得羞愧。我不该鄙薄她现在做的事,因为我根本不知道她那时候经历了什么。

她把快抽完的烟扔到地上、踩灭了。她穿着一双精巧的方头低跟皮鞋,没穿丝袜。她没有感觉到她的打扮和夜总会格格不入吗？除了像是要把自己的眼睛遮盖住的夸张的眼影，除了抽烟喝酒时摆出来的桀骜不驯的姿态，她和以前并没有多大不同。她这样的人，很难沾染上风尘气。

"现在债都还了吧？"我问她。

"怎么？你打算借钱给我？"她的情绪好像缓和过来一些，故意眯着眼表示怀疑地看着我，而后突然笑了，说，"不用操心了。有的还了，有的赖掉了。"

她说回去吧，我说好。我们又走进那个喧闹、炫目的建筑物里。过道上打着游移不定的蓝光，穿着亮片裙的小姐偶尔闪过，像条发光的鱼。尽管那么喧嚣，这里却给人一种虚幻、空荡的怪异感觉，那大约是种彻骨的不真实感，一种刻意营造出的、类似醉生梦死的气氛。这时，她对我说："其实不是你想的那样，我还没有惨到那种地步。"

回去房间，宵夜已经端上来。吃了烩面，彭军非要我唱首歌。我忘了我唱的是什么歌，大概是首老粤语歌。唱歌的时候，我无意中扭头看了她一眼，看见她眼里泪光闪闪。我吓了一跳，赶紧转过头去。我唱完，她像小孩儿一样使劲鼓掌。

那晚我和彭军都喝得半醉，他打电话叫了个司机过来开车。送我回酒店的路上，他又提到红霞，说："你老乡人真不错。"

"怎么不错？"我问他。

"说不上来，反正和别的姑娘味儿不一样，也有脑子。"他说。

"你老去那地方，是不是对她有意思？"我问。

"胡说，"他"嘿嘿"笑了，"我是和董少华熟。他今天不在，下次带你认识认识，很不错的哥们，大方，讲义气。"

我沉默了半晌，还是忍不住问："我老乡，她在那儿只是做做……管理？"

彭军看了我一会儿，狡黠地笑了："你是想问她做不做皮肉生意，对吧？"

我没说话。

他说："她要肯做，我早就把她包了。她是董少华的人，所以我看上人家也沾不上边。俗话说，朋友妻，不可欺，对吧？"

"她是董少华老婆？"我问。

"也不是，董少华有老婆。"彭军说。

我第二天下午就启程回广州了。车进入市区正是黄昏时候，每个地段都在堵车。堵在立交桥上时，我给她发了条短信，说我已经回到广州，让她以后来广州一定告诉我。她没有回复。后来，我又给她发过几次短信，她都不怎么回复。我理解她的淡漠，也决定不再打扰她。毕竟，我们的生活轨迹离得越来越远了。

二〇〇九年春天，彭军到广州参加广交会，打电话联系我。我当时已经离开那个家具公司，自己开了家小公司，代理西班牙、智利的几个红酒品牌。我请他去天河城的一家日式料理店吃饭。吃饭时，他一直抱怨民营厂越来越不好做，说他们厂所在的那个工业区，大部分小企业都做不下去了，倒闭了至少百分之六十，过去的厂院里长满了荒草，那个萧条……我说你的厂还能撑下去就好。他说，也就是硬撑着，不知道能撑到什么时候，上游拖欠款太厉害，资金周转不过来，他天天跑着催债，各种部门又三天两头上门找麻烦，有一次把他的电脑都搬走了。他说觉得广东要衰落了，经商环境明显不如以前。后来，他提到董少华，说真是十年河东十年河西，以前那么风光一个人，现在落得这样。我吃惊地问他怎么回事。他说前些年扫黄厉害，董的歌厅生意不好做，场子经常被封，封了就花海量的钱去上下打点，好不容易开业了，过段时间又被封……

"他也折腾不起了，就不干了。"彭军说。

"他现在做什么？"我问。

"后来就没做什么。人要是倒霉呐，那就不只是在一件事上栽。前年又查出来癌症，化疗放疗什么的搞下来，人不像人鬼不像鬼，瘦的……我一个大男人看了都想掉泪。"

我沉默了一会儿，问他："那红霞呢？"

"你老乡挺义气，听说给董少华拿出来几十万，让他看病，估计她自己这些年存的钱都给他了。"

"董少华自己没钱看病吗？"我有点儿气恼地问。

"你不知道他这个人，花钱大手得很，还有个爱赌的坏毛病。生意没了，坐吃山空，钱也差不多折腾光了。"

"红霞现在干什么？"

"不知道。我联系不上她了，以前的号码换了。你也没有她的新号？"他有点儿诧异。

"没有。"我说，"如果你再见到她，一定让她和我联系。"

后来，我偶尔和彭军通个电话，隐约地希望他会重新联系上红霞，但他再也没有提起这件事。

二〇一二年的夏天,我带家人去惠州南昆山景区度周末。晚饭后,妻子和两个孩子说白天玩儿累了,想在房间休息,我就自己出去散步。我们住的那家民宿后面有条上山的石阶小道,我顺着小路往山上去。山林中充满夜鸟的呢喃和虫子的唧啾,空气潮湿、温热,散发着浓郁的草木气味,这是南方特有的气味。在暮色和夜色交织的朦胧光线里,我注意到在我前面的一对男女。那男的从背影看上了年纪,身型又略胖,爬得有些吃力。女的则苗条、敏捷,往上登两三级台阶,就停下来等男的一会儿。那背影看起来很熟悉,我困惑了一会儿,突然想起她像谁。但我也不敢确定,毕竟好多年没见了。这时候,女的登上前面一个小小的观景台,我听见她说:"你要觉得累,我们在这儿歇会儿就回去吧。"男的操着浓重的福建口音说:"没事啦,爬爬山,锻炼一下,对身体也好嘛。"他听起来已经气喘吁吁,女的伸手搀了他一把。

他俩在观景台那条长椅上并肩坐下,背对着我,谁也没说话。男的不知道从哪儿拿出一把纸折扇扇着风,女的仿佛在静静地眺望风景。我迟疑了片刻,走到他们身后问:"不好意思,是红霞吗?"

他俩一齐转过头。女人惊愕,男人费解。

"小齐?"红霞站起身来,喊了我一声。

"果然是你,我刚才还怕光线太暗认错了人。"我说。

有一刹那,我们俩面对面站着,看着对方,似乎还不信这是真的。

坐在那儿的男人也站起来，问她："遇到老朋友啦？"

她对他说："是小齐，我老乡，我们一个县的。"

那男人"哦哦"地连连点头，说："原来遇到同乡啦，好哇好哇。"

她对我介绍说："这是我老公，姓郑。"

"郑先生，幸会。"我伸出手和他握了握手。他看上去至少有六十岁。

"幸会，幸会。"他也说。然后，似乎站得累，他又坐回到椅子上，拿着扇子扇起来。

她的脸红了，最初的激动、惊愕神情也淡去了。

"太巧了，你们也来这儿度假？"我问她。

"是啊。真巧，想不到会在这里遇见。"她睁大眼睛看着我，有点儿吃力地笑着。

"你们从深圳过来？"我问。

"对。你呢？还在广州？家里人呢？"

"还在广州。他们白天玩儿累了，不想出来，我就一个人出来走走。"

"好啊。"她说。

我们突然间不知道说什么了。

她的头发长了，长过肩膀，脸也胖了一点儿。过去，她一直有种男孩儿般的气质，清爽、锐利，现在，她看起来确实像个四十岁的女人，绵软、倦怠。

"都好吧？"我问她。

"都好。"她说,又说,"好多年不见,你还是那样。"

"你也是。"

"哪有?老多了。"她微笑着否认。

"没有,没怎么变。"我坚持说。

郑先生一直很没意思地坐在那儿扇扇子、赔着笑,这时突然"啪"的一声把扇子合上,大声说:"唉呀,天都黑了。要不我们下去找个地方说话?"

她看看他,迟疑了一下,问我:"也是,站在这儿说话不方便,要不我们下去坐坐?"

但我看得出她的尴尬、言不由衷。

我说:"不,不打扰你们了。太晚了,你们肯定也累了,回去休息吧,我再走走。"我想,有这位丈夫在,我们也不可能聊什么。

"那好吧。"她说。

"电话号码又换了?"我笑着问她。

"换了,新号码你存一下。"她说。

交换了电话号码,我和他们告别,自己往山上去。同时,我留心听着他们,听着他们的脚步声、低沉的说话声渐渐远去,消失。沿石头阶梯散布着几盏低矮的路灯,飞虫绕着那一点儿昏黄的光不知疲倦地飞舞,"扑剌剌"地撞击着玻璃灯罩。我一直走到没有路灯的地方,才往回走。

回到住处,两个孩子已经睡了,妻子躺在床上看电视。我起初不想告诉她我遇到红霞的事,但随后想到第二天我们可能会在酒店里碰上，就告诉了她。她是个热情的人，说好多年没见过县城的大美女了，让我一定给红霞发信，邀他们夫妇明天一起吃顿饭，午饭或是晚饭都行。我说人家未必想见面。她说问问看嘛。我给红霞发了封短信，问她明天能不能一起吃饭。隔了很久，我收到她的回复："谢谢你，但我们明天上午就要离开了。"这是我意料之中的回复，我直觉她不想会面。我回复了一条信息，说的都是"以后再聚""回程平安"之类的废话。

夜里，我睡不着。但我尽量不翻来覆去，以免妻子猜疑。我听着房间里的空调发出的低沉噪音，周遭山林中传来的各种无法辨别的细微声响，来南方后第一次见到红霞的种种情景都在我脑子里苏醒了，此后的交集、失联、不期而遇……一切涌上心头。想到她和我就在同一栋楼里，那种压抑感就更深、更焦灼。我很想给她打个电话，聊一聊，听她说说这些年的生活，也对她说说我的生活。或者，就像上次一样，我们俩找个僻静的地方，只是站一会儿、说几句话。可我知道我什么也不能做。我们，我和她，都没有这小小的自由。在这南方的静夜里，我只能失眠，动也不动地躺着，让那些回忆、困惑、期望在我心里幽幽燃烧。

我后来再也没有见过红霞。有时想到我们最后一次见面的仓促、遗憾，心里会有些难受。但我转而安慰自己，想那年长的男人也许会待她更体贴些。对于一只漂泊日久、受过伤的鸟来说，那毕竟也是归宿。

丽娜照相馆

1

丽娜的人和她的名字一样,有点儿异国情调。当然,"异国情调"这个词是我后来才知道的,当我是个小男孩儿、她是个年轻姑娘时,我看到她,只是觉得她和其他人那么地不一样。丽娜长得高大白皙,鼻梁高挺,眼窝深邃,而且,她那头浓密的头发是自来卷。当烫发的技术还没有开始流行时,她的一头卷发就是县城里姑娘们最羡慕的发型。我们知道这种"不一样"和她妈妈有关,她妈妈是新疆人。那时候,我们不太懂得怎样赞扬一个人的美,更不懂得什么是"混血",我们觉得谁美,就会说她"长得像电影明星"。在县城几个有名的美人中,丽娜最像电影明星。

丽娜的父亲有个特殊的职业——拍照片。他开了一家照相馆,在八十年代,那是县城里唯一一家照相馆,照相馆的名字就叫"丽娜照相馆"。照相馆的玻璃橱窗里,展示着他拍出的精品,大部分都是丽娜的照片。她在各种大小不同的相框里涂着口红、描画了眉毛,有时侧面,有时正面,有时笑得露出上面一排洁白的牙齿,有时抿紧嘴唇,仿佛若有所思,她的眼睛就像星辰一般明亮,像湖水一样深邃……每个经过的人都忍不住驻足观看。

丽娜父亲用的照相机是个大家伙,比人还要高得多,平时用一整幅黑丝绒布蒙起来。有人去照相,他先把凳子、布景都布置好,让人想好要摆的姿势、想做的表情,最后才揭去那块黑色的丝绒布罩，仿佛那是一整套仪式里最郑重的一步。拍照时，他会非常温柔地（在我们那里没有男人会这么温柔地说话）提醒你眼睛该往哪儿看、手最好放在哪里、要想些什么事儿才能显得自然……等到一切就绪，他自己迅速消失在那黑色的庞然大物后面。从那后面，他的声音传来，要你注视那块深邃的、黑色小窗般的镜头。突然，一道强光闪过，你忍不住眨了下眼睛，同时听到机器的某个部分发出一声"咔嚓"的脆响，然后，拍照的男人从机器后面的凳子上跳下来，说，"好啦"。

对我们小孩儿来说，照相馆是全城最神秘的地方之一。除了那个总是被遮盖起来的、能抓人影像的庞然大物，还有一面用暗红色金丝绒布遮起来的墙，据说后面藏着一个完全黑暗的小隔间，照片就是在里面冲洗出来的。照相馆的另一面墙上靠着好几幅不同的背景：桂林山水的背景，花团锦簇的背景，蓝天白云的背景，飘满金黄落叶的大道的背景，还有各种纯色背景。据说，这些背景都是拍照的男人自己画的。一个靠墙角放的大木箱子好似百宝箱，里面是各种拍照用的道具：娃娃、玩具车、绒毛动物、绢花、纸伞、塑料吉他、小鼓……一张小木桌上方钉着一方椭圆形的镜子，桌子上放着我们所不理解的各种形状奇特、颜色鲜艳、散发出甜香的小东小西。后来我们去照相，看见姑娘们在镜子前坐下，在那男人的指导下打开盒子、往脸上扑一种粉末，又看见她们拧开一个细细小管儿，往嘴唇上一涂，嘴唇立即变成了樱桃般的颜色，我们才知道那些小东小西是用来使女人变得更鲜艳美丽的。

所以，这个男人会拍照，会画画，还会使女人变得美丽。在我们看来,他是个魔术师般了不起的人物。但大人们却不怎么看得起他,一开始我们以为这是因为他说话轻声细语,身材又瘦小。但长大一点儿,我们从大人隐隐约约的交谈里知道了真正的原因:丽娜的妈妈,也就是那个在"回民食堂"干活的高大的新疆女人,年轻时曾经和别人跑过,后来她又回来了,而他竟然还要她。这在我们县城里是说不过去的,是一个男人的奇耻大辱。遇到这种事,正常男人的做法都是把女人打个半死再永久地赶出家门。但不管大人们多么轻视他这种"不像个男人"的作风,他们还是要去他那里照相,也不得不承认他的技术好。

  自我记事起,每年我过生日,妈妈都会带我去"丽娜照相馆"拍照留念。一开始是黑白照,后来有了彩照。小时候,我照相很乖巧,但稍微长大一点儿,反倒害羞了。我记得八岁那年,妈妈又带我去照相,因为我表情僵硬、眼神乱瞅,拍照的师傅没生气,妈妈却生气了。她在照相馆里训斥我,惹得我更不愿配合。就在他俩都一筹莫展的时候,丽娜姐姐突然从外面进来了。往常,我或是在照片里或是在街上远远地看见过她,如今她突然出现在我眼前,站在离我那么近的地方,简直像一团耀眼的光,让我不敢抬头看她。她轻声细语地对我说话,安慰我不必紧张,说眼睛不知道往哪儿看的话等会儿看她手里拿的东西就行了。她父亲已经消失在相机后面了,她手里拿着一枝女孩子拍照用的绢花,站在相机的一侧。突然,她又跑过来,调整了我放在腿上的两只手的位置,说这样更自然些。等她跑回去,她喊我"小朋友",让我看她手里举着的那枝花。我心乱如麻地看向她手里的花,就在这时,那道强光闪过,我闭上了眼睛。等我再睁开眼睛,她父亲说照片已经拍好了。我的目光从花上扫到她脸上,看到她正对我笑。

回家的路上,妈妈还在唠叨我越大越不会照相,我一句话也不想说。妈妈还以为我在生气,其实我只是受了太大的震动。一想到丽娜跑过来,把我的两只手摆放好,我脸上又热乎起来。回到家,我一个人跑到院子里待着,因为这样我才能好好回想刚才的情景,回想她举起手臂、拿着一枝花的样子。想到这些,一种温柔的、潮水般的东西仿佛在我的身体里、意识里涨满了。我想,她可能比我大十岁,她就像街上的磁带店里总在播放的那首歌里唱的:十八的姑娘一朵花,一朵花……

2

又过好几年,我已经读初中了。照相馆的橱窗里,丽娜的照片换了一批又一批,大街上姑娘们的服饰潮流也更换了一波又一波,可丽娜还是一个人。大家都说丽娜因为长得美眼光太高,不大看得上县城里的小伙子,又责怪她的父母太顺着她反倒把她耽误了……我想,丽娜有什么错呢,确实没有一个我见过的年轻男人配得上她。她就像一颗熠熠生辉的宝石,而他们就像路边的小石子儿一样普通、土里土气。

九十年代初,有外地人来我们县建了一个小皮具厂。厂在县城东郊,招了几十个工人。我们只知道开厂的是南方人,但究竟是哪个南方,我们并不知道。凡是操那种软糯的南方口音的,我们都叫"南蛮子"。现在想来,那个老板大约是浙江那边的人。

当时县城里付费住宿的地方都叫旅社或招待所，只有一家"金城宾馆"，当得上"宾馆"这豪华的称呼，而那个人就长期住在金城宾馆的包房里。对我们来说，只有钱多得不可思议的人才有可能长期住在宾馆，何况他还有一辆白色的轿车，懂行的人说那是进口车。我们偶尔在街上碰到那个人，他看起来不怎么年轻，但也不怎么老，仿佛介于年轻和中年之间。他的衣着、发型、姿势都和本地的男人迥然不同。总之，他显得和周围格格不入，却又有一股独领风骚的气质。

厂子建好一年多，一个轰动的新闻在城里炸开了——丽娜和那个南方来的老板好上了。这是大家综合了几条线索后得出的确切结论：有人看见丽娜和那个人夜里一起去看电影；另一个人看见丽娜坐在那个人的车里；还有个在皮具厂上班的工人信誓旦旦地说，他有天上夜班时看到丽娜和那个人一起从他的办公室里拉着手走出来……丽娜已经是二十多岁的大姑娘了，她要和一个男人谈恋爱似乎也不是什么让人惊愕的事，但和一个"南蛮子"好上，这伤害了县城里无数年轻男人的心，也包括少年的心，譬如我的好朋友肖勇。

肖勇家和丽娜家住在同一条巷子里，他经常对我吹嘘又在什么时候碰到了丽娜，描述在那条狭窄的巷子里，他如何勇敢地径直冲她走过去，他如何像流氓一样死眼睛盯住她不放，看得她脸红心跳、把头低下去，他如何吹着口哨和她擦身而过、近得几乎蹭到她那高大丰满的身体……有时，我去找肖勇玩儿，也抱着能在他家附近遇到丽娜的侥幸念头。我们俩故意在巷子里说闲话，一个靠墙站着，另一个跨坐在自行车上，抽着烟左顾右盼。有时我们在巷子口那条街上一个钟头一个钟头地游荡，希望碰巧丽娜出门或回家。我们确实在巷子里看见了丽娜两次，但我俩既没有像原先商量好的那样前去堵住她的路，肖勇也并没有表演他吹着口哨径直走过去、故意碰到她身体的"绝技"。我们只是大气也不敢出地、眼睁睁地看着她走过去。还有一次，我们俩去照相馆附近的一家音像店，一进店门，就看到丽娜倚着柜台，正和卖磁带的男人说话。她看见肖勇，大方地叫他"小勇"，还冲我们笑，笑得人心里仿佛要融化一样。而他呢，勾着头，脸红到了脖子根儿。

听说丽娜和南方人好了以后，肖勇很气恼，说他要是再大几岁，他就去追她，绝对轮不到这南蛮子下手。我说，她可比你大十来岁。

"九岁。"肖勇纠正我说。

"那你妈也不愿意。"我说。

"废话！我才不管我妈。我爸我妈谁也管不了我。"他说。

这个我相信。不过，我说，反正也是不可能的事儿。

"怎么不可能？"他竟然恼了，用他从录像厅看的港片里学来的口吻说，"我就是喜欢这个味儿的妞儿，从小就喜欢，我才不在乎她比我大多少。反正要搞到手。"

"这个味儿是什么味儿？"我好奇地问他。

他被我问得愣住了，然后说："给你说你也不明白，书呆子。"

我说先别扯那么远的事儿了，想想这南方人是怎么得手的吧。

"还能怎么得手？去照相馆勾搭她呗。她天天在那儿帮忙。去一次，去两次……妈的，就仗着自己有几个臭钱儿、说一口蛮话。"

"怎么勾搭？她爸爸也在那儿呢。"我说。

"她爸爸根本什么都看不出来，他要看得出来，当初丽娜她妈也不会跟人家跑了。"

几个月后，关于丽娜和南方人相好的流言又升级了。新的流言是从"金城宾馆"的服务员那里传出来的，对我们来说，这信息来源本身就很可信了。大人们因此确定丽娜已经堕落，堕落在一个不知底细的外地人手里，他们哀叹一个漂亮姑娘就这么轻易地把自己名声毁了。"她除非嫁到南方去，留下来谁还会要她？"他们说，但转而又说："她爸妈怎么舍得她嫁到南方去？就这么一个闺女。"事情看起来两难，但每个人想到的问题都是丽娜难以选择——选择和那个人走还是选择留在老家陪父母。

这"丑闻"发生在我们初中的最后一个暑假。肖勇对我说，干脆半夜去把那不要脸的南方人的车砸了。我说要给逮住了我们两家的房子卖了恐怕都赔不起。他又想到夜里躲在哪儿伏击那个人，把他痛打一顿。我说我不干这种事儿。他骂我没血性。我说我又没想追丽娜，干嘛打她男朋友。他沉默不语了。最后，他说早知道这样，应该不管三七二十一，先把她睡了。

"和你？人家当你小毛孩儿。"我笑话他说。

"废话！男人十四五睡女人绰绰有余。"他说。

"怎么睡？"我说。我的意思是说人家不愿意和他睡怎么睡。

但肖勇显然理解错了。"笨啊！"他恨铁不成钢地冲我嚷嚷，

"把她的衣服脱光,压她身上……"他说着,用鞋子狠踢脚底下的土块儿,一个接一个地把它碾碎。

3

丽娜和那南方人公开地在一起了。他俩一起下馆子,一起逛商场买东西,一起开车出游,还在街上手牵着手散步。

县城里的人们在各种地方看到这两个人,他们最终选择用严厉的冷淡、愠怒的蔑视对待这对恋爱得肆无忌惮的男女。但在私下的议论里,他们的愤怒主要是针对丽娜的,因为丽娜是女人,女人就不应该被诱惑,而本着"肥水不流外人田"的原则,她更不应该被一个外地人诱惑。他们开始回忆,说丽娜的妈妈当年也是跟一个外地人跑了,她们这种外族女人就是性子野,像山里的野马一样,何况那样的长相和身段,就是容易被男人招惹的……

而丽娜却不把全县人民的愤怒放在眼里。在照相馆的橱窗里,她摆放出来的照片更加撩人心火,甚至穿着外国明星们穿的那种露出整块脖子和半块胸部的丝绸裙子,赤裸裸地"伤风败俗"。她本人则终日披散着垂到腰际的一头卷发,穿着新潮的衣服,走路时挺起她那高耸的胸脯,高跟鞋"噔噔"地敲击着柏油路面。碰到对她客气相待的人,她就和人有说有笑,一双杏眼里满是笑意。而对那些看不起她或怀着敌意的人,她就拿那双眼睛挑衅似的直视他们,或是用冷冷的眼神斜扫过去,扬起下巴,摆出一副高傲、桀骜不驯的模样。

她和南方人爱得轰轰烈烈,但对于县城里的人来说,这恋爱期未免拖得太长了,女方付出的恋爱成本未免过高了。将近两年里,他们看见她和南方人出双入对,听到有关他们的一条条传闻,却没有得到确切的婚嫁消息。那年临近春节,城里的人们终于听说丽娜准备去南方了,这个消息是她妈妈亲自到处散播的,意思是那个人终于要带丽娜去见他的家长、谈婚论嫁了。我们想,她要走了!不知道多少人在为此黯然神伤,当然这些大多都是男人。出远门的那天上午,丽娜穿着一件大红色鸭绒袄,戴着灰色毛线围巾,提着一个崭新的黑皮箱站在巷子口。她父母和她一起,就在那里和女儿告别。她母亲一直拉着她的手、不停地嘱咐着什么,那瘦小、安静的父亲站在一旁,神色有些忧伤,不时深情地看一眼自己的女儿。他们那副样子像是为她送嫁。过一会儿,那辆白车来接她了。她上了车,又几次从车窗里朝他们招手。车开走了很久,她父母还站在巷口,仿佛在告诉来来往往的路人,他们的女儿刚刚走了。

但大约半个月后,丽娜回来了,那个人没有和她一起回来。接下来,流言四起。有人说那人的父母坚决不愿意,把丽娜打发走了,把儿子扣留在家里;也有人说,那个人根本没有带丽娜去他家,他只是带她在外面溜达了两个星期,她看没有希望,就自己回来了;还有一种说法,说丽娜去了以后发现那个人在他老家已经结过婚了……到底哪一种流言是对的,只有丽娜自己才知道。但丽娜什么都不会说。

那南方人再也没有回来过。厂里又开工以后,来了一个上了年纪的南方人,接管厂里事务。很长一段时间,丽娜没有在街上出现,也没有去照相馆。我们听说她生病了,在家里养病,不愿见人，又听说她闹过绝食，试图自杀……谁也不知道那半个月里究竟发生了什么，这件事对她造成了什么伤害。无论如何，事情的结果和小城里人们的预测出入太大，因为大家之前考虑的都是丽娜会不会跟那人走的问题，从没有想到像她这样美丽的女人也会被人抛弃。那段时间，大家提起丽娜，仿佛都陷入一种茫然、有些屈辱又愤愤不平的情绪中。毕竟，丽娜是"我们的"姑娘。

照相馆里只有那个瘦弱的男人一个人忙碌了。他那架庞然大物早已退役，现在他用新的小型照相机，支在一个架子上。照相馆一下子显得地方很大，空荡、冷清。橱窗里的照片很久没有更换，镜框上落着灰尘。如今县城里开了别的照相馆，他的生意不像以前那么好了，没有顾客的时候，人们看见他坐在照相馆的小桌后面发呆。他老了，头发花白稀疏，人似乎更加矮小瘦弱了。人们私下议论说，这个男人心里该是什么滋味呢？自己的老婆和女儿都跟人跑过，又都回来了，就像被人用过的货物又给退回来……

那时候，我和肖勇已经上了高中。我们被学习压得喘不过气，所有时间都耗在学校里，回家只是睡一觉。我俩很少有机会谈及他那美丽的邻居了，也再没有时间在巷子里、街边游逛，制造什么偶遇的闹剧。偶尔谈起丽娜，肖勇都会心灰意冷地说，她已经被那南方人毁了。

"要是她的心不那么高，她也不会摔这么狠。"他像老年人那样说道。

"主要是没遇上靠谱的男人。"我说。

"男人有几个靠谱？"他又像女人那样抱怨，"哪有这么蠢的娘们？遇上个喜欢的，还是外地人，都不知道人家底细，就和人家睡了，把什么都给人家。"

"就是，也太蠢了。"我只是顺着他说。

他却狠狠瞪了我一眼说："妈的，我就喜欢这种蠢娘们，头脑发热型的，那些装腔作势的我看见就烦。"

好长一段时间后，丽娜又出现在照相馆里。人瘦了一圈，那种肆意发光发热、满身活力的姿态也不见了。有顾客进来，她就含笑打个招呼，但大部分时间都安安静静，像是要把自己的笑、自己的声音、自己的心事都收敛起来。照相馆重又变得窗明几净，原本落满灰尘的相框、架子、橱窗都被她擦得光亮如镜。但橱窗里她自己的照片都撤去了，挤满了其他本地时髦女郎的照片。

她父亲开始让她给顾客拍照。他笑着对老顾客们说，这照相馆现在是丽娜的照相馆了，她的技术比自己好，又会设计，自己在这儿就是帮忙，打下手的。丽娜慢慢接手了照相馆。后来，她把照相馆重新装修了。原先那个垂着丝绒帘幕、仿佛睡意蒙眬的地方变得鲜明敞亮，朝向大街的整面墙都开成了橱窗，屋顶重新装了吊顶，墙壁上画着各种背景：旋转的室内楼梯，开满鲜花的欧式小镇，港式的夜景，大海和帆船……丽娜在里面忙忙碌碌，年岁渐长，成了人们所说的"老姑娘"。

4

丽娜的第二段情事发生时，我已经考上大学，离开了家乡。

肖勇则去了杭州，跟着他的亲戚学开出租车。所以，关于那些事，我只是回乡时偶尔从家人或朋友那里听说的。

丽娜交往的第二个男人是她的高中同学。这个男人是我们本县人，但早些年就去市里下海经商了。他当年也是丽娜的追求者之一，但她没有看上他。后来，当他再从市里回来、在县里投资开了一家高档餐馆时，俨然已经是人们眼中的成功人士了。他的餐馆有三层，没有堂吃大厅，除了前台，一楼二楼全是包间，从双人包间到二十人包间大小各异，卖的是广东菜。三层除了办公室和他的住所，还有一间巨大的游戏房，游戏房里可以打台球，也可以聊天、抽烟、看电视。去这家餐馆吃饭的普通人不多，多半是县里的领导们和有钱人去消费。

这个男人不知是为了弥补当年求爱失败的遗憾，还是又感受到了什么新的吸引，开始狂热地追求"老姑娘"丽娜。但每个人都知道，他在市里已经有家了。他自己仿佛不把这当成一个障碍，依然想方设法靠近她。他没事儿就去照相馆找她聊几句，让餐馆的员工给她送午饭，还像电影里那些浪漫的男人一样，时不时给她送花。

可能因为这些手段不怎么奏效，男人开始用他最擅长的商业手段，像他这种早早发家的生意人，往往就是不达目的不罢休的性格。他花钱把照相馆楼上的房子租下来，然后拿着租赁合同去找她，说他租的地方免费给她用，装修和购买新设备的钱他也可以投资，两人来合伙办一个正儿八经的影楼。他策划说一楼可以拍普通的照片，二楼可以专门用来拍婚纱照。这主意对丽娜太有吸引力了，因为她正想搞些新名堂，把照相馆弄得与众不同，但她没有足够的钱。

因为成了"合伙人",他就有很多机会名正言顺地到照相馆里来,看她指挥装修、听她谈她的计划,看她记的账目……他毕竟见多识广,又有做生意的经验,给了她很多有用的建议。他还开车带她去省城,专门去参观那里最有名的几家大影楼。为了让她亲自体验别人的婚纱摄影服务,他非要让她去拍照。后来,又流行拍个人写真集,他马上带丽娜去参观、学习。他的努力这次用到了恰当的地方,因为丽娜需要的就是这些:开阔的眼界、新鲜的念头和体验。

"丽娜照相馆"更名为"丽娜影楼"的那天,也许是丽娜人生中最风光的一天。她开了县城里第一家两层的豪华影楼,也是第一家提供婚纱租赁和婚纱摄影的影楼。新影楼开张以后,她尽量不让父亲来店里了,担心他会让年轻姑娘们感到拘束。她招了一个年轻女孩儿做助手。丽娜热情地投入到她的新事业中,她后来又特地去学开车,买了辆二手车带顾客去拍外景。

她终于恢复了以往那种爽朗的脾性。人们经常看到她穿着工装裤和衬衫、扛着摄影器材在外面拍照,听到她那银铃般的嗓音在说着话、笑着。她的脸又妩媚起来,眼神活泛,看谁都含着笑。遇上古板或羞涩的新娘新郎,她总是一边拍照、一边逗他们,让他们放松下来、变得柔软。人人都看得出,丽娜很快乐。但这快乐让人们疑惑,因为在那个地方,女人最重要的事情是婚嫁,而像丽娜这样年纪的女人,几乎是注定嫁不出去了,也没有孩子,她为什么还能快乐呢?可那快乐又是实实在在的,像逼人而来的热腾腾的气息。

几年之中，人们都知道丽娜背后有那个男人支持，但也抓不住他俩在一起的实质证据。既然那人是她的合伙人，两人相互走动似乎也天经地义。但最后还是出事了。事情是在省城发生的。那一年，丽娜大概三十七八岁。据说，她当时和那人在一起，那人的妻子和她的几个朋友一路跟踪，当场抓住了他们。她们带有剪刀，混乱中，剪刀在丽娜左侧的额角和耳朵之间划了一条刀痕。如果不是那男人拼命挡住她，她们可能还会给她几下子。事情就是这样狗血地暴露了，两个人都受了伤。

出事后的那段时间，影楼暂时关门了。有一天，有人在影楼的橱窗玻璃上、门上用红漆写了不堪的东西。后来，丽娜的父亲出现了。那瘦小、满头白发的男人提着水桶，拿着抹布、刷子、泥抹子，前来清理女儿受辱的污迹。路过的人替他难堪、难过，但那人自己却没有一副凄惨破落样儿，他神态平静、专注，似乎只是沉浸于手头的活儿。他一点点地刮擦掉玻璃上的漆，还把店门重新粉刷了一遍。

如同大多数这类的情事，一开始总是烈火烹油，结局却往往草草收场。听说那男人的妻子威胁要抱着女儿一起跳楼，总算留住了丈夫。那家高档餐馆很快转手了，男人老老实实地回到他市里的家。这一次，丽娜还是孤身一人被抛下了，留在原地，留在目睹了她的又一次失败的小城。同样地，她什么也不说，不向人哭诉、抱怨，默默地消受她的损失、她的耻辱。只是，那美丽的脸上多了一道伤痕。

5

二〇一八年，我带妻子和儿子从南方回老家。有一天，我妈说趁着我们在，去照一张全家福吧。她打电话把姐姐一家也叫过来。然后，我们全家浩浩荡荡步行去照相的地方。突然，我发现我们是在沿着南北大街一直向北、朝"人民礼堂"的方向走。

我问我姐："这是去哪家照相馆啊？"

姐姐说："就去老丽娜照相馆吧，你说呢？"

我说："好，好。"

"丽娜照相馆还在？"我又问她。

"原先那栋楼早就拆了，现在是在新楼里，不过地方还是那块儿地方。你还记得那地方？"她问我。

"记得。"我说。

过一会儿，我还是忍不住问照相馆的老板是否还是丽娜、她后来是否成家了。

"她一直单身。"姐姐说。

在当时那座两层水泥楼的旧址上，矗立着一座宽大、拐角处有弧度设计的三层新楼。"丽娜影楼"就在"东方生活超市"旁边，粉色的招牌上装饰着气球。我们走进去，两个年轻人立即上来招呼我们。我姐告诉他们，我们是来拍全家福的，他们热情地叫我们过去看看用什么背景，中式的还是西式的。我朝四周打量，看到的是一个新潮影楼的装饰：明亮的落地窗，一幅幅垂挂下来、用按钮控制翻卷的布景，还有各种摄影灯、反光板……

我姐随口问道:"你们老板呢?今天不在?"

"丽娜姨在楼上呢,你要找她吗?"给我们翻看布景的那个年轻人问。

"没事儿,就是问问。"我姐说。

等我们选好背景、在两个年轻人的指导下有坐有站、参差排好以后,一个年轻摄影师过来给我们拍照。大人们都准备好了微笑的表情,但我儿子开始骚动不安。他本来在奶奶腿上坐着,这会儿不耐烦了,扭动着想下来,一会儿又转过头来想找他妈妈(站在后面一排)。一个年轻人开始去找玩具。这时,三个年轻男女从楼梯上说着话下来。跟在他们后面的是一个身材高大的中年女人,留着过耳的、微卷的短发。

"丽娜。"我姐姐喊了她一声。

她立即走过来,热情地问:"你过来了?全家都来了?是拍全家福吗?"

"是啊。"我姐说,"我弟一家也从南方回来了,趁这机会照个全家福。"

她这时看着我,问:"哦,你从南方回来了?好几年没回家了吧?"

"对。"我说,竟想不出还能说些什么。

她打量了一下摄影师和旁边那个年轻的助手,一下子就看出了问题所在。她从年轻人手里接过一个企鹅手偶儿,蹲在我儿子面前,指头轻巧地晃动着,那企鹅像是立即活了。我儿子被吸引住了。她问他叫什么,我妻子替他回答说叫"晨晨"。她说:"晨晨,你看小企鹅要游走了,你看着它,看它最后游到哪里。"她边说边站起身、慢慢向后退。企鹅依然在她手上灵活地游动着。最后,她退到摄影师的侧后方,手臂举起来,喊晨晨看她手里的企鹅。摄影师会意地连续按下快门。就在那一刻,我想起很多年前手里举着绢花的她,想起老照相馆里那台巨兽般的蒙着黑布的照相机,想起她父亲,也想起早已失联的少年时代的朋友……那么多回忆拥挤着、发着光、带着温热,一股股流过我的身体。

拍完照,她特意过来把企鹅玩偶给我儿子玩儿。她离得更近了,专注地看着晨晨,那双大眼睛似乎因为松弛塌陷而变小了,有点儿神奇的是那张五十岁的脸上依然有种姑娘般的神情。突然,她仿佛察觉到我在看她,仰头冲我笑笑。原本遮盖着她的左侧脸的头发这时向后甩了一下,于是,在靠近耳朵的地方,我看到了那条疤痕——它已经变得很淡很淡,仿佛她脸上一道特殊的皱纹,象征着爱和伤害,象征着她桀骜、倔强却注定孤独的一生。

(《当代》2022 年第 3 期)

张惠雯　1978年生,祖籍河南。毕业于新加坡国立大学,现居美国波士顿。小说广泛刊发于《收获》等文学期刊,并获得多个文学奖项。已出版小说集《两次相遇》《在南方》《飞鸟和池鱼》《蓝色时代》等。

幽暗时刻

卢文丽

一

一夜间,城里的桂花树,像是约好了似的,都开了花。一年四季,这些树只是安静地绿着,绿油油的叶子,像年轻人茂盛的发。只有到这季节,被日头一晒、一闷、一蒸,才醒了似的,散出香气,戴着口罩也挡不住。

她在单位食堂吃了晚饭,坐地铁回家,吃完一抹嘴,回家就不用忙乎了。逢着双休日,懒得做饭,叫个外卖,一个人生活,简单。出了地铁站,走到小区,五分钟。她住的房子在一个老小区,老归老,地理位置还行,生活便利。那天,路过一家房屋中介,她没事进去一打听,房价比她想象的高很多,因为这还是片学区房。唯一不满意的,是楼层高,她住六楼,没电梯,前几年说要装电梯,因为一楼邻居有意见,一直没装。现在她还爬得动六楼,住得高,又没电梯,上她家的人很少,除了郭娜。郭娜是她的闺蜜,比她大两岁,小时候,在一个部队大院长大。郭娜之前做股票,手气好,股票套现全买了房,全国各地,郭娜有很多房产。郭娜帮过她不少,前几年,她跟着郭娜炒了几只股票,赚到了送儿子们出国留学的费用。郭娜有个女儿,在美国上大学,郭娜的老公,前几年生病走了。

中秋节,郭娜胳肢窝夹着两瓶法国红酒,爬上六楼,她炒了几个菜。郭娜在屋里转了一圈,大惊小怪地说:"你这妈怎么当的?"她说:"怎么了?"

"儿子们都一米八了,你还让两个大小伙子,挤一张一米八的床?"郭娜责备道。

"他们从小这么睡,暑假回来,也从没说挤啊。"她答。

"他们没说,你这当妈的怎么想不到呢?"在她潜意识里,两个儿子还是离家时少年的模样。六年过去了,孩子们在外面,自个儿把自个儿养大了,回家再睡一张床,能不挤吗?真是一语惊醒梦中人,郭娜不说,她还真是没想到。

"你条件这么好,为何不找个人?"她边问郭娜,边小心翼翼抿了一口酒。郭娜晃着杯中的红酒,一撇嘴:"没男人,本大小姐过得更好。""你是受伤太深了。"她说。"我这是开悟了。"郭娜笑嘻嘻地干了杯中酒。郭娜告诉她,老公活着时,在外也不消停,还是死了安耽。她问郭娜打疫苗没,郭娜说:"没。"她问为何不打,郭娜说:"人各有命,你看一些打了疫苗的,不也照样感染吗?其实咱中国人的抵抗力,比哪国人都好。"

她打开电视,屏幕里,自动跳出个外语频道。一个西装革履的帅哥,捏着个话筒,站在大街上,叽里呱啦说着什么,额前的头发,粉丝一样竖着,瞧着特精神。她不懂外语,不知帅哥说的啥。六年前,她的儿子们像两只小鸟,拍拍翅膀飞走了,留下她一人守空巢。儿子们一出国，她也国际化起来，看外语频道、国际新闻；手机上，世界时钟、天气页面，也添加了伦敦。两年前，"新冠"暴发，她更是天天守着这个频道，像个忠实观众，即便只是开着电视，听个响声也好。她发现，自从关注了外语频道，每天，全世界都没啥好事，不是疫情，就是地震；不是干旱，就是洪水；不是火山爆发，就是飓风、蝗灾，要么就是游行、政变、打仗，好像全世界人民都生活在水深火热之中。

桂香飘进窗，钻入屋，侵入衣领和呼吸，她想起年轻时爱唱的一首歌：《像雾像雨又像风》。桂花香得令人发昏，这几天，她老打喷嚏，心想可能是桂花太香，也可能是想儿子了，她都快两年没见着他们了。坐地铁时，走路时，吃饭时，上班时，她都会想起他们。单位隔壁，有个幼儿园，经常传来孩子们的嬉闹声，尽管她的儿子们早从幼儿园毕业了，但只要一听到孩子们的喧闹，她就会想起他们。

她离婚十一年，独居六年，一个人生活，也攒了不少经验。比如，家门口搁一双男式拖鞋，单位抽屉放家的钥匙，家里放单位的钥匙。一个人生活，不能有疏漏，否则得自己兜着走。她的房子，是大宝小宝出生后买的，两室一厅。屋内陈设，跟儿子们离家时一样，客厅一整面墙壁，五颜六色，贴着绘画和奖状。那些画，都是儿子们小时候画的，有蜡笔画、彩铅画、水粉画。那些奖状，都是儿子们得的，有少先队"火炬金奖"、区"文学少年"、年级"三好学生"和"阳光少年"，以及各种作文比赛奖状。前些年，墙壁渗水，她戴着头巾，将那些覆满灰尘的画和奖状小心揭下，拭去尘埃，墙壁粉刷好后，重新贴了回去。书架上，是儿子们看过的书，有小人书、儿童绘本，还有《十万个为什么》《上下五千年》。书架上还专门辟出一溜儿，摆着一些五花八门的手工，这些儿子们做的陶泥作品，因年代久远，大都干裂、变色，脆弱不堪。在她的床下，还有好几个装矿泉水的纸板箱，箱内，保存着儿子们从幼儿园、小学到中学的成长轨迹，卷着边儿的课本、作业本，家庭练习本、试卷、考试成绩单、荣誉证书。一只纸板箱里，保存着儿子们小时候穿过的红肚兜、戴过的围嘴和各种季节的小衣服。一只粉红色绒布首饰盒里，保存着好几枚掉了的乳牙。闲着没事，她就会把纸板箱，从床底下拖出来，东翻翻，西翻翻，像一个守财奴，检视着珍宝，发上一会儿呆。

两年前，国内疫情起时，正是春节。她待在屋里，想，幸好儿子们都在外头，用不着像她一样，即使戴着口罩，下楼溜达，也会有无人机飞来，提示她快回屋。不久，国外也起了疫情，而且闹腾得更凶，她天天守着电视，活像热锅上的蚂蚁。那段时期，那个帅哥主持，头发凌乱，胡子拉碴，天天穿着同一件灰夹克播新闻。画面上，充斥着闪着红灯的救护车、奄奄一息插着管的病人、穿着防护服抬担架的医务人员；再后来，是空无一人的街道，门窗紧闭的商店和餐馆。每天飙升的感染数据，让她心惊肉跳。那会儿，她的儿子们刚到伦敦，大学宿舍已满，住不进，暂住大学城边的酒店里。儿子们在网上找房，遇中介陷阱，定金泡了汤。不久疫情暴发，房东不欢迎中国人，在朋友帮助下，才住进当地一个开杂货店的青田人家。那些日子，听说欧洲买不到口罩，她往英国寄口罩、手套等防疫用品，以及两套防疫服。后来，航班停了，邮路阻断，口罩也没法寄了。一转眼，两年过去了，全世界经历了病毒变异、火山爆发、台风、洪水、暴雨，依然不太平，疫情更是此起彼伏，闹得没完没了，非但没消停的趋势，最近，全世界又新增奥密克戎。她所在的城市，也有感染者，成了中风险地区，好几个地方都设了隔离点，健康码带了颗星，外出和归来，都得出示核酸检测报告。

去年暑假，她按捺不住思念之情，在手机上为儿子们抢到两张机票，票价比以往贵好几倍。第一次在手机上抢票，她忙乎了一整晚，买好两张票，激动得差一点落下热泪。暑假里，儿子们如愿以偿飞回国，降落在天津，集中隔离，食宿费用自理。十四天期满，带着证明，坐高铁返家。回家那天，儿子们上了高铁，却失去联系，爷爷去接的站，没接着孙子，也给她打电话。她给火车站打电话，问能否帮忙调监控，看下儿子们有没下车，她有他们的高铁座位票号。火车站答复，没法查，要查，得天津方面查他俩有没有上车。心急之下她拨打了110。不一会儿，警察赶到，警车红灯"呜呜"闪着，停在小区外。警车到时，她的手机也响了，儿子说出站时，因疫情原出口关闭了，他们绕到另一出口，但由于手机没 Wi-Fi，没法打国内电话，联系不上爷爷，就打出租，到附近一酒店下，进了大堂，有了 Wi-Fi，才恢复联系。她在电话里骂两个儿子，怎么这么死脑筋，为何不嘴巴甜一点，借别人的手机报个信，害得她都报了警。挂了电话，她才长吁一口气。

"孩子找到了？"坐在驾驶室的警察，探出头问。

"嗯。"

"儿子多大了?"坐在副驾驶座的另一个警察问。

"二十二。"她吞吞吐吐地答。

"这么大的儿子,你还怕搞丢?"坐在副驾驶座的警察,瞪着她吼,"我们还以为是两个小男孩!"

她的脸红一阵白一阵,在报案单上签了字,不知说啥才好。

儿子们在家,待了不到二十天,说快要开学了,他们得回去上课。"命要紧,还是学业要紧?"她生气了,"好不容易回来一趟,而且机票贵得要死,还不在家多待些日子。国内大学都不开学,暑假寒假一起过。""国外学校跟国内不一样。"小宝说。"真要回去,过了圣诞节回也不迟。"她说。"不回去上课,我们就会跟不上,将来怎么办?"大宝说。国外大学,宽进严出,大都线下教学,对疫情的政策也不同,这个她懂。但全世界疫情这么严重,英国确诊数有三十几万,每天都有几千新增感染数,两个儿子好不容易逃回来,这种情况下,再放他们出去念书,她怎么能放心。"将来的将来再说。"她气恼地说。"哎呀,你怎么还是这么幼稚。"小宝忧愁地说。小宝拗不过她,他曾给她看了寄居的那户青田人家的照片:一间幽暗小屋,只有一张床,没桌子,也没床头柜,离床两米处,有扇露着近二十公分缝隙的门,望得到院墙根的垃圾桶和包装泡沫。大宝房间的情况差不多。"大冬天你不冷吗?"望着小宝贫血的瘦脸,她不由哽咽起来。

"哎,你哭什么呀……"

小时候,小宝挂针,会缩在母亲怀里,央求母亲替他捂住眼睛。此刻,一看到母亲流泪的样子,他立即慌了神,仿佛母亲是个需要安慰的小女生。"房子也没着落,你们回去住哪儿……"

她越想越担心，当着儿子们的面落了泪。"房子会租好的。"大宝说，"妈妈，我们总要扬帆起航的。"跟儿子们闹了几天别扭，她终归还是妥协，或者说也不能不妥协。儿子们执意回去上学，她拦不住的。接下来那些日子，她忙着为他们准备行装，去中医院配了预防新冠的中药，以及治疗小宝贫血的多糖铁复合胶囊、维生素C和叶酸片，两个大行李箱，被塞得满满当当。临行前，她往儿子的皮夹里，各放了一张手抄的《心经》。

她望望墙上的钟，算了算时差，这会儿儿子们还在上课。有次，那边已晚上九点，她打电话过去，儿子们说刚吃晚饭。她问怎么吃得这么晚。答，他们那儿九点吃晚饭，很正常。她觉得，欧洲人真是钟点不准的民族。她来到南阳台，眺望了一会儿，四周楼宇簇拥下露出一小片暗色的天，房间里的灯，忽然闪了闪，灭了。她打量对面的楼房，也是黑乎乎的，路灯也灭了。她看了新闻，最近不少工厂，限电，停止生产。内部原因，是全球经济复苏，外贸订单增多，导致电力需求过紧。外部原因，是中澳关系紧张，澳大利亚优质煤进不来。她在衣柜里，摸出个乳白色的圆口瓶，这是一罐香氛蜡烛，这罐蜡烛，还是疫情前单位年会抽到的优胜奖。她点燃蜡烛，摇曳的烛火将她的脸，蒙上一层神秘。一只飞蛾被光吸引而来，围着蜡烛，上下左右翻飞着。

天有点儿阴，桂香却越发浓烈，浓得仿佛可以让人觉察到它的形态，像是波浪，席卷了整个城市。百无聊赖中，她刷了下微信，又看了抖音，为节省电量，将手机亮度调到最低，她可不想手机没电。如今，手机要是没电，人也像是废了，被这个世界抛弃了。每天，手机都像亲人一样，陪着每个人，从早上眼睛一睁开，到晚上眼睛一闭上，手机成为人们生活中，必不可少的贴身伴侣、良师益友。或许，未来陪伴人们最久的，既不是配偶，也不是子女，而是手机，是网络。她跟儿子们通话，用的都是微信，对微信的发明者，她一直心存感激，资费便宜，若是打国际长途电话，这些年不晓得要花多少钱呢。电话一般都是她打过去，好几次，虽然电话通了，儿子们一个在地铁上，一个在课堂里，没法跟她聊。隔一天再打，情况差不多，换成另一个在地铁上，还有一个在课堂里。

除了用微信语音电话，儿子们从来不跟她视频。只闻其声不见其人，这个规矩，不知谁定的。当然，她也有点不习惯用视频，通话时，已很晚，她大多坐在被窝里了，也不愿儿子们看到自己一副黄脸婆模样。有几次，她故意打视频电话，对方不接。平时，他们也不给她发照片，如今他们不爱拍照。小时候拍照，儿子们都会一哄而上，争抢她，搂着她的脖子或是腰。有次，儿子们为了争坐在她的腿上，还打了起来，哭得眼泪鼻涕一大把。世易时移，如今，她像一盆凉了的黄花菜。每次回来，跟他们合影，他们都不情不愿的。她独立中间，无依无靠，显得矮小、孤独，既没人勾肩，也没人搭背，连手都不允许碰，她若悄悄捉住一只手，那只手就会迅速尴尬缩回，令她恼怒不已，照片上记录的表情，常常难免着急。照片上的他们，三个人像字母M，儿子们分立两侧，身子离她远远的，只有脑袋好心侧向她，像两棵被大风不情不愿地刮向她的树。

没照片，没视频，她见不到她的儿子们，不知道他们是胖了，还是瘦了。她不知道他们学校的样子，教室的样子，周围便利店的样子。有时，她闷闷地想，不知两个家伙在外面做什么，有没去上学。有次，她下楼倒垃圾，听到对面那幢王奶奶说，某人的孙子出国念书，出去后，其实孩子压根没上学，每天躲在家打游戏，还谈了个女朋友。她听了，心里很不是滋味。她拿起手机，不管不顾打过去，听到儿子们在话筒里，压低嗓门说："在做实验、做实验呢"或"在考试、考试呢"。她立即草草挂了电话，心口怦怦直跳，像个捣乱分子。

每学期，儿子们的上课时间，都在变。有时一个上午，一个下午，有时两个上午，有时两个下午，逮住他们不容易。偶尔，赶上接电话时，他们正好在家，这下总算可以痛快聊聊了。她在电话里大声问候他们，谁知，要么说正在复习备考，要么提醒她："在上网课呢。"她听到，听筒内，传来老师叽里咕噜的讲课声。她听到儿子们说："对不起，是我妈。"

当然，也有逢着运气好的时候。她热脸贴冷屁股般，打过去，儿子们既没做实验、考试、写报告，也没上网课、复习备考，正好在家闲着，好不容易说了几句，信号差，老掉线。她在屋子里，一边打电话，一边像只没头苍蝇，走来走去，电话打得断断续续。她气恼地想，听说光纤网速三百兆，如今，家里的网速只有一百兆，干脆每月多交点钱，让通讯公司上门来安装光纤入户算了。儿子们若是闲着没事，跟她的通话时间，也不会超过一分钟，极简。要么是："我们都好的，放心。"要么是："放心，一切正常。"这样的回答，自然不能让一位母亲满意。于是，一分钟后，一准是她唱起了独角戏：

"——外出围上围巾，保护咽喉，欧洲的风很厉害的。"

"——妈妈看到气象预报上说,伦敦明天下雨,上学记得带伞。"

"——坐地铁千万戴好口罩,上课也别摘下。"

……

对于她的百般叮嘱,手机那头的人,既不赞同,也不反对,既没嫌她啰唆,也没表示不耐烦。她就一个劲儿,自顾自地说。当她听到手机里,一片寂静,就冲着手机"喂喂"喊几声。"我们在听呢。"对方不紧不慢地答。她想,毕竟是自己儿子,子不嫌母丑,子也不嫌母唠叨。当她听到手机里,她的声音发生一种微妙切换,传来了窃窃私语或是水龙头的冲洗声,便晓得对方打开了免提。于是,她就会提高音量,正告对方或咋呼几声,迫使话筒里的人继续洗耳恭听,而对方只想早早挂电话。这种电话,打得很没意思,打完,她心里都空落落的。渐渐地,她也发现,自己每次打电话,说的话好像差不多。听上去,话筒里那两个人,好像还在上幼儿园,穿得多担心他们火气重;穿得少,担心他们会着凉。意识到这一点,她想,下次改改。但只要电话一通,她又恢复老方一帖。于是,她对自己也失了信心。她想,改不了就不改呗,谁叫她是他们的妈呀,这些话,要是他们的妈不说,谁又会说呢。并且,即使他们的妈说了无数遍,他们若是能听进去一二句,那也值呀。

手机电量只剩一半了,她停止刷微博、抖音。心想,省着点,还没给儿子打电话呢。四周黑乎乎的,黑暗加深了思念,她忽然记起,这些天,儿子们放假,不用等他们放学。她找出大宝的头像,电话通了。"我们都好的。"大宝在电话里说。她告诉大宝，上个月寄伦敦的包裹，因为疫情滞留在国外仓库，一直没投递。昨天她又查询，邮局说包裹丢了。她沮丧地说，寄的冬裤、保暖内衣、围巾、帽子、茶叶和口罩，全没了，还得跟邮局交涉赔偿事宜。"这里什么都有，别寄了。"大宝说。

她让大宝叫小宝接。"我这里停电了。"她对小宝说。"好的，那你早点睡吧。"小宝说。"电视里说，你们那里，每天新增五万感染数，你们千万当心啊，妈妈真是睡不着觉。"电话里一片安静，她以为掉线了，"喂"了几声，话筒里哼了哼，传来一阵窸窸窣窣翻纸页声。"家里黑乎乎的，你们也没人陪我聊会儿天。"她没好气地说。"我们在忙。"这会儿她听到有人按了免提键。"拍张照片给我看看，妈妈想看看你们长啥样了。""哎呀，有什么好看的呀。"一个声音喃喃着。"人家郭娜阿姨的女儿珊珊，每天跟她妈妈视频一个小时，还给她妈妈的朋友圈留言点赞。"一提起别人家的孩子，"噌"的一下，她心头的无名火顿时蹿出。电话里静悄悄的，儿子们心不在焉的态度，她隔着五湖四海，都能感觉到。"你们的朋友圈，我从来看不到！你们把我屏蔽了，也就算了，但我的朋友圈，你们为啥也从来不点个赞！"她嚷嚷着，嗓门高了八度。"哎呀，你烦不烦呀，我们根本没有朋友圈，谁有空弄那个，吃饱了撑的啊。"一个说。"停电了，心情不好，别冲我们发火呀。"她听到另一个嘟哝。"我烦？啊？我这不是关心你们吗？你们想到过关心一下我吗？啊？"她气恼地说。"哎呀，别跟我们赌气了，拜托。"一听"赌气"二字，她更是气不打一处来。她想起有次吵嘴，儿子们说她的智商只有七岁。"你们知道什么叫赌气吗？啊？这个词怎么能用到老妈身上？"她气愤道。

"你这不是在赌气吗?""你跟我们赌气干吗呀?"话筒里,两个声音惊慌地连声道,"老妈,知道你关心我们,但我们有许多事情要处理。""老妈,这学期只要有一门不过,就会被学校除名,我们压力很大啊!你不能打着关爱的旗号,压迫我们……"听到"压迫"二字,她伤心、委屈、恼怒,挂断了电话。

她坐在黑暗中,眼中泪花闪烁,微弱的烛火也显得迷离起来。她想不通,为什么小时候,儿子们跟自己有那么多说不完的话,长大后却金口难开。当年,儿子们是多么愿意跟她说话呀,刚学会走路那会儿,她下班一回家,他们会张开胳膊,露出刚长出的小白牙,连哭带喊,一拥而上。她抱起小宝,大宝急得顿脚号啕;她抱起大宝,小宝急得眼泪飞溅。当她"左牵黄,右擎苍",一手一个,将沉甸甸的他们揽入怀中,那份成就感,绝不亚于那年摘取奥运金牌的占旭刚。

她曾跟郭娜诉苦,儿子们不理她。郭娜说:"他们跟你,不是一个语系。"郭娜还说,教育年轻人应该这样,不应该那样,都是扯淡。人生道理,得靠自个儿慢慢活,活着活着,自然会明白。她没反驳郭娜,只是悲哀地想,儿大不由娘,自己不再是那只可以把小鸡们统统拢在翅膀底下的母鸡了。

二

桂花的气息,像一层细软看不见的纱巾,将她轻柔围裹。黑暗中,她睁大眼睛,四周静寂,全世界仿佛都睡着了。她的内心五味杂陈，往事像黑白电影，浮现眼前。她回忆起儿子们童年时的一次停电。

那个冬天，很冷。街上的树，黑魆魆的，树杈光秃秃的，直冲天空，像产生静电的头发，在空气里岔开。北风呼呼地刮着，一场大雪即将来临。那个冬天，她刚刚争取到两个儿子的抚养权，像一只母鸡，带着两只小鸡，开始新的生活。周末的傍晚，她一手打着伞，一手提着沉甸甸的塑料袋，从气味复杂的农贸市场走出，雪下了起来，在头顶飘洒，变幻不定。街道寒冷、杂乱，像陈旧的线团，马路上的车，都开得很慢。正是下班高峰，她被密集无序的人流裹挟着，走到斑马线边上，等着绿灯。忽然，她看到快车道上，两只小奶猫，神态怡然，东张西望，丝毫不知世道险恶。各种车辆，在慌乱中减速、鸣笛、变道，躲避着它们。一辆公交车，发现情况，干脆停下来鸣喇叭，希望那两只小奶猫闪开。但那对小奶猫，笨死了，竟钻入公交车底下。她直到看见它们出现在对面人行道，钻入了灌木丛，才迈开腿。雪下得漫天盖地，将所有事物，都变成空空的白，雪花也落在她的红头巾上。她踩着咯吱作响的积雪，伸着脖子赶路，一想到家里还有两个嗷嗷待哺的孩子，她就不由自主加快了脚步。路上，手机响了，是小宝打来的。"老妈，我到家了，晒在外面的衣服，我都收回来了。"自从三个人一起生活，小宝也学会干活了。当她匆匆走入小区，看到家里亮着灯，闪着温暖的橘红色。

"请问，你们小区的配电房在哪儿？"伞打得低，她不小心撞上一个人。那个人的声音沙哑得像磨砂皮。只见一个穿蓝色工作服、戴黄色旧安全帽的男人，背着工具箱，站在她的面前，男人的胸前有两个口袋,手臂和裤子两侧,也有许多口袋。雨雪打在她的伞上,发出细碎声响。小区配电房在哪里,她也不太清楚。她沉默了一会儿,说:"可能在那儿。"她用下巴为来人指了路。在小区北面一排桂花树后,有一间堆着自行车和杂物的房子。男人道了谢,树梢落下的一块雪,砸在他的安全帽上。她匆匆穿过信报箱,三步并作两步,爬上六楼,门开了,屋内暖洋洋的,一台老式东宝牌立式空调,轰鸣着。一个穿校服的男孩,坐在地板上,绷着脸,认真捣鼓着。小宝正组装着她在淘宝买的一台挂烫机。

"嗨,妈妈,马上完工。"小宝头也没抬,问候了她,"哥还在学校,这周他值日。"小宝已进入变声期,说话声像雄鹅叫。她闪进厨房,围上围裙,厨房很小,只容得下一个人。周末是她施展厨艺的好时光,尽管她的厨艺很一般,但是她有两个半大不小、正在长身体的儿子,食量大得很,她从不担心自己的手艺没销路。她拉开窗,从搁在窗架上的一只瓦盆内,拔了几根葱,瓦盆边还有一小盆薄荷和一棵石榴树。她瞥了一眼墙上的石英钟,就在这时,传来令人欣慰的门铃声。小宝蹦过去开门,又蹦回继续工作。不一会儿,楼道里传来脚步声,一个同样四肢细长、身穿校服的瘦高男孩,一瘸一拐地进了门。

"你的鞋呢?"母亲迎上去,打量着儿子脚上,那双明显不合脚的鞋。大宝的额前,垂着一绺头发,只见他一抖肩,一甩手,双肩包、行李包,"啪啪"两声,滚落地板。紧接着,大宝一扬腿,脚上的鞋,飞落两边。大宝一屁股坐在地上,捧住自己的脚,搓了起来。

"早上起床，发现鞋没了，差点下不了地。"大宝搓着脚，仰头，一甩额前的发，露出眼睛，朝母亲吐了吐舌头。大宝有着跟小宝一样的单眼皮，一对柳叶一样弯弯的眉毛。兄弟俩太像，光看背影，连母亲也难以分辨。刚入学时，班主任对她说，双胞胎放同一个班，老师同学容易搞错，劝她另作考虑。她坚持把两个儿子放一个班，这样，至少她开家长会，方便些。

"幸好盛杰把他的新球鞋，借给了我。尽管小了点，可我毕竟回了家。"大宝得意地伸了下脖子。盛杰比大宝矮一个头，坐第一排，睡在大宝下铺。"你啥时能改掉马大哈的毛病？"母亲问。那双丢失的球鞋，是儿子们生日时买的，穿了还不到半个月。"这不能怪我啊。"大宝委屈地说。"他们这是欺负人。"母亲神情悲哀地说。开学时，她给儿子们买的保温杯，也在教室里不翼而飞。母亲有时想，家里没有父亲，孩子的性格强硬点，总比软弱好，至少不受欺负。她看了看儿子，张了张嘴，管住自己，没再说下去。

"哦哦！泼猴变赤脚大仙啦！"小宝安装好了挂烫机，冲过来，幸灾乐祸道。

"呸！妖怪！你才是赤脚大仙！"大宝将牙齿咬得咯吱响，朝小宝挥了挥拳头。两个男孩推搡着，打开客厅的电视，看起了《百家讲坛》。荧屏上，一个穿军装的光头，正讲着淮海战役。

她闪进厨房，点燃煤气灶，带着略显急迫的心情，淘米、洗菜，双手飞舞。她脑子里已想好今晚的菜。今天要做梅干菜蒸肉、水蒸蛋、红烧素鸡。她买了"两头乌"土猪肉，做梅干菜蒸肉的好材料。她将肉倒入钢丝筛，在水龙头下冲洗，卖肉的摊主说,土猪肉不需汆水,热水冲洗一下就行。她将洗好的肉,麻利地滗水,用吸水纸拭干,搁在砧板上,割下一块油膘,将油膘切丁,点燃煤气灶。她开始熬猪油,红彤彤的火苗,使房子充满温暖,厨房里很快传出猪油诱人的香。白色的油膘,在锅里滋滋作响,变成了一颗颗金黄色的油渣,像一个个外表冷静、内心滚烫的可人儿。她用漏勺,捞出油渣,搁在一只高脚碗里,撒上一搓细盐。

"好香啊。"大宝小宝,循味而来,她听到孩子们咕咚咽了声口水,龇着牙,咔嚓咔嚓,吃起了油渣。

"我把《百年孤独》看完了,这本书超级下饭。"大宝嚼着油渣,对母亲说。母亲发现,大宝脖子上的红领巾,已经与他高挑的个头不太相配了。

"上周,我也看完了《安娜·卡列尼娜》。"小宝兴致勃勃地说,"我觉得卡列宁这个人,其实挺不错,还是个公务员,问题出在安娜身上。"

"你将来可以当作家。"她瞥了一眼小宝,觉得这孩子说话,越来越像大人了。

"哦哦,傻瓜才去当作家,文学只能当爱好,不能当饭吃,否则会出问题的。"小宝煞有介事地说,"我只想做个正常人。"

"还正常人呢,你们连洋葱、大蒜都傻傻分不清。"那次,两个儿子自告奋勇帮她去买菜,她写好清单,兄弟结伴,飞速而去,飞速而归。一看买回的菜,她傻了眼,让他们买的洋葱,买回来四头大蒜;菜油,买了一小瓶橄榄油;最最神奇的是他们嚷着要吃红烧肉,竟给弄回来一包薄如蝉翼的荷叶肉片。

儿子们吃了好几块油渣，又飞快讨论起点播哪部电影，是看《阿凡达》，还是《普罗米修斯》。

"石头！剪子！布！——我赢了！"大宝喊。

"你个泼猴，赖皮的！重来！"小宝喊。

"石头！剪子！布！——我赢了！"小宝喊。

"不算！不算！一二不过三！"大宝喊。

"石头！剪子！布！哈哈，还是我赢！"小宝喊。

"不行，不行，你还欠我呢，上周你回家过了一夜……"大宝喊。

上周，小宝发烧、腹泻，她从厂里赶去学校接回，带小宝挂盐水、吃药，在家住了一夜，把大宝羡慕得不行。第二天，大宝在早上、傍晚，分别给她打电话，说他有热度。她让大宝先去医务室测下体温，一测，体温正常。所以，小宝欠大宝一夜。

"妈妈！我们要看《阿凡达》了，点播一次五元！"大宝嚷嚷着，征求她的意见。她说："点吧。"一会儿，电影音乐声顿起。她将淘好的米，放入电饭煲，插上电，又往锅里倒菜油，加入葱姜蒜，翻炒，再加入五花肉，淋上黄酒，厨房里，顿时散发出肉的香气。她将炒过的梅干菜肉，搁进高压锅，点燃煤气灶。就在这时，厨房灯明灭了一下，四周陷入了昏暗。

"——什么情况？"客厅响起两声嘶吼，大宝小宝，像两只青蛙，在沙发上蹦了两下。

"停电了？"大宝一扬眉毛，似乎这件灵异事儿，激发了他。大宝顺手操起一根金箍棒，冲小宝吼："何方妖魔？你要再敢作怪，别怪俺老孙不客气了！"

"不好了！惹了一窝猴子！"小宝身披灰盖毯，一缩脖子，模仿金角大王的模样，惊恐道。

"妖怪！看你往哪儿跑！"大宝怒喝。

"小妖们，给我上！……空孙悟！你别想跑！"小宝嬉皮笑脸道。孙悟空和金角大王，围着沙发，嘶哑着嗓子，喊叫着，追逐着。孙悟空往身上胡乱一抓，做出拔了一把毫毛的样子，往空中一撒，像是变出几百个自己。顿时，金角大王乱作一团，也做出从身上掏出一把芭蕉扇的样子，朝孙悟空猛烈地扇去。

"妖怪！快把电给俺老孙供上！"孙悟空吼着，伸手朝金角大王抓去，金角大王突然跑不动了，呆立着，像被活捉了似的嚷嚷："空孙悟……大哥，饶了我吧。"小宝边嚷边猛地一拽，想挣脱魔爪，"吱"的一声，小宝肥大的裤脚，被椅子腿挂住了，扯开一道口子。母亲出现在客厅，喝止住混乱场面。四周顿时肃静下来，回应他们三个的，只有高压锅的嘶鸣。

她返回厨房，将火调小，探身从厨房窗口朝外望。小区里，路灯已亮，家家户户，灯火通明，闻得到邻居家厨房里传来的，煎带鱼的香气，听得到楼下花园里，一个苍老的嗓音正呼唤孩子回家吃饭。她返身跑向南阳台，大宝显示出老大的风范，手持金箍棒，跟着母亲，小宝紧随其后。他们很快发现，除了自家，其他人家，灯火明亮，一切正常。客厅里，墨墨黑，电视屏幕也是漆黑一片，屋子里升起一种安静，安静到有点儿可怕。空调停止了工作，寒气从看不见的地方蔓延出来，在他们身边浮游。

家里的电器，一下子都休克了。她查看了鞋柜后的电表箱，发现并没跳闸。"刚才有个人，跟我打听配电房在哪。"她自言自语着，觉得心往地板深处沉。她走向窗口，借着窗外的光线，目光呆滞地说："我还给他指了路，原来他是专门来拉我们家电的……"她忧伤地叹息了一声。"靠！这人真不厚道！"大宝愤然怒斥，金箍棒朝地板猛地一杵，餐桌上的花瓶，也抖了抖。"靠！这个大坏蛋，太坏了！"小宝也愤愤然道。母亲像想起什么似的，旋身走到餐桌旁，拿起手机，给郭娜打电话。停电了，没有无线网，手机流量的网速不行。电话通了，郭娜正在海南度假，每年冬天，郭娜都跟父母在海南的别墅里过。"是不是跳闸了？"郭娜问。她说不是跳闸。"会不会供电线路断了，得找区域内电网公司报修。"她说，不像，别人家都有电。郭娜告诉她，电力局她有人认识，她去问问，不过这会儿已是下班时间，可能没这么快。搁下手机，她烦恼地望着儿子们，张着嘴，却说不出话。儿子们第一次看到一向果敢的母亲，此刻显得有点儿六神无主。郭娜很快就回了电，说："我问过了，电力局的人说，你们家欠费，是拉闸断电。"

"欠费？拉闸断电？"她带着疑惑的神情，重复着，目光流露出从未有过的困惑。"欠费？"大宝嗫嚅着，眼睛发亮地望着母亲。"拉闸断电？"小宝一咧嘴，带着悲恸的神情，夸张地哀号起来，"天哪，我们电视没得看了！""——你给我闭嘴！"大宝朝小宝挥了挥金箍棒，扭头，再次望着母亲，焦急又烦恼地问："我们怎么办？"

"我们怎么办？"望着大宝和小宝，母亲问电话里的郭娜。"不交费恐怕恢复不了电。"郭娜说，"你明天去物业或电力公司或网上平台缴电费吧。""不行，我饭刚做了一半，能不能把电先供上,明天我就去缴费。"她苦恼地央求郭娜。"OK!OK!我想想办法!天无绝人之路,别人的事我不管,你的事我不能不管。"郭娜说。她谢了郭娜。通完话,她发现手机电量只剩下三格。黑暗中,四周安静,听得到雨雪打在窗外雨篷上的声音。她的心脏剧烈跳动着,她觉得烦躁、羞愧,脸也有点儿微微发热。离婚前,家里的电费、水费、煤气费、手机费,都不是她的事。她没告诉孩子们,法院判决下来的当天,两个儿子的抚养权归她的那天,他就将她踢出了亲情网。前天她刚交了自己的移动话费。她也没告诉孩子们,单元楼下,那排锁已锈住的邮箱内,一定塞满了各式催缴单。她的心里涌起无名之火,仿佛要将那个陷他们母子三人于黑暗的罪魁祸首,烧个一干二净。雨雪持续击打在雨篷上,细碎而清晰的声音,像爆炒着一锅豆子。两个男孩,看着他们的母亲。母亲抬起头,挺直脊背,眼望窗外,自言自语一般突然发作道:"没电,我们也得吃上饭!"

母亲对着两个儿子,以一种命令的语气说:

"——你,去卧室靠大衣橱的床头柜第二层找手电筒。"

"——你,去客厅矮柜边的第三层抽屉找蜡烛。"

她回到厨房,继续她的活儿,火光红彤彤地映着她的脸。她得趁着残余天光,抓紧做好晚餐。高压锅里的梅干菜肉,正在炖着。她将电饭煲里已经半熟的米,捞出,搁在一只不锈钢盆里,把不锈钢盆放在锅里的蒸架上,和水蒸蛋一起,在煤气灶上继续加工。待饭和水蒸蛋熟了,她再做红烧素鸡。有电时,并不觉得电的好处,没电了,才觉得不方便。她想,幸好只是停电,没停水,也没停煤气。一想到这,她不由得又高兴起来。煎素鸡时,她打开窗,没电,排风扇用不了,厨房里油烟味太重。忽然,她看到面前的油锅,被一道自上而下的光影圈住了,她举着锅铲,回首看到大宝举着手电筒,为她打着光,她短促地笑了笑,在手电筒光的照射下,煎完了所有素鸡,然后,加入水、酱油、糖和调料。她做的红烧素鸡一向很受欢迎。

铺着红色小方格塑料布的餐桌上,已摆放好三副碗筷。小宝摆弄着一截蜡烛。

"现在别点。"隐没在黑暗中的大宝说。

"这么黑,你看得见啊?"小宝嘟哝道。

"还没到吃的时候。"大宝以一种长兄特有的冷静口吻说。小宝把蜡烛放回餐桌,两个男孩很快找到新乐趣,玩起电子游戏机。

待她做好全部饭菜,像个幽灵似的,将菜肴端到餐桌上,拉开窗帘,借着窗外的亮光,唤孩子们吃饭。孩子们围坐在桌边,看着母亲,点亮摆在桌中央的蜡烛,一家人开始坐下来吃晚餐。昏暗中,蜡烛发出柔弱的光芒,却显得漂亮而温馨。烛光下,屋内的人,彼此都看不清对方的脸,碗里的土猪肉,闪烁着褐色的光。小宝举着筷子,整个人几乎消失在黑暗里。大宝蜷着身,靠挨着桌,将一块梅干菜焖五花肉,准确夹入嘴巴。小宝立刻发动。两双筷子,紧接着同时死死按住了一块油亮的肉。"我的。"一个说。"我的。"另一个说。四目在黑暗中相对,两双筷子在空中交战,"啪嗒"一声,肉掉在桌上,眨眼间,被一只手捞走,送入嘴巴。水蒸蛋的碗,被一双筷子划出一道匀称的线条,一人一半。两颗脑袋几乎埋在碗里,使劲往嘴里扒着饭。很快,梅干菜蒸肉被一扫而光，水蒸蛋也见了底，蓝色圆形搪瓷盘里的红烧素鸡，也只剩下一点汤汁，一锅饭也被吃了个底朝天。母亲心满意足地啃着一枚早餐剩下的玉米，觉得这两个好像老是喂不饱的儿子，跟她当年怀他们时一个样。蜡烛渐渐暗下去，最后，房间里几乎一片漆黑。大宝小宝将碗筷、盘子，带去厨房，放在水龙头下。两个孩子站在水池边，再次进行了"石头剪子布"。大宝洗起了碗筷，弄得水花四溅，小宝为大宝打着手电。

　　她从行李袋里，取出衣服，走到阳台边的龙头旁。对面的居民楼，灯火通明，有的人家在吃着饭，有的人家在看着电视，每个窗口，看上去都是那么暖洋洋，像过节一样。她开始洗衣服，暂时变得心平气和，孩子们校服上的学号，都是她缝的，她的缝纫活儿一般，但看得出用了心思。她曾花了整整一天的时间，给六件短袖、四件外套、四条长裤、四套棉毛衫裤，还有一批短裤、袜子缝上了学号，缝得眼花缭乱，春夏秋冬，都齐全了。她十分卖力地洗着衣物，她得赶时间，晚上洗出来，晾出去，周一上学才好穿。后悔当初没多买几套校服，方便儿子们换洗，班主任说，补订校服得下个学期了。她边搓洗着衣服，边留神静听着，黑暗中，这位母亲看上去有点提心吊胆，仿佛期待着什么。她听到了两个变声期的男孩，唱起了歌，喉咙沙哑得像破毛竹。一个唱张国荣的《春夏秋冬》，一个唱陈奕迅的《K歌之王》。黑暗并没有减少孩子们的乐趣，歌声使凝重的气氛得以缓和。有几次，她骤然抬头，像是听到什么动静，将淌着水的双手在围裙上使劲擦了擦，起身按墙上的开关，不久，又失望地洗起她的衣服，重新恢复镇静。孩子们唱着唱着，又吵了起来，因为某人唱歌时，要求另一个人闭嘴，不许唱。另一个人自然是不肯的，继续唱，而且声音大得盖过前边那个。于是，两个破喉咙，就不依不饶地吵起来。她用厌烦的声音叫他们别吵。当她洗好全部衣服，把脸盆抱到晾衣竿前，看到一个黑影朝她移过来，原来是小宝。小宝的怀里搂着一堆衣架。小宝帮着她把每件衣物挂上衣架，并把衣角扯平整。小宝一伸手，把衣服直接勾在高高的晾衣竿上，连晾衣叉都没用。

已近十点，孩子们已经不玩了，房间里显得异常安静。"该上床睡觉了。"她微笑着说。她用煤气灶烧了几壶热水，让孩子们简单地洗了澡。洗完澡，孩子们的头发湿漉漉，看上去簇簇新的样子，他们用一块蓝白条子浴巾，把身体揩干净。男孩子们穿着内衣，十分安静，母亲低眼望着他们颈背上发出的红色湿疹和乌黑发亮的脑袋，心头有一种莫名的怜惜。孩子们比平时提前上床，闷闷不乐地钻进被窝。

"妈妈，电什么时候会来啊？"小宝头露在被子外，乏力地问。

"妈妈，电还会不会来啊？"大宝搓着眼睛问。她惊讶地发现，两个儿子们的额头和鼻翼两边，都发出了青春痘。

"快了，很快就会来了。"她充满把握地回答。

屋外的雨夹冰霰，已经转为雪花。四下静谧，大片的雪花在夜空中飞舞。黑暗中，寒气也在他们的身边聚集，阵阵寒意向他们袭来。这雪越下越大了。她忧愁地喃喃着，担心洗好的衣服晒不干。一听母亲说，还在下雪，小宝立马从被窝里，探出小脑袋，仰着脖子，满脸放光地说："老师说了，如果雪一直下一直下,星期一就放假!""嗯,下吧下吧,下得越大越好!"她笑着说。关上卧室门时,她听到小宝嚷嚷:"我会背《百年孤独》的开头!"小宝的记忆一向不赖。"这有什么!"大宝也嚷嚷起来,"我看过老马的《没有人给他写信的上校》!"没错,开家长会时,母亲在大宝抽屉里见过那本小说,还有《人类群星闪耀时》《悲惨世界》。每次开家长会,母亲总是上半场坐在大宝座位上,下半场坐在小宝座位上,翻看他们的作业本和抽屉。她发现儿子们的课本和作业本,都跟卷心菜似的,卷着边儿,像是被主人含辛茹苦地读了大半辈子,一些课本上还画着漫画。

她忘不了那天,经过一番漫长等待,看到自己两个戴着红领巾的儿子,从法院覆着皮革的厚重大门内走出来,垂着头。她从门外等候的长条椅上站起。"你们选了谁?"她迎上去,盯着儿子们瘦削的脸,声音严肃地问。两个身高相貌一模一样的男孩,顺从而安静地站在她的面前,默默无语。她知道儿子们习惯忍耐的性格有点像她。见到她那副样子,半响,小宝红着眼圈说:"你傻不傻啊,还用问吗?"半响,大宝也抬起了头,她看到大宝的眼中满含泪水:"我们当然选你了。"那一刻,她把两个儿子紧紧地搂在怀中。她带着儿子们,穿过阴郁的走廊,走过空旷的大厅,走下肃穆的石阶。他们依偎着,走到热闹的大街上,往家的方向走去。路人羡慕的眼神,纷纷投向他们。他们出行的回头率,一向很高。

两个男孩紧紧地牵着母亲的手,一边一个,走在母亲的身边,像一个等腰三角形。风吹着母亲的头发,也吹着孩子们烟灰色的校服和他们胸前的红领巾。一路上,母子三人再也没说过一句话。

她站在卫生间的镜子前,照了照自己,苍白、干瘪、披头散发,显得疲惫而苍老。她觉得有点支持不住,在床上躺了一会儿,感觉到四肢的酸痛和疲惫。阔大的寒气开始围绕她,远处的广场上,传来加班加点建造地铁的打桩机声,沉重而冰冷。有几次,她感觉电来了,起身去拧台灯或按墙上的开关,可是,所有的开关都像失灵了。她坐回床沿,待她又一次去按失灵的开关,一股情绪涌上心头。她摸黑在厨房找了罐黑啤,回到房间,打开窗。她看到无数亮着灯的房子,里面的灯光,白炽灯或暖光灯,都是那么温馨、骄傲地闪烁着。那一刻,她觉得世上最遥远的距离,不是生,也不是死,而是邻居家灯火通明,自家却漆黑一片。呼啸的风掠过夜色和万家灯火,她对着覆着雪的屋檐和燃着灯火的工地,喝着酒。那一刻,泪水涌出了这位单亲妈妈的眼眶,自打离婚起,她还从未落过泪。那一刻,这位母亲没准想起了这些年经历的种种,她似乎有太多的委屈和对未来的担忧。她可怜巴巴地想,一生中好像也没什么舒坦日子。她哭泣着,也没去擦眼睛,任凭泪水顺着面颊往下淌。她想起穿着球鞋,在医院楼上楼下穿梭奔波的情景:划价、验血、皮试、配药,两只手上,高高托举一个盐水瓶,在输液室的走廊上左闪右躲,每个瓶子伸出的输液管后,都连着一个小男孩,小男孩的手掌底下,垫着硬硬的小纸板,小男孩的手背上,都蒙着纱布。她想起开学第一天,挂着红领巾的儿子们,被等候在校门口的面包车带去了法院,面对合议庭的法官,选父母,三进三出。她想起夜晚九点,守在校门口,给儿子们送夜宵的情景。泪水不断地在黑暗中滑落她的面颊，她愧疚地想，她的儿子们选择了她，她就得以全部的身心守护他们，不让他们受委屈，不让他们遭罪，不让他们过没有电的日子。因为，如今她就是一家之主，她就是船长，她得保证航行不出半点纰漏。她困顿地躺在床上。不知何时，四周漂浮起海藻、飞鸟和外星人，热带鱼在空气中游来游去，她的身上长出蓝色的花纹，尾骨那儿发生了裂变，新生出一条长长的尾巴，新长出的鸭蛋黄般的眼睛里放射出绚丽的光芒，她的头发被大风席卷着，水母一样漂浮、起伏着，战旗般猎猎作响。她挥舞着一柄利剑，浑身充满灵异能量，她凭借自身发出的光，携着剧烈的风、嘶鸣的雷、飘忽的电，在旷野奔跑，在天空翱翔。她发现她在一个宽敞明亮、通风良好的厨房里，炉火熊熊，温暖舒适，她围着围裙，左手执一口闪亮的黄铜大锅，右手执一柄同样材质的圆把手锅铲，烹饪出一道道美食，她听到孩子们热烈的欢呼。一群毒狼向她和孩子们围拢，发出的嘶吼，露着雪白的獠牙，伸着鲜红的舌头，嚎叫声几乎要将厨房连根拔起。她搁下锅铲，解下围裙，披上战袍，拿起宝剑，跟毒狼展开殊死决斗，像英勇无畏的阿凡达，将毒狼一只只刺死，毒狼倒地的声音像沙砾或尘土摔打在屋檐上……

明亮的灯光将她拉回现实。突然到来的光明，让她的眼睛有片刻的不适。奇异的自然，美丽的星空，梦幻的厨房，可怖的毒狼，统统消失不见了。屋子里，灯光亮起，老旧立式空调机重新开始工作，电冰箱也发出令人愉悦的嗡嗡声，电视机屏幕发出嘶嘶响声。孩子们冲进她的房间："妈妈，来电啦！来电啦，妈妈！"手机响了，郭娜打来的，问电来了没有。"来了，你真是手眼通天的人!"她向郭娜连声道谢。孩子们又唱起了歌,他们穿好了衣服,开始继续看《阿凡达》。她把校服挂在凳子上,对着空调出风口,这样可以干得快点。当她擦洗好儿子们的球鞋,看着几双四十三码的鞋子,靠墙排成一溜,她的耳边,仿佛响起了"哒哒"的马蹄声。那会儿,她看到电视上的男主女主,骑着斑溪兽,在空中并肩飞行的样子,特别拉风。

雪花在夜空中静静飞舞。临睡前,她推门看了看孩子们。孩子们蜷在被窝里,已经睡着了。望着熟睡中的少年,她的心底涌起爱意。这是她的孩子们,顺从、懂事,在他们还很小的时候,她就喜欢看他们睡着的样子。她也喜欢看他们吃东西的样子,一本正经说话的样子,挺着身子追逐的样子,被蚊子叮咬惊慌地跑来指给你看的样子,戴着牙箍说话时口水四溅的样子。她喜欢他们各种各样的样子,包括跟自己争吵的样子。她知道,自从他们在她肚子里落户那一刻起,他们三个就是息息相关的。

三

已是子夜时分,月光照进屋子,洒在墙上的绘画和奖状上,像是给那些年代久远的物品,增添了些许新鲜的美感。四周依然幽暗,这种幽暗,仿佛生活本身的基调,仿佛那些克制的、充满不确定性的日常。或许正是有了这种幽暗,才得以照见生命的底色,恢复生命的力量。这些年,她也开始逐渐领悟到,路,并不是人走出来的,而是风一样的命运,推着你走。此刻,她呼吸着桂花的香气,香气亦仿佛萃取着她的灵魂。她感受到一种慈悲和包容，仿佛黑暗和阴霾，亦成为不可或缺的养分。窗外的一切，轻缓而充满耐心。生活在屋宇下的人类，将不得不学会跟不完美的生活共存。她还领悟到，生活就像闯关，你只要奔跑着，就好了，因为你不能不奔跑，也不得不奔跑。跑过这关，后头也还有别的，等着你奔跑。而你，只需保持住奔跑时的心情，就好了。

这时，手机屏幕亮了一下，她看到即将耗尽了电的手机里，出现一条小儿子发来的微信："妈妈，电来了吗？"

她觉得心里暖暖的，一股热辣辣的暖流涌入心田。她已经好久没有这种感觉了。她定了定神，深吸了一口空气，仿佛将生命中遭遇的善恶美丑，全部吸进了心田。幽暗之中，仿佛有什么新鲜事物，即将降临，仿佛有什么新鲜事物，即将照穿这沉沉暗夜，从这暗沉的世界中腾飞。

(《收获》2022年第5期)

卢文丽　68年生，诗人，小说家。20世纪80年代末开始发表诗歌，在《人民文学》《诗刊》《收获》《作家》《上海文学》《十月》《作品》《野草》《中华辞赋》等发表诗歌、小说、散文、古体诗数百万字。著有《我对美看得太久——西湖印象诗100》《韩国姑姑》《外婆史诗》等诗歌、散文、小说集12部，获文学奖项数次，并以日、英、法、韩等多个语种入选海内外文学选本。现居杭州。

花　神

苏枕书

1

早听说著名的薛导演要斥巨资排《牡丹亭》，演员将从院里挑选，先全国巡演，之后拍成电影。导演不是等闲之辈，知道其他戏都不如《牡丹亭》认知度高且讨人喜欢。这种事过去院里也很常见，有人得了资助要来排新戏，有时是久久无人搬演的传统剧目，有时是热门古装剧改编而来，还有这几年尤其受欢迎的革命戏。

开年后，雪还没有化尽，薛导演的团队就浩浩荡荡降临院内。地方政府非常重视，新闻、电视台隆重报道，赞曰"以中华优秀传统文化培根筑魂的盛事"。薛导演功课做足，看起来非常有诚意，请了已退休的几位国宝级老先生出山担任艺术总指导。

杜丽娘选谁？院里青年一代最拔尖的演员是朱溪，小学毕业后就被千里挑一地招进戏校，主工闺门旦，兼工正旦。毕业后留在院里工作，已演了很多戏，获了各种青年奖项，经常代表省里去北京参加比赛或汇演，偶尔也出国演出。领导把她郑重介绍给薛导演,"小朱是我们院的台柱",并非虚词。薛导演也很客气,连说久闻大名,早在网上看过她的戏。

但却有风声,说导演看中了刚毕业的黄佳芸。她入职不到两年,还没有排过什么大戏,嗓子条件也一般。据说导演认定她年轻,扮相优美,更适合大银幕,肯定有观众缘。起初朱溪不大相信,就算导演不懂,也要看看专业人士的评价吧。想不到最后演员表出来,杜丽娘真的是佳芸。"我们还要请老先生好好打磨,她一定是最好的杜丽娘。"导演很自信,这样应对外界质疑。小圈子里的戏迷向来认可朱溪,觉得佳芸的水准太稚嫩,身段也过于软媚,讽刺导演纯属外行人瞎折腾。

佳芸最初很惶恐,谦称经验不足。但等到春暖花开,剧组开始封闭式排练,在众人见证下,佳芸向德高望重的"昆曲女王"俞前韵行过拜师礼,一切也名正言顺起来。朱溪被安排演众花神中的一个,也就是杜丽娘、柳梦梅梦中欢会之际,守护在他们身边的龙套。有人为朱溪抱不平,也有人怂恿她去跟领导闹,至少应该争取到B角。戏迷们在网上分析得头头是道,这个导演实在不懂,只知道看脸,一味迎合大众审美,真是传统文化的悲哀。黄佳芸固然年轻好看,但唱腔、做工比朱溪弱得不是一点半点。也有阴谋论,说黄佳芸有背景,因此能轮到这种好事。

众人叹息朱溪的不走运。也有人指出:"朱溪扮相确实老了点,黄佳芸的脸也是天分,何况她现在拜了名师,前途不可限量。"

朱溪的老同学金晏也被分派了演花神。她最初学的是小花旦,后来个儿长太高,不适合演丫鬟。老师先让她改学闺门旦,后改武旦、刀马旦，总算独树一帜，人们不会把她和朱溪放在一起比较。她安慰朱溪说以后机会多得是，这次遇到个不懂行的导演罢了。朱溪固然委屈，但事已至此，抱怨反而可笑。见她沉吟不语，金晏很贴心，抚着她的背又劝慰了一阵。一时又冷笑道，小姑娘现在是出人头地了，以前见了我们都殷勤得要命，最近拜了名师，辈分比我们都高了。

"你说院里也是不周到，这么好的机会，为什么不让你一起拜？俞老师又不多一个学生。"金晏道。

"我又不是主演，哪有那么好的运气。"话说出口，朱溪就后悔了，因为怨气冲天，被人听到也麻烦，只好起身去练功。但花神没什么可练的，那边佳芸才是被众星捧月般，紧跟在俞老师身后，从头一点一点学。聚光灯已打在她身上，朱溪则在黑暗里。

俞老师是朱溪的启蒙老师季前映的师姐，早些年就去了上海的剧团工作，名满天下。以前经常回院里指导教学，或演几折戏供年轻学生观摩研习。朱溪也向俞老师请教过，但并无师徒名分。要说拜师礼，原是所谓旧社会陋习，早就不讲究了。但这些年忽又时兴起来，最开始只是鞠躬，后来甚至跪拜。年轻人拜了名师，可以学到技艺；名师也愿意挑聪明有前途的徒弟，将来可以光大自己的门户。

2

在俞老师极细致的指点之下，佳芸进步飞快。入夏后正式彩排，薛导演请知名设计师打造服装，又请非物质遗产传承人刺绣、剪裁，舞台效果华丽典雅，相当不俗。院领导大喜，觉得这出戏成功在望。主演们也加倍起早贪黑，全身心投入排练。因为要排这出大戏，院里对原先定时演出的折子戏当然不上心，笛师鼓师也不够用，只好减场，朱溪、金晏等人常被遣去演这些戏目。戏迷录影后上传网站，感慨说："看来看去，朱溪姐姐还是功夫最好，却得不到黄佳芸那样的好机会。"

这出新戏定于中秋夜在上海首演，定妆照与宣传短片早已在本地园林内实景拍摄。一时佳芸的杜丽娘形象遍布城内各大广告牌，从小城去上海的高速路两旁和城铁站内都能看到佳芸的一颦一笑。"新生代昆曲传承人""'昆曲女王'俞前韵先生亲传弟子""著名导演倾情打造青春经典《牡丹亭》"云云，原先说绝对不要看外行人瞎折腾的戏迷，也忍不住抢购了戏票。

首场演出大获成功，演员谢幕时观众起立鼓掌，薛导演请老先生们上台，以示礼敬。黄佳芸一手被俞老师牵着，另一手抱了满怀的花束，大梦方醒般，向四方行礼。至于众花神只能在边上做背景，迟迟站位，早早退场。

随后是接连不断的巡演，国家级省级剧院，各地高校舞台，场场爆满。人们感慨，多少年没有这样的盛况，薛导真有眼光。佳芸的杜丽娘俘获诸多观众，新晋戏迷们自称"云朵"，凡有佳芸的演出，必要送花篮、花束，热热闹闹摆满台前幕后。佳芸的确红了，无数荣誉涌向她，年度文化新人奖、戏曲青年金梅奖之类，直拿到手软。更有各种奖金，她隔三岔五给慈善项目捐款，很得好评。市里省里轮番请佳芸去开会表彰，她在镜头前款款立着，早脱去往日的青涩。

金梅奖是这个行业最有分量的奖项，朱溪只在刚毕业那年拿过省级的"小金梅奖"。虽说拿青年金梅奖也是早晚的事，但如今资历比她浅、年轻好几岁的佳芸竟先她一步摘得桂冠，难免失落。领导同事亦觉朱溪时运不济，少不了说些鼓舞的话，但这样更显出她可怜。同事们纷纷转发佳芸获奖的新闻或采访，朱溪不想看，但铺天盖地弥漫到眼前。自己若跟着转发，实在没有大度到这个份上；若装作没看见，又怕别人说她嫉妒，最后也只是点了赞而已。她早应认清现实，自己彻底错过了这次机会，往后人生每一步可能都要落在佳芸后面，职称、评奖、待遇……在这狭窄的小世界。不能细想，真喘不过气来。

这些失意跟丈夫也无从说起。他在建筑设计院工作，是她的戏迷，曾经场场不落来看她的演出，以赤忱打动了她。对于她的婚事，同事家人都赞美。在他们的小世界，同行结婚的很常见，因为圈子太小，练习与演出又太忙，不容易与外界接触。姿容出众的女演员比较容易找圈外人，男人喜欢她们的美貌，并不在意她们体制内菲薄的工资。清俊小生在婚恋市场反而不太吃香，虽不乏富足的中年女人邀他们出去参加私宴，但混久了也没意思，既没有名分，也惹人议论，特别是可能得罪年轻粉丝。最好还是跟同行结婚，感情稳定，作风正派，调情只限于舞台，才更招人喜欢。

朱溪同学里有好几对结了婚的，也早有人跟她表达过好感。那时她心高气傲，专心演戏，认为还不是谈恋爱的时候。他们刚留在院里工作时，领导反复叮嘱年轻女演员至少三年内不能怀孕。院里好不容易培养一批青年演员，一怀孕就耽误演出，等复出不知要练习多久才能找回黄金状态。年轻女孩子们知道领导说得很对,不评上职称就被生育绊住,以后很难熬出头。因此个个争气,绝不敢轻易怀孕。

3

春节前,朱溪与丈夫一起去季老师家拜年。老师快八十岁了,一向瘦得厉害,好在精神极健。师丈退休前是院里的笛师,话很少,慈眉善目的样子。季老师裹一件紫色羽绒服,外面是格子罩衫,身前口袋绣了一只熊。她忙进忙出准备点心茶水,朱溪要帮忙,她根本不让,连说你去坐,过歇一道拍曲。做学生时就是如此,经常来老师家,老师和师丈准备吃的,不让她插手。吃完后,师丈撅笛,老师教曲,先示范一遍,再让她唱。季老师教学严格,对爱徒更是苛刻,若吐字稍差,即立刻纠正,毫不含糊,必达准确无误而止。骂起学生也一点不客气:"教了许多趟了!"学生们没有不畏惧的。师丈极温静,一支曲子不知反复吹多少遍,直到季老师认为学生终于唱得过关。这日季老师说想唱《小宴》,两支《泣颜回》拍罢,季老师笑道:"今日小盛也来了,我们还是讲讲闲话比较好,让他光在边上坐着也无聊。"

朱溪丈夫盛启华毕恭毕敬说:"哪里会无聊,听老师拍曲是多大的福气。"季老师说话直接,对朱溪笑道:"照我说,你也该想想小孩的事了。"朱溪有些窘,知道老师的意思是眼下也没有轮到她的大戏,反而是生育的好时机。老师有一儿一女,都在上海工作,去年孙子也结婚了。朱溪勉强笑道:"我们还不着急。"

季老师道："小盛不说罢了，男人家没有不着急的。我晓得你想先评上职称再说，但反正早晚都轮到你，先要小孩也好的。"

"以后的事情讲不清楚，评不上一级，不敢要小孩。"朱溪脱口而出，立刻后悔。因季老师到退休都是二级演员，老早以前评职称时，因没有出国演出的经历，没有评上一级。后来年轻一辈机会好得多，四十岁前评上一级不是难事。季老师早已看淡这些，也不觉得二级有什么不好。但朱溪所生的年代不同，不能接受自己在二级的平台上耗太久。她对职称原来并不焦切，因为评上二级时还很年轻，深受同仁钦羡，也觉得一级是早晚的事。但自打佳芸得了金梅奖，院里有人提起佳芸下一年就可能评一级，这令朱溪烦闷异常。同行评上一级的平均年龄大概都不下四十岁，朱溪原本离这个时限还有充足的余裕。但佳芸的异军突起使得这个时限可能直接被拉到三十岁——朱溪已经越过的年龄，永远不可能弥补的差距。她一直是优等生，一路比别人走得快，也比当年的老师快，好像理所当然似的。现在她的身后有更年轻的人飞快追来，可能已超过了她，她还不愿承认这种剧变。

季老师剥好一只砂糖橘放到她手里，宽慰道："今天你们来，我很高兴，哪个年纪大的不想看儿女有小孩，就随便说说。什么时候要，最后肯定还是你们自己拿主意的呀。"又道，"我听说俞前韵收了黄佳芸做徒弟，你要是想跟她学什么戏，我去打个招呼，简单的。"

正月过后，朱溪利用周末的时间去上海跟俞老师学了几折戏，没有行拜师礼。俞老师非常和善，倾力相授，夸她刻苦、天分高。他们这一行不忌讳转益多师，能学到谁的戏、学得几分，全看各人运气和悟性。俞前韵和季前映最初是一个学校里教出来的，都工闺门旦，不过风格各异，擅长的戏目也不同。俞前韵很早去了上海，深得上海方面雍容华美的风范，早就领了国家津贴。季前映一直生活在小城，年轻时唱过评弹，兼演苏剧，吴语口音很重。不乏极其痴迷季老师的曲友，说她吐字归韵恪守传统，唱做典雅醇熟。也有几个上海曲友特别不喜欢，在网上孜孜不倦讽刺了十来年："雨丝风片唱成雨丝风屁，笑死人了呀。把个百戏之祖搞成个蹩脚地方戏。"外行戏迷似懂非懂，跟着一起嘲讽，仿佛唯独如此才显出慧眼独具。

薛导演决定在仲春时节借园林实景拍电影版，一切顺利，前后只花了三周时间。各地剧团也深受这出戏的启发，纷纷效仿，四处寻觅经费。院里因这出戏出足了风头，领导无不称心，凡有演出邀请，即全力以赴。至于往常定期安排的折子戏，本来就票价低廉，既谈不上盈利，又难赚名气，何妨减少投入。这意味着朱溪她们要继续跑花神龙套。

一晃就是年末总结，领导发话，新一年要借鉴《牡丹亭》的成功经验，继续排精品戏。传言要排《白蛇传》，计划在下一个端午节演出。其中《水斗》一折有不少武戏，朱溪刚从俞老师那里学来，已然熟习。领导私下说，白素贞么，朱溪最合适，小青也现成的，让金晏来。

"跑了两年龙套，总算有盼头了。"金晏很期待，她也等着评职称。

4

过完年,佳芸的《牡丹亭》又进入巡演季。某大台的著名编导来拍纪录片,院里领导非常欢迎。有一回在北京演出,摄像机镜头不知怎么对准了刚下场的花神,并锁定了朱溪。

"朱溪老师您好,我们知道以前您是剧院的台柱,演了无数回杜丽娘。但这次的《牡丹亭》您却演花神,是否存在一种心理落差?"不知为什么会有这样不怀好意的问题。

"我们昆曲演员的职责就是演好属于自己的每一个角色。"她开始还知道避开锋芒。

编导不想轻易错过这种戏剧性场面:"对于这版《牡丹亭》的杜丽娘,您有什么看法?"

"她进步蛮大的。"朱溪措手不及,勉强说出一句在自己看来已经非常客气的话。

"作为一名传统艺术从业者,您是否会介意被人比较?"编导不知哪里学来的风格,偏偏不依不饶。她知道自己应该克制,或者干脆逃走,但那一刻很难压住心头的愤懑委屈,陡然变色,没好气地说:"谁不介意被比较?介意又怎么样?你呢,介不介意自己被比较?"

又伸手挡开镜头:"别拍了!谁许你拍的?"那边顶着花神头饰的金晏听见,赶紧过来看情况,很客气地跟编导打了招呼,拉着朱溪回后台。

在梳妆镜前坐下,朱溪肩膀微微颤抖:"还要怎么样,让我演花神我也演了!跑了快一年的龙套!"

"好了好了,别让人家听见。"金晏机敏地说,"那个人都问你什么了?我也没听清,别理他们。"

朱溪拼命屏住眼泪,只顾卸妆。金晏道:"还没谢幕呢!"

"也不少我一个。"朱溪恨恨道,"帮我请个假,就说我不舒服。"她收拾好东西,起身回酒店休息。少一个花神谢幕确实无关紧要,也没人注意到她不在了。

不过后来还是有人发现了这个细节。纪录片上映后,当中除了佳芸的成长经历与拜师场面,还有一小段提到演花神的龙套。偏偏有一个舞台特写,放大了诸神中面无表情的朱溪。其他花神都笑盈盈,唯独她拉着脸,机械地动着嘴唇,甚至怀疑她没有发出声音。她自己也吓了一跳,原来真的一脸不满?

"不是每个人都有黄佳芸那样的幸运,毕竟杜丽娘只有一位。曾经一直演杜丽娘的闺门旦朱溪,在这版《牡丹亭》中,只能演跑龙套的花神。最初也有人质疑薛导演的选择,为什么要起用一位舞台经验尚浅的演员呢?"旁白柔声道。

接着插入一段薛导演的采访:"我觉得黄佳芸有一种特别娴静秀美的气质,她和杜丽娘是同龄人,没有什么比这一点更重要。我们要让更多的观众接受传统艺术,就应该用一种更一目了然、更美的方式去呈现。我想这版《牡丹亭》的成绩,已经证明了我的选择是正确的。"

随后是朱溪的那段采访,不过稍加剪辑。

"对于这版《牡丹亭》的杜丽娘,您有什么看法?"

"她进步蛮大的。"

"以前您是剧院的台柱，演了无数回杜丽娘。但这次的《牡丹亭》您却演花神，是否有一种心理落差？您是否会介意被人比较？"

"谁不介意被比较？介意又怎么样？你呢，介不介意自己被比较？"

镜头下的朱溪脸上浮着油粉，细纹格外刺目，哀苦尖刻的神情仿佛马上要哭出来，显得异常憔悴，她也觉得自己这副样子触目惊心。

佳芸的戏迷们看到了这段，不知是谁又敏锐地侦破那天演出后谢幕的花神里少了一个，网上炸开锅，一时八卦横飞。

"那人不知道自己一脸大妈相，演花神我都想吐，居然还想演杜丽娘？"

"公演不谢幕，也太不专业了，他们领导怎么说？"

"轮得到她来点评俞先生嫡传弟子进步不进步吗，她以为她是谁？"

"这都几年了，还没接受现实呢？不满意找导演呀，我看她唱得也没多好吧。"

也有人提供独家黑料，说些真真假假的消息，比如朱溪一直给佳芸脸色看，私下总说佳芸水平怎么不行，一面妒忌佳芸拜师，一面自己倒去巴结俞先生，"但俞先生根本没理她"。

为方便围观群众迅速把握事态，热心网友截了纪录片的图，发挥考据精神，翻出以前的各种采访，标注高亮，去某问答网站诸如"如何看待朱溪在纪录片里的表现"之类的提问。很难相信真有这么多人关心这种圈内琐事，更像自问自答。丈夫劝朱溪不要关注:"那些说不定都是小号,你关注还给他带流量,不理他过一阵就好了。"

道理都明白,但忍不住拿起手机搜索。看到那些詈骂,她心脏怦怦乱跳,震得耳鼓嗡嗡闷痛。几天下来,与她关联的搜索条目变成了"朱溪发飙""朱溪黄佳芸之争"。总有不知道哪里冒出来的知情人绘声绘色讲述更精彩的内幕。某年某月在某处后台看过朱溪,对工作人员态度如何差,如何目中无人。某次采访如何自称是俞老师弟子,其实真正的授业恩师是季老师。的确有过这样的报道,记者写,"青年演员朱溪告诉记者,能得到俞前韵这样的名家亲授《长生殿》《白蛇传》,既欣喜又充满压力"。这是实话,但材料经过一番不寻常的解读,已成了她背叛恩师,嫌弃恩师是二级演员,让季老师伤心云云。她气急,认为这是恶劣的构陷,一会儿说要报警,一会儿又要找纪录片制作人打官司。若不是丈夫极力阻拦,差点实名发澄清说明。

到底是些什么人?点开那些爆料帖看评论,发现有个熟悉的账号给爆料点了赞——居然是金晏,她险些截图质问。而金晏对她一切如旧,丝毫没有异样。近来金晏开通了视频号,"昆曲金晏"。直播几支人们熟悉的曲子,或分享练功房挥汗如雨的片段,也应粉丝要求唱时下流行的戏腔古风歌曲,收获粉丝无数。或许是刷手机太频繁,无心碰到的吧。朱溪极力说服自己,但还是跟金晏冷淡了下来。

那一阵朱溪疑神疑鬼,觉得院里人人都在议论自己。与佳芸免不了见面,彼此很有默契,早已互不理睬。三年过去,佳芸已是一级演员,院里真正的台柱。小剧场偶尔演一场折子戏,也有各地戏迷飞来一睹芳容,全程录像、拍摄,制作大量美图,当晚就分享到各大平台。评上一级之后不久,佳芸结了婚,与一位追求她很久的剧作家。新闻甚至报道了这场隆重的婚礼,"本市著名青年昆曲演员黄佳芸大婚",等于明星待遇。

粉丝不肯饶过朱溪,要求她向佳芸道歉,不断在微博圈各路人马关注。幸好昆曲还是太小众,在网络平台上加多少 tag 都没人理睬。少数老戏迷提醒粉丝心态不可取:"她们毕竟是同事,这样闹下去黄佳芸也尴尬的。"并指出纪录片编导提问太不专业,有挑事嫌疑,根本没有必要挖掘这种细节。一般来说领导不关心网上的言论,并不知道闹成这样,但纪录片里朱溪发的牢骚已是覆水难收,领导叹气:"小朱啊,你平时也挺沉着,怎么关键时候拎不清呢?"

朱溪道:"我是拎不清,三年没有演像样的戏,还老老实实在这里受气。"

"我们院是一个整体,要顾全大局,集体兴旺了个体才有前途。"领导说,"今后我们还要排很多戏,创造很多成功,每个人都有机会。"

但白素贞的 A 角依然给了佳芸,领导宁愿等她跟俞老师现学,考虑到佳芸武戏功底薄弱,还不惜删掉许多武打动作。朱溪辛苦练熟的程式都用不上,节目单上轮到她的场次也寥寥可数。找领导诉苦,领导说有个好机会等着你,院里马上要排新编戏《白毛女》。

朱溪冷笑:"这种戏谁演谁讨骂,这么好的机会怎么不给别人?"

领导很不快："怎么就讨骂了？这是献礼重点剧目，给你演算你运气，你今年还想不想评职称了？"最终《白毛女》的喜儿也没有轮到朱溪，这出新编戏连龙套都没有。

金晏帮她出谋划策，说你毕竟在纪录片里说了那种话，惹来不少是非，肯定得罪了领导。找机会服个软，请他们吃个饭，诚心诚意道个歉，可能就算了。又宽慰道，说到底还是要想开点，时代不同了，路子多着呢，要不你也来开视频号？金晏最近人气很旺，对短视频很有心得，好几家品牌找她代言，听说还有电视台请她参加真人秀。大家都有光明的前途，只有朱溪陷于无谓的泥淖，哪一步开始走错了？实在悚然。

5

盛启华接到公司总部调令，让他去深圳设计院担任某部门负责人，待遇还算优厚。起先他一有时间就回来与妻子团聚，后来见她郁郁不得志，很气愤，认为院里管理层都是饭桶。"这种地方待着真没什么意思。"他提议，愿不愿意去深圳住一段时间散散心。又说既然院里不珍惜你，还不如出去单干，我全力支持。

朱溪惨笑："你想得倒美，我们这种不可能单干的，又不是歌手。离了剧团，乐队哪里来，舞台哪里来？不演戏能做啥？从小吃这碗饭，从来没想过要离开，也离不开。"

丈夫笑说："这叫高度依附于组织，所以被组织随便PUA。"

朱溪也承认："有什么办法呢？不过深圳实在有点远，那边没人听昆曲吧。你要是去北京也罢了，那边好歹有剧院。"

一日丈夫来电话，很兴奋："我打听到了，香港那边有昆曲传习社，老师也是内地过去的专业演员。你来深圳，可以经常去香港。"

朱溪也听说过那个传习社，看了丈夫发来的资料，一时有些心动。但传习社是民间组织，没有编制，她去顶多算票友。一旦从院里离职，人生就止步于二级演员。但在院里一年年耗下去，又该等到何时？她举棋不定，直到发现怀孕。不，她的主意在放弃避孕时已经定了，不过拿孩子做借口而已。

与领导摊牌，领导仿佛这时候才意识到她离开也算院里的人才损失，请她慎重考虑："评好职称再走也行呀，我们院离不开你的。"

季老师也挽留："你去了那边哪有戏演？不演戏你打算做什么？院里这么多年培养出一个你也不容易。我们以前日子还要苦，但只要有戏演，我就开心，随便演什么都高兴。"

她心里不服，院里怎么就"不容易"了？她没有老师安贫乐道的志气，也从未问过老师，一辈子都被俞老师盖过，心态如何放平，光有热爱就够了吗？季老师知道自己话说重了，又道："不过家庭是最重要的，你和小盛还是住在一起比较好。"

消息传得很快，网上已有人发帖说朱溪要离职。有老戏迷感慨朱溪这几年太不走运，"对院里也算仁至义尽了"。手续办得很顺利，搬家也比想象中简单。两家老人非常赞许，别的都不要紧，孩子最重要。同事也多数觉得羡慕，说她有个好老公，没有人觉得她是失意退出、为她的艺术前途惋惜。"艺术前途"，太自恋了，或许被安排演花神的时候就应该死心。

好在醒悟得还不迟。时间过得很快,她已度过了新手妈妈的混乱期。网上偶尔有人打听她的下落,有人说她离了婚,跟了有钱老男人,孩子都生了,不知有没有结婚。传说就是这样,悲剧主人公要一直潦倒,才符合故事的逻辑。技艺荒废了是真的,身材也没有恢复。丈夫工作很忙,家里请了阿姨,她仍不得闲。偶尔在朋友圈刷到金晏分享的视频,她真的上了选秀节目。"我们昆曲演员全国只有几百名,从事的是很寂寞的工作,不少人都没有坚持下去。只有耐住冷板凳,才能传承我们老祖宗留下的艺术。"她侃侃而谈,眼睛比从前更大,下巴愈尖,相当上镜。她唱人们耳熟能详的《皂罗袍》,眼波流转,主持人和嘉宾无不惊为天人,痴迷得合不拢嘴,连呼"昆曲女神"。朱溪觉得有点滑稽,却忍不住去搜了更多金晏的视频看。她最近还主演了《扈家庄》,唱得确实可以。手指划过视频,点开,听两句就关闭,又打开下一个。朱溪不免受到了些刺激,连金晏都熬出头了。

又搜黄佳芸。上周在北京刚有演出,新编戏《浮生六记》。往前是她去大学做昆曲讲座,"国家一级演员黄佳芸讲解演绎《牡丹亭》"。有祝福国庆的短视频,"昆曲女神黄佳芸祝福祖国富强,人民康泰"。有她和俞前韵老师同台演绎《皂罗袍》,"承前启后,百世流芳"。说来俞老师、季老师那一辈都是前字辈,名字是学戏时承字辈的老师帮他们起的。朱溪这一代不讲究了,也没有几个人像佳芸这样有资格说自己是启字辈。

再搜自己的名字,演出视频停留在两年前。一场折子戏,她和老同学演《折柳阳关》。当时没多少观众,这个视频不知是谁手机拍摄的,画面抖动,收音效果一般。这是季老师最早教她的戏,"恨锁着满庭花雨,愁笼着蘸水烟芜。"幽幽地唱下去,"一霎时眼中人去镜里鸾孤。"没有多少动作,全看唱功。从前有人说她这折戏唱得精致,"小季前映。"她忽而回忆起小剧场的空气,陈旧的幕布与地毯,台下观众经常刷手机,也有几个特别专注,那里头曾经就有她的丈夫。唱到了"从今后怕愁来无着处",心情难以形容。她的表演没有留下多少精致的记录,那些曲子和功夫在她身体里,正无情地钝化与消逝,生命的沙漏在她眼前。

6

季老师八十岁整生日,朱溪带孩子回去祝寿。这几年小城喜爱昆曲的年轻人变得很多,大学里成立了正经的昆曲社团,请老师去教曲。老师方言口音太重,年轻人经常听不懂,总有几个本地学生在边上帮忙慢慢解释。社团的青年们订了蛋糕和寿桃,在宴席上齐唱《上寿》,笛声起来。"家住在蓬莱路遥,开几度春风碧桃。鹤驾生风环珮飘。辞紫府下丹霄,辞紫府下丹霄。"朱溪也加入其中:"寿筵开处风光好,争看寿星荣耀。羡麻姑玉女并超,寿同王母年高。"

季老师快乐极了,起身感谢,又牵住朱溪的手,握了又握,她曾经最看重的弟子,现在依然爱着。

不久,她联系朱溪,说北京有人找她排《牡丹亭》,想要呈现从前老先生们搬演的、如今舞台上已不容易见到的怀旧经典版。"就是老早以前我教过你的,动作都不省的,现在年轻人不会演了。她们图省事,反正戴着小蜜蜂,连唱的力气都不高兴用了。你不同,来跟我一起演吧。"因为寂寞多年,旧的技艺与唱腔反而顽固地留在老师的身体和血液里。因为观众很少,所以不需要也没有机会顺应时代作什么改变。一般而言,被遗忘是常见的宿命。偶尔也有例外,人们惊异地发现,原来还有一位唱腔如此醇厚的老先生,风格近于老唱片,不是台上已演得烂熟的版本。"抢救性记录高龄非遗传承人的艺术影像资料。"新闻这样说。

朱溪犹豫,近来虽也偶尔去曲社拍曲,但荒疏日久,根本不敢登台。何况她现在没有组织,以什么名目参演?就算答应,还能回院里排练吗?她只好推辞,说以前跟老师学过的学生有不少,黄佳芸也学过。

季老师又劝了几回,她既惭愧又不忍。后来她提议说,想演花神。这大出老师的意外,而她心意已定,将孩子留在深圳,回到了老师身边。她无微不至地照顾老师,早上开车接去排练场,晚上送回家,服侍饮食,料理起居。演春香的是院里一位年轻的六旦演员,花神有十二位,除了朱溪,都是二十岁左右的年轻人,有的还没有从戏校毕业。朱溪领头,演梅花花神,领着一众小姑娘翩然起舞。凡有空暇,老师就带着浓重的方言口音与年轻人讲解,过去这出戏如何演,花神原来男女成对,阳月是男花神,阴月是女花神,后来全改成小旦演出云云。

老师身体已不如前,无法连续演出,只在京沪两地各排了一场。甫出票即被抢售一空,高价转卖的黄牛票也难求。

演出当日,她早早陪老师梳妆妥当,自己也顶着花神的装束,在后台角落远远看着老师登台。老师轻轻拂开晴光里摇漾的蛛丝，春香从旁侍奉梳妆插戴，停半晌，换好游园的浅粉女帔，镜中顾影，方接了春香递来的金泥折扇缓缓移步。如拂蛛丝、换衣裳之类都是从前的程式，现在的版本早已省去。"看画廊金粉半零星"，竟这样伤感。从前她只看到金粉璀璨，忘却了那是半零星。年轻人唱"良辰美景奈何天"，眼波水汪汪撩向观众，只有游春的喜乐，不见伤逝的惘然。"倒不如尽兴回家"，唱到了这里。她呆呆望着老师，仿佛要把老师的一切烙进身体，又快活又痛楚。

离花神登场还有一阵，其他小姑娘还在化妆室嬉笑，无忧无虑擎着花束玩。

"朱老师在哪里呀？她的梅花拿了吗？"工作人员在后台清点十二花神的道具。

她回过神，怀里早捧好了登台用的梅花束。匆匆赶过去，笑道："来了来了，已经拿好啦。"

女孩子们都拿好了自己的花束，一时踮脚张望，一时拿手机自拍，又把朱溪拉到最中间："朱老师快来拍一个！"

她早已忘了镜头的可怕，有人迅速把合影发到了朋友圈，没有人留意到她又演了花神。

演出大获成功，季老师接受采访时，一字一顿努力说着普通话，感谢了许多人，特地提道："感谢我的学生朱溪。整个排练过程，她方方面面照料我，陪同我。我也很希望往后有机会看到她演的《牡丹亭》。"

朱溪记得刚入门时，老师跟她讲古，说从前演戏多苦。一路坐船去省城，到一个码头歇几天，白天演戏，晚上不一定睡得着招待所，一群人挤在后台地板上睡觉。路费全靠演戏挣，不演够场次，连回来的船票都买不起。有几年演不成戏，改学《红灯记》，硬跳《红色娘子军》，很多人离开了，也有人不舍得。

这话老师讲过好多次："说快也很快，就这样过了一辈子。"

（《小说界》2022年第2期）

苏枕书　　历史学博士。著有《京都古书店风景》《岁华一枝：京都读书散记》《春山好》等作品。

它不是红色

修新羽

婚礼比她想象中更累。仿佛在拼图，要把无穷无尽的碎片拼合起来，哪片单独摆着都毫无意义，哪片缺了都让人一眼看穿。喜糖是费列罗还是高迪瓦？拱门用假花还是鲜花？司仪能唱歌还是能讲时下最流行的脱口秀？在策划公司建议下，请了城北剧团顶梁的皮影戏艺人，关灯后用影偶把他们的恋爱经历演出来。

兽皮染了色，裁出身躯四肢、衣袍发饰，以竹棍牵动，在白棉布后面或喜或怒，鼓乐齐鸣，热闹得很。台下没什么人说话，全神贯注地看着。

彩排时跟过两三遍，徐玥这时就不太能看下去，转脸望向最近那桌宾客。母亲坐在那里，一动不动，也朝白棉布凝望。黯淡灯光下，身上那件藏蓝连衣裙依旧突兀得厉害，甚至更近似于黑色。

按照城北习俗，婚礼上双方母亲都必须身着红衣。避免与新娘争艳，多穿枣红。婆婆早早就托人定制了枣红旗袍，梅花盘扣，金丝绣凤，专门给她看过。而母亲则不声不响，等她催了才拿出衣柜深处那条连衣裙。

这条能穿吗？中式婚礼，男方家很讲究。

讲究才不能穿红色，母亲告诉她，你姥姥去世还没满三年。

她没有直接反对母亲的决定。但在婚礼前的那个夜晚，在断断续续的浅眠中，她梦到了那条藏蓝连衣裙。它平铺于他们的婚床上，沉重柔软，无论她怎么撕扯、拉拽，都没办法将它拿起来。

醒来之后，她翻出几包速溶咖啡，全都倒进一只杯子里，加水加糖，搅了搅就吞下去。水有点儿凉，咖啡也过于黏稠了，有些没化开，尝起来一股药味儿。但她没时间再等了，必须靠这杯东西打起精神。

婚礼上她是主角。等身照片摆在酒店入口，每根发丝都飘逸得恪尽职守，有些负责修饰颧骨，有些负责强调下颚。她的名字被专门请来的书法家，蘸足金粉一笔一画地写在签名册封面上。书法家不愧是书法家，对字的间架布局很有想法，简单看起来，不像"徐玥"，更像"你好"。走红毯时丈夫紧紧捏住她的手，疼得要命，但她还是笑着，被长长短短的镜头筒瞄准，向新生活问好。

在剪辑过的视频和精心挑选的照片中，那身藏蓝连衣裙并没有显得太突兀，它隐藏起来了，像畏畏缩缩的小动物隐藏在丛林里。但当时她总能准确无误地感觉到它的方位，她相信藏蓝意味着背叛。

两年前，是母亲喊她回去的。母亲在电话里哭着说，你姥姥就这几天的事了，我没用，我没办法。于是她请掉所有年假，乘最早的飞机赶回青岛，两手空空没带什么行李，在网店匆忙下单了几罐营养品。

护士说，疫情时期不允许家属探望。她去附近花市买了束百合，抱着办了陪护证。交核酸检测费时，护士打量了她几眼，说陪护就要有陪护的样子。

陪护是什么样子？其实她不知道。

姥姥瘦了很多，坐在床上朝她微笑，问了问城北的生活，像招待远道而来的客人。于是她像客人那样坐在床边，聊天气，聊晚饭。医院布置得很简单，闻起来却十分复杂，消毒液味道之外是汗酸味、脚臭味、烟臭味，还有中午时各个病房飘出的饭菜味。百合摆在床头柜上，花香渗出来，很快被其他气味盖住。

姥姥住院，大姨索性也办了住院手续，便于陪护。除了查房的医生，这双人病房卫生自理，闲人免进，只属于她们。但母亲早中晚都要打视频电话过来，算病房里的第四人。

你是替我去陪姥姥的，挂掉视频电话后，母亲在微信里说，辛苦你了哦。

不是替你，是为我自己。

辛苦你了，医院不是什么好地方。后面跟着三个表情，抱拳，鲜花，笑脸。

每隔几小时，她都装作玩手机，偷偷拍点儿照片视频分享过去。吃药了，睡觉了，测血压了，什么都看到了母亲才安心。母亲自己来医院陪护的时候，更是把姥姥喝了多少水都写到本子上，精确到毫升。

母亲就是这样的，她想，担不住事。小时候期末考试，她还没觉得怎样，母亲就紧张到凌晨三点起床，煮荷包蛋，炸油条，逼着她吃下去，说这才是一百分。母亲这种人，但凡手里拿了什么东西，总觉得会被别人抢走。

但她们再怎么努力，也没法把姥姥的命抢回来。

来之前母亲叮嘱过她，姥姥被病痛折磨久了，有些喜怒无常，很不好照顾，常常把周围人骂哭。在一场开腹手术和三轮化疗之后，不光是姥姥，大家都被这场病折磨了很久，提心吊胆，精疲力竭，觉得命运单单在折磨自己。连着失眠几个月后，母亲甚至直接病倒，发了低烧，被医生勒令居家观察。

她不一样，她在城北生活，还没怎么照看过姥姥。她有着崭新的耐心。

之前买的货品们依次送达，营养食品，乳胶枕头，蓝牙音箱。上午打点滴的时候，播放起《浏阳河》《南泥湾》《游击队之歌》。透明药液慢慢流入姥姥的血管中，大家躺在床上不说话，好像这不是在医院，而是在工厂宿舍，夏日午后，睡醒了可以继续去工作，机器时刻不停，轰隆作响。

歌单顺着往下放，《红梅花儿开》。她记得这歌词，但没注意到里面有那么多不合时宜的句子。满怀的心腹话儿，没法讲出来。他对这桩事情一点不知道。少女的思念，天天在增长。我是一个姑娘，怎么对他讲。

姥姥生病后，许多词语变得烙铁般滚烫，落在哪里都能灼出空落落的洞。她差点儿把歌切掉，又担心太过突兀。她也差点儿就走过去，坐到姥姥床前，紧握住那双干瘦柔软的手，把事情全都说出来。

回来的路上，她在电脑里罗列了一长串问题和一长串叮嘱，不说就没机会说的那种。真正来到病房，又觉得都说不出口。太像诀别了，一说出口姥姥就会明白。这是诀别，这绝对不能像诀别。

大家全不同意把事情告诉姥姥。怎么要住这么久？医生查房的时候，姥姥也会问，像和熟人聊天，只是顺便地，偏巧了，多问一句。男医生是刚调到五病区的，之前没见过；但住院久的人往往能练就出一种能力，跟谁都即刻熟稔。

阿姨，这个是慢性病，就要慢慢治，才能慢慢好，就是这么个道理。医生把输液单在床头夹好，去往下一间病房。他们对自己的剧本已经很熟悉了。

她任由音乐响下去，从包里拿出最贵那管护手霜，坐到姥姥床前，握住她干瘦柔软的手，在手心手背上细细涂开。皮肤柔腻温软，看不到什么斑点，谁都会以为这是一辈子没吃过苦的老太太。但姥姥是实打实种过地卖过菜的，快三十岁才随军到城里，只是天性爱干净，至今每晚都要洗脚。腹腔有积水，吃东西容易吐，需要有人坐在身后捋捋背部。她主动承担了这项工作，在姥姥的指挥下，用力，更用力，用掌心按住根根分明的肋骨。凑得这样近，她仔细闻过姥姥身上的味道，什么都闻不出来，连老人特有的酸臭味儿都没有，干净得全然无害。

第一夜，她和大姨挤在一张病床上。床板很硬，又无法翻身，醒来就腰疼。第二夜她打听清楚医院的规矩，租来折叠床，依旧没睡好。姥姥半夜口渴，她摸索着爬起来，兑好温开水，递到姥姥嘴边。大姨在床上翻了个身，似乎也醒了。

她感到自己像临时演员，随时会被导演喊停。像在做一道证明题，正是做到一半，需要画辅助线的时候，她现在就是在画那道辅助线。线画上了，别人才能一眼看出她对姥姥的爱，以及母亲对姥姥的爱。然后她将把答案指给姥姥看，带着批改过的答案回家，告诉母亲，姥姥也爱你。

但来之前她没想清楚，病房里最艰难的不是照顾病人，而是处理好与疾病相关的所有事情。姥姥打点滴时，大姨无事可做，总往隔壁病房跑，不像在住院，倒像来参加病人家属联谊会，谁家儿媳把公婆家房子骗走了，谁出了轨正在离婚，对什么都感兴趣。聊完别人的，还会把矛头掉转回来，痛心疾首地询问她。你妈说你在城北都不开伙，每天想吃什么就点外卖，让人给送到家门口。工资都用来交房租和点外卖了，攒也攒不下几个钱，是不是？

"点外卖"从大姨嘴里说出来，成了贵族或大资本家才享有的特权。她大声说，经常加班到晚上九点呢，哪有时间自己做饭！又补充道，这次回来不仅把年假都休了，还请了三天事假，月度奖金要扣掉百分之六十。

工作这些年，她早就学会了明码标价，各自把牺牲摆到台面上，这样才是有用的，才能高效地沟通下去。大姨不说话了，把地上的灰尘和头发扫进簸箕。

其实对她而言，钱不是问题。在城北，除了房租、饮食，花销不过是每月买几本书，偶尔看看展览和电影。两年下来，攒了十几万，足够给姥姥买几千罐肠内营养粉。医生只让买三罐。够了吗？怎么这样便宜？有没有贵的，效果更好的？追着医生护士问，人家只是摇摇头。吃什么都一样的。

第三天早上六点，保洁员推门进来，生面孔。大姨从床上挺起身，大声问，怎么换人了？之前的人请假了，我来代班。保洁员自顾自说着，径自走进厕所，惊呼，怎么这么脏！

不用你打扫。大姨提高声音，冲厕所喊，你出去！

马桶圈上都是尿啊！

空气仿佛在刺啦刺啦地响，字面意义上的烈火烹油。老人身体弱，沾上点儿尿怎么了？大姨站起身，几步走到厕所门口，出去！滚！保洁员跑出房间，她追到走廊，不像在说话，像在吟唱某种歌谣，每句话的末尾都上升，上升，字句不重要，重要的是音调。徐玥在网上的视频中听到过类似音调，被交警拦下的女司机蹲在路边，边喊边抓挠自己的头发，我不是故意逆行的，我迷路了，我好不容易才不用加班，我想回家。所有听到这种音调的人，都会出于本能地紧张。

徐玥跟出去，盯着大姨看。隔壁病房陆续有人出来看热闹，自然有劝阻高手，不劳她费心。她退回房间，随手带上门，声音隔着门传进来。

姥姥侧躺在床上，背对门口。她走过去，轻轻抚摩姥姥的肩膀，没事，姥姥，别管这些。你大姨这脾气随我，姥姥说，不去招惹别人，也不能被别人欺负。她在病床前坐下，观察着，从姥姥脸上看到宽慰的神色，不像目睹女儿跟人吵架，倒像得知女儿在期末考试上拿了满分。这神色让她感觉陌生，这就是答案，不是证明题，而是判断题。只有大姨才是姥姥最得意的女儿，血脉相承，最亲最亲的嫡系。

大姨走了回来，身边跟着两位年轻医生。左边的安慰她，好了,阿姨,我们会抓紧处理。右边的说,这叫什么事呀,这保洁确实过分了,您消消气。大姨站定了,握住右边医生的手,说,这保洁嫌弃你们病区呢,刚才一来就说自己是换班的,说你们病区没原来的好,不想给你们干!医生们的神色变得晦暗了,对看一眼,开始重复刚才的话。阿姨,我们会抓紧处理的。这叫什么事呀。

保洁没有说这些。徐玥坐在那里,茫然地考虑着要不要起身反驳。早在刚才大姨嚷嚷的时候,保洁就逃一样离开了这层楼。反驳给谁看呢?

她没说话,她整个上午都没说话。这种沉默让房间里的氛围显得有些尴尬,大姨和姥姥似乎也不确定该说些什么,试探般地,又把话题往她身上引。

"你是来陪护的,要懂事了。"大姨说,"这些天是什么活也没干啊。"

"我不会呀!"她想了想,打算讲讲自己做菜的糗事。疫情时期外卖歇业,她从网上买了半成品鸡米花,外面炸煳了,里面竟然还是生的,吃到一半才发现。

"就是把自己看得太高了,"姥姥突然插嘴。这些话像呕吐物一样顺畅地从姥姥嘴里往外涌,让徐玥条件反射般想要伸手去捋老人瘦骨嶙峋的背部,"不愿意伸手干活,以为自己在城里过得多高贵?"

忍住。她想。

患病的人长期身体不适,往往脾气暴躁,拿周围人当出气筒,她早就知道的。不就是被骂几句吗,不就是吞点儿委屈吗?

不公平的事情还少吗？昨晚大姨还绘声绘色地跟她们讲起隔壁病房的事情，五十来岁的糖尿病患者，多吃了一块糖，脚趾开始感染了，最后不得不截掉一只脚。一口糖换一只脚。

"你也二十七八岁了，也该成家立业了，哪能只顾自己享受？要好好想一想父母。"

"姥姥，我知道你关心我。"她大声说，用最热切而感恩的语气。就好像她此时并非在医院，而在什么传销培训现场。"我知道了。"像是有人用针头扎进她的血管，抽光了所有氧气和葡萄糖；像是她所有的力气都变成了一阵旋风，无法继续向前，只能在原地转呀转呀，留下碎片狼藉。好了，她学着用医护人员才有的那种耐心安慰自己，你做得很好了，到此为止吧。

思维涣散开来，再回过神来的时候，房间里很安静。努力听的话，能听到隔壁病房心跳检测仪发出的嗡鸣。像远远地有飞机正在起飞，用金属制成的双翼飞高，飞高，把地上的一切全都抛弃。

她平躺到床上，深呼吸。

这所医院就是让病人等死的，学术说法叫"姑息治疗"，目的是缓解症状，减轻痛苦，改善生活质量。所以每张床上都有各式各样的人由于各式各样的原因去世，每张床的扶手都被不同的手以各种力度抓握过，每张床单都染过呕吐物、屎尿和鲜血。生命从来无法被预习，此时此刻她却发现自己正在预习。在内心深处，在坚硬而理智的那部分，她明白自己早晚也要躺在薄硬床垫和洁白床单上，因为长期输液而静脉变硬，血管上满是斑块。

她感到畏惧。继而，这畏惧伪装成了愤怒。表姐表弟都在青岛，为什么是她进了医院？她付出了时间、耐心、关怀，这些付出能不能得到回报？她想起本科时室友在宿舍里打电话，跟自己的父母吵架。室友父亲想让她把驾照拿回家，为自己顶替闯红灯时扣掉的分数。室友站在阳台上大喊，这是你的事情，不是我的。她们躲在各自的床帘后面，把这些话听得一清二楚，也把舍友涨红的脸看得一清二楚。"不能只顾自己享受。"享受？她想，医院生活已经算是她最艰难的日子。她甚至怀疑自己也继承了母亲的恶习，太把别人的事当作自己的事，太过急切地付出，想用这付出换来某些不切实际的回报。

她给父亲发消息说想回家，当天下午他们就开车来了医院。

她回忆了很久，记不起自己是怎么跟姥姥告别的。但她记得窗外是灰色的，城市里都这样，无论城北还是青岛，阴天的时候都光秃秃的，高楼的玻璃幕墙上什么也映不出来，灰色连着灰色。

尝到是什么滋味了吧？母亲低烧刚退，也跟着出了门，坐在副驾驶的位置，从后视镜里瞥向她，语气出人意料地平静，不像心疼，像报复得逞。早跟你说过了，医院不是什么好地方。

医院挺好的，她说，跟医院没关系。

母亲转过脸看着她，神色警惕，像买卖做成后又听见对方讨价还价。是你自愿进去陪护的吧？没人求着你吧？

徐玥没再说话。车里暖风开得很足，暖得人皮肤紧绷，手指麻木。

他们没有直接回家，而是去了附近的姥姥家。母亲买好新鲜食材，准备炖点儿特制晚餐送到医院，给姥姥补充营养：要持续炖煮四五个小时，肉才足够松软，便于消化。但在医院里，大姨五分钟热好的鸡蛋和火腿肠，姥姥也照样吃。

阳台上窗户开着，有风，不算闷。父亲看电视的时候，她在房间里游荡。姥爷得了阿尔茨海默病后长期住养老院，姥姥也住院后，房间里的各种物件骤然离开了使用者，平添出一种意味，像博物馆里那些不再有人使用的古董家具、青花瓷瓶。

沙发是几十年前买的，扶手都磨出了包浆。茶几上压着玻璃板，玻璃板下压着几张发黄的剪报，"秋冬养生七忌""食物相克大全"。抱枕和坐垫倒是新的，做工很粗糙，印着皮卡丘和海绵宝宝。前些年带表妹的时候，姥爷姥姥跟着一起看过不少动画片，从此留下了习惯，买东西的时候总挑这些眼熟的买。洗干净的抹布挂在水池旁边，垃圾桶空空荡荡。没人在乎这些东西了，她坐回沙发，看见剪报旁边还有几张照片，分别是表姐、她和表弟小时候的。她坐在二十世纪九十年代很时兴的那种飞机模型上，戴着浅黄色毛线帽子，茫然无措地笑。为了躲避这个茫然的自己，她站起身，来到主卧室，依次拉开床头柜和衣柜的所有抽屉。里面有毛线袜、鹅卵石、棉签、指甲刀、曲别针、锁和钥匙，都是些寻常物件，看起来很旧。最底层的抽屉里有个油布包，装着姥姥姥爷的结婚证，还有一张一九八一年由青岛市气功协会颁发的气功培训证书。找到了，她想，她找到了一种新鲜而强烈的悲痛。她和姥姥朝夕相处过三天，对姥姥的了解还不如刚才从抽屉里翻到的多。

"又怎么了？"母亲从厨房出来，注意到她脸上的表情。"不用摆出一副谁欠你的样子，不用觉得自己做出多大贡献了，不是应该的吗——"

"什么应该的,你说得再明白点儿啊?你根本都不懂。"你为什么不明白?她想,你生育了我,但我可以不是你的女儿,你也可以不是姥姥的女儿。

电视开着,听腔调是在讲新闻。母亲回到厨房,她留在客厅,各自生气。唯有父亲还在看电视,边看边剥开只橘子,一瓣瓣塞进嘴里。父亲向来不喜欢说话,好像有天然的免疫力,能把所有争吵都消解掉,不管给了他盐或者糖,最后都会溶化成透明液体。她身体里也有一半父亲的基因,足够努力的话,或许可以从内心深处也召唤出那种能力,心平气和地生活。即便都是透明的,她也不会像水,她必须像硫酸,能把捅过来的刀子都溶化掉。

父亲不怎么说话,说出的那些就很容易被记住。

"最近过得还行?"送她去机场的路上,父亲问。不像问候,更像是支咽拭子,检测核酸那样检测生活,让她喉咙发干,还有呕吐的冲动。

她说,挺好的。

年轻人肯定能听出来,挺好就是不好。父亲那个年纪的人什么都不知道。

城北的房价汹涌涨着,她社保没交满五年,只能眼睁睁地等。不买房,就不能跟有过贷款记录的男友结婚,以免丧失首房首贷的优惠资格,事情这样挨挨挤挤耽搁下来。物价还越来越高,随便找家蝇头馆子就人均二百。同学朋友都嚷嚷着要逃开,又像小时候喜爱树木那样喜爱周遭的水泥混凝土。

去年情人节，男友买了盒月球拼图，加拿大进口，总计一千片，能够凑出直径七十厘米的月亮。他们用整个周末才拼起轮廓，空心的环形。那天睡到半夜，她起来上厕所，经过客厅的时候随手抓过一片，扔进马桶。三周后拼好整幅图，男友才发现少了，联系商家补发过来。她至今还记得补发来的是哪片，至今依旧有种冲动，想要再把它扔掉，因为完满是不合理的，不自然的，也是不可能的。

回城北的飞机上，她在心里一路默念，完满是不可能的。

高三开学的家长会，父亲临时出差，少有地由母亲参加。母亲不会开车，她们就只能坐公交车回家，车迟迟不来。母亲没话找话般发问，刚才那个做经验分享的学生家长讲得怎么样？挺诚恳的，她说，他家孩子成绩怎么会不好，寒暑假都在上全科辅导营。

跟家庭条件没关系，那孩子本来就聪明，母亲语气严肃地反驳，性格也好，从来不跟家长顶嘴。有钱人的孩子那么多，也不是个个都能学习好的，对吧？

她用吞服钙片的心情吞下原本想说的话。我会好好向人家学习。

学不来，母亲说，你知道为什么吗？因为人跟人的运气是不一样的。母亲把"运气"这个词读得很奇怪，每个字都发音饱满，各自为政。运是运势的运，命运的运，时也运也的运；气是气脉，是气功里那种游走于人们体内的神奇能量，让人能飞檐走壁，穿墙而入，催动百花在冬天绽放。

回城北的飞机上，她在心里一路默念，人跟人的运气是不一样的。

姥姥挺过了危险期，又被癌症痛折磨了小半年。接到电话时她在单位加班，表姐催她把能找到的姥姥的照片都发到群里，发原图。得病后拍的首先被淘汰掉，那时姥姥已经瘦削了，皮肤耷拉着，带了疲态，其次时间不能过于久远。最终选了张生日时拍的，那顿饭家里人基本都在，去大酒店包了单间，光线很好，姥姥微仰起脸笑着，是最典型的慈祥老人，双目含光。这就是遗像了。

没年假可请，也没必要再回去，大家都劝她不必折腾。

那天晚上，她窝在被子里，把手机里姥姥的视频和照片从头到尾看了一遍，算作告别。记忆是捡拾不完的，零零星星又想起很多事情。读小学时姥姥已经退休了，不知从哪儿搞到台缝纫机，给他们几个后辈做了棉袄。编盘扣的时候她在旁边盯着看，不明白那些碎布头怎么就一点点缠出比花还好看的扣子。还有月全食，姥姥陪她看过月全食。

她查了查，是二〇〇〇年七月十六日。晚上八点零三分开始，十一点四十七分结束。家里其他人已经睡了，她和姥姥坐在阳台上，关了灯，朝窗外看。在月亮被地球阴影遮盖最多的时刻，它也没有黑黢黢隐匿到夜空中，而是变成琥珀一般的橙红。

很多动作有明确的起止点，比如刷牙，从拧开牙膏盖开始，至把杯子和牙刷放回原位结束。但她很难想明白自己究竟从何时开始和姥姥告别的，离开医院前亲吻侧脸，拉开抽屉，在群里发了那张照片，回忆月食？于是她的悲痛也没有明确的起止点，绵绵地弥漫开来。

替姥姥烧完五七，母亲来了城北。

大家一致认为这是个正确决定，可以聊聊天、散散步、换换环境。在车站，她一眼就看见母亲那件黄底黑花衬衫。很宽松，样式还算年轻，不属于那种充满敷衍意味的老年服装，是她年初给买的。前些年她就尝试过给母亲选衣服，从款式到质地处处被挑出毛病。然而从去年开始，母亲想通了般让她帮忙采买，不管买了哪件都兴高采烈地穿起来。

明黄很衬肤色，但现在是春天，总有昏了头的飞虫想要尝尝黄色的甜味。徐玥站在母亲身后，伸手拂去她肩头一只爬动的黑点。

男友在外地出差，母亲直接住到了家里。开始几天，她们谈每天吃什么，谈哪件衣服要用冷水洗，不谈别的。这是精心维护出的和平，毕竟她们连剩菜怎么扔都达不成共识。徐玥会趁母亲不注意，把桌上热过三回的剩菜悄悄扒进垃圾桶。而母亲总是抱有某些朴素的认知，觉得酒是不会坏的，糖多盐多的不会坏，煎炸腌烤过的不会坏，放进冰箱里的东西过一百年也不会坏掉。

她们也不聊姥姥的事情，仿佛该聊的已经在电话里聊过了。电话里的母亲带着哭腔，说现在都没觉得你姥姥走了。家里的妈妈拿抹布把地板擦干净，念叨着她的头发该剪剪了，分叉太多。

"你多注意身体。"她看着母亲，"有拖把，别总蹲着擦地，对膝盖不好。"

"你先注意你自己，"母亲说，"比我都胖了。"

她确实比母亲胖了，又有什么关系？她愿意胖，愿意和母亲不一样。她伸手抚摩自己肚子上的肉，光滑柔韧，像某种已经融化了的物质。过去不是这样，初中时她在学校长跑队，放学之后要去操场跑圈，皮肤下面存不下脂肪，捏起来薄薄一层，灵巧，精致，像还没发芽的种子。

在医院里的时候，徐玥说，我听姥姥夸大姨照顾得周到，说你们谁都不如她。

"她懂什么周到？"母亲立即反驳，"你姥姥亲口对我说的，这三个子女中数我心细，谁也比不上我。"

母亲的话像玩游戏时随便扔出的石子，飞出去，在水面上轻巧地一击，再一击，全是涟漪。她们都沉默了，各自咂摸着这迟来的戳穿。老人才有这样的小心思，他们老了，不愿冒任何风险，努力让每个子女都觉得自己是被偏爱的。说偏爱是偏爱，说讨好也是讨好，病人对照料者无师自通的讨好。

也是那几天，楼上在搞装修，不分昼夜丁零当啷，建筑垃圾堆得半人高，电钻闹得人耳朵痛。她给母亲买了防噪耳塞，又在周末带母亲出去散步躲清静。刚走到小区门口，遇到位裸着上身的老头，一口浓痰吐到母亲的脚背上。

三个人都愣住，没来得及拉开架势，谁也不知道接下去怎么演。

"贱货。"老头先开了口，"走路不长眼吗？"

她想骂人。她竭尽全力地回忆自己脑海里所有的脏话。你赶着去上坟吗？你去死。你妈死了。真奇怪，为什么这些脏话都跟死亡、葬礼有关？死亡和葬礼都是很严肃的，是会让每个人都难过的事情，不该被这么草率地扔垃圾一样地扔出来。这些脏话不适合现在。

母亲盯着那人，嘴唇紧绷住。看到母亲的神情，她想起了很多事情，想起了大姨在医院走廊的语调，想起了姥姥。这神情触动了她内心深处最隐秘最敏感的部分,甚至让她感到恐惧。

"傻×。"趁母亲还没开口,她说。

"不要脸的贱种。"

"×你大爷。"

她骂得很生疏,像不称职的演员在念台词。老头笑着,阴笑,小学时伸脚把别人绊倒的男生脸上常有那种笑。熟悉的感觉又来了,她眼睛酸胀,往前迈了几步,朝老头肩膀狠狠一推。老头踉跄着往后退,两手撑地,掌心满是灰尘,嚷嚷着要报警。

他真拿出手机打电话了,五分钟后,警察也真来了。

她没走,没那个必要,走了倒心虚。母亲拉着她,指着脚面上留作证据的半干浓痰,找警察评理。"哪里打人了?你哪只眼睛看见她打人了?"母亲说,"我女儿是城北大学高才生,我们都是文化人,心平气和讲道理的。"

她胸口涌起一股热流,血液腐蚀着血管,让心脏变成血肉模糊又温暖的一团。这是偏爱,这是一种毫无原则的、狡猾的偏爱。所有人都看见了她的眼泪,民警往前站了站,护住她。母亲从包里抓出几张纸巾,塞进她手里。

"真会演哪你,"老头把眼睛眯起来,摊着手,展示着手里未被擦掉的尘土,"刚才不是你推的吗?不是你先动的手?真该把你剁了喂狗。"

"是你欺负人的,"她说,声音绵软发颤,远比她实际的心情更脆弱,"怎么能欺负人呢……"

民警们不吭声,可能说什么都不合适。他们掏出档案夹,请老头、她与母亲留下各自的身份信息,以供备案。他们没做出什么表示,但他们看向老头的眼神充满了嫌恶,就好像他浑身上下都黏着浓痰。

所以,是胜仗。

她们得到了圆满,尽管这是并不稳定的圆满。她意识到自己迷恋上了说谎的感觉,就像小时候玩橡皮泥,伸手一捏,橡皮泥的形状就改变了。她可以戳橡皮泥那样地把现实戳成百孔千疮再揉捏聚合,搭积木那样把现实重新拼搭起来,上下颠倒,内外互换。可以像孩子那样顽劣,不计后果。

城北已经是初夏,树荫下都是热的。她们沿着墙角往胡同深处走去,一前一后。她从后面看着母亲双臂摆动时松松的皮肉,微驼的背,粗宽的腰部。母亲老了,这衰老并不是时间的简单叠加,而是不可逆的退化。

不管怎么说,她们在这小而新的一居室里共住了两周,挤在同张床上入睡。

在黑暗中,她倾听着母亲呼吸里浅浅的鼾声,感觉到安恬与亲近。房间本来就是新的,采光很好,但母亲让一切更宽敞明亮了。找东西时她打开过衣柜抽屉,发现所有衣服都被卷好,结实地摆了三层,她从不知道抽屉有这么宽敞。

入夏之后,城北下起了暴雨,四处都是黑的。防盗窗被雨滴砸得乒乓响,雨里估计还掺了冰雹。小时候她总觉得这是奇迹,这么热怎么会有冰呢。它们弹跳着,演奏着,侵略着,高高坠落再融化。出门前,她四处找不到伞。

母亲从衣架旁边翻出沓无纺布袋,都是外卖包装,撕去明细单据,抠掉订书钉,攒了起来。最底下的那个袋子里,几把雨伞露了出来。趁她低头拿伞的工夫,母亲端起盘子往厨房走,洗抹布,洗水果——干什么都可以,那是母亲的领地。

徐玥把手伸进去,摸到把伞,拽出来。手上突然猛烈地疼了一下,竟有了血。低头仔细看,才发现袋子口有颗没被拆干净的订书钉,暗器般翘起。

"让你不要用这种袋子装东西,"她大喊,"剌破我手了,疼死了。"母亲拎着抹布走进来,没吭声,看也没看她。

"手很疼。"她又说了一遍。

母亲低着头继续收拾,用抹布把桌上斑斑点点的残迹擦掉。

"我手指剌破了,流血了。都怪你,你不明白吗?"

母亲悄无声息地退了出去,瓷盘与台面碰撞,从厨房里发出钝响。就好像她的疼痛和伤痕都无关紧要,就好像徐玥当即死掉,母亲也不会眨一下眼。她想起来了,这种近似于窒息的感觉就像某种黏腻液体,正固执地慢慢包裹住整颗心,使得每一下心跳都变得艰难。小时候母亲偶尔会向别人说起她是多么乖巧,摔倒了从来不哭不闹,只会迅速自己爬起来,还用手扑掉身上的灰尘,生怕被看到。她想起来了,那并不是乖巧。

"你能不能稍微关心一下我?"她说。把事情直接说出来会不会就不一样了,母亲就能向她敞开心扉,揭糖纸那样把覆盖在爱意上面的东西揭开,让她尝到点儿甜味。这是沟通的问题,不是母亲的问题——母亲很爱她,她明明知道。母亲也吃过很多苦,受过很多委屈。

碗筷的碰撞声从厨房传过来,人在生气时才会用那么大的力气去碰撞碗筷。她低头看着自己的指尖,用力挤了一下。血液慢

173

慢涌出，疼痛却好像减轻了。指尖发白，变得麻木。如果再用力些，如果沿着这小小的伤口抠挖下去，如果她的指甲再粗糙坚硬一些，能不能像传说中的哪吒那样割肉还母？

血液聚成圆润的一颗，宝石般悬在指尖上。它不是红色的，也不是棕色。那是介于两者之间的某种颜色，慢慢在流淌中凝固。在古代，人们相信把这样一滴血滴入盛有清水的瓷碗里，就能分辨出究竟谁是他的父母。现在人们早就不信了。

"姥姥没怎么关心过你吧？"她说，感觉自己像蛇一样在把苦涩的汁液从嘴里分泌出来，"你根本不知道怎么养孩子。"

"我不想让你跟我一样，你以为我有什么办法吗？"母亲说，"你挨过打吗？你大姨你舅舅你小姨全把孩子扔给老人养，挨过多少打？我呢，把你留在自己身边，一根指头也没让别人碰，这不是瞎话吧？我从来不让你离开我，我知道妈妈不在身边的孩子有多苦。辛辛苦苦把你养这么大，养出仇来了？"

徐玥脸上发热，没再搭腔。奔流在她体内的血液好像比平时更多了，太多了……或许这是她的基因决定的，是小时候母亲每次抚摸她的方式决定的。基因工程究竟要进展到什么地步，才能精准敲掉她身体里所有的错误？突然间，血液又静止了。像小时候玩的八音盒，一圈圈拧发条，阻力越来越大，大到某个位置却猛然松掉，把手掉了下来。在城北念书的时候，每天晚上她都会接到母亲的电话，仔细询问饮食状况和学习进展。不允许谈恋爱。工作后，打着加班的旗号，她连续几个月摁断了电话，这才慢慢调整过来，偶尔主动和家里联系。

她没敢跟男友说，自己害怕生孩子。更准确地说，她害怕成为某位孩子的母亲。有时她会问自己，一定会那样吗？她一定会像其他人那样，因为打翻了的奶糊就和孩子一起放声大哭，因为不合格的考卷就骂孩子是讨债鬼？不一定，但有风险，因为谁也没办法同时扮演好一位女儿和一位母亲。女儿要细致，撒娇，能敏锐察觉到父母的所有不悦。母亲则要独断笃定，能在片刻间判断出什么是错的。

她用酒精湿巾擦掉那颗血，出门上班。

晚上回家后，连她自己都忘掉了指尖的伤口，只在洗手时感觉到隐约刺痛。争吵终究还是平息下去，如过去一样。她们熟练地冷战，熟练地结束冷战，她们在过去的相处里练习过很多次了。母亲帮她把整个房间收拾了一遍，做完自己擅长的所有菜品，捡干净地上的每根头发，了无遗憾地回到青岛。

年底她打视频电话回去，和父母商量结婚时间。父亲一口答应，母亲却犹豫着东问西问了好半天，问时间是谁定的，问算没算过良辰。她知道母亲的意思，但她懒得戳穿，只希望母亲能从她的语气中听出什么，知难而退。

"定在五月，"她说，"找人合过八字了，良辰吉日。"

家里有老人走了，要三年后才能结婚。说话时母亲背对着她，衣服下面凸起长长的脊骨，像博物馆里的恐龙骨架。像一百年后，一千万年后，母亲也依旧会这样一动不动地躺着。什么男友丈夫的还不知道多长远，家人可是一辈子的。

"那我不结婚了可以吗？"她回道，"恨不得从屏幕里伸出手，扳住母亲的肩膀，让母亲好好看看她脸上的表情。我一辈子都不结婚了，陪你一起给姥姥守孝。我出家好不好，吃斋念佛好不好？"

母亲依旧背对着她，没吭声。父亲稳稳拿住手机，凝望镜头，画面像突然卡住。她装作信号不好，趁机挂断了电话，突然感觉到后悔，分不清刚才的愤怒究竟从何而来。姥姥去世后，母亲根本吃不下东西，半夜做噩梦，时不时流眼泪，这些她都知道的。对母亲来说，世界已经永远塌下了一角，连地球也不该按部就班地转动——可地球还是继续转下去了，母亲就只能用自己的全副精神去对付这种倒塌。

作为家里的二女儿，母亲没享过独宠，不是男孩，也不是最小的。但她那么爱姥姥，或者说，她爱过一个不真实的姥姥，爱过她创造出的姥姥。那时候姥姥姥爷都在城里，她跟着文盲奶奶在农村，要摸黑割草喂猪，用结冰的冷水洗衣做饭；到了冬天，脚后跟裂开两厘米长的口子，只能自己用针勉强缝住。只有过年时姥姥姥爷才会回来，带着大包小包的年货。姥姥会把她抱在怀里，用手帕擦干净她脸上的灰尘。

总该有点儿快乐的时候吧？徐玥问过母亲，想帮母亲从回忆里捡拾回点儿闪耀。上树下河，摘苹果，放风筝，你是在农村长大，又不是在地狱长大，哪可能全都是苦？"我是留守儿童，"母亲只会说，"留守儿童啊，有几个过得开心？妈妈都不在身边呀！"从那时候开始，母亲就在心里神化着姥姥的形象，崇高的，自然的，真实的，富有诗意的。徐玥没办法让这种神化停下来，没人有办法。

但是徐玥也记得自己出生后母亲的快乐。据说无论谁来探望，母亲都会竭力邀请他们仔细观察婴儿床上躺着的那个小女婴。大家会假意附和，称赞婴儿和她长得很像，其实哪能看得出来呢，还没满月的婴儿。那时候工厂的效益好，产假请起来宽松，母亲足足在家待了一年，读完十几本科学育儿书籍，之后家里人聊起来，总说是"照着书本养孩子"。

试完婚纱后，她要求婚庆公司的人把婚纱租大了一号，以便母亲之后也能穿着婚纱拍几张照片，过过新娘瘾。父母当年没钱办婚礼，每次吵架的时候，这就是父亲的软肋——她已经长大了，却还是以为自己能武装好一场陈年婚姻里所有的软肋。婚纱腰部过宽，不得不用别针从里面别住。效果很好，从外观上看不出什么，偶尔地，她能感觉到那隐秘的金属在自己皮肤上轻轻滑过，提醒着她，她和母亲没有任何分别。

如果母亲一定要通过爱别人来挽救自己的话，母亲可以爱她。

徐玥站在花丛里，在淡淡香味中朝台下望去。为了节省预算，布景只用了三成真花，从昆明运来的，绽放的所有目的就是为了装点此刻。这些真真假假的花被紧密箍在一起，见证着缥缈难测的誓言。皮影戏结束后，灯光集中到舞台中央，于是她眼前白晃晃的，看不清台下的人影，同事、同学、挚友、亲人，全都一样。化妆师提醒过她被灯照到会很热，还给她专门用了美国进口的定妆喷雾，但汗水还是顺着鬓角淌下来，眼线肯定晕开了，像瘀痕。

讲话稿由婚礼策划公司帮忙拟定，走过场的俗套句子，"感谢女儿让我们收获到为人父母的快乐""愿在场的所有来宾万事顺利"。父亲一句一顿地念稿，念着念着，声音开始发颤。母亲紧贴着她站在一旁，攥住她的胳膊，松开，攥住，又松开，不知道在想些什么。

仪式结束后,她被人领着走下台,坐回自己的位置。等会儿就要去轮番敬酒了,她和男友都提前吃下解酒药,祈祷那橙红色药丸能发挥效用。化妆师冲过来,用湿润棉巾在她眼角擦拭。余光中,她看见母亲把椅子朝这边挪了挪,笑容可掬,连脸颊都比平时更松垂。金色花朵很醒目地缀在那件藏蓝连衣裙左胸,飘带上写着"女方妈妈"。

"千万别喝多,"她说,"待会儿酒店这边还要盯着。"

母亲点点头,又凑近了些,酒气和香水气拢过来,让她突然间感觉到陌生。伸到她眼前的是只挽起袖子的手臂,手腕位置系着细细红绳。系在看不见的位置,没关系的,母亲低沉而急促地说,毕竟是你大喜的日子呀,我也高兴。我真的不能穿红色,你原谅妈妈吧。徐玥伸出手,轻轻抚摩红绳,它柔软光滑,犹如裸露的血管。婚礼的背景音乐走向尾声,能听见有什么东西正在她体内嗡鸣,像积灰过多的散热扇,也像心跳检测仪,努力再努力地运转。

(《十月》2022年第4期)

修新羽　一九九三年生于山东青岛,清华大学哲学硕士。中国作家协会成员,作品散见于《青年文学》《上海文学》《十月》《大家》《天涯》《花城》等刊。曾获《解放军文艺》优秀作品奖、第四届老舍青年戏剧文学奖等。

Part 2

秘密

暮色与跳舞熊

鲁　敏

一直画，差不多到肚子饿了的时候，西力就下楼去找点吃的，嘴里念叨着：手机、钥匙、口罩。

租屋地势偏高，从坡道往下走，总可以看到挂了一整天的太阳，半藏半露地落到对面的楼群之后，那楼群就成了铁灰色的钢面，几只黑瘦的鸟突然惊起，墨水点子一般溅到半空。到傍晚了就是这样，看到什么，都成了点、线、面。走到十字路口，高高矮矮各个方向的路灯杆子、指示牌、栏杆，像不清晰的线条与小方格缠绕成一团。

西力四面扫视一圈，熟悉的踏空与悲怆又来了：我这是在哪儿呀，出门往哪儿去呢，这世上有谁在意我，这一天天的算个什么？脚下没有停，闷头顺着路走。查过，这可能属于"黄昏综合征"，也叫"暮色反射"或"日落现象"，原来说的是老年痴呆患者的阶段性症状，后来指涉所有人群，主要指黄昏日暮时分出现的情绪和认知功能问题……既然是一种病症，就这么着吧。反正什么都可以算病，拖延症社恐症选择恐惧症幽闭空间症咖啡依赖症。

走到小馆子，老习惯，顺着墙上菜单的顺序，昨天是炒面，今天则是炒饭,固然炒饭跟炒面炒粉也谈不上多大区别。坐在习惯的那个位置上,正可以看到斜对过的慧谷广场,来来往往的人群中,粉红小熊又在那里跳舞了。所有人都戴着口罩,相比之下,反倒显得小熊像是裸面,有种毛茸动物特有的莫名性感。

去年那一波时疫过后,关闭多日的门市纷纷重开,"Q 乐园"也是其中之一,并推出这么个卡通跳舞熊来招徕顾客。跟小馆子寥寥七八行的菜单一样,西力也十分熟悉这只"跳舞熊"的所有招牌动作,它不仅照搬了表情包上的那几套连环舞,还自创了几个小花招,但因为这身玩偶服大了点,它蹦跳的步子总也迈不开,膝盖弯度不对,比画的剪刀手也只能到脖子那里,可正是这样,显得尤其滑稽。加上它显然也有着努力搞笑的自觉,总是使劲甩动小耳朵,故意凑近拍照的镜头,或是舔食手上并不存在的蜂蜜,确实也会吸引到高高矮矮的小孩。他们围住它,扯它抱它,摇晃它,它于是更加地疯了,就势跌坐到地上打滚儿,笨手笨脚没法起身,假装向孩子求助。有时孩子已被大人拉走老远,它便只好自己爬起……

吃饭时西力就一直望着小熊,盯着屏幕一整天,眼角都有些烂了,已不敢再刷机,能有这个跳舞熊在面前蹦跶着"伴宴"也算不错,可以说是一整天里,唯一叫他感到亲切和放松的活物了。反过来想,西力也算得上是最留意它的人吧。

毕竟,除了小孩儿,谁会当真在意呀,何况这只小熊也实在有点傻乎乎。它肚子上贴着"Q 乐园"的二维码,显然是有任务,但得看对象吧,它不管,为了吸引并逗弄附近的小孩子,不论前面走过何人,背着行李包的外地人,笔挺西装男,捧着冰淇淋的胖女生，拉着小推车的龙钟老太，它都同样卖力地迎上去，摇头摆臀地跳上一圈，直到对方不耐烦了，才仓促而大幅度地把肚皮亮出来，姿势显得有点色情，尤其从西力这个角度看来。这叫他不大舒服，于是垂下眼皮，落回到桌上的炒饭或炒面或炒粉上。极偶尔地，会有人扫它肚皮上的码，它便立即谄媚地点头哈腰或是撅起屁股来扭几下。

隔着灰蒙蒙有点刮花的临街玻璃，西力每天就这样看着，一边无知觉地往嘴里大口投送。吃完之后，会到慧谷广场去散几圈步，由于心里那淡淡的单方面的亲切感，他会以一种若有若无的方式趋近那只小熊。

它的连体服，准确来讲，不是粉红，而是皮粉色，这颜色近看有点显脏，肚皮下方一圈，被小孩子们摸得较多，有几块污渍，裤腿堆在脚脖子上，连同整个脚底板，全是泥灰。但暮色恰到好处地掩护了这些，反倒使它显出一种家常的柔和，似乎它并非毛茸玩偶，而就是一只真真切切的跳舞小熊，跟来来往往的大人小孩老人，是并列的一种存在物种。西力垂头慢慢走着，只要走到它十米以内，那小熊就会主动趋近了，左右脚交替跺起，两只手在鼻尖下划来划去，一边使劲但其实也蹦不了多高地原地跳，每个不准确的动作，都奉献出毫无保留的热情。

等它跳到正面，西力就抬眼平视，出于起码的礼貌，不排除有好奇，因为小熊这身卡通服太严实了，一点瞅不到里面，唯一的出口，应当就是它眼睛这里，可眼睛的位置，只能看到两只深褐色的透明球，折射着薄薄的暮光与刚刚亮起的路灯，五颜六色，里面的眼珠却一点儿也看不清。这反倒更加叫西力产生一种自愿糊涂的愉快确认：看，它不就是一只彻头彻尾的小熊！他心里不禁热乎起来，忍不住也往它身边快迎两步，近到差不多都能听到它的喘气儿，能碰到它毛茸茸脏乎乎的巴掌了。可他毕竟不是小孩子，总不能也去摸也去抱吧，只能掏出手机来，扫它肚皮上的二维码，虽然已扫过许多次，但愿它认不出。正好也有口罩遮面，估计确实认不出，反正小熊每回也都认真定格在那里，俟他扫完，即刻送上它的花式鞠躬，然后认认真真伸出胖胳膊，引导西力往后左方的 Q 乐园那边走。

Q 乐园是个综合儿童游乐场，里头有泡泡球池、攀爬架、陶泥手工区、小白兔小仓鼠饲养区，夹娃娃机、跳床、攀岩馆，全是半大小孩，到处闹哄哄的。这当然不是西力的理想去处，但也不至于讨厌。实际上里头的大人比小孩还多些，即便隔着口罩，仍能看出一张张面孔下的疲惫和敷衍，走上两圈，反倒让西力脚下感到一点重力和方向，恍惚感也随之消失了。小熊的指引很有道理，看，人们的生活不就这样嘛——他开始觉得小租屋里的那种清冷，是值得的，孤独就是他的自在与拥有。遂掉转头回家，当天的这一份黄昏综合征也在渐重的夜色中暂告治愈。

并且这种疗效还有一点点多余的溢出。当天晚上，继续挠着头进行插画时，直至熬到后半夜时，西力都还会时不时想起粉红跳舞熊，它的笨拙姿势，它的二维码肚皮，它堆在脚面的长裤腿和黑灰脚底板，还有它的眼睛，透明球上流光溢彩的光线。想想就觉得不错，但也有点淡淡的不满足，要能对视多好，要能看到它里面真正的眼睛多好。他根本不在乎它的性别、年纪、长相、性格、口音、是否有趣之类，或者干脆点说吧，他排斥、否定它的"人类"性，它只是一只跳舞小熊，而这就是他需要的、也是它所能给予的全部。

有天西力扫完码，照旧转身去往Q乐园，边上被人叫住，是一对小情侣，叫西力替他们跟跳舞熊合个影。一直这样，拍照的远远多过扫码的。有次看到一个壮汉，抱着它又捏又揉，最后甚至一把举起小熊来，小孩儿们看着它两脚两手在空中乱蹬乱划全都笑坏啦。总之小熊十分熟稔此道，西力这边手机还没调好，它已跟女生各分左右站好，向中间的男生投怀送抱了。四五张不同的亲热姿势之后，男生主动问西力，你也来一张吧？把手机给我。好像这是个免费福利，不拿怪可惜的。

西力本能地摇手后退，他不爱拍照，偶尔外出游玩，最多拍点小狗小猫，当然也因他向来是独行独往。不过拒绝别人的好意，更叫他为难。嘴里正支吾着，小熊却以它不由分说的热情一下靠拢上来，肥粗的胳膊环上西力的腰，男生顺手拿过他手机，高声吩咐道，笑起来！起——司——你也搂紧些啊。

这时小熊不仅胳膊环着他，连硕大的脑袋也顺势靠到西力肩上，嘴里故意呼哧呼哧地模拟着生气。这才发现，小熊个儿挺矮啊，才到他肩膀。西力有些失笑，不觉也把手搭到它身上。

拍照时泄露的笑意，一直延续着，时隐时现在西力嘴边。回家后，画一会儿插画，就要拿出手机看两眼合照。主要看小熊，看他们整体的那种感觉，一人一熊，搂得像模像样，居然显得那样自然，怎么看都舒服、搭配。小熊的眼睛呢？这下子能看清吗，西力把图片放到最大，还是不行，最多能看到褐色玻璃球里模模糊糊的那对小情侣。突然想起家里父母,每每打来电话,总是不停嘴地问,自以为旁敲侧击,其实都指到他鼻子上了,不找份正经工作吗,何苦租个房子空耗,实在不行回老家找个对象?他当然也不想让他们伤心,可诸种平淡冷淡的状况确实难以回复,也难以说清。这会儿看着照片,心里突然生出一丝谐趣,顺手就把他跟小熊的合影发了回去——这似乎就是一个很好的答辞,概括说明他生活的各个方面,更说明他的心境与态度。

电脑突然死机、不知里头画稿能抢回多少的那个下午,好像还嫌不够糟似的,又接到蓝色书系的编辑留言,说因其中两册出了问题,整套书稿都叫停出版,这就意味着,除了那几片薄树叶似的预约金,一百多幅定制插画,全部悬而无用了。等于白打一个多月的竿子,半颗枣儿都没落下,本来还想着用这笔稿费换台新电脑呢。

沮丧地呆坐,越发闷热,饥饿感倒是准时来了。西力起身往外,下坡时都没有留意到太阳是否落下,只觉到处都暗乎乎的,暮色里像是被倒入了墨汁,在街面上四处流淌。今天的菜该轮到鲢鱼豆腐套餐,端上来却觉得腥气未尽,米饭明显夹生,换了一碗,仍然夹生,只好重新叫面条……跳舞熊还在那边,跺脚、扭腰、剪刀手、送飞吻、假装滑倒。奇怪,西力坐了这么久,发现它没吸引到一个小孩,也没人合影,更没人扫码。小熊今天完全唱独角戏了。其实慧谷广场上人倒是蛮多,甚至可以说还比平时多一些,男人挽着女人,大人拖着小孩,个个走得飞快,衣发飘动,仿佛要倒,又仿佛要飞。西力怔忡忡地望了好一会儿,才明白过来,哦,这是起大风了。怪不得刚才没看到太阳,早给刮跑了呀。

等外头落起大而疏的雨珠,面条才端上来,西力想起啥也没带,又想起窗户好像没关,书桌上东西全都铺着,忙打了包提上冲出去。才跑到广场背后,雨已密集如箭,浇得眼睛都睁不开,刚才还奔跑的行人全部消失了。这条背街长道没有商户,也没长廊,只有两根类似柱子的合拢处,形成一块窄窄的壁檐,西力只好不管不顾了进去。本是狼狈又懊恼,抹抹眼镜上的水,定睛一看,一个大失笑:粉红跳舞熊也在这里。

不过这里已是太挤了,主要小熊身子很占地方,它边上还有个胖老头。胖老头一见他进来,就把下巴上的口罩又拽上去。西力刚才太急,口罩落小馆里了。而他们脚下,还有个三四岁的小孩,听那胖老头嘴里的喷怪,当是这个小孩把跳舞熊拽到这里来的。小男孩的卡通口罩已经湿透,映出两片翘嘟嘟的嘴巴,正咕噜噜地编故事,小熊找蜂蜜小熊要冬眠之类……西力有点愧疚地尽量贴着柱子,还是无可避免地紧靠着小熊,它已半湿,身上的毛绒头子黏结起来,黄黑了。它的大脑袋靠在后面的墙壁上,一只肥手正被小男孩紧紧拖着,由于潮湿和挤压,肚皮上的二维码皱巴巴的。哈,不跳舞的跳舞熊。西力可真乐意跟它一块儿躲雨呀,心里掠过租屋里的桌子,东西全都一团糟了吧,算了。

"几点了?哎呀几点了,我得回去吃药哇。"老头沉吟着自问自答,掏出手机,隔着口罩冲电话里嚷,送伞或送药,对方看来耳朵不好,地点又闹不清,反复追问。小男孩也摇晃起小熊伴奏:"老狼老狼几点了?小熊小熊几点了?"先是小声,继而越来越得意、越大声。挤挨的小空间突然极是嘈杂。西力下意识地寻找小熊的眼睛,好像要跟它交换一下眼色。天光暗黑,这半爿街也没有路灯,小熊的玻璃球眼睛,黑中隐隐有亮。

聒噪中,小男孩突然改口,大叫起来:"恩恩!宝宝要!宝宝要恩恩!"好像分秒也等不及了,小手已经开始要拉自己裤子了。这可是紧急信号。胖老头立刻掐了电话,不管外头是风是雨,横拎起小孙子就冲了出去。

柱檐下突然安静下来,只听到哗哗哗的雨声,好似一道巨大的帘子,把他们两个包围隔绝在这个角落。小熊没有动,头仍然搁靠在后墙,两手搭在圆肚皮上。西力稍微调整了一下站姿,只能说不挤了,还是挨得挺近,近到好像是遗世独立相依为命,心里一时高兴又凄然。

但老是不说话,好像也不对,刚才那小男孩可一直在讲故事呢。西力稍微扭过身子,斜对着小熊,看看它那黑乎乎的大眸子,仍旧是动物般的纯粹无知,可又像是人类的尽在不言。甭管它是什么,到底对他有没有印象?或者,可以提示一下。于是吭哧着开口:"我每天傍晚六点左右,都路过慧谷广场,当场扫码加关注、办会员,但一回家,就取消,第二天扫的时候,我再重新办理。不知这样,能不能算你的任务?"

小熊没吭声,好像还在维护着它这个形象的整体约束——西力知道,像迪士尼乐园就有严格规定,为了所谓的世外乐园气氛,所有的卡通人偶,都不得表现出人的思维与行动,比如,不可以听得懂语言类指令,不可以像人类一样生气,不可以认识现代交通工具或通信工具等等——他肯定想多了,这只是区区 Q 乐园的一只卡通小熊罢了。显然小熊是听明白了，它略略转过头，把肥手从肚皮上抬起，轻轻碰一下西力的胳膊肘。这小小动作的反馈，叫西力觉得很舒服。怪不得那小男孩要一直拉着它的手，谁不想拉着抱着搂着呢。西力涌上一个荒谬的冲动，随即暗骂自己一句，退而求其次地想，能这样一起靠着，也挺不错啦，并且他又想到一个更挨近的理由："我腿吃不消了。要不咱蹲着吧。"

果然，小熊顺从地，挨着墙角蹲下，一蹲到底，差不多坐了下来。它肯定更累，下雨之前刮大风那会儿，它不是一直在蹦跶嘛，再说那脑袋多重。西力往边上让让，给它腾出地方，但地盘就这么大，他和它还是明显更近了。他的左腿和它右边那只毛茸茸的小短腿，有部分交错相叠。可真叫人满足。

既然这样了，为了更加地熟悉彼此，西力觉得他应当介绍介绍自个儿。于是清清嗓子，说起他的插画。打小就这样，喜欢涂涂画画，尤其是四格漫画，别的啥都不行，成绩不好，大学不好，工作也不好，尤其这两年多，接二连三地，要么被裁，要么工资欠着，要么老板跑路，要不干脆公司倒掉。哪儿都指望不上，只能靠插画，看能不能养活自己。他让自己笑了笑。随后也老实讲了今天上午刚刚黄掉的合约，讲了再也拿不到的插画稿费。也承认他还不够拼，总会分心摸鱼，每夜熬到一点两点，最差劲的是临睡前还会四处翻找，吃喝点垃圾食品才算完事。这就又讲到他不断试吃不断淘汰、最终保留下来的六种口味的泡面……当然他也注意营养，晚饭会去巷口吃"大餐"。讲了他定点的小破馆子，讲了它家菜单上的七种招牌菜，价格 22～35 元不等，其中他最中意的是牛腩面与香肠煲仔饭，但他不会因为这两个偏好而改变顺序。讲到他啰里啰唆的爸妈,讲到那天发去他和小熊的合影。又讲到今天上午突然趴窝的电脑,多少天的心血恐怕片甲不存,讲到这会儿正泡在风雨里的写字台,桌上可有他好不容易下决心买的原装咖啡豆,老贵,而他忘记夹上袋子了……

直到外面雨声小下来的时候,西力才意识到自己嗓门有点大,说得太多,且有些不自觉的夸张。小熊不知啥时,把它的脑袋歪过来一点,搁在西力肩上。挺重。没准正是这份重量,让西力没有注意对舌头的控制,想想吓人呐,他什么时候跟人说过这许多话,还说得如此私人,如此絮叨。西力猝然住了嘴,像犯了个只有自己才明了的大错,不过心里也在辩解,它只是一只熊嘛,要是跟任何一个"人"说这么多碎头巴脑的,那就太奇怪了。跟熊就没什么了。

这样一想,西力也没有觉得尴尬,只是收了口,默默地望着雨,雨越来越稀,不久就变成星星点点。天色亮白了一些,但亮白中也还是夹杂着暮色里的雾然。西力不大甘心地又寻找着小熊的眼睛,那里还是一如先前的黑亮玻璃球,可能因为他这边吐露太多,心境略有变化,觉得那看向他的眼睛里,比之稍早,深邃了许多,并同样有着满腹的心事。西力略感不安,瞧,他只顾着讲他自己,小熊呢,小熊肯定也有啥的吧。

这时雨已经完全停下,外面很快有了走动的人影,远处有三个小孩们尖叫着,踩踏浅浅的雨坑。他们两个,已不合适再挤在这片狭窄里了。

出来之前,西力想不起来了,是谁更主动,还是同时,总之小熊和他抱了一下，不紧也不松，挺像一个营业性的抱抱，就像以前隔着玻璃看过它无数次这样抱过路人。可西力分明又觉得，不一样，这个抱抱不一样。起码，在这个大雨刚停的黄昏时刻，它完全是他的小熊。

电脑送出去修了一下，所幸损失不大。被雨水泡坏的书和画本晒了好几天。咖啡豆长了霉只好扔掉。新接到一家电子刊的专栏配图，稿费和截稿时间都很苛刻。就是这样的，日子没有变好的趋势，也没有变得更糟。小馆子的菜单调整了几个新菜，味道还可以。小熊的衣服想来是洗过了，远看不觉，走近前了扫码时，觉得它的皮毛一根根竖起，还发出一股淡淡的香草味。西力抓住靠近的时间与小熊对视，小熊黑亮的眸子向他微微抬起，里面是华灯初上的映射……可西力知道，即便隔着口罩，小熊准会认出他、记得他、于众人之中另眼看他。

他承认，对于小熊，他心里总有更进一步的想法，这当然很可笑，因为他完全说不清，所谓进一步的想法是什么。一个人，能跟一只熊怎么样呢，一只粉红跳舞熊。他一边自嘲，同时也琢磨着，思而不解。他有点害怕，想躲避这越来越真切的念头，可害怕中又有着喜悦和期待，而这种期待又为每一天和每一天的细节都赋予了意义——同样是听着歌洗澡、听父母讲车轱辘话、顺着菜单点菜、电路坏了找房东、下楼取快递、泡面出了新单品、看中的电脑放到双 11 购物单，似乎都有滋有味了，因为他跟小熊聊过其中一些，小熊知道他在如何生活，而这生活里新发生的部分，没准下次可以跟小熊继续聊。原来，西力恍然觉悟，随即又十分困惑，他想要的就是跟小熊再多聊聊？这想法是不是太平常了一点，甚至也谈不上多大的难度与障碍……不，西力总觉得不完全是聊天那么简单，他肯定还没有找到他所需要的那个什么。但不着急，他愿意慢慢来，就这么控着，尽量地延长这种糊模不清的愉悦，延长某种奔向的过程。

5月13日的事情，发生得很突然。

当时他已扫过小熊肚皮上的码，走到Q乐园里面，正顺着"8"字形的主通道，一路飘飘忽忽地走，听着各个区域的小孩，发出那种各种如果不是亲耳听到永远无法想象的欢乐尖叫。广播大喇叭突然响了，开始西力并未在意，后来见坐着的一干家长们都开始跑动起来，纷纷呼儿唤女，情形颇像上次那场暴雨的突然降临。西力立住，终于听清广播里再三再四的重复。原来刚刚在儿童医院门诊发现一例疑似染疫的男童，男童参加了篮球兴趣组，四天前上过一次球课，球课共有十来个小学员，其中有一个，中午在Q乐园玩了有个把小时。所以这里接到指令，大家就地待着，等专门人员过来统一处置。西力看看手机，电量尚足。旁观四周，大人和小孩们搞清情况后，也都不急不跑了。Q乐园开放了WIFI密码，几处的大小屏幕索性放起老少咸宜的猫鼠动画片，还有免费的饮料开始供应，一时倒也融融。

忽然惊奇地发现小熊，它也回来了，倚在靠入口处的彩色广告牌下，脑袋软软地搁在栏杆上，连屁股后的小短尾巴也显得毫无生机。几个小孩不顾大人的拉扯，想去拽弄，小熊却立刻退缩着，指指身上，动作虽小，却也十分准确，好像连它自己也嫌弃自己似的。动作很有效，孩子们散了。等了不到半小时，就来了一队专门人员，招呼大家过去排队检测，小熊则被留下，跟木马地垫球拍飞镖栏杆什么的，一起被喷洒。西力随着人群往指定方向移动，不时扭回头看，心里莫名地不忍起来，甚至疼痛。虽然理智上知道这毫无道理，小熊那一身，网上到处能买到，消消毒或是扔了都无所谓，它之所以是他的小熊，并不是因为那套衣服，可，要没那一身，它又是什么，他到底在心疼什么呢，西力突然慌乱起来。

测完之后，要等送检结果，可能还有医学观察和研判的需要，总之广播里有了时间拉长、少安毋躁的预告，外面开始陆续送进吃的，还有薄毯和行军床，数量不太多，西力与一些爸爸们便自觉分散到各处的角落。西力坐在一处延绵曲折的攀爬架下面，头顶绳索交叠，挂下丝丝拉拉的彩色线头，简直像是紫藤架，而头上通亮的大灯泡，则是一轮清月，甚至能感到脸上微微有风。今夕何夕，今人何人啊，仿佛被拉长加厚的黄昏综合征，西力沉入了巨大的恍惚……

被人轻轻推碰，西力才知道自己盹着了，忙摸出手机，一看已是夜里十二点多了，身边被放了一盒牛奶和一只小圆面包。四周安静幽暗，角落有两盏顶灯，动画片关成无声，只偶尔听到小孩子按捺不住的笑闹和大人含糊的责骂。怔怔中戳开牛奶，才发觉确实渴了，又撕开面包，机械地往嘴里扔。上学时食堂打饭菜也好，实习时加班的盒饭也好，馆子里大同小异的快餐也好，反正只要放到他面前的，总归都要吃光喝光。就这习惯，饿不饿都一样。

正吃着，走道那边过来一个瘦小的女人，匆匆把几个纸盒子归置在脚下，随即手脚像是断了一般，垂挂着。想来当是刚才发食物的员工。歇了好一会儿，女人才木偶似的，僵硬地，也从盒子里取出一盒牛奶，无声地吸起来。西力这时已一口气吃光，正想接着打盹，女人开口了："饿的话，这盒子里还有。"西力四处望望，其他人隔这里还老远，那这是对自己说的了，忙欠身摇摇头。女人好像担心他客气，索性拿出另一种长面包和一盒酸奶，直接送来，并顺势坐在他边上。西力不太乐意，但还是勉强接过，出于该死的惯性，又往嘴里塞起来。总是这样的，对陌生人，主动开口难，拒绝什么的，更难。

可能因为多给了一份食物，这女人不仅坐下，还大有说上几句的意思："想想也好玩的，否则这半夜三更的，怎么可能大家都在乐园里一起睡觉。小孩们其实才高兴呢。"她音质有点哑，语调是主妇的那种家常感。西力愣住，停了一秒，继续咀嚼，他实在没有聊天的打算和能力。好在女人又自顾往下，"我前面走了好几圈，带小孩来的，有的是爸爸，有的是小姨，有的是保姆，有的是外婆。如果是妈妈带的，最好认，只有她们，总是在追着小孩喝水、擦汗。笑一笑拍个照。要尿尿要恩恩吗？讲礼貌呀快叫叔叔好呀。蓝色用英语怎么讲，绿色呢？数数看这里有几条金鱼？你可真棒奖励一朵小红花……"她忽高忽低变换语气地模仿，最终还鼓起掌来："哈哈哈，了不起。妈妈们都太了不起了。哈哈哈。"她的笑声和巴掌声，都显得有点大。西力咽下嘴中食物，分辨着，听不出她是讽刺还是赞赏。叫他松了一口气的是，女人并不需要他接话。

"我就不行，太不行了。我绝对、绝对不是一个好妈妈。我家小宝……"她语速放慢，终至不语，摇头晃脑的姿势静止在那里，视频卡顿住一般。西力小心地瞟她，嘴里也不敢动了，以免吞咽的声音有所不敬。女人掉入她的情绪，不断下沉，连西力都能感到那仿佛是要在水底窒息的憋闷。怎么弄啊这。临近死亡，女人终于吐出一口气，像是又从水底升上来了，她往后仰着甩甩头，恢复到先前那种絮叨的语调，"我也是滑稽吧，看到每个小孩都能想到我家小宝。喜欢吃手的，不敢爬滑滑梯的，沙子揉进眼的，爱揪人头发的。就连看到大小孩我也会想呢，哎呀，我家小宝，不是也会背起个书包嘛，会打游戏的嘛，爱吃炸鸡嘛，能玩个滑板的嘛。"看来她喜欢这种排比式的表达，但西力有点困惑，听这口气，不是虚拟的，可也听不出过去时还是将来时，甚至都缺乏空间感。她的小孩，是不在她身边，是已经长大了，还是说特别小？是不再会长大了，或者不能待在她身边了？有一点是肯定的，这貌似聊天的独白充满了深海般的无底之痛。

西力无措地垂头看着地上的纸盒子，他想应当顺口问一下，起码表示点什么。她口中的"小宝"到底是怎么了？这跟她到Q乐园工作有关系吗？如果是这样，不是每时每刻都会刺激着她吗，还是说，她正需要这样的痛苦来转移或惩罚另一种痛苦。西力心里胡乱猜测着，不知该如何劝解或安慰，以致心里都生出了几分排异感，这女人碰醒他不算，多塞给他吃的不算，坐在他边上不算，为什么还要跟他说这些呢。要从谈心的角度来说，这既不是地方，也不是时间，他也完全不是合适的对象。他连两次恋爱都只是单方面好感，他不了解女人，不了解孩子，更不了解做妈妈做爸爸的人,他只是路过的,是局外人,偶然困在这凌晨时分的儿童乐园里的呀。

好在,老天爷来帮他了。广播里忽然吱吱几声,一个显然也带着睡意的声音响起,非常简洁地通知大家,结果无异常,可以各自回家……各处的灯光一下子大亮,懵懂中惊醒的人们还有点吃惊,甚至夹杂着几声低微的抱怨,意思是不如索性让我们睡一觉算了。说归说,四下里的气氛已明显松动起来,彼此招呼着动身。西力如蒙大赦,大块咬掉最后两口面包,站起来整整衣服,一边看不出什么幅度地向身边的女人欠下身,要向门口去了。

女人手脚也挺快,早把几只纸箱交叠着一起抱在胸口,方向却是相反,朝着员工通道那边抬脚之前,像是突然想起什么,扭头问道:"嗳,后来你的电脑,修好了吗?"

西力条件反射地点点头,脚下已是迈出,女人"噢"了一声也没停步。两人随即错肩而过,几乎只是两秒钟的事。

可她,怎么知道我电脑坏了……西力最深处的一根弦被拨动,却是空洞之音,随即闪过巨大的异样,或者是愤怒?欺骗感?不知是什么,总之胸口都疼起来,庞然的沮丧与跌落。不,不应当啊,他只告诉了跳舞熊,它就是一只熊,它只是一只熊,它永远只是熊……

第二天西力一直闷头睡到中午,醒来洗了把热水澡,同时在心里严厉纠正了昨夜的幼稚病。选择了几把最易沉浸的马友友大提琴,把自己摁在桌边,以远远低于平时的效率画了快两个钟头。抬头看看窗外,还早着呢,肚子也并不饿,但西力决定出去吃东西。下坡时太阳还斜飘在楼顶上方，暮色的惆怅与空虚果然也没有发作。他用一种打气的心理，一路上给自己叮嘱，待会儿看到小熊，就当作什么也不知道吧，千万要做到一如从前，仍旧认真扫它的二维码，然后照它的指引，仿佛第一次，去往Q乐园……

走出巷口他就知道，多虑了。

远远就可以看到大半人高的黄色围挡，延绵地拦住慧谷广场东、南方向两条道，一应的金店奶茶店咖啡店牛排馆美甲铺，都是白花花的拉门一落到地，平时满地滚人的广场整个空荡荡。他常去的小馆子因为隔着个岔路口，倒还是开着，但不可堂食。只得点了今天应当吃的油泼炒面，等待时划拉了一下本地疫情分析，口吻保守。于是一路上看到啥买啥，提着香蕉、馒头、辣酱和饮料等，沉甸甸地一路返回。心里倒是没觉得太糟糕，回想刚才出门时那一番心理建设，得承认，其实是松了一口气。想想自己真太差劲了，因为有点怕见小熊，居然觉得，这么来一下暂时性的封控，也不算太坏。扭身进楼道时，还是看到了当天的日落，无限遥远的太阳在他屁股那个位置，带着可以感知的热度，投来薄薄的余晖，仿佛一声悲喜交加的叹息。

此后半个多月，对西力来说影响不大，仍是接单子或单子黄了、画画或摸鱼、拖稿或交稿。外卖打包所食，照旧顺着菜单。所缺少的，只是慢吞吞下楼、坐在老位置、眺望广场的那一套动作。可没了这小小的一套，日常生活的刻度与秩序好像就失去了绳索维系，散塌了，不成形了。

可能西力主观上也在放大这种感觉，尤其每到黄昏时分，飘浮感更是变本加厉,伴随室外光线从蓝白到淡黄又到暗红,最后浸入一天中最沉重的黑金,死死罩住狭小的租屋。他往嘴里一勺一勺塞饭食,眼神无处搁置、无处停留,唯有小熊——它并不存在,正因为不存在,反倒异样突出地,"杵"在他的面前,旧时片段再现——它跟小孩子们追打搂抱,它左倒右歪的舞姿,它跌倒,它扭动着屁股逼近,连小尾巴的细小抖动,都可以看得十分清楚,温柔的夕阳照射中,它的粉红绒毛仿佛镀上了一层金光,让西力有种纯粹又澄明之感……随即,暴雨天气里的小熊覆盖了画面,它湿漉漉地挨着他,一对黑洞不见底的眼睛,冲他投来无需多言的眼色,西力向它絮絮倾谈……接着,是多给他一份面包牛奶的小个子女人,挨着他坐下,语焉不详的排比句式……粉红跳舞小熊、雨中拥抱的小熊、凌晨时分诉说的女人,分裂、重叠、融合,叫西力迷惑和怨恨。当然,理智总会在最后一刻光临,带着姗姗迟来的冷静与一丝丝人情味儿,小心地给西力分析,他所亲爱的小熊和那小个子女人,是一体化的。你想,怎么可能单单痴迷于一张卡通皮?当然,这也不代表他就非得喜欢那张皮下面的人,毕竟,从那晚上所有的观感来讲,不仅他跟她,可以说完全不是一回事儿,她跟小熊,也完全不是一回事!他简直就恨她,真的,她不该问出那一句,她戳破了他的小熊,她拿走了他所能找到的最好寄托呀。

而与这种怨恨同时,西力也一直在努力。虽然这努力可能是无意识的,因为他完全不明白自己为什么要做这个努力——他在尽量、尽量地,企图把那个女人给美化一些,以期能与他心爱的小熊,稍微搭配一点、合适一点。毕竟,很快就会再次见到的,最符合事实与理性的做法就是，知行合一，熊人为一，不是仅仅把对方当作它、当作熊，同时还要把它看作人，看作朋友。无论如何，在迄今所有的社交经验里，他跟那个女人之间，得算是最亲切、最体己的。

他竭力回忆那个女人的相貌，当时光线不行，只记得是小鼻子小眼，头发乱蓬蓬的，个子矮小，衣着则全无印象。他当时毕竟处于子夜的困倦中。说话声音呢，柔和吗，可能也谈不上，她一直讲孩子，都没聊其他的。从这些元素，可以说明她是朴素的，有着清贫的单纯，挺能吃苦，对孩童有爱心，对陌生人有同情心。还有什么吗，再想想。其实真正击中他的，正是最后两秒钟吧，那脱口而出擦肩而过的询问，她还记着他的电脑，不放心是否修好，而他又那样敏感地，几乎是刀刻火灼般地接受到这种关切。太稀罕了，他第一次被别人惦记，以至他只愿意把这安放在小熊身上，只有来自小熊的关切，才是适配和贴切的，才叫他踏实……是的，只能是小熊。

就此打住，不要再想那个女人，越是进行这种捏合与拼凑的努力，越是让西力感到别扭——再使劲也没有用，他实在是感到，自己并不能跟那个女人成为朋友，普通的都不行，更不要讲达到他对小熊的那个程度。

荒唐的是，即便意识到这一点，仍然不能改善西力的空虚与期待。随着时间的推移，随着这种半隔绝的飘浮状态越拉越长、越拉越稀薄，他一天比一天地渴望着，想再次见到小熊，想有进一步的依偎与托付。这显然是个悖论，难以向外人道，更难以向自己道，可分明又如此真切，西力被这拉扯的力量撕裂成两块。

可真疼。

街市重又恢复后，慧谷广场的人流却没有很快回到从前的挤挤挨挨。旅行社的铺面转租了。金店门可罗雀。时装店也只上半天班，且试衣间不可使用。Q乐园说是又做了几次消杀，推迟了一周才开张，开张后没有再出现那只粉红跳舞熊。

没有了小熊的广场看上去倒也没什么不对，不久就有一个卖氢气球的瘦高男人，花花绿绿的，四处缓慢移动兜售，孩子们像小鱼一样围着他转，乐趣可一点儿也没少。也可能只有西力才惦记着它吧。磨磨蹭蹭又过了十来天，西力每天都在心里催促自己，得去Q乐园问问，小熊到哪儿去了，会回来吗，啥时呢。但老是提不起劲，主要也是怕人家笑话，他又不是小孩了，还打听这个。

直到有天下午，电脑又突然死机，怎么都活转不了，看看天色还早，索性抱到上次那家维修店，却发现老板换了，技术员因疫情所困要一周后才来，只好先把电脑寄在彼处。两手空空地回来，正好顺路经过Q乐园，无可回避，反正也没有了劳动工具，西力伸伸脖子，像要挨一刀似的，径直进去了。

好久没来了，或者是时辰不对，发现Q乐园里远比从前清淡，中间的大泡泡球池子和迷你沙滩都给围挡了起来，两只蓝色酒精桶上歪歪斜斜地搁着一张牌子：暂停使用。西力从攀爬架那里绕了一圈，找到员工通道方向，张望着往里寻摸。

一个胡子拉碴的男人正好往外走，不等西力开口就截住他："找哪个？"声音硬撅撅的，一点没有和气生财的意思，西力不禁喏嗫，音量更低了三分，"嗯，你们的跳舞小熊，呃，不在广场上扫码办会员了？"

"还办啥会员？都他妈的要倒闭了。你看看，你看到没？有几个毛人？"他宽宽的身子堵住过道，骂了几句娘，突然想起来，"你意思是，要办会员？"

西力一愣，几乎要点头，想想不对，忙摇头，一边小心地说："我意思是，生意不好做嘛，更需要促销。原来那个小熊，还是蛮有效果的，小孩子们都挺喜欢……"边说边看对方脸色。胡茬男人打断道："也就是个噱头。现在哪里还养得起噱头呢。"他又瞅瞅西力，眼神犀利地上下打量，"噢，敢情，你这是来找活儿的，来扮小熊？"

西力低头扫一眼自己衣衫，看上去很落魄吗。他不介意，倒是觉得这个误解像是天注定，天撮合，他可不就差一份工吗。于是沉吟着，等老板接着往下。

胡茬男人的表情已发生变化，口气有了老板的威严："就算是个卡通人偶，也跟所有员工一样，得有试用期。你先来做一周看看，嗯？"他停了停，可能是误解了西力游离的神色，退一步，"那三天吧，三天是起码的。如果合格，后面再谈工钱。"西力其实无所谓，可以长期，他只是担心一点，"那原来那一位，会再……"

"哦，正好借这次停业把她给辞了。她太麻烦了。在广场还好，反正她是熊嘛。可每次回来这里，卡通服都脱掉了，她还是自说自话的，追着要带着人家的小孩玩，搂搂亲亲抱抱，没轻没重的。有些家长很反感她这样，你想，现在小孩多金贵，外人哪里碰得……"

"为什么？她自己没有小孩？"西力让自己的语调尽量显得像闲聊，心下却紧张起来，几乎有点惧怕。

"妈的，当初也是同情她，才应下的。这小熊的点子，就是她出的，自荐说她擅长蹦跶打滚，最会逗弄小孩儿。早先确实也呼啦啦的，给我们带来一些会员。可这也拦不住投诉啊，我总不能跟在后面替她一个个地跟家长解释吧。您就行行好，把小孩借她抱抱吧，她太惨了，自家小孩出了那样的事情……"他咂咂嘴，皱起眉头，嘴唇闭了足有两秒钟，"问这些干吗，我这可还有事呢。你想好了，要干，就试个工。不干也无所谓。这小熊，也就为她特设的，工资不高，也没指着多大的效果。现在生意都这样了，马上泡泡球和沙滩都还要拆掉呢。讲实话，有的没的我也是无所谓了。"

看来是打听不出了，但显然，她小孩的事十分之残酷，以至连这位胡荏糙汉也不忍转述……西力忙点头说愿意，并且现在就可试工。老板转身带他走了几步，拐到一个库房模样的房间，打开灯，只见一堆乱糟糟的童椅、篮球、木马、三轮车，有的缺腿，有的少轮子，粉红小熊的衣服软塌塌卷成一团，扔在这些破烂当中，如果不是特别熟悉它的颜色和毛发，西力几乎都不会认出。

老板拎起来，抖落抖落上面的灰，又用袖口擦擦它两只黑黑的玻璃球眼睛，两头扯扯，向西力扔过来，"说不定还穿不下呢。这得小个儿才行。"

西力心中有一丝丝的愉悦。毕竟，他让粉红跳舞熊重又出现在广场上。匆匆行路的人们对它视若平常，似乎没人意识到，小熊曾经消失过一个多月。倒是卖彩色氢气球的瘦高男人稍微往另一个区域挪了挪，以此表达与小熊平分地盘的不犯之意。

衣服果然小了，加上大头小身的比例，腿部绷得特别紧。西力想起以前看到的小熊，脚脖子上总是堆着几层褶皱。最不舒服的是头，厚厚的大脑袋压在顶壳上，中心位置不大对称，两边乱倒，脖子分外地吃劲。黑白鼻头是用另外一种材料缝制的，贴合处一圈毛拉拉的线头，又痒又刺。最难受的是眼睛，两只玻璃球虽然挺大，但位置偏下，西力得垂着眼皮，以一个不足90度的视角看往外面。如果是大人，勉强只能看到对方腰部以下，小孩儿倒大都能看个囫囵。然而小孩子一出现，作为小熊，西力不免就得跳起来，要比画剪刀手，跳毽子舞，当然，还要亮肚皮，扭屁股，配合照相，还要抱抱……可能只有半个小时吧，或者只有十来分钟，已感到脖子酸痛无比，浑身汗透。怪不得老板说要试用，这不是谁都干得来的。

可西力喜欢这样，宁愿这样，并且一点也不肯偷懒或惜力，凭着所有能记得的画面，他全力以赴地模仿他的那只小熊，好像借此就能抒发出某种亲密而绝望的、永远不在同一个次元的情感。只有通过这身体上的辛苦，通过这狭窄的空间，以及只有自己能听到的大声呼吸，西力才依稀能感到一种故人重逢的喜悦，以及……就此别过的哀伤。我爱小熊，再见了小熊。西力在玻璃球后面热泪交流。透过泪水，他看到，准确地说，是感受到了落日时刻的到来。

慧谷广场上暮色将至，最后一缕金黄色的夕阳，穿过楼宇的缝隙，穿过清凉的空气，正打在小熊身上，使得它的皮毛在奔跑和颤动中闪闪发亮。

(《长江文艺》2022年第11期)

鲁　敏　　18岁开始工作，先后从事过营业员、企划、记者、秘书、公务员等职，24岁开始写作，欲以小说之虚妄抵抗生活之虚妄。代表作《金色河流》《奔月》《六人晚餐》《梦境收割者》《荷尔蒙夜谈》等，被译为英、德、法、瑞典等14种语言。曾获鲁迅文学奖、人民文学奖、十月文学奖、小说月报百花奖。现居南京。

在阁楼上

艾 玛

岛城五十年来最冷的那天,他去了那栋德式老别墅。

这栋老别墅建于德占时期,距今一百多年了。别墅被分成四个单元,她租下的是西头楼上的那个单元,走廊改成的厨房和卫生间都特别狭小,一间茶室还算宽大,茶室门口有木制老楼梯通向阁楼,阁楼中间砌了一道墙,一半属于这边,另一半属于隔壁那家。

她拉着他上了阁楼。

阁楼朝南那面墙连着一片坡式屋顶,非常低矮,墙上开着一扇圆形的小窗,和轮船上的那种小窗一模一样,这扇窗使空间不大的阁楼变得明亮、舒适起来。阁楼上没什么家具,也没怎么装饰,除了一张小方几,就只在窗前铺了张色彩艳丽的地毯。地毯的图案纷繁复杂,和他妻子援外医疗时带回来的那张有点像。(她治好了一个酋长的眼睛,获赠了那张地毯。)他们跪在地毯上,往外看到了一小片儿海。天气异常冷,但他们看到的那一小片儿海却热气腾腾的,像开了锅。他们像是坐到了一口热锅里,紧紧贴在一起的身体也变得炙热起来。就像船行走在波涛汹涌的海上,他们止不住那摇晃……晚上,回到各自的家里后他们才得知，那天冒热气的海令全城的人都兴奋了，许多市民冒着严寒来到海边拍照，上传网络跟人分享。专家在电视里解释说这种现象叫海浩，只在极寒天气里才会出现。

他是个牙医，开着一家齿科诊所，诊所位于一栋写字楼中，旁边有家少儿外语培训中心。她是他的患者。有一天下午，她趁孩子上幼儿英语课时，便来他这洗牙。她不年轻了，但也谈不上老，是一个看上去有些人生阅历的成熟女性。她的长相、气质都很普通，且瘦，牙齿略细长，但排列还算整齐。她在牙椅上躺下后，问像她这个年纪了，还能不能做牙齿整形。他说当然可以，你还年轻着呢。她笑了下，眼角现出几道细纹。他又说，等洗完牙，让小周给你介绍一下，我们有隐形正畸。小周是他妻子的远亲，他的护士兼助理。她张开嘴，他俯身下去，开始洗牙前他说，其实你的牙还可以，不整也行。后来她告诉他，洗牙时她闭着眼，闻到他身上的味道。她说虽然看不清口罩后的他长什么样，但他身上的味道好闻得很，是一个干净的男人才有的味道。这话令他心头一颤。他经历过一次严重的婚姻危机，他总觉得妻子是嫌弃他的，人到中年，他们分房而眠，他从她的眼里看出来，她嫌他脏。

第二次见面是因为她的牙齿过敏了，第三次也是。这两次她都在大衣里面穿着领口开得很低的羊毛裙子。她走进他的诊疗室，把大衣脱了挂在衣架上，一转身，让他猝不及防地头晕。他看到一只细细的金色十字架项链陷在一道被刻意挤出来的深沟里，这把十字架令人生出想伸手把它从深沟里抠出来的冲动。她在牙椅上躺下来后，他连忙用一次性蓝色医用口水巾把那道深沟和十字架都盖上了。他有点意外，一个那么瘦的人，竟能挤成这般。这两次治疗的时间都很短，他专心地给她治疗牙，没想过跟她有什么。那次婚姻危机让他像是脱了一层皮，事业也遭受了沉重的打击。他不想再经历这些。

看过三次牙后，她加了他微信。微信显示她叫李莉斯。

过了几天，李莉斯在微信里向他咨询孩子牙齿的问题。她突然发现女儿的牙根是黑的，所有的牙都这样。这个城市又发现了几例新冠肺炎患者，她不敢带女儿去人多的地方，慌作一团。他让她拍照片发来看。他看过照片后，断定那只是色素沉着。"等换完牙就好了。"他说。她道了谢。他想了想，又说，孩子吃完东西后，应该让她漱漱口。过了好一会，她才回道，"您是不是觉得我是个糟糕的妈？"他还没想好该说什么，她又说道，"哎，我虽然做妈不算合格，但我是个不错的爹哦!"他愣了一下，会意过来，原来她是个单亲妈妈，既当爹又当妈。他说对不起。她说为什么要说对不起啊，你又没说错什么。这下他更不知该说什么好了，这晚的闲聊到此为止。他觉得她接下来应该会把他从好友里删了，"也好。"他想。

过了几天，她却又在微信里问隐形正畸的事。"我三十四张了。"她说。他在"三十四张"里看到了她的伤感，内心深处某个地方被触动了。他妻子援外的那段时间，孤单的他和同科室小护士发生了一段恋情。这段恋情未及深入，便被残忍曝光了。有的人常在河边走，从来不湿鞋，有的人还未到河边，鞋已先湿了。但他羞于为自己辩解。被迫离开那家工作了二十多年的公立医院后不久,便是他四十五岁生日,他到处奔波,想找个合适的地方自己开诊所。生日那天他奔走在路上,无数次在心里对自己说:"四十五了啊你!"仿佛看到一段漫长的人生下坡路在眼前展开……想到这些,他宽慰她道:"你才到哪呀,要是真想整,来吧,我有个患者五十多了呢。"说完他又强调她的牙齿状态不错,"何必花这钱呢!"他说。她发了个笑脸给他。

有一晚临睡前,她突然问他喜不喜欢喝茶。他说他对茶没有特别嗜好,有茶时也会喝一点。她发了个地址给他,"我有个茶室。"她说。她请他有空的时候过去喝茶。那地方离他的诊所不远,周围都是红瓦绿树的老房子。站在诊所的窗口,能看到那一片红屋顶。

他从未想过会去她那喝茶。

闲下来,他站在诊所窗前往外望,看着那片红屋顶,偶尔他也会想到那个十字架。

后来李莉斯又来过诊所几次,都是看牙。吃火锅上火,牙龈发炎了。吃螃蟹时不小心,蟹壳嵌进了牙齿里。还有一次,她大约是用牙开了啤酒瓶,他花了两个多小时给她修补一颗崩掉了一小块的尖牙。每治过一次牙后,他们在微信里聊的东西都更多了。印度疫情严重的那阵,她告诉他,年轻时她是个疯丫头,(这一点其实他从她的牙齿也能看出来。)大三的暑假穷游印度,和男朋友一起。她发了一张欢喜佛的图片给他,一个圆乳长颈、蜂腰肥臀的女子跷起一条腿,两手吊在佛的脖子上。"这是拉达克一座寺庙中的壁画，美吧？"美，能给人致命一击的美，无比色情，也无比庄严。"我拍了不少照片，想不想看看其他的？"她坏坏地笑。"改天吧，"他说，"不早了，睡吧。"他把手机扔到一边，人躺在黑暗中，身体却飘浮起来，如卧棉上。这一次他差一点就删除了她。

亚美尼亚和阿塞拜疆打仗那阵，她也发了张照片给他，背景是一座雪山，她站在雪山前，从头到脚裹在一张毯子里。那是亚美尼亚的亚拉娜雪山，毕业后的第二年她和另一个男朋友去了那。"诺亚方舟最终停靠的地方。"她说，"愿它别后无恙。"

他羡慕不已，她这样度过青春。他回首走过的人生路，却看到一条孤旅。他平生第一次觉得对不起自己，那些不得不读的书，那些在牙椅上张开的嘴，吃掉了他大半的人生。

她告诉他，三十岁以前她一直在路上。"有了孩子后，哪也去不成了。"她说。

第二天，他买了一个地球仪，在上面标出了拉达克和亚拉娜雪山的大概位置。他长久地凝视这两个地方，努力去想象不一样的世界。那些陌生、遥远的地方，仿佛都开始与他有关。

立秋那日一早，李莉斯给他发了一篇小文章，"秋风起，劝君更进一杯茶"。他坐在马桶上点开，原来是教人如何做姜枣茶的。看完后他回了句："谢谢小李。"

她没说话。到了上午他快要下班的时候，她发来一行字："还以为你早就知道我叫什么了呢。"句末附上了一个痛哭流涕的表情。

他走到助理室,让小周调出了半年来的就医记录。他努力回忆她每次来就诊的时间,找到了她,原来她姓常。

晚上,他妻子有应酬,他一个人开了袋速冻饺子煮来吃。此城风俗,立秋吃饺子,冬至也吃饺子。他想问问在外地读书的女儿,想问她在忙什么,有没有吃饺子。他犹豫了很久,最终还是算了。自从他闹出那事后,女儿也不怎么跟他说话了。妻子对他最残忍的谴责是,"你毁掉了女儿对婚姻的憧憬。"如果女儿恋爱不顺,以后不婚,这罪责就全在于他了。想到女儿他便有些胆战心惊的。他站在窗前,看着外面的万家灯火,天完全黑了下来,他一个人站在黑暗中。他不敢问妻子有什么应酬。自那件事后,他妻子就获得了一些自由,比如,无视他的自由。但,这个城市有八百万人口,如果他不见了,有谁会去找他呢?恐怕也只有他妻子。他们过成这样,可她还是他八百万里的唯一。

他在微信里问她:"小常,"他的口吻像个长辈,"那么,李莉斯是谁?"她回了个笑脸。

他在沙发上躺下,一个人躺在黑暗中。

过了一会,她发来一篇文章,题目是"李莉斯"。

"你写的?"他怀着玩笑的心情感叹道,"原来你是作家啊。"

"哪里,一个听来的故事,都没能写完。"她说。她说丢下太久了,如今她都不知道该如何往下写了。

他怀着好奇,点开了这篇题为"李莉斯"的文章:

有早晨,有夜晚,许多年。

他头一回没有在天黑前回家。好在月亮有光,星宿清吉，他没有迷路，月到中天时他回了家。

他那温顺贤惠的妻子一直站在门前等他。他在屋外长廊下的小桌旁坐下，妻用陶碗给他盛来了食物，牛奶和抹了蜂蜜的面包。月光下，碗里的牛奶看上去像银子一样。

"不错。"看到这，他忍不住赞叹。他有些意外。他从沙发上坐了起来。他从小不会写作文，高考时，作文拖了后腿，不然他就可以去学他喜欢的眼科，像他妻子那样。

他打开灯，认真读了起来。

孩子们都睡下了。妻子说。

他们有两个儿子，阿得和阿空。儿子们都已娶妻生子，他们现在是一个大家庭了。儿子们跟他一样，勤劳、本分，老大擅长耕种，老二精于放牧，他们一直遵循他的教导，日出而作，日落而息。以往他也一样，以身作则，不迟出，不晚归，土里讨生活，不敢懈怠。因为他清楚，人要是填不饱自己的肚子，道德和戒律就成了比陶碗还脆弱易碎的东西。他猜妻子一定想知道他去哪了，为何耽搁到这个时候才回家？他喝完牛奶，她没有问他。他吃完了面包，她还是没有问他。她一直这样，他不开口，她便不打探。他叹了一口气。这一次他倒想她问问他来着，这样他便可以跟她谈谈那个奇怪的梦了。

连续三个晚上，他都梦见了那个曾令他抓狂的女人，他的前妻，李莉斯。李莉斯跟他一样聪明、强壮，她骄傲自

211

负、争强好胜,不甘居他之下,甚至连那件事,也是如此……这令他忍无可忍,他让她离开了。自那以后,他们就再没见过面。偶尔他听到一些关于她的消息,似乎她过得并不如意。在梦里,她还是老样子,长发像着了火一样飞舞,大眼睛里闪烁着桀骜不驯的光。梦里的一切都很美,地上到处散落着珍珠和玛瑙,金子在草丛中闪光,树木繁茂,树上一半是奇异的花朵,一半是香甜的果实,有清澈的河水从大地上流过。不过,妻即便问,他也绝不会告诉她的是,在梦里,前妻一丝不挂,从那河水里走向他,水珠像珍珠一样从她美丽、结实的身体上滑落。她将他推倒在草地上,蓝宝石一样的天空在她长发飞舞的头顶不停摇晃……

接下来的那些文字像是一个个小火把,狠狠燎到了他,他的呼吸变得急促,一种既绝望又痛苦的情绪抓住了他。他很久没有这样了。那件事后,羞耻感、挫败感击垮了他。他脸朝下趴在沙发上,抱着头,身子像块重物,深深地陷进沙发里去。

过了许久,他平静下来,拿起手机接着往下读。

  连续三个晚上都是这样,她推倒他,她在他上面,天空摇晃。连续三个晚上,她都在诱使他承认,他喜欢这样,喜欢她在他上面,喜欢她跟他一样聪明、强壮。他羞于承认,温和地缄默。她还是老样子,而他,已经经历了时光的变迁,年轻时不识的人生种种滋味,这些年他已逐一尝遍。回首往事,他为曾经不能容忍她的争强好胜而愧疚,但也仅此而已。眼下的一切，不都是主最好的安排嘛！前妻对他的沉默不满，生起气来。后来，她俯下身来，气恼地在他的耳边说，你的一个儿子会犯下大罪，将被流放，你猜是哪一个？他当然不信，他哪个儿子都不像是会犯下大罪的人。前妻笑起来，她起身离开前对他说，那你就在这个礼拜六的日落时分，去四条河中间的高地上，往东看一看吧。

这就是他晚归的原因。

起初他并没有把梦里的一切当真，接下来的两天，第一天他打理果园，第二天修缮畜栏，白天劳累，夜里无梦。到了这日的下午，他在垒水渠时，想到了前妻说的话，心内不安。于是他丢下手里的活，走了很远的路，于日落时分去到四条河中间的高地上，往东看了看，他看到一列影影绰绰的队伍，像阿得一家，也像阿空一家，他大声地呼喊他们的名字，他们边走边回头，却并不回应他，他们越走越远，直到走出了他的视线。

他问妻子，阿得和阿空近来可有什么不对头的地方？

他的妻子想了想，像回答以往他的每一个询问那样，认真而温顺地答道，我亲爱的丈夫，孩子们没什么不对头的地方，阿得每天去他的地里，他的蔬菜和谷物长得很好，阿空每日赶羊群去长满青草的山坡，他的羊儿都很肥壮。

他点了点头，沉默了一会后，决定对妻子和盘托出。他告诉妻子，说他梦见他们中的一个犯下大罪，行了不义之事，被流放到了四条河流去的地方。

他的妻子一下把双手捂到胸前。四条河所去之地甚远，它们日夜奔流，尚未抵达……

"明天，"临睡前他对妻子说，"明天就让孩子们去拜拜神吧。"

……

文章写到这就没有了。他默默坐了一会后，问她，"后来呢？"

"后来，就是人类历史上的第一桩凶案了呀。"

他有些糊涂了。

"兄弑弟的故事呀。"她笑道，"想想吧，所有不好的事情，都在人类第一桩婚姻里发生过。"

他不知道她怎么会对那么多陌生而遥远的事情感兴趣。他没想过多少跟牙齿无关的事，每天给人洁牙，拔智齿，治龋齿，正畸，他没时间想别的。

"想不想知道结果？"她发来一个顽皮的笑脸。

"结果不就是哥哥杀了弟弟吗？"他说。众所周知的结果。

"哥哥为什么杀弟弟呢？"

"嫉妒。祭品不如弟弟的好。"他隐约记得是这样。上大学时教医学伦理的老师讲到过宗教伦理什么的，那时他读过《圣经》，还有一些佛经，比如《药王经》。

她不置可否，发来一个笑脸。

他知道自己说得轻浅了，便道："到底是因为什么呢？赶紧往下写吧。"

"你信不信？每次我坐下来想接着往下写，我的头就会疼起来。"她发来一个狡黠的笑，"明天来喝杯茶吧？明天降温，说不定你的病人都不想出门呢。"末了她又说。

第二天一早，他便到了诊所，小周还没有来。昨晚他妻子很晚才回家，她喝多了点，不过应该没太醉，因为她还没有忘记那些不愉快的事。她的朋友把她送上楼，他在门口接住她，门一关，她趁着酒劲，啐了他一口。他把她安顿好后，才去卫生间洗脸。有什么东西在他心里死去了，木木的，什么感觉都没有，既不羞耻，也不愤怒。夜里他竟然睡得很好。早上起来他还熬了小米粥，给妻温在小锅里就出门了。出得家门，寒风一吹，他内心里却忽地蹿出一团无名野火，天气很冷，他心里的这团火竟慢慢烧了起来。每个人的每颗牙都有两次机会，掉一次，重生一次。他来到诊所，站在窗前，看着那一片红屋顶，有种要把一个旧世界烧掉重来的冲动。

"刑期满了。"他对自己说。

他给小周打电话，说自己不舒服，今天的预约全部取消。小周有些惊讶，不过他很快镇定下来，说我没记错的话，今天有五个病号，一会我顺路买五斤鸡蛋吧？他面无表情地说你看着办吧。如今他的病人多是退休老人，鸡蛋足以平息他们白跑一趟的怒火。他也知道小周很快就会给他妻子打电话，告诉她今天他翘班了。不过他不在乎，他妻子应该也不会在乎了，现在她只在乎钱。

那栋德式老别墅里住着四户人家，他不知她家是哪家。小院

215

的大门虚掩着,他进到小院里,看到花池里种着葱、蒜,有几扇窗上贴着颜色已变淡的"福"字。院子里有两棵枣树,上面拴着一根绳子。天气和暖的日子,这绳子上应该晾晒过被子。正经人家的日常气息去掉了他的一点别扭。别墅的东侧有几节台阶,西边也有几节台阶,西边的台阶被防腐木重新铺过,上面摆着一溜儿绿植,皆是耐冬。他迈着走亲访友的步伐,大方地顺着西侧的台阶往上走,到二楼,果然看到一扇漆成深蓝色的门,门头上挂着一块小木牌,上书"挪得茶室"四个白字。

门内安静得很,不像有人,更不像是有小孩的样子。他给她发消息,说我来喝杯早茶。

她很快回道:"稍等啊,我把孩子送到幼儿园后就过来。"

果然她并不住在这里,果然这里只是茶室。

过了一会,她又发来一条信息,说太冷了,你在车里等吧。

他把车停在诊所了,不过他也并不觉得冷。他在门前冰凉的台阶上坐下来,双臂环抱自己,控制不住地哆嗦起来,他知道并不是因为冷。

她看到的他就是这个样子的,像生了病,像在打摆子。她伸出温热的双手,拉着他去了阁楼。

躺在那张图案复杂的地毯上,他内心里的那团野火熄灭了,他重新变得平静。他拨弄着她的头发,说:"可不可以问一下,孩子的父亲?"

她把一缕长发在手指上绕来绕去,道:"我们是在去新疆的路上认识的⋯⋯"过了好一会后,她说,"没有男人能容忍一个妻子总是在路上，一个妻子应该常在家里，是这样吧？"

他从未想过这个问题。他想了想，觉得好像是这么回事。他和他妻子都是医院的大夫，但女儿小时候，还是他妻子照顾得比较多，他妻子很自然地就承担起了那些，他也从未觉得有什么。

"男人希望妻子的脑子像橱柜的抽屉，拉开来一看，最好只有柴米油盐，如果还有些别的，甚至有男人自己都没有的东西，那就是一件比较麻烦的事了，是吧？"

他不知该怎么回答，觉得她说得好像都对，又好像都不对。倘若问他关于牙齿的事，他倒是能滔滔不绝地说上许多。他妻子是个眼科大夫，他大概知道她的脑子里都有什么。

"其实那天，"她看了他一眼，说，"我在。"

"哪天？"

"那个男人，在医院闹事的那天。"

只觉得一股血往头上涌来。他闭了眼，沉默不语。那是他一生中最为羞耻的一天，他流着鼻血，一声不吭，没有为自己辩解，他尽了最大的努力，去维护自己的体面，也维护大家的体面。那件事后没几天，他妻子在援外医疗还有四个月到期的情况下提前回了国。她患了胰腺炎，大约还有很严重的思乡病。他在机场看到她的那一刻，差点没认出她，她瘦得不成样子，眼窝深陷，走路还有些摇晃，大眼睛里闪着奇异的近乎疯狂的光。——她知道了那件事，他被她的痛苦震惊到了。护送他妻子回国的是援外服务中心的主任，一位能说会道的女干部。她把他妻子交到他手里后，又一再叮嘱他，"好好照顾她吧，她可是我们医疗队的大功臣。"也许是他妻子坚持的结果，她没到医院里做全面体检，而是直接回了家。他给她做了一些常规的检查。只是过于劳累，加上感冒，没什么大碍。考虑到他妻子的情况，医院给了他一周的假期，加上年假，他在家足足待了二十天。这二十天，每一天都艰难无比。但奇怪的是，如果他有得选，他倒宁愿再来这样的二十天，而不愿度过被那个男人当众羞辱的那一天。

"那天那么多人，你是唯一的绅士……"她看了看他，又说，"算了，不说这些。"她有些迟疑地问道，"你读小说的吗？"

"年轻的时候，有一阵爱读侦探小说。"他闭着眼，艰难地说道。

"哦，那我给你讲讲那个兄杀弟的故事吧？你当小说来听好了。我曾去过一个地方，那个地方极美，却特别荒凉，每平方公里的常住人口不超过两个，我在那听说了这个故事，和我们从书上读到的有点不一样。我曾想把它写完，非常奇怪的是，我只要写到那两兄弟带上各自的祭品去神殿，我的头就会疼起来，就无法写下去，口述却没问题。"

他笑了笑，当她在说笑。

她清了清嗓子，翻身朝上躺着。她看着天花板，用一种朗读的腔调讲起故事来，仿佛那故事就写在天花板上。

　　第二日，阿得带上了他亲手种的蔬菜和粮食，阿空带上了他亲自养大的头生的羊，他们来到了神殿，神看中了阿空和他的供物，看不中阿得和他的供物。阿得气恼地回到家中,阿空满面喜色地回到家中,大家只是看他们的脸色,便知哪一个受了神的悦纳。他们的父母自此也有了分辨,心里知晓将是哪一个会使全家因了他蒙受神的恩典……

他转过头来看着她,只见她目不转睛地看着天花板,仿佛她所说的每一个字都写在那上面,她只是照着念了出来。

有一日,阿空赶着羊群,路过阿得的麦田,阿得叫住阿空,和他说话……

他躺下来,和她并排躺在一起,他也看向天花板。因为是阁楼的缘故,天花板低矮、狭窄,甚至很难说它是天花板,大约是为了美观的缘故,在坡式屋顶的连接处,铺了这么一块长条形的白色石膏板。这石膏板的周边,露着老旧的原木做的横梁。麦田中的兄弟俩争吵起来。他盯着天花板看着,发现天花板上竟然有浅浅的水渍,他猜是屋顶漏雨后渗透进来的。哥哥拿出割草的刀子,捅向弟弟,那血皆流进土里。他想起来,他刚结婚那阵,和妻是住在单位分的一间平房里的。弟弟捂着伤口,那伤口永不合上。弟弟哭道:"你并未使他们得到,自我以前果然都是虚空!"下雨天,房顶漏雨,他和妻在地上摆了脸盆、面盆去接那雨水,起初水声是"叮叮"声,盘里积的水多了后,便变成"咚咚"声。那血在土中向神呼告……他盯着那水渍看,突然发现它竟然在动,微微地晃动,仿佛被风吹皱的一小块水面。阿得跪在神的面前,说,我因了母亲的缘故!他凝神细看,原以为是水渍的几道暗影,却是树枝的影子。窗外有树枝轻柔地敲打玻璃,日光把它们光秃秃的影子投射到这低矮的天花板上。有一阵子,那阴影剧烈地摇晃起来。既是我兄弟,为何却说我不是父亲的儿子?污蔑我正是魔鬼诱使母亲吃下的果子?!过了一阵,那阴影安静下来,纤细的枝丫像是分叉的河流,把他的思绪带到了它们正在流去的地方,那里的土地铺满琉璃,道路以金绳分界……

"就这样。"她结束了她的讲述,闭上眼,安静地躺着。

良久,他仰起半身,用一只手撑着脑袋,看着她,问道:"这故事真是你听来的?"她笑着,摸了摸他的脑袋,坐起来穿衣服。

他满脸困惑地问道:"你认为,真是这么回事?"

她耸了耸肩,说:"可不就是这么回事。"

他沉默不语。

"人嘛,心里有个神,才好放过自己。"她说着话,起身下楼去泡茶。

他重新躺下,窗外起了风,天花板上的阴影又剧烈摇晃起来,这一团阴影的舞蹈,勾起了他一些平静而幸福的联想。有那么一瞬,他感觉自己像是重新获得了童贞。他坐起来,飞快地穿衣服。

她用托盘端了茶,正欲上去时,他已穿戴整齐下楼来,准备告辞了。她有些诧异,大部分人听完这个故事后,还会留下来喝杯茶。他们走时都会拿盒茶,放下点合适的钱再离去。有的人过段日子还会来，有的人，再也不来。她还没有遇到过像他这样着急离去，却什么茶也想不起来要买的人。

"真是个老实人！"她在心里说。

她微笑着侧过身子，让出一条道来，好使他过去。

窗外，海面上还是云雾缭绕的，不过他们都没觉得有什么异常。他们都没留意这个。

(《小说界》2022年第1期)

艾 玛　湖南澧县人，现居青岛。2007年开始小说创作，在《收获》《人民文学》《当代》等杂志发表小说。出版小说集《白耳夜鹭》《白日梦》《浮生记》《路过是何人》，长篇小说《四季录》。

去海南吧

姚鄂梅

电话响时,文瑜正在网上瞎逛。她瞥了一眼,赶紧扔掉鼠标。必须到一个安静无人最好四面都是墙壁的地方才能一字不漏地接听陈昕的电话,这是文瑜的习惯,电脑桌面虽然是静止的,但它闪亮的颜色也是一种干扰。

这对老朋友足有半年没通过电话了,她们的关系就是这样,见了面,没完没了地聊啊聊啊,就像全世界都是石头和羊,只有她们两个才是可以对话的人类,一旦分开,又都比赛似的沉默着,谁都不肯先开口。不管怎么说,她们深刻的友情已经持续三十多年了。她们是中学同学。

家里有个过道,过道尽头是一幅画,昏暗的黄色水面,远处泊着一只小船,其实只是一个船形小黑点,文瑜见到它的第一眼,就迷上了那静谧到诡异的氛围,果断买下,果然有用途,比如作为跟陈昕讲电话的背景板。

我实在忍不住了,再不找人说一说,我怕我活不到明天。

文瑜紧张地笑了一下,别急,慢慢说。

他又犯毛病了!我看了下他的上网记录,如何才能煤气中毒,哪种死法痛苦最小,这都是他最近查找的内容。真的没有吵架,他的毛病越来越明显,像个月经不调的女人,一月来一次,一次拖半月。说没意思,说活在世上唯一的意义就是消耗粮食。这种话他已经说了好几年了,有一次我实在听不下去,就说那好,你今天就不要消耗粮食了,正好我也不做早餐了。结果你猜怎么样?人家出去吃了两只肉包,还喝了一杯豆浆。

  陈昕说的是她老公,她叫他老李,老李十年前在一家行业性报社工作,一个偶然的机会,被电视台请去做了几次节目嘉宾,意外地给电视台留下了非常好的印象,电视台当时正想开启另一档新的谈话节目,问老李愿不愿加盟。也许老李迷上了面对镜头的感觉,也许是喜欢上了电视台跟报社不一样的工作节奏,做了一段时间嘉宾后,老李感到有点回不去报社了,在那里,每一版说什么话、怎么说都是规定好的,不得有丝毫逾越,更不可能有个人倾向,而他在电视台的节目正相反,尤其是他们即将推出的新节目,人家看中的就是他的个人视角,锐气十足,又站在踩线与不踩线的边缘地带。于是马上回去办调动,报社的老同事提醒他,电视台除了那批老人,后来进的人几乎都是企业编制,他这个调动正好是从事业到企业,老李怕伤了老同事的感情,只笑了笑,心里说,你以为你那个事业编制很值钱?谁知在电视台干了不到两年,新节目就被叫停。这事对老李有点打击,好在同事们并没有泄气,大家商量着重起炉灶,反正大家脑子都在线,不愁找不到事做。这样过了一年多,新节目还没做出影响来,上头又来了新政,地方电视台要紧缩,功能要缩小,基本只做转播,除了他们营运中的新节目要暂停,老牌节目还要砍掉一多半。几个合作已久的小伙伴仍然不死心,说政策历来都是变来变去,说不定过一阵又变回来了,他们只需暂时偃旗息鼓,用不了多久,肯定可以风帆再起。然而,事情并没像他们想的那样,整个电视台不光节目被砍去了许多,连电视大楼都变样了,今天租出去几层,明天卖出去几层,横跨大楼楼顶的电视台台标生了锈,被挤成竖行排列,只占窄窄一条空间,昔日辉煌似乎已经难再,这时老李才意识到自己也许做错了什么。陈昕提醒老李,要不还是回报社来吧,趁领导层还没大的变动,去求他们的话,也许还能看点过去的薄面。但老李说什么也不肯,她猜他是自尊心受不了,决定代他出面去求求看,没想到报社领导哈哈一笑:他当他的电视明星多好!我们这里一潭死水,有什么意思?我说的是真心话,行业报纸的日子现在也不好过,连我都在找出路呢,他好不容易出去了,干吗还要回来?她竟无言以对。本来是背着老李做的事,没想到还是被老李知道了,可想而知,老李恼羞成怒,两人在家大吵一顿,差点连婚姻都保不住。那以后,老李拿着电视台百分之七十的工资,在家闲等,偶尔几个节目同事聚一下,聊一聊今后的打算,聊来聊去都是空谈,一阵唉声叹气,不如喝酒。一年年蹉跎下来,老李竟开始大量掉头发,很快掉光了半个脑袋,对镜自叹,酸楚不已,就算等来二度东风,就凭这颗脑袋,在电视台恐怕也无法再度风光了。又过了两年,电视台换了领导,是个年轻的女士,老李不太熟,但听说过,是前些年的新闻主播,换了更年轻的主播后,老主播不仅没走向幕后,反而走向了高层,也算是个很有能耐的女人。新官上任三把火,第一把火就是配合上级搞起了人事改革,轮到老李头上,有两种选择,一是继续待在电视台,去做转播业务,二是提前退休。老李迅速找到当初一起做节目的同事，大家一碰头，一致决定，做转播有什么意思？初中毕业生都可以做的事，一个念稿子出身的领导，带着一群没脑子的转播"工人"，真不如提前退了算了，从此天高任鸟飞，说不定哥几个能折腾出个像模像样的纪录片来，说不定还能得个奖，到那时再在这帮孙子面前扬眉吐气。趁着酒性，老李打电话给人事部门，预约了提前退休手续。

老李做这个决定的时候，没有告诉陈昕，他怕她又瞒着他去求这个求那个，满世界丢他的人。那阵子，陈昕为这事急得嘴上蹦出了疱疹。你还不到五十岁！就退你妈的休！老李不管，天天在家找选题，查资料，偶尔出去跟几个同道喝酒，为心目中的获奖纪录片做准备。

一年又一年，纪录片没拍出来，倒是被人叫去拍了些内部片，其实就是一些企业宣传片，有天晚上，几个人帮一个旅游开发商拍了个片子，拍摄过程中，有个人受了伤，因为地处偏远，大家只能手忙脚乱帮他先包扎一下，再接着干，等干完了，一起坐下来吃饭时，受伤的同事因为突然的放松，竟昏了过去。把同事送到医院后，几个人抱头大哭了一场。我们都是想干事的人，我们都是能干事的人，为什么要剥夺我们工作的权利？这以后，老李的抱怨渐渐多了起来，用陈昕的话说，他慢慢活成了怨夫。

文瑜老早就预测老李在电视台不可能像做嘉宾时那么受欢迎。人家请你去做嘉宾，是把你当专家一样尊重着，把你当外人一样客气着，可你竟然想赖在那里不走，去抢人家的饭碗，人家哪里会一直给你好脸色呢？别说人家后来有了名正言顺的理由，就算没有那些理由，也有足够的办法把你彻底整熄火。但她不敢把这种看法告诉陈昕，告诉陈昕就等于告诉了老李，她怕老李笑她世故。陈昕可以笑她，老李笑她她就受不了。

陈昕在那边连打了几个喷嚏。真是窝囊！天这么冷了，我连空调都不敢开，他说，有那么冷吗？就是因为有你们这些动不动就开空调的人，才把环境搞得这么糟糕，以前没空调的时候，也没见谁被冻死，反而少得好多病。我知道他的用意，他就是个小气鬼，怕用电，怕花钱。但我不敢说出来，我要是真说出来，事情马上就升级，说我是嫌他不赚钱、不成功，这两个词在我们家是高度敏感词，碰都碰不得。你知道我此时此刻怎么穿的吗？我把所有的棉衣都穿身上了，小羽绒服外面套大羽绒服，毛裤外面套棉裤，还是冻得表情呆滞，像个精神病人。我这辈子没这么难看过。

文瑜几乎能看到陈昕的样子，她本来是个小骨架，夏天穿衣也会给人弱不胜衣之感，现在穿这么厚的话，估计连人都找不到了。

要不，你躲出去吧，去商场逛逛，去咖啡馆坐坐，那些地方暖和。逛累了就吃点东西，累得逛不动的时候再回家，洗个热水澡上床睡觉。热水他不限制的吧？

你不觉得我这个年纪，一个人在外面逛、喝咖啡很奇怪吗？人家会用异样的眼光看我。现在外面做这种事的多半是成双成对的年轻人。

谁说的！这点我要批评你了，是你自己心态不对。

我不光心态不对，表情也不对，因为常年不开心，这三个字已经刻在我脸上了，以前打扮一下，走在街上还有一点点回头率，现在连狗都当我是空气。我好后悔，当初他决定办理提前退休的时候，我们不是大吵过一阵吗？我应该趁那个机会跟他离婚的，我要是那时候就离了，现在该多幸福啊。

按说不应该呀，我记得老李是个很幽默、很爽朗的人，怎么就变成你说的那个样子了？

他有今天，都是他自己造的。当年老老实实待在报社多好，当年他的手下，现在已经是社长了，级别也起来了，人五人六的，出门还有司机。是他自己亲眼看到的，回家以后两顿没吃饭，走来走去骂人家，说人家没文化，字都认不了几个，惴惴不安说成"湍湍不安"。说那个报社其实没有任何意义，就是个单位的黑板报性质。

文瑜哈哈大笑，她想起来了，老李以前就爱挑别人的错别字，弄得她在老李面前说话特别小心，生怕被他笑话。人的小习惯果然就像长得不规范的牙齿，越老越明显。

还有个把月就要过年了，身边有这么个闹心的人，我连准备年货的心情都没有。小轩也说今年不回来，这才是结婚第一年嘛，她得留在婆家那边，我想她在那边也好，他是这种心情，给女婿看到了会怎么想啊。

陈昕的女儿小轩今年刚结婚，文瑜虽然没去参加婚礼，但也随了红包。以前，小轩还小的时候，她们可是经常见面的，那时老李在电视台忙得飞起，经常不在家，陈昕只要有事，就会把小轩扔给文瑜，文瑜晚了很多年才结婚，所以陈昕把小轩委托给她的时候，她还是个单身女，一个人很冷清地住着一套不大的公寓。偏偏小轩很喜欢去她那里，还说等我长大了，我要像文瑜阿姨那样生活，要把绿植摆在厨房里，要用抱枕当枕头，要用大茶杯吃饭。没想到，小轩才二十几岁就结了婚，比她当年早多了，她可是三十五岁才结婚的。

说不定女婿来了，老李的心情又不一样了，在女婿面前，多少要做出个长辈的样子来嘛。

不可能！因为要喝酒嘛，他只要一沾酒，百分之百现出原形，那就一定会闹出事来。

是一家人一起吃饭，不是外面朋友间那种，没有人劝酒的话，他一个人喝不起劲来的，不喝醉就不会闹。

文瑜你有几年没见过他了？他跟以前不一样了，他现在一个人也可以喝醉了，真的，我看他喝酒就跟看电影一样，一口一口，从清醒到两眼发直摇摇欲坠。劝他是没用的，断绝他的下酒菜也不管用，发牢骚就是他的下酒菜，喝一口，说两句，骂两句，很舒服。

不对呀！去年我们还见过呢，去年在朱建国的葬礼上，那时候我觉得他还蛮得体的呀，就是头发确实比以前少了很多。

朱建国是他们同学中最有前途的一个，已经进了当地政府的后备班子，且声望日隆，听说马上就要去异地提拔任职，这可是要高升的大吉兆，偏偏在这个时候，去乡下扶贫的路上出了车祸，虽然消息上了新闻，政府也有专门的治丧班子，但在同学们看来，事情相当蹊跷，但又无凭无据，无人出头替他说话，大家只能聚一聚，为老同学送一程。文瑜还记得饭桌上的气氛，大家几乎都没怎么吃饭，每个人的眼睛都红红的，这不是朱建国一个人的悲剧，也是他们大家的悲剧，刚刚出头的朱建国被掐灭了，他们这一届，甚至这一代都没希望了，大家在饭桌上说着悲愤的话、过激的话，越说越大声，恨不得让所有人都听见，老李那天很冷静，像个老大哥，既要照顾最激动的同学，又要忙着拍照，满场滚。他说，正因为悲伤，才应该留下印迹，否则，时间很快就冲淡一切。她很赞赏老李这句话，觉得他到底比他们都大一点，又是资深社会工作者，看问题比他们理智得多，成熟得多。

陈昕却很不屑文瑜的判断。

那种场合下，你是没法判断一个人的精神状态的，即便是现在，当着别人的面，他基本也是正常的，人后，特别是在家里，他完全是另外一个人。刚开始我能理解他，那么早就没工作了，一把年纪了去外面应聘又没有优势，可是，话又说回来，怪谁呢？你做的每一个决定都是你自身素质的综合体现，当初为什么要从报社调走？调走也就算了，人家电视台也没逼着你非办提前退休不可，人家是让你选，你也可以留在那里继续干，是你自己要办提前退休的。你以为自己从此可以天马行空叱咤风云，结果却是寸步难行，你对自己、对社会究竟有多少了解呢？

既然你知道他的症结在哪里，是不是要试着去理解他、不要跟他斤斤计较呢？

我没跟他斤斤计较，我要是真的跟他计较，早就不是现在这样了。你猜我想过什么，我在想，要是能让他失忆就好了。我现在非常理解那些谋杀亲夫的人，每天每天，从早到晚，从天亮到天黑，从地上到床上，躲都没地方躲。

呸！人生那么多年都挺过来了。

我的要求不高，我只想安安静静地过日子，没钱无所谓，被全世界遗忘也无所谓，只求他不要每天每天处于文火焖煮的状态，中间毫无预兆地插播一顿无名大火。

文瑜笑着打断她，他的无名火到底是怎样的？描述一下。

怎样呢？就说今天早上吧，我早餐做好了，他才起床，丧着一张脸，突然朝我的扫地机踢了两脚，骂它是个偷懒的爱表现的贱货，放着别的房间不扫，只顾在人眼皮子底下打转，声音还那么大，生怕人家不知道它在扫地。

文瑜笑起来，笑着笑着，禁不住叹起了气。跟陈昕家相反，她在家里就是老李那个角色，动不动就不高兴，还把这不高兴写到脸上，她经常看到丈夫和儿子偷看她表情的样子。从陈昕对老李的厌恶性描述来看，自己的老公真的算是很有涵养了，当她意识到自己脾气不好，对父子俩自我检讨的时候，老公说家里有个这样的人物，也算有利有弊吧，起码可以训练儿子察言观色的能力。正要把这段告诉陈昕时，陈昕已进入了下一段诉说。她的诉说特别密集，文瑜很难插得上话。

所以昨天我们大吵了一架，我说你要是踢坏了我的扫地机，我跟你没完，这是我买的，有本事你自己去买一个来踢，你不要踢我买的东西。他就暴跳如雷，说我找茬，管得宽，踢个扫地机也管。他现在就是这样，逻辑混乱，思维混乱，我怀疑他快要老年痴呆了，我听人说，老年痴呆最开始就是脾气变坏，然后才是记忆力塌方式损坏。最要命的是，吵过了还不算，他还要给自己灌点酒压压惊，不喝则已，一喝就过量，一过量嘴巴就不停，就是这么个恶性循环。他现在很少出去喝了，以前电视台那几个酒搭子都不在本地了，人家有能耐呀，人家都出去讨生活了。不过昨天是他的好日子，一个酒搭子回来了，叫他出去见面，凌晨一点多，一个民警给我打电话，说某某路上有个人醉倒在地上，头好像摔破了，流了好多血，叫我去把他领回来。算他运气好，遇到的是民警，要是遇上坏人，我都不敢想。那么冷，我又不会开车，深更半夜打车怕得要命，还是得硬着头皮去接他，去了一看，我的天哪，那个民警太轻描淡写了，他满脸是血，眼睛也睁不开，我还以为他瞎了，费了九牛二虎之力才把他拖到医院。医生给他处理了一下，说要先醒酒。现在，酒是醒过来了，伤口开始疼了。

说了半天他现在在医院里？伤得重不重？文瑜总算明白过来，陈昕的这个电话是个漫谈式开头，说了那么多铺垫以后，才把最要紧的内容说出来。

还好伤得不是太重，只是外伤。陈昕暂停了一会，发了张照片过来，老李满头绷带，脸肿得看不出原来的模样，有几处伤口还有干掉的血迹，看上去蛮吓人的，要不是她们正在通话，她根本认不出来这是老李。文瑜大呼小叫起来，让陈昕一定不要掉以轻心，脑袋的问题，一定要好好检查一下，伤成这样果真只有皮外伤吗？

医生说没事了，医生都嫌弃他，说光是闻一闻他身上的味道都能醉倒。最着急的是小轩，她早就订好了海南的酒店和机票，我们约好三天后在酒店碰头的，因为春节她不能回来，就决定春节前先跟我们团聚一次，结果他搞成了这个样子。他自己也说不想去了，问医生他能不能出门，医生很幽默，说哪里都能去，除了参加选美。

也对，是出去玩，又不是去劳动，带好药应该没事。

我们也都这么劝他，但他自己很坚决，说不去了，还说他并不喜欢南方，也不喜欢吃海鲜。我觉得他是嫌自己脸上有伤，羞于见人。他实在不肯出去，小轩只好改变计划，把聚会改在春节后，但我不乐意呀，我连泳衣都买好了，防晒霜，遮阳帽，沙滩鞋，全套准备都做好了，你说我有多失落呀，在家闷了一年，忍受了他一年的坏脾气，就指望这几天出去透透气，结果他来了这么一出，我太不甘心、太憋屈了！

但是，唉，这是意外，不是他故意的呀。

所以我想问问你，你能不能跟我一起去海南玩几天呀？我实在不想白白期待一场，这一趟我要是出不去，我怕我会憋出毛病来。你跟我去吧，虽然有点突如其来，但一点都不麻烦，房间小轩已经订好了，你不用管，你只要给自己买张机票飞过去就可以了，我们俩可是好长好长时间没在一起聊一聊了，趁现在还不是旅游高峰。

文瑜心中一动，马上察看了一下自己的近期日程，似乎真的刚刚有这么一段空当。

两人一拍即合，文瑜放下电话就拉衣柜门，把藏进衣柜深处的夏天衣服找出来，一件一件放进旅行箱里。这才是她们的风格，当她们还年轻、还是单身的时候，经常在周末搞这种小突击，天不亮出发，赶到长途汽车站，半夜再坐长途汽车回来，也没什么具体目的，就是去外面逛一逛，看一看，再傻呵呵地回来。那种日子，现在似乎更容易复制了。

至于海南几天的消遣，她也做了充分准备，她下载了好几部电影，白天两人肯定要到处游逛，到晚上，玩累了，正好躺在床上看看电影。

猛地想起一件事来，海边的主要节目恐怕是拍照。文瑜立刻扔下正在收拾的行李箱，冲进美发店里。没有满意的发型，能拍出什么好照片？弄好头发，再顺便去看看有没有合适的衣服。每逢有事，她都觉得自己还差那么一两件衣服。

正在做头发，陈昕又发了消息来，还是关于老李的。

你说他烦不烦吧，已经决定不去了，现在又开始回忆年轻时到处跑的好日子了。

文瑜心中一惊，抬手制止了理发师，没事的，他要是后悔了，我就不去了，你们一家三口还照原计划行事。

那不可能，他已经知道你要跟我去了。他的目的就是想炫耀自己的光辉历史，讲他当年一边工作一边游历，不花一分钱，还被人奉为上宾，吃香的喝辣的。

文瑜松了一口气，示意理发师继续弄头发，同时接着发消息：我要是像他那样享受过那么好的时光，现在肯定平静得像一面镜子，更不会有脾气。

其实，我们都没明白他真正的意思，我也是后来才明白，他的重点还是落在钱上面，他的游历是不花钱的，我们旅游的每一分钱，都是自己辛辛苦苦挣来的血汗钱，他觉得我们不该把这种钱拿去旅游，说我们简直是愚蠢至极。海南有什么好？蚊子多，沙滩脏得要死，海鲜贵得出奇，专门宰你们这些内地过去的，就连当地的水果，都卖出了比这边超市里还贵的价格。又骂那些一到长假就出去旅游的人,说他们都是没有头脑的蠢蛋,明明对风景对历史文化完全无感,还跑出去堵塞交通。

你有没有问他,这个世界上,到底有没有他欣赏的人?

我觉得他只欣赏他自己。有时我也讽刺他一下,我说,你这么有水平,肯定会有人来发掘你的,你就耐心一点吧,是珍珠总会拂土而出的。你猜他怎么说?什么土?现在哪里还有土?现在到处都是水泥,挖掘机都挖不开。

文瑜冷不防笑出声来,顶着一头绿雾状头发的理发师在她后面叫了一声,因为她的小动作害得他剪坏了一小撮头发。她有点停不下来了,索性让理发师暂停,她要狠狠地开心一小会儿。她在脑子里想象挖掘机挖土的场面,想象老李在坚硬的水泥地底下,向挖掘机伸出求救的手,越想越控制不住。她拿起面前的水杯,看看喝点水能不能浇灭一点兴奋。自从陈昕向她提起海南之旅,她明显变得越来越兴奋了。

陈昕问她,你语音方便吗?打字打得我手指疼。

不方便哎,在外面办事。她没好意思说自己在赶着弄发型。

过了一会,陈昕的消息又来了。说到底,他的病根就一个字:穷!这么多年没工作,收入只有那点提前退休工资,活命都不够,要不是我,他早就饿死了。

唉,这你就得包涵点了,好在都要谢幕了,谁比谁多几块钱少几块钱也看不出什么差别了,平安就好。

不能这么说,还没老到那个程度呢,世界变了,工作有很多种,赚钱的方法就更多,唯有一种状态赚不到钱,就是发牢骚,他要是把发牢骚的劲头拿来做点事,随便什么事,早就不是现在这个样子了。

理发师正在弄她脸颊两侧的头发，她不得不关掉手机，闭上眼睛。虽然设置了静音，她还是能感受到陈昕在不断地发消息过来。她今天谈兴真浓啊。不过也好，她感到陈昕一家的生活正在扑面而来，这是她隔绝已久的，也是她渴望知道的。

理发师转到身后去了。陈昕发来的消息中有一张图片，上面有基金两个字，下面有收益明细、交易记录之类的，她平时不接触这些东西，有点看不大懂，但累计收益几个字她看懂了，下面的数据有八十多万，这是什么意思？应该是跟陈昕有关的吧？难道陈昕在炒基金？难道这些钱都是她赚的？她真的赚了八十多万吗？

陈昕接着在下面说：这是我截至昨天的理财成绩，本该值得庆贺的，但他丝毫不为所动，我不知道他真正向往的是什么，什么东西才能让他满意。

文瑜感到心跳陡地加快，她直着脖子，在镜子里盯着自己看了好一阵，才简略地写道：这还有什么好烦的？搞不懂你们。

就是说呀。我累死了，整天盯着屏幕看，眼睛都快瞎了，腰也坐坏了，心脏病都要整出来了，我一个女人，都在拼起老命干，他不仅不感谢我，还天天地跟我吵，自己没屁本事，还不高兴看到别人有本事，他就是这种人。

她的手指试了又试，不知道回点什么。

上天是公平的，他这边没了收入，就把机会放在我这边，他不感恩还整天骂骂咧咧，真是无语！

她更不知道怎么回复了。绿头发的理发师拨了下她的脑袋，她才发现自己的脖颈已经僵硬得像一截木头。她失神的时候就会这样。

陈昕继续发来消息：自己不懂，也不想钻研，还天天威胁我，说要是亏了，大家死路一条。

你知道吗？我赚了钱，他并不高兴，反而大怒，说连我这种人都能赚这么多钱，可见中国的证券市场有多乱有多糟。

在他眼里，一切正常活着的人对他来说都是嘲讽，只有他好了，别人才能好，否则他就不高兴。

她终于回了一条：之前从没听你说过，你可真厉害呀。

我也是被逼的，不给小轩攒够一套房子，我死不瞑目。

她不是有房子吗？我记得你说过她房子还不小。

那是女婿婚前买的，房产证上没她的名字，不管怎么说，她得有自己的房子。婚姻的事谁说得清楚呢？

有钱也不能买吧？不是限购了吗？

办个假离婚再买呀，买好房子再复婚，大家都是这么干的。

啊？假离婚不怕有风险吗？

如果假离婚都有风险，那说明这个婚姻本来就有风险，就更要有自己的房子，否则一旦婚姻出了问题，她上哪去住？

啊？也对哦。

头发做好了，文瑜的兴奋却已褪得一干二净。她来到外面，天气很晴朗，但气温很低，她又不敢把羽绒服的帽子戴起来，怕弄坏新做的发型，只好硬着头皮吹冷风。很快，她的鼻涕都要冻出来了。

一个在工资之外赚了八十多万的人，居然向她诉了一天的苦，而她，还耐着性子帮她排忧解难，到底谁才是需要排忧解难的人呢？

陈昕的消息还在源源不断地发来，她已经不想及时给予回复了，她发去了稍等两个字，就把手机装进了口袋。

进小区之前有个十字路口，她站在路口，想着还要不要去买个干发毛巾装进行李箱的问题，还要去海南吗？可以想象陈昕会在海南讲些什么，烦恼已经讲过很多了，现在该讲那些成绩了，她飞越一千多公里，就是为了去听这个。

她开始梳理陈昕跟她的对话，开始是诉苦，然后才说到海南之行。如果海南之行对她足够重要的话，她难道不该把它放在前面说吗？为什么要放在后来，而且像是无意中说到了这里，顺便对她发出了邀请。这说明什么？说明一起去海南根本就不是陈昕这次联系她的主要目的，她的主要目的是讲一大通她的烦恼（其实主要是老李的烦恼），而讲述那些烦恼的真正动机，是为了烘托她的成绩，你看，我取得这么好的成绩，还是不能让他开心。再一想，说不定他们一家决定去海南的理由，就是为了庆祝她今年取得的好成绩。她站在原地，走不动路了。

喜悦完全不让人知道的话，快乐也没那么彻底吧，于是，她找到了文瑜这个最好的听众。

到家了，第一件事就是把夏天的衣服从行李箱里拿出来，把行李箱重新放进橱柜里，幸亏没去买那个干发毛巾，家里还有个旧的，没必要现在就去买个新的回来囤着，她今年又没赚八十多万，平白无故花上近千元弄个新发型，已经够疯狂了。她在镜子里打量了一下自己，罢了，就当是为春节准备的。

陈昕还在发消息。防晒霜你不用买了，小轩在网上给我买了一大瓶，足够我们这一趟用了。

陈昕没回，她在想，到底应该找个什么样的理由，才能自然又体面。在找到理由之前，她准备暂时缺席两个人的对话。

天快黑了，顶着新发型的陈昕脸色严峻地坐在窗前，她已经在这里坐了一个多小时了，这一年她过得一般，完全没有任何事情值得庆祝，实在没必要专程买张机票去海南庆祝别人的成绩。

想来想去，她给陈昕发了个消息：我好像有点发烧！

她知道这条消息会引起陈昕的重视，在疫情尚未完全排除的大环境下。

果然，陈昕急切地问她，多久了？还有别的症状吗？

那倒没有，现在到处都有量体温的，会不会在机场就给我拦住了呀，我看我还是不去了。

陈昕回道，也是，那就待在家里观察，必要时打电话给医院。

她为自己能够及时止步感到高兴，同时又有点隐隐的不快，陈昕的反应未免太淡定了，居然没有一丁点情绪波动。她对着陈昕最后两条消息反复琢磨，认定陈昕没有任何情绪上的波动。

三天后，文瑜在朋友圈看到了陈昕发布的一条新动态，一家三口坐在椰树下，风吹起她的散发，她眯着眼睛，看向镜头，小轩戴着大墨镜，五官看不大清楚，老李脸上贴着两张创可贴，比她想象的白色纱布药包小很多，跟上次见面相比，老李胖了不少，看上去并不像陈昕讲的那样满腹牢骚，相反，他惬意地笑着，似乎很享受温暖的海风。

她开始怀疑在她说"好像有点发烧"之前，老李就已经改变了主意，决定还是去海南。

第二条是他们一家三口在海鲜餐厅，小轩一手比着剪刀，一手举着一只蟹，那蟹真大，跟她脸差不多。陈昕的配文让她有豁然洞开之感：酝酿三个月，终于成行。海南值得！

难道陈昕在电话里的邀约只是个玩笑，还是她像个神婆一样，料定文瑜最终并不会成行？她很想知道，如果她不找那个"我好像有点发烧"的理由，此刻又会是何种情形。她盯着那些照片看了又看，没有点赞。

没过多久，陈昕私信了她，给她发来了跟老李的合照，似乎主要是想给她看老李，自己的脸挤在照片边缘。不像在三人合照中那样满脸洋溢着团聚的幸福，老李这张有点接近他的本来面貌，臃肿的脸，混浊而锐利的眼睛，嘴唇干枯，眉头轻皱，两条肉色的创可贴让整张脸平添一股悲壮的意味。

后面还有一些吃饭的照片，在海边赤足散步的照片，陈昕母女俩在椰子树下摆拍的照片，文瑜却在想，她也不问问我身体好些没有，我不还在"发烧"吗？她是忘了，还是早就知道我那个"好像有点发烧"的理由是假的？这样想着，在陈昕一连串照片私信下，她什么也没说，只发了两个大拇指。

五天后的傍晚，陈昕打来电话。

文瑜瞟了一眼，没动，她心里的不舒服还没消呢。

电话挂了，过了半分钟的样子，再次响起来，还是陈昕。

只能接了。不好意思，我刚才在马桶上。她撒了个谎。

怎么办？老李不见了！陈昕带着哭腔。

细一问，才发现情况真的有点不妙，就在昨天，他们一家三口请了一个付费的旅游摄影，边拍边玩了一天，回到酒店大家都有点累了，才九点多就准备睡觉。她们洗澡的时候，老李在卫生间门外说，你们先睡吧，我下去转一转。她本想叮嘱老李一句，不要喝酒哦，又怕反而提醒了他，让他馋起酒来，就没吱声。这里是新开的海景酒店，也没什么可喝酒的地方，再说出来这几天，老李一直都很乖，既没喝酒，也没发牢骚，就跟换了一个人似的。母女俩洗了澡，躺在床上看了会白天拍的照片，不知不觉睡了过去，一觉醒来，已是早上七点多，才发现老李不在房间，打他手机，却在房间里响个不停。连手机都没带，应该是刚刚出去了吧，不过，会不会是昨晚出去了就一直没回来呢？

一直等到快九点，仍然不见老李回来，跑去问大堂，没有结果，提出要看监控视频，酒店的人说，那得有公安部门的许可才行。

折腾到刚才，母女俩终于看到了监控视频，只有老李昨晚出去时候的，走出酒店大门时，老李回过头来，面对大门站了一会，才转身往外走。直到看完，她们也没看到老李进来的视频。

文瑜有种不好的预感，她一手拿着电话，一手朝某处指着，就像陈昕正站在那里似的：你不要乱想，也不要动，听到没有？就待在酒店里，我估计他终于找到了某个可以喝酒的地方，要么还在喝，要么已经醉了。

电话刚一挂断，她就开始收拾东西，这一次，她是一定要去海南了。她当然不相信老李还在喝酒，手机都没带，他怎么付账？中间，她停下来看了看陈昕发过来的照片，难怪那天总觉得老李的脸看上去有点悲壮呢。

(《芙蓉》2022年第4期)

姚鄂梅 湖北宜都人，现居上海。在《人民文学》《收获》等刊发表作品二百余万字。曾入选2005、2006、2012、2019 "中国小说学会年度排行榜"，2019 "收获文学排行榜"。曾获人民文学奖、《中篇小说选刊》优秀作品奖、《上海文学》中篇小说大赛佳作奖、《北京文学》优秀作品奖、《长江文艺》双年奖，以及曾获第六届汪曾祺文学奖等奖项。著有长篇小说《像天一样高》《白话雾落》等九部，出版中短篇小说集《家庭生活》《基因的秘密》等七部。有作品被译成英、俄、德、日、韩等文字并出版。

春之盐

张天翼

平躺着从门里出来的那个年轻女人,不是我。一群陌生人从走廊里朝它猛扑过去,两个老男人,两个老女人,一个年轻男人。他们趴在缓缓移动的轮床侧栏杆上往里张望。

走廊里的灯光真亮啊,一切无所遁形,这样的光里你们能看清那个女人吗?我认不出她,虽然她留着跟我一样长到腰间的头发没舍得刈除。她多狼狈,多丑!她的后脑勺在待产室的枕头上扭蹭一整天,又在产床的斜坡上猛烈地搓动了三个小时,头发擀成面条。她身体中部的巨型膨肿消失了一多半,但面上的黄肿并未随之而去,好在此刻没人注意她皴皮的嘴唇和眼角一粒眼屎。她侧躺着,弯得像张弓,弓弦位置搁着一只小得难以置信的包裹,顶上有张茶杯垫大小的紫红面孔,所有目光都聚在那儿。

只有她没有看,她困得睁不开眼。我知道她想洗澡,五十个小时里好多手指和工具在体内体外出入,而且刚才她在产床上可耻地排泄了。现在她全心全意地想象着热水前仆后继地滑下皮肤的快感,洁净将如圣光降临,驱邪一样赶走污垢和窘迫。

她被推过走廊,进入另一扇门里。一道白布帘子把房间隔成两半,那边闪出两人,人都衣着整齐,这是一幢日夜不分的楼,因为新人口迈出最后一步的时间多半凭兴趣,没有规律。

人们讨论怎么把她运到病床上,穿白衣服的人用下巴点了点,指示那个年轻男人来抱她。他慌张地出列,双手抄到她身子下面。被单滑掉了一半,她的下体和肚皮露出来。我转过脸去。

她闭上眼,直到穿白衣的陌生人离去,几个人在她床边坐下,轮流抱持那个包裹。人们以为她睡着了。

其实她在回想,困倦地回想她把那条塑料棒放在他面前的那个早晨。他在屋里吃早饭。她坐在马桶圈上等到"砰"一声门响、另一卧室里跟他们合租的人去上班了才走出来。站在从盥洗室通往卧室的走道里,她留恋地看着他,他忘了拿勺子,用手指头挑出一撮沙拉酱往蛋糕上抹,咬一口,跷起当餐具用的指头,换另一个手指去划手机屏,专注地盯着看。

那么可爱的年轻人,自己还像个孩子,下一刻就要跌在父亲这两字的数罟里。她把塑料棒藏在身后,走过去,在他对面的椅子上坐下,静静等他读完廉航网站的最新消息。

等等,他们原本计划买廉价机票去哪儿来着?瑞士和意大利。这场旅行在心里孕育的时间甚至长过十月怀胎,每个细节都呼之欲出。她半真半假地说,要留下它吗?我更想去看百花大教堂怎么办?他低下头,跷着那根餐具手指依次删掉旅行锦囊APP、德语意大利语翻译APP,然后抬头说,咱们可以等……这事完了再去。

这时终于来了一个有点迟的相视一笑,他们笑得迷惑、惶恐,伸出双手握在一起,春日的光从阳台上悬挂的长裙衬衣之间射过来,像沙拉酱一样涂抹在手背上。从这一刻起他们都开始有了我未见识过的表情。

我在纸上列出接下来的月份与胎儿的月龄。别怕,你还能度过一个轻盈正常的夏天,还可以继续穿露脐装、短裤和两截式泳衣;等它逐渐膨大,秋天和冬天的厚外套就会接上力,让你看上去不会太扎眼、太像孕妇。

当别的孕育者筹划如何把四季果蔬编织入胎儿食谱之际,她想到的是四季中的自己。我得说实话:她一开始对它的态度就很漠然。

很快她就被迫走上那条向前隆隆转动的传送带,被自然规律加工成最稀松平常的孕母。那个在她体内慢慢有了体面的血肉团有没有带来一些欢欣?我想是有的。但他眉毛里的阴云日渐浓起来,有一夜她因为胃胀翻来覆去的时候,他在黑暗里说,咱们必须买房子了。而这本来是他们对生活保持乐观的最后一道底线,没有大宗借贷、不背高额债务的线。

第五个月他终于向父母借了钱,借了很多,没办法不多。第六个月跟他到人工湖公园去散步,从倒数第二级台阶上摔下来。后来一觉醒来房间里多了一位中年女士,那人坐下来温柔地说以后她会陪她一起住、照顾她,替他们解决房子等一切问题,一切。

拒绝是不好的,会教别人伤心,况且女士将要住进的是自己出一半资金的房子,要照顾的是自己未来的孙子或孙女。她温驯地笑一笑,她对不能拒绝的东西一般就这么笑。女士又展开一件质料奇怪、比帆布软又比棉布硬的衣服,说,来,穿上它。

她钻进去,眼前暗了又亮,走到镜子里看看,衣服像有自我意识似的在她体外支棱出另一个形状，衣角绣有一只发出奇诡笑意的鸟。她想把衣服脱掉，那女士走过来温柔而权威地按住她的双手，不行，不穿它你就不能用微波炉，不能靠近电视不能用手机……

最后她只剩永恒温驯的笑，犹如婴儿降生第二天她出院时再次被一层棉被似的外衣裹住，人们喜气洋洋地逼迫她一定要装备此重甲，这时她不再试图脱掉。婴儿在别人手里，那人走得矫健，快出好几步，她被身上过于沉重的布枷锁负累，往前赶几步、拖几步。

我朝那人喊道，等一下，为什么不让她抱？她还没在日光下好好看过那婴儿！又转身安慰她，别急……这不就要回家了吗？

"家"是第七个月时定址的，由他和他的父母奔走了多日，她没有参与。由于急用，房子买入时已经装置好了。他们接她去观看，她的腰身微微朝后拗着，走进去，走了几步就停下来，谨慎得像走进一个旁人合股购置的产业。所有家具上还留着生疏的气味，嗅得出前任女主人惯用的香水味，忽而一阵恶心击中她，她的身子像被人从后面猛推一下，浑身暴起一片粟粒。人们慌忙把她领到盥洗室，于是她对"家"道出的第一句话是：哇。她不想制造太夸张的噪音，像某种炫耀或丑表功，但盥洗室里奇怪的气味更杂、更霸道，她只能脊背抽搐着，一直哇下去。

现在她终于能够独自面对盥洗室的镜面了。那套眉毛眼睛还在，只是折旧了七成，皮肤比白更白，一种不新鲜的、陈牛奶样的暗白。七个月前，世上所有镜子都是爱她的朋友。擦得晶亮的旋转门和商店橱窗，每当她走近，里头都会有个清俊的影子步履轻捷地过来迎接她，跟她一起侧过身，端详她们共同的线条。

后来那影子变得蹒跚，线条失控了，她不再往任何有镜面的方向看去。这种沮丧和厌恶无法说出口，她因为自己有这样无理取闹的、可笑的沮丧而更加沮丧。

现在镜中的她仍像是某场战争留下的废墟，她认为拿掉婴儿像放掉皮球里的气体，瞬间就能拿回原版的自我。但皮肤自有物理，不按常识，也不按她脑中的比喻和想象，肚皮仍圆滚滚地被撑起。她失望而憎恶地转过头去，拧开热水龙头。门忽然开了，她飞快弯腰护住自己的身子，门外关切的声音说，不行，你现在不可以洗澡，照常理……

他们喜欢说"照常理……"

照常理，你一定会爱它爱得心肝酥软，所有人都是这样，那种法术潜伏在决定你性别的基因里，只要你看到它的第一眼就会发作。照常理，所有的母亲都欢天喜地，你为什么就不能开心一点？

面对这种"谆谆娓娓"，她实在无话可说。几十万几百万无形的人们站在"常理"背后，雄辩非凡地否定她的坏心绪。"常理"是怎样一个妖怪？它宛如一条无所不能的舌头，像小孩子舔冰淇淋和棒棒糖一样，温柔极了，一下一下把所有异常和例外舔舐得圆融模糊。

新生儿入住的头一个月像一百年。一百年的孤独。她与婴儿的父亲分房间睡，因为人们认为他需要好睡眠白天才能有精力工作。她跟随别人躺在大卧室里，婴儿床放在一边。闹钟总像是刚歇过来气就又响起来。婴儿以无声的霸权统治所有人，更用责任感和负罪感的长鞭来驱使她。

她每隔几个小时抱起他,让他咂吮,他像是她总也填不满的业绩表。他还没有牙齿,仅靠光秃的牙龈把她的日夜嚼成了碎片。

不过她终于洗了澡,把盥洗室的门从里面反锁起来,人们在外面敲门提醒她洗得太久了,她终于有了一次充耳不闻的胆量。热水冲刷体肤的感觉没有想象中那么好,但也足够好了。她用十个指腹在肋骨腋下脖颈上大腿根又搓又拧,狠得像惩罚怀春少女的修道院女院长,直到浑身像用鞭子抽打过、排布一组一组红痕。

以肚脐为中心隆起的丘陵上,多了很多时断时续的裂纹,那个才被撕开又缝合的通道口仍然陌生地肿胀,因充血而温度稍高,触感如一朵肉花。她双手慢慢伸到背后,扣住两块肩胛骨,搂紧自己的身体,像拥抱一位并肩作战的战友。

又来了一个拽着行李箱的人,她认出这是母亲。母亲为这套房间丰富了调门,感叹如果自己早点来,之前她就不会因为涨奶疼痛而啼哭。她加入了烹饪与洗涮的行列。一个厨房难容两个主妇,何况是三个。雇来帮忙的妇人时而发着牢骚,因为两种指令往往相悖。

她们在如何吃、吃什么、尿布与纸尿裤的使用比例等一切事情上争吵,像故意别苗头的女中学生一样兴致勃勃地争吵,努力说服对方,证明自己的正确。她在薄被底下躺着,听人们焕发的声音,落着泪。

他总是回来得很晚，她只能得到他歉意的一吻和迅速睡着的背影。哺乳后有时她走了眠，困得睡不着，悄悄起床去他的房间。母亲们扯着不同口音的鼻鼾。她推门进去，挪动臃肿的腰腿上床，掀开被子，在他背后躺下，滚在他睡热的褥单上，让表皮吸收一些他散发出的温度。她比任何时候都需要这种男人的气息和温度，气息像是无形的丝线、吸在她身上，将她暂时拔离脚下的泥沼。

他几乎不醒，醒一点，也只是潦草地回身拍拍她，再转身睡去。台灯的光也弄不醒他，他为什么这么累？比她还累的样子。她不知道为什么，眼泪又要落下来。那面淡赭色的阔长脊背分明还是原样，只是从前的身体语言都哑然了。

她蘸着眼泪，画在他后背上，最微弱的一种谴责举动。以前他们坐冬天的公交车，车窗上尽是雾气，她在雾气上画他的简笔画脸谱，再用一个心形括起来，自觉很罗曼蒂克地向他一笑，他小声说，你知道那些雾是什么？是车里这些人们鼻子和口中呼出的气体凝结成的，亦即你手上现在都是他们的唾液。她做欲呕状，举手要把那沾湿的指头往他衣服上揩……

这时她把泪星子抹到他起伏的脊椎骨上，心中说，你知道这些是什么？是埋怨你的话。埋怨的话说了就是怨妇，嘴脸难看，所以不能说出来，只能哭出来；哭亦不能有声，有声又成了哭诉。

她就这样无人知晓地吞声，直到下一次响亮威严的婴啼把她唤回去。

安静点吧，安静点！我在床前蹲下企图捂住那张令人不得安宁的嘴。她朝我没办法地笑一笑,把婴儿抱起来,握着乳房搭在他嘴边,他面无表情地接受了,像个没心肝的小暴君。她继续呆滞地、无声地哭下去,似乎并不为什么地泪如雨下。眼泪往下掉,掉在他面颊上。他睁了睁眼,又冷漠地闭上,样子奇像他父亲。将来如果他能记得,他会记得人生里第一场雨是热的。她伸手用手指把那热盐水引到他唇角,让他和着乳汁吞下去。就在这个时候,她决定给他取名"盐"。

胶质而透明的宁静包裹她,从四面八方困住她,她端坐在一整块宁静里,像果冻中央一粒蒟蒻丁。

真正的雨点在外面刷刷打下来,一整块宁静很快就浸湿了。

他们觉得一切都是常理,但她一直无法强迫自己觉得正常。唉,没有什么可羞的!所有人都是这样过来的……不,有的!吃饭中间胸口薄衣忽然湿润、引人注目这不正常,暴露乳房时哺乳时人人都能推门而入也不正常,人们公然讨论、询问、担忧她的伤口等等私密部分的健康也不正常。

她一直不能忘记羞耻,乳母这个新身份褫夺了言说羞耻的资格,两种情绪像抢着结账的人一样激烈地推来推去,抢着要用自己的名义钤定这桩事。

不,也不能倾诉,可别说出口!朋友们会不知所措,年轻未婚未孕的人无法明白为什么不能爽性按自己的想法来、为什么不树立自己的权威、为什么要忍东忍西不肯撕捋出个痛快;已婚已育的人则宽容地一笑,觉得你并不足够到达怨怼的级别,因为她们总是经历过更悲壮的。永远有更糟的,在极低的地方还有无数在土炕和马粪纸上分娩、让裹小脚的姑婆们拘得一月不洗涮的母辈，甚至，玛利亚也是在马棚里自己生养了耶稣的，经文上没有记录她洗濯或被移动到什么更体面的地方，所以她就是那么半露天地任由客店闲人和东方三博士围观，你们以为她享有助产士和隐私了吗？所以，闭嘴吧！

这样过下去，过到了春天的尾巴上，再不去赏花，花就不等了。他跟她说，桃花正是香美的时候；又有一处的郁金香开了；牡丹与芍药也旺盛起来。她都摇头。她明白他在想法子，想帮她提振精神，找闲谈的话题。

把别人不能解决、帮助的痛苦和难处扔在他们面前是不对的。她抚摸他耳后的短发，替他找了个话题：什么时候去佛罗伦萨呢？这可是早在"盐"成形之前就有鼻子有眼的东西，他在她身边挨偎下，熟练而愉快地沿着这题目谈下去，从圣母百花大教堂到日内瓦湖边……

她母亲偷偷进来、手背到腰后关上门、开口跟她告状，她提起双手，捂住脸哭了。母亲呆立半晌，转身出去。

躺着流泪的时候，泪珠会从眼角进入耳朵，像一种小时玩过的塑料玩具：贝壳大的塑料小壳子里，一颗小珠子卧在弯弯曲曲的通道中，要晃动微型迷宫，让珠子左拐右弯曲，进入迷宫中心。她感觉着眼泪在耳蜗曲线里左一下右一下地转动，动慢了，又动快了，消耗掉所有温度之后，滑进耳孔。

这时眼角再派送出一颗珠子，等待耳朵去听。这是她给自己发明的游戏。

一、二、三、四……五，她要我负责给哭泣的次数计数、画满两个正字之后，第五十几天的一个早晨，他告诉她明天晚上有一对朋友夫妇会来探望。她说，我不愿意见客人，我太丑了，也没什么衣服可穿。

现在他们身处的是一个有婴儿家庭的标准早晨，窗外天气晴朗，妇人们逗弄婴孩，炖煮利乳的食物和中药，同时生机勃勃地聊天斗嘴。一片喧哗中，他远远地坐在房间另一头，耐心给自己的九孔马丁靴穿鞋带，不抬头地说，不，你还跟以前一样美，穿宽松衣服就很好。

哈！她根本不会相信他的话。怎么可能跟以前一样美？前身后身贴满20斤肉片再用原来的皮囊裹起来，会跟以前一样？他每天让目光在她身上停留逡巡的时间还不到以前的五分之一……但她闭了嘴，因为婴儿张开了嘴，所有人都肃然聆听，她晃动着他所征召的两只胀乳，走过去。

对话中止，等她整理好乳头、衣服和婴口之间的关系再抬起头来，他已经穿好了鞋子，装束停当，立在屋子中心。盐一样的洁白衬衣，黑色紧身裤包住两条细长腿。他还跟从前一样敏捷颀长，像不属于这个混乱房间与泥泞现状的一道亮晶晶的光。

之前的分歧断得太久，接不下去了，也许就是这些时刻让人们误以为孩子能稳固婚姻？她神思恍惚地朝他凄然一笑，既是羡慕，也是求救。他迈动两条长腿走过来，小声说，你刚才的话特别像莫泊桑《项链》里的玛蒂尔德，没有好衣服好首饰，不愿意去舞会，不愿意见客。其实玛蒂尔德和你都是美人（他凝视她，

251

笑出了一个看美人的深情的笑），根本不用担忧穿什么戴什么。你如果还担心，不如咱们也去借一条项链吧？你有没有什么阔朋友？……

这是他一贯的幽默，她笑了，不笑怪不好的。一年前遇到这种机会她可要给他接上几回合，两人抢着说一堆俏皮的废话，不过她现在只剩下笑的精力。他弯腰面向蓬头散发的她和怀里的婴儿，背后是窗户外面的春日的蓝天。阳光从晾晒的巴掌大的尿布之间射过来，像乳汁似的涂在室内的物体和他的轮廓上。她几乎认不出他，不，是她自己面目全非到无法跟他相认了。

他又说，今天下午我请个假，带你出去看海棠花，好不好？

说完他就笑一笑走了，没等她答就走了，路过厨房时彬彬有礼地跟妇人们逐个道别。

婴儿饱腹后睡去，她到衣柜前选了两件宽松上衣和裙子，挨个换上了去给镜子看。镜子还是不肯原谅她。从前宽衣服在她清瘦肩胛上一动就一晃。大号衣服的精髓在于不合体地飘动起来，像现在这样合体、被肉撑满不会动，就不是藏拙，而是献丑。可惜她也没有太多能穿得进的衣服了。

海棠花很好。猩红鹦绿极天巧，叠萼重附眩朝日。看花的人又多又吵闹，个个喜气洋洋，仿佛看完花出门有钱领。真花不许攀折，到处有卖假花的，用来抚慰人们亲近自然之渴，妇人们、老人们、小儿们耳边手上尽是花。人们都忙于跟花合照，开得排场最大的一树，想照相需要排队。他拉着她排队，排到了着急推她过去。快站好！她笑不出来，他叫道，笑一下嘛，为什么不笑？

她漠然看他一眼，转头走开，他追上来给她看手机照片，瞧你站在海棠下面多漂亮……她忽然夺过手机，一扬手扔进花丛里。

宾客伉俪到来的晚上，手机已经修好了。他给每个家人看照片里的她，抱怨道，明明多好看！她非说自己丑死了。人们都很当真地严肃说道：真的好看！她又拣回了那种温驯的、没奈何的笑。对比起这种太明晃晃的假话，镜子们的冷酷倒变得更好接受了。

她穿着看花时穿的衣服，一动不动坐在那儿，等待敲门声起，等待他拉着她到门口迎宾。男客她见过，男客新婚不久的小太太极热情，握手寒暄时笑得松弛、无心事。客人被引去看熟睡中的婴儿，像参观主人新买到的某样珍罕的奇石古董。站在婴儿床前凝视一段足够礼貌的时间后，宾客伉俪交换了一些无声惊叹的目光。女客细起嗓音说，天哪，他好小喔，跟一只玩具一样，那生出来也应该不太难吧？大家都笑了，妇人们笑得默契而宽厚，是过来人对还没生养的稚气女孩的那种怜爱的笑。但她笑不动，虽然一样知道不笑怪不好的。

饭桌上，人们继续谈论孕和育。妇人说，他们是"一下子"就中的，你们真该讨教一下经验，俪俪，快给人家讲讲！

她不出声。笑声和对话声犹如雨点打在蜡纸上，滑下去。那些话是什么意思？"意思"像珠子要走穿迷宫一样在耳蜗里转呀转，想转进耳孔里。转呀转，左摇右晃，转呀转。她为了配合，甚至晃了几下脑袋。其乐融融的谈笑暂时出现一个不大要紧的缺口，人们脸上笑意还留着，挥手说，吃菜，吃肉。她突然用平静的语调说：不，如果你没想周全就千万不要生孩子，千万不要！别在乎别人怎么劝，装聋作哑总能混过去，让他们去死吧，他们没事干嫌丢脸就让他们自己生吧，万一你不得不妥协，跟你丈夫签一份他要承担的义务的合同，条文列细一点，让他用性命担保不丢弃战友。你也不要允许、不要容忍任何人插手这个过程，真的！他们插进来就不会放弃干预的，他们相信自己有资格掌管一切，不要用顺从巩固他们的相信，否则你就会一败涂地什么都丢掉……她滔滔不绝地朝人们越来越不好看的脸色演讲，我想伸手捂她的嘴但我的手只顾上给自己堵眼泪，我跟她共享一副泪腺。后来她笑起来，一边笑一边击打桌子给自己打拍子，这次，她觉得自己笑得由衷极了。

（《如雪如山》（小说集），人民文学出版社，2022年）

张天翼　　天津人，住在北京。暂时没有猫，养了一棵桂花树。十岁写了第一首诗送给妈妈，现在是自由职业者。已出版《如雪如山》《81种爱的写法》《扑火》等书。

我的太太变成了鼠妇

朱　婧

> 姗姗而来，全身披着白纱，就和她的心灵一样纯洁
>
> 她的面容被面纱遮住，然而在我的想象之中
>
> 她的甜蜜和善良使她的整个人都焕发出光芒
>
> 她的面容是如此清晰，如此快乐，没有任何一个人能够及得上她
>
> ——弥尔顿《梦亡妻》

我曾经非常喜爱鼠妇，在红砖平房背阴处，搬开地砖，挪动花盆，把鼠妇一只只从湿润的泥土里翻拣出来，放在掌心，用手指拨动它蜷缩成团的身体，看着它难以翻身的拙笨姿态，是我孜孜不倦的事情。那时候，我不称呼它为鼠妇，它的名字是西瓜虫，潮虫是更多被使用的称呼。如果你看过一本名叫《地下100层》的书，那本书里，地下有一整层就属于潮虫，潮虫们会将自己团成保龄球，让同伴扔出去。鼠妇是忠厚的游戏对象，它没有让人生理不适的黏液，黑色硬壳使它不至于太过软弱，它也不会对我产生任何威胁。我曾经是那样热爱鼠妇，究竟是何时起变得疏远了呢？如今的我别说是鼠妇了，对各种生物都感到厌惧。从

某种意义上来说，我已经把自己封闭在围城内侧了。当我的太太变成了鼠妇，我能感觉到围城在微微震颤。

我的太太和我因相亲而结婚，第一次见面是在我工作的写字楼附近的茶餐厅。那种餐厅一度非常流行，宽敞皮革座椅相对，柔和吊灯悬挂，古典主义静物画装饰，提供简单西式餐食和中餐，后来却逐渐消失成为遗迹一样的所在。第一次的见面，她最吸引人的质素是一种幼态，或者说是直率的眼神举止带来的一种气质，这种气质后来成为年轻女性追求的风尚，白瘦幼的审美标准化为种种细则：让眼角微微下垂眼圈微微发红无辜感泪眼妆，甚至在耳垂、锁骨扫上淡淡腮红制造娇羞感。我以为我可以一眼看穿矫揉造作，我以为我从平庸之辈中走过，我才会如此强烈地被她吸引。

大概我只在儿童那里见到那样透亮的眼神，她的一切都显得如此坦白。她并非不美丽，而是那种端正的美丽超越了性别，很难说能唤起欲念，但又如此可亲，带着毛茸茸的现实感。那张可爱的面孔在那里，旁边是另一张和她一般可爱的，甚至更可爱一些的面孔。同我的太太并排坐着的人是她的发小，他们从幼儿园到高中都同校，大学也在同一个城市。沐的母亲是太太的母亲的牌搭子，太太的父亲和沐的父亲是高中同学，两家一贯要好。太太和沐最终长成了姐弟一样的伙伴，太太本科毕业后的第一次相亲，沐陪着她过来，漂亮的两个人坐在那里，像双生子一般亲密，看向我的眼神，也并无冒犯的意味。

太太的大学专业是幼儿教育，从城内一所著名的师范学校毕业。那所学校很漂亮，黄墙红瓦，绿色梁柱，春之关山樱、绣线菊和紫藤，夏之绣球、木槿和合欢，秋之木樨、野菊和银杏，冬之郁香忍冬、吉祥草和茶梅，四季植物和着风声奏响不同乐章，校园内猫咪傲慢自在地行在路上，挂在树上，追着鸟雀，扑着昆虫。这一些，在太太婚后随手涂抹的画上能见到。只是她用 iPad 的 Procreate 画的那些画有着工业化之后的质感，更是像照片，或许天然材料才更适合表现天然对象。天然，是天然让我的太太成为这个世代弥足珍贵的良才。在南方小城的丰足家庭，在四季自然和父母的爱意中长大，到了中等城市完成她的大学，见识和欲望调配得恰到好处。她没有经历过混沌和肮脏，对动物友善，对儿童和老人友爱，相信爱能战胜一切。如果不是毕业后和我立即结婚，太太大概会成为一所不错的幼儿园的老师。一般的幼儿园带班老师构成，会有一位成熟的老师作为排名第一的老师，排名第二的老师多数是新鲜毕业入职的。她们往往穿着色彩清淡质地柔和的束腰连衣裙，头发清洁蓬松，长度刚刚好到肩膀的位置，牙齿洁白，笑容明朗。若路过一间外观可爱的幼儿园，我几乎能看见我的太太站在门前迎接孩子们的样子，那形象我是那么熟悉，因为结婚后，我的太太以这样的形象在我下班到家时，打开门迎接我走进玄关。可是，我的太太没有一次能真实地站在一所幼儿园前，去做一个被爱的老师。

因为她在我们的婚礼上点头承诺，应许做我的妻子。她披着长长的头纱从通道的那一端向我走来，穿过缀满茄紫马蒂莲、紫丁香和粉色火鹤花的花架走向我，手捧着荷兰绣球、银莲花和紫红色芍药组成的手捧花。头纱边缘精致的蕾丝花边娇柔地衬住我的太太毫无瑕疵的面孔，她微微仰起头看向我，她是我见过的真实的人类中最美丽的一个，毋庸置疑。

婚后我对太太提出不要出去工作的要求，她连软弱的抵抗也没有。她从学校离开就走进家庭，做了我的妻子。我一度相信她喜爱这种没有压力的生活，比起那些同她一般年纪朝九晚五在通勤地铁和写字楼里消磨青春的女性，她很早就可以从容地出没这个城市最好的消费场地，她买东西之前不需要小心地询问价格或者翻取标签，她的天真和骄矜不需要受到现实的破坏。她回报我对家的热爱和投入，她很容易建立起一种让生活流畅到丝一般滑顺的日常，她给了我美丽舒适的家。

沐送给太太一只小狗作为结婚礼物，那是一只白色巨型贵宾，鼻头湿润，杏仁状的眼睛，略微窄的头骨和钝感的眼神和购买它的人一般并不显得聪明。沐和我们差不多的时间结婚，也是相亲结婚。像太太和沐这样美丽的人，在结婚这件事情上几乎不用表现出太强烈的意愿，他们只需要顺着命运的水流抵达一个结果，因为总有另一方会比他们更渴望。沐是经济专业的名校毕业，不过他早早离开证券公司，去到一间证券相关的报纸工作，拜访广告客户，投放资讯信息，做一些离专业不远的非竞争性工作。男性的美丽造成的脆弱感和优柔寡断的气质在他的身上一览无遗，回想相亲日，他站起来同我握手，坐下来倾听我和太太的对话，眼神流转不多，却有一份滞钝的诚实。他明确自己在现场的责任，试图时时警惕，但无法打破自身的局促。面对同性的我，他仅仅处理好无所不在的比较的压力就已经不易，更难说去保护身边人。面对这样的对手获得的胜利甚至是寡淡无趣的，我在太太赞美和仰慕的眼神中起身，去拿车送他们回去。她和身边人亲密无间的气场在那一刻被破坏,她逐渐脱离,试图独立,我看到她身边人不可掩藏的失落。我走出餐厅,隔着落地窗回头看他们,我看到太太与他热烈对话,欢悦的神情,我看到他把目光投向我,却很快移开。

如果去看太太的童年相册,很难把她和今日站在面前的优雅女性联系起来。她更像一个男孩,精力充沛,自由自在。她在公园里的秋千架上,荡起到很高的位置,她甚至不是坐在上面,而是站在上面,用全部的小小身体迎接清风和晨光。太太也喜爱过鼠妇,家中小院子里,她一只脚踏上花坛边缘,拿住小铲子,聚精会神在泥土里翻拣;春天从江岸丰茂草坡上往下滚;夏日午后跟着大孩子们骑自行车在小城的窄巷中穿梭,停下车来,接过推着冰棍箱的老头递过来的一根牛奶棒冰,是她最快乐的事。那个老头,把另一根递给了她身边的同样晒得黑俏的沐。沐还会和她一起,在公园的碰碰车,在湖上的鸭子船,在生日宴的蛋糕前,甚至,他们俩一上一下挂在公园的滑竿上。那些影像留在了他们的家庭相册里,成为我无法触及的太太的一部分。

那只狗在我们的屋子里住的时间很短,仅仅三个白天和两个夜晚。我进屋的时候,那只狗取代太太站在玄关的通道迎接我,在射灯柔和的光线下,白色的细卷毛发呈现出凝脂般的蜡色,并着它略微呆滞的表情,不像活物,却似画中物。太太刻意让它单单儿迎接我,它却没迎上来,它转头离去,寻着太太的气息向厨房去,绕在她的脚下。太太走出来,它跟随着,太太的表情里有希望也有请求却少了直白。当晚,太太在客厅给它放好了窝和食盆。睡前,它发出啾啾的娇声,用爪子挠动我们的卧室房门,迫切地要求进来。太太出去安抚它，在客厅陪了它好一会儿，待她回到卧室，它又坚定地跟过来，持续地挠门。最终，太太把它的窝拿到了我们的床边，它爬进去很快安静地睡着了。在被送过来之前，它已经在宠物店寄养了一周。沐认为它长大些，习惯好些，太太照顾起来会轻省。他一并买好了它的卧具、食物和玩具送过来。可它到底年岁还小，换了新的环境，意外，又理所当然地脾性懦弱胆怯，总想和我们一起睡。只是对我来说，不耐烦的直感多过试图去理解。第二天晚上，我坚定地同太太说让它睡在阳台，把阳台的门锁上。它的应对之道是在阳台发出凄厉的叫唤，它的声音虽然不大，却相当尖利。物业接到邻居的投诉，深夜按响门铃请我们务必处理好阳台上的狗。太太一边道歉，一边解脱般的打开客厅门，它似一道白光闪入室内，她把它抱在怀里，抱到我们床铺的角落。这是它第一次，也是最后一次和我们睡。我看着太太抱着它的样子，才发现这只品种被称为巨型贵宾的小狗，在我的太太瘦到手肘突出的怀抱里，蜷缩起来，也只是那么小的一团。她们两个从客厅的阶梯走上来，走去主卧，像两只孩子气的幼兽。太太宽大的白色棉质睡裙，被露台敞开的门吹进的风鼓起来，她们好似驾着云朵浮上来。

曾经，如果有人问我男女之间有无另一种情谊，我会觉得可笑。但是，在他们这里，我承认我的恶意毫无必要。不仅仅照片上记录的两家人共同的旅行和饭局，还有无数我无法和她共同经历的时刻，皆能看到沐的影踪。他们的照片被小镇照相馆双双放大挂在橱窗，他们一起上过地方新闻，因为被选去中学新校区奠基礼上做诗歌朗诵。我深刻记得的却是一件小事。太太和沐所在的小城中学安排过一次学农活动，其实也就是乘巴士到离小城不到一小时车程的乡村观览。那景象并不陌生，太太说，春天从位于小城边缘的中学骑车十多分钟就能看到郊区的油菜花地，黄色蜜蜂和白色蝶子都是常见的。可那次的特别在于他们要好的几个人离开旅行巴士驻留的主干道，顺着灰白色石子混合的岔路前行，道旁是水杉，两侧尽是农田。他们走上田埂，直走到田地中间的阔道。道路两边的沟渠尚湿润，但不见多少水，土壁上可见一个个孔洞，旋入不可知的幽深。这对于没有农事经验的他们来说是陌生的，他们猜测着，那是龙虾的洞穴，还是螃蟹的，还是黄鳝的。并没有一个明确答案。蛇是在那时候出现的，起先是一条，细长的，横在道路中间，接着再一条靠近过来，身体团起在旁，两条皆土色泛黄，灰扑扑不起眼模样。他们三五个人停住脚步，却没有一个打算后退，他们就静待着蛇，蛇也全不曾顾看他们。"然后呢？"我问太太。"然后蛇散了，游下了沟渠，我们继续往前走。""看到蛇的关键是，不要让它离开你的视线，就不会害怕。"太太这样说。经历了蛇之冒险，上车晚了的他们坐在了最后一排。沐和太太，恰好在座位的中间，直面着过道，沐微微侧住身护着她。一点残余的兴奋过去，车内谈闹渐渐平息，睡眠之神悄然张开羽翼覆上在暮色中摇晃的车厢。太太瞌睡着，梦的结界开启，她的头颅靠上了沐的肩头。也许，是沐用手托着她的随着车厢节奏点顿的下颔，像护着宝石。

　　送走这只狗，她只花了一天时间。我离开，再回家，她摆好餐桌，端上晚饭。狗已经无有踪迹，仿佛从未存在的。这一天，我的太太是这样度过的。她送我出门，买了火车票回到一个半小时车程的她的家乡小城。她背了一只布包，在安检进去的时候，把狗的头略略往包里按了一按，让它隐没其中。十年前的火车安检非常宽容，没有人特别留意我乖巧的太太和那只乖觉的狗。她把那只狗拜托给了沐的一个亲戚，那个亲戚在一个老旧小区开有一间超市，有足够空间养育那只狗，那只狗有它自己的命运。她乘当天的火车回来，去菜场买菜，做饭等我回家，一如往常。我的太太没有告诉我，在火车上看着车窗外掠过的风景，隔着布包摸着狗温热身体的触感；把它放下给他人离开时，它是否又曾尖利又撒娇地叫唤？她如何回应它热切的眼神？她没有流露更多。后来，太太会定期购买猫粮，喂养小区里的野猫。她在固定的几个地方放了食盆和水盆，每日去添加更换。不多久，她就几乎记得了小区内所有的野猫，我们下楼散步的时候，她能指着某一只，说出细微的特征差别。但她不给他们取名字，只以特征呼，她说取名是区别家猫和野猫的关键，情感不可过溢到给野猫取名。

看到蛇的关键是，不要让它离开你的视线，就不会害怕。我娇养的妻子离开了紫马蒂莲、紫丁香和粉色火鹤花装饰的婚礼，黑色的婚车在细雨中载着她回返我们的新居，雨滴在车窗疾速漂移。下车时，婚纱的裙摆被轻轻提起，我看到她纤细的鞋跟，紧绷的小腿，美丽又脆弱的景象闪现。胖胖的五福奶奶，用线香燃起火焰绕着她的周身游走，祝福她的富丽和多产。她走向她未来的家，白色蕾丝的手套包裹着她的手，像等待拆开的礼物的部分，被交代在我的手掌，我感觉不到她的温度，也感受不到任何力量和回应。我不曾知道，也不曾想过，她是否害怕。

她很快习惯了一个贤良的妻子的角色。每天下班回到家，她一定做好了饭，端上餐桌。她也一定洗过澡，吹干了头发，穿着清洁的衣衫，总有馨香。新烘干的毛巾叠放齐整，卫生间的地面干燥，连一根头发的余留也没有。她需要计算好我回家的路程，提前做好饭菜，在保证饭菜不至于冷却，我也还没有到家之间的短暂时间，迅速地洗好澡，吹干头发。她没让我看到过狼狈，她总把事情做得好像天生就该那样。或许为了方便，她结婚后不久将头发剪成了短发，只超过耳朵一些。夏天的夜晚，我们在小区附近沿着江岸的公园骑车，穿着宽松T恤和短裤的她像个男孩，收敛起来的生命热量闪现。她喜爱将车轮蹬得飞快，冲在前面，远远回头看我，复又继续向前。通过减速带时，她灵巧地站直身体避开颠簸；有时她停下等我，与我并行，路灯下的树影在她的身上移动，我看见她的背影、她的侧脸、她剪短的黑发、她动辄露出的精巧耳垂，蝉鸣吞没了无声无息的娴静光阴，似乎可以这样无穷无尽下去。

婚后的第二年，太太第一次怀孕，只是五十天她失去了那个胚胎。我把装有机票和酒店确认单的信封放在她枕头下面，带她外出旅行。一年半后，她第二次怀孕。那一次怀孕异常艰难，发现怀孕时值五月，胚胎的数值不甚理想，她每天早晨步行去社区医院注射黄体酮。六月时，她的背部突发了带状疱疹，孕期不能用药，只能自我恢复，病期被延长，神经痛并着渐生的暑热折磨着她，她多数只能趴在床上缓解一些。夏夜，解开她连衣裙背后的衣扣，敞露那处尚在炎症发作的伤口。肩胛之上，她柔弱的脖颈在床边低垂，似已不能负担更多一点的重量。夏日之夜，有如苦竹；整个六月，病症未愈，对于她腹中胎儿的命运我们或多或少已有所预知。七十天的时候，那个曾经有过胎心的胚胎停止了发育，在B超的照片里，留下了有幼芽一般手脚形态的影像。太太第二次失去孩子。她背上的伤口愈合成了一个淡色瘢痕，偶尔的神经痛会造访她。

我认真和她谈过，也许我们未必一定要有一个孩子。那几年，我密集地安排两人的旅行，我带她去主题乐园，参与到人群中的歌舞狂欢，守候城堡上的激光投影和盛大烟火；我带她去海边酒店，清晨和傍晚同她赤脚在湿软的沙滩走过；在下午热乎乎的海风里，团在沙滩椅上玩手机游戏的我，偶尔看向她，看到她在一旁看小说的专注神情。在海岛的时光，我骑摩托车载她去路边摊吃辛辣有味的食物，去周末集市买手工制品。那些旅行照上的她，笑容总是倦怠。镜头的定格里，她被破坏了的面部线条，不经意就呈现出圣母像一般的哀伤表情。

我们回到家，希望从生活被中断的地方接续，重复的日夜看起来波澜不惊。破绽从哪里开始？也许是某次，我去到我几乎从来不去的储藏室取某个东西，我平时绝无必要走到那里。家中所有的物件在用完之前总会补上，新的卷纸、新的牙膏、新的洗发水、新的电动牙刷头；还有新的毛巾、新的床品、新的锅具、新的餐盘，总是崭新，总是有序。我去到储藏室，看到分类仔细的备用物品，归置在一个个贴着标签的储藏箱。走到更深处的搁架上，我看到的是一个个纸箱，里面堆放着大量家中从没有见过的品牌的日用品、清洁用品、洗护用品，大多是小包装，一看即知是试用装，数量上来说，支持一个小型便利店的货架足矣，我在那些物品的包围里深深困惑。过了几天去检视，这些箱子内的物品减少了一些，又增添了一些没见过的。种类繁多到超出我的想象：卫生棉、须后乳、牙膏、面膜、洗衣皂、柔顺剂、垃圾袋、鞋刷、沐浴球、防雾霾口罩、麦片、蜂蜜、全脂牛奶、姜茶、洗手液、代餐粉，甚至花洒、停车牌、HDMI 连接线、USB 分接器、烤箱烘焙工具套装，最多的依旧是各种的护肤品、洗发水、护发素和沐浴露的试用装，各种品牌的化妆镜、化妆包。揭秘丝毫不复杂，只消在夜间太太睡着以后，打开电脑，点进她常用的购物网站，点开订单记录，可以看到，我的太太还以几乎免费的价格，购买过老人运动鞋、男士钱夹、手机壳、豆浆粉，我的太太是可以用 1 元买到枕头，9 元买到夏被的天才。再翻检门厅入口处的抽屉里存放的快递单，可以看到定期往那间送养了小狗的小区超市邮递物件的底单。我的太太，用她 VIP 客户的身份申请大量试用装，用网站发放的各种代金券以极其低廉的价格买来大量品牌用作商品推广的试用品、网站用以增加用户黏性的惠利商品。这些对于她来说毫无用处的东西，她再送给他人。那些低价订单，夹杂在太太为我们日常生活精心挑选的固定品牌的消耗品的订单里。一页页翻下去，好像翻不尽，记录的是她 price hunter 的履历。一个是连厨房剪刀都要精挑细选的她，一个是像开玩笑一般买了 10 个 1 元一套的指甲刀套装的她。那种套装每天只有两个时间发放大额优惠券，每天只可以领一次，我的太太必须每天准时领到优惠券下单，连续 10 天，才能完成这样的订单记录。储藏室里的这一箱箱东西，都是她这样买来的。我不知道她独自在家的时间，花费了多少在这些事情上。每日回家，开门迎接我的永远是馨香轻盈、游刃有余的太太，她拥有着克制的美德。

像风吹过了的瓷裂，生活展露的细小破绽，打破了完美，却是真实的留痕。也许是再一次，我提前回来的时候，家中一切如常，只书房里两台电脑虽然关闭了，机箱依然是温热的，放在一旁的两台笔记本电脑也是一般。太太在做什么事情需要同时用四台电脑呢，任何一种电脑游戏，需要组队，需要刷分的，都会需要她执行这样的操作。她从不爱玩游戏，可如果她做这些事情，不过是她智慧和能力的另一种明证呢？我知道她在无意义地消耗时间，累计毫无价值可言的物品，或者数据。是何时开始，如此有了多久？我无法开口和太太正面交谈，更不觉得她已经需要帮助。我以为以她的克制警惕，让生活回到正常的轨道并非难事。我猜想她只是在尝试，她已经征服了厨艺软件上的一道道复杂菜式，解锁了各种各样的甜品的制作方法，也许她只是在制造和尝试新的目标。

只有我的太太在家时，她在做什么？她是什么样一个人？她曾经的生命能量，在压抑消减后残留的部分是否变成幽暗的气团四处奔走？如果我打电话告诉她我下班准备开车回来的时候，已经在楼下的车库了，如果我在她毫无准备的时候，敲响家门呢？可是，即使知道所有，我也无法打破那道界限。她在婚姻里造像，我以为守住那座像就是守住了家。说话很重要，说话比性重要，可是我们始终没有办法说话。我看到从容自在地说话的太太，只有那一次，隔着落地窗，看到她对着沐热烈陈说。我很难道出真心，好像那是一种软弱的证明，而她似乎在把自己培养成一个理想的妻子的时候，首先学会的是沉默。

我们依然亲密，我总是准时下班回家，周末的时间多数陪她。我在情人节给她订花，在纪念日给她礼物。我们不知不觉分了房间睡，以作息的不同为理由。她习惯更晚睡，需要更早起来准备早餐。我是在同她结婚后第七年，有了第一个女朋友，后来再另一个。在太太变成鼠妇的时候，我交往的女朋友，是交往时间最久的一个。在一年前的马蒂斯展上，我在一幅或许不是最出名的画作前停留了很久，久到成为我的现任女朋友的人，以为我感兴趣，主动上前来帮我讲解。不过她并不知道，完全不懂美术的我当时只是发觉画中的沙发和我家中沙发的配色恰好一致而已。这个女朋友是和太太两种类型的女性，她从高中始在国外念书，拿海外护照。从头发到牙齿精心打造，从衣衫到包袋都是名牌物件。第二次同我见面在我送她回家车停在地下车库时，她健身房锻炼和有机饮食严格管理的身体，就矫健灵活地从副驾驶位滑入到我的怀里。她志在必得，我来者不拒。彼此心知肚明，共襄盛举。也许，我未必不赞美她的康健和自信，这些我的太太很难再有的美德。

一个叫"杨百万"的标志性人物，在前一年的冬天死了，这一年股票交易市场腥风血雨，类似十四年前。一九九〇年代中后期，那些早年富人在做交易，斯人或逝，交易记录还在，数据分析人性依然有效。贸易利润流被贴现，金融杠杆撬动了一连的超前消费。这个过程是类似恒星塌缩的过程，偶尔耀眼。我的太太在我不知道的地方长大，也许也身陷更深的幽暗，而我在另一种游戏中已经能找到让自己轻松的方法，只消维持一个体面的外观。我的太太在吃饭的时候，会突然和我讨论一些多余的问题。她告诉我，她去商场购物，她看到名店门前永远排着等待入场的队伍，她从人群中走过，看到不同的面孔拎着不同的她能清晰读出来logo并猜到大致消费额的购物袋。她问我：人们的生活真的如此富足，并且满足吗？

也许是我，一直试图把她隔绝在根本不存在的幻景中。沐在离婚的进程中，他同妻子的分居已经一年。我知道这件事，并非太太告诉我，我甚至不知道他们什么时候恢复了密切的联系，婚后因为世俗的理由他们早已疏远，尤其，当沐轻松地获得麟儿而太太长久陷入生育之苦后。我知道此事是因为沐的妻子滋扰的电话打到了太太的手机上，我看到太太强烈震动的表情。我太了解，看起来在家庭生活中如此从容的她，在面对外部世界时的不堪一击。可以说是一种易感，不善处理，容易遭受打击，挫败感进一步加剧她的恐惧。电话再一次打过来时，我替太太接了电话，简单言语来去后果断拉黑了号码。沐最终娶了一个颇有家产的女性，但几乎无有意外，对方和对方家庭的强势让他的婚姻生活过得并不愉快。分居后他同太太说起过自己当年的软弱，后悔那一点想在婚姻中获取捷径的贪心。强者节节胜利，软弱者大概会尸骨无存。他回去旧居接孩子时，手机被分居的妻子拿走了，于是电话打到了太太这里，对方警告太太不要冒犯他人的婚姻。我告诉太太不可以指望其他人像我一般理解她和沐的友情，她只是一如既往地沉默。时间好像又回到相亲日，他们俩并排坐着，可怜可爱的一对，他们都是那么美丽而无用的人，他们都只能仰仗更强大的人，抑或是顺从地走进谎言的牢笼。

　　太太离开学校，离开家，来到这个我为她而设的新居，做了我的妻子，整整十年后，她变成了鼠妇。为什么我的太太变成的是鼠妇？不是一只夜莺，不是一朵玫瑰，甚至一只松鼠？她同时拒绝看到、听到、说出，以鼠妇的姿态。当她变成小小的黑色一团在我的掌心，我不是厌恶不是嫌弃，我是怕童年时期荒诞的恐惧会跟上我，回到只有我了解的生命早期的恶战。从暮色四合的田野，走到灰色碎石子铺就的乡间小路，无名的怪兽渐渐跟上我。道边所有的房屋合谋一般紧闭大门，我越跑越快，它越追越紧。幽蓝色的风景从我的耳边掠过，道路上凸起的坚硬石子透过薄薄的鞋底一下下重击我，心脏剧烈跳动的声响占据我单薄的胸腔。我跑进自家院落，撞开没有锁的屋门，冲进一片黑暗，我用力合拢门扇，背靠着门闩滑落坐下。这房屋内，没有一点光线和声音，父母还没有从田野归返，同这古老房屋与我同在的，只有我的父亲的父亲和他们世代祖先的幽魂，我生活的真相还没有复苏，但凭一己之力摆脱了巨大的恐怖，获得安全，却陷入孤岛一般的至深的幽暗和孤独。我的太太，在我的手心变成了鼠妇的那一刻，提醒着我从没有能够真正逃离那样的时刻。

回到世纪初那个小城十字路口的照相馆，太太穿着海军服，斜斜地带着海军帽的写真照像被放大展示在橱窗里，近旁是她亲爱的友人。十四岁的她，露出七颗牙齿的笑容在十年以后，将我一击即中，我从来没有停止过热爱那张面孔。许多次，她在我的面前，坐在床边叠衣服，她一时抬头，目光迎上我，她递过一朵温存的笑容，我恍惚回应，一瞬间的心惊，一瞬间的心疼，那是我们婚姻的第七年，我已经迷途，却无法知返。

（《青年文学》2022年第8期）

朱　婧　　文学博士，南京师范大学文学院副教授，出版有小说集《譬若檐滴》等，获江苏省第七届紫金山文学奖，第十一届金陵文学奖。

雾在夜晚升起

汤成难

他还是去了。没有拒绝的原因是他不善于说"不",尤其对女人。他向来这样。约他的正是女人,准确地说,一个即将成为他前妻的女人。他觉得前妻这词挺有意思的,得依附于离婚这件事方能成立。在他看来,离婚是一项跳高运动,需要助跑、起跳、腾空、过杆、落地。有人完成得行云流水,一次过杆;有人碰掉了横杆,那不算,得重新开始;也有人始终跳不过去,干脆就放弃了。前妻这词带有某种时空感,裹挟着生活中所有与之有关的部分,呼啸而去。不是所有男人这辈子都和这个词有关。

当然,他们还没有离婚,但也快了,已完成了助跑、起跳、腾空,这次见面就是为了最后的过杆和落地。

主意是她出的,即在离婚前两个人一起旅游一天。她的主意总是很多,他和她的生活里到处都充斥着她的主意,不过,这些年明显少了,彼此都失去了兴趣和耐心。

他是极其反感这样的旅游的,但她提出后,他没有拒绝,前面已经说了,他不擅长拒绝,就像她若干次提出离婚一样,他都没有拒绝。"好吧。"他总是漫不经心地回答。"我说的是反话,你听不出来吗?"和好后她便气急败坏地抱怨他。后来他便听出来了，哪些是假的，哪些是真的，哪些又是半真半假的，这么多年来，他已经能从她同样的"离婚"两字里辨别出不同的意思来。够了，他觉得累。

目的地是F市，他们的儿子在那儿，正读大学，很快就要毕业，如果他们的旅行能够顺利进行的话，第二天正好去参加儿子的毕业典礼。

关于他们离婚，儿子也知道，在电话里告诉儿子，儿子没有说什么，只是长长地舒了口气，好像处在婚姻中的是他，有种解脱的意思。这跟他们接到儿子毕业典礼的电话是一样的，两个人也不约而同舒了口气，仿佛三个人共同完成的某项竞赛终于到达了终点。

他在下午3点到达F市的高铁站。这个城市他只来过两次，一次是送儿子来报到，一次是出差。没什么印象，只觉得人多，嘈杂。

他在出站口抽了支烟，其间有六七个推销旅游或宾馆的人来搭讪，还有一个不由分说提着他的行李就要领路的。他像拔河比赛一样才将行李夺回来，她就出现了。不知道她是不是跟他坐的同一班车，还是从别的城市赶过来，立在她身旁的半人高的旅行箱，标示它刚从一段旅行中结束，或者即将开始新的旅程。

他和她向前走，刚刚与他拔河的男人紧跟其后，不厌其烦地讲述宾馆的种种优点：干净，大床房，大窗，含早餐，便宜……全市找不到这么便宜干净的宾馆了……你们反正要住宾馆的对不对……我们有车接送，车就在前面……

……

他一句都没听进去,但他也没有和她说话,所以看起来倒像在聚精会神听男人介绍呢。走完几个台阶,他开始加快步伐,想快点离开广场。她旅行箱底座上的小轮子也发出表示快速的声音,呼哧呼哧,像轮子之间在进行比赛。身后男人的语速也在加快,有一瞬间,他觉得男人嘴里有无数个小轮子。

去哪儿?他扭头问她。

先找个地方住下再说吧。她的话音刚落,旅行箱和包就被那个男人拎过去——几乎是抢——塞进一辆面包车里。

他们愣了一下,但都没有拒绝,任由身体也被塞进了面包车。也好,省得麻烦,他想。面包车一路呼啸,向着他们所不知道的方向行进着。他觉得这一刻挺有意思的,陌生的城市,面包车,男人,还有即将成为前妻的女人……

他看向窗外,城市以千篇一律的面貌呈现在面前。说真的,他不喜欢城市,不喜欢这所谓的繁华。他喜欢的是草原,是沙漠,喜欢苍凉和辽阔。而她则相反,她喜欢古镇,亭台楼阁,小桥流水,喜欢精致和流光溢彩。那是人待的地方吗,她总以这样的话抨击他。

行李也是男人提下来的,男人力气大,动作敏捷,很快就按要求将他们领进两个紧靠的单间里。

他把门关上,从行李箱里掏出枕头——他常年失眠,换地方睡觉没有自己的枕头躺着都是件难事。脑袋刚陷进枕头,她就来敲门了,说想出去走一走。

他眉头皱了一下,把"我想歇会儿"几个字用舌头卷进肚子里,极不情愿地将身子从床上拔出来。他知道,这时候需要一点配合精神，像两个双打运动员，就最后几球了。

出门才走几步，他发现自己的手机忘记拿了。迟疑了一下，憋着没说，继续走。从来都是她丢三落四，他说她，后来懒得再说。这会儿他可不想被她教育一顿。

路在前方出现了分岔，有三条道，直杵杵地向前伸展。

走哪条？她问。

随便。他说。

你永远这样，没有主见。她嘴角一挑。

因为你太有主见了。他在心里回复。

唉，真是过够了。她若无其事地说了一句。

快了，马上不就离婚了吗。他仍然只在心里回击她。

她快步走到路边卖莲蓬的摊贩旁，挑挑拣拣买了一只莲蓬，顺便向其打听路。她把莲蓬别在臂弯里，脸上堆满观音老母般的慈祥笑容。问完路，她向他走来，他已经不习惯她面带笑容的样子了，正恍惚着，她的笑容咔地就不见了，像闸门关闭。他觉得她的脸就是一扇百叶窗，一拉，阳光四射；再一拉，黑暗笼罩。

他们沿着最右边的那条路向前，据说，途中可以看见城墙、古镇，会经过两条河岸，几座拱桥，最后——如果天没黑透的话——还能看见远处起伏的大山。

她走在前面，他在她的右后方，行人有时从他们中间穿过，有时又将他们挤到一侧，她一边走一边剥莲蓬——他想不出那玩意儿有什么好吃的，苦兮兮的，还费事。她一直有边走路边吃零食的习惯，为此从前两人没少吵过，他认为女人应该端庄，边走边吃很没形象。而她则认为这是女人的天性，再说，做自己，让端庄见鬼去吧。

现在，她做回了自己。也好。

很快就看见了城墙，锯齿似的墙体对天空有种割裂感。他学的是建筑，从事建筑设计，但城市的建筑几乎无须设计，只要将相关数据代入公式即可。国人似乎只看重建筑的使用功能，价廉，物美不美无所谓，对于美观，几乎毫无要求。与人们对待婚姻几乎相反，美则可矣。他去往不同的城市，最爱看的就是建筑，看完又感到愤愤不平，每一座建筑物都缺乏生机和灵魂。他十分沮丧，曾和她交谈过自己的感受，后者很不屑地看着他，回击一句：那你去没有建筑、没有人的大西北好了。

城墙上有情侣在拍婚纱照，引来行人驻足观望，看的人越多，情侣们脸上就洋溢着"世界上最幸福的"笑容，他们似有似无地看着远处，身体僵硬地靠在城墙上。不知道人们为什么选择城墙作为拍摄背景，难道象征着坚固和永恒？他转身离开，突然遇见了她的目光，两人迅速对视了一眼，他明白那一眼的意思，是过来人的心知肚明——每当看到新人结婚或情侣们发誓，他们都会心照不宣，哼，发誓吧，你们很快就会厌烦彼此的。

路瘦了几分，不知道它的尽头会是什么，他倒希望路的尽头是荒漠或草原呢。

他们也曾有过几次潦草的旅行，她对他喜欢的景致总是嗤之以鼻。真搞不懂你们这些人……她习惯以这样的句式开始一段抱怨，他不知道她为什么喜欢用"你们"二字，那是一个隔山隔水的称呼，他感到一种孤独，一种被排挤在外的疏离感。最后一次一起旅行是去她向往的 C 市，因为那里有若干明星投资的美食店。可能是他没有表现出一副兴致盎然的样子,她和他在路上争吵起来。在回宾馆的时候,又逢末班车,公交十分拥挤,她提议两人分别从前后两个门挤上去,她从前门,他从后门。他点头同意。她很快就挤上车了,迅速找到一个空当站好,而这时他才发现,从后门根本无法上车,下车的人像潮水涌出来,并且,后门不允许上客。等他冲到前门,车门关上了,公交在驶离站台的那一刻,他瞥见了她的脸,仿佛带着嘲讽和得意地离去了。

他们继续向前,这回他在前,她在后。他不明白为什么此时不各自躺在床上歇一歇,非要出来走一走呢,两个人实在是无话可说。这几年来,他们早已是这种状态,能不需要对话的尽量省去。他想起近两次的性生活——当然也是很久之前的事了——是谁先主动的已不记得,大概也是为了缓和一下关系,两个人就这样默不作声地进行着,因为关着灯,看不见彼此,只听见鼻子里克制的喘息声。他感到她应该是闭着眼睛的,咬着牙,脸上的肉正僵成一小块一小块,那一瞬间,他感到十分无趣,恍若自己是一头骡子,正被蒙上眼睛循环往复地拉磨。

过了拱桥就是古镇了,一条颜色匪夷所思的小河环绕着古镇,像是刻意区别开来的舞台,河这边是现代建筑,玻璃幕墙,钢结构,以及大理石;河那边是古镇,如同舞台剧布景。如今每个城市都打造出一个古镇,每个古镇都那么相似。古镇不古,反而很新,是一种崭新的古色古香——仿古砖,塑钢窗,带有清晰木纹的塑料栏杆,面包砖,等等,还有一些穿着唐装汉服的人行走其间,十分怪异。

路边有卖小玩意儿的,还有卖糕点和糖葫芦的,一个女孩站在糖葫芦摊前问，糖葫芦甜不甜？卖主说，甜哩，甜得很哩。女孩嘟着嘴，说，那就不酸咯，不酸不好吃。卖主又连忙说，也酸哦，酸甜酸甜的呢。他听到卖主的话，心里想笑，觉得这很有禅意。

河面上传来歌声，船娘朝着他们唱起了歌，当他们走下桥，歌声立即止住了，桥上再出现游人时，歌声又起来了。原来这也是一场表演。他感到有些不适，因为自己也被动参与进这场表演当中。

他们没有在古镇停留，而是穿过一条宽阔的石板路直接爬上了河岸。这里的视野开阔很多，甚至有了一点居高临下的意思，再回头看古镇，有种恍若隔世之感，咿咿呀呀的歌声忽隐忽现，混杂在一种难以描述的喧嚣里。他想，谁的人生不是一场表演呢。

河水滔滔，有节奏地拍打着堤岸，路面宽了，行人寥寥无几。有一阵，他们并肩走着，仅仅是一瞬间，便感到一种不自在或违和感，迅速又变成前后关系。在他们还没分居之前，也有过一段这样的日子，他们不习惯同时待在一个屋子里，他如果在客厅，她便躲在卧室里；她如果在阳台，他也离得远远的。后来她突然对种植产生兴趣，家里到处都堆放着各种花盆和绿植，他们都低估了植物的繁衍能力，那些藤蔓疯了似的占据了原本不太大的屋子。她每天将花盆调来移去，还有一些再也动不了了，像雨棚一样在餐厅里形成一大片浓荫。有天夜里，他感到胸闷，觉得窗台上的绿萝正向他游移而来，每一片叶子都在膨胀，像手掌一样压得他喘不过气。他从卧室跌跌撞撞跑出来，发现她正在移植几盆多肉，昏黄的灯光映照得她面如土色，他从花盆与植物的间隙弹跳着过去，她也惊慌地站起来，由于空间实在太小，他们都很茫然，不知道自己的脚该落在哪儿。

夏天到来后，她常常在家光着身体，倒不是勾引或诱惑，这两个词在他们之间早已没有了意义，而是对生活的一种坦然或放肆。她的身材已完全走样，后背很宽，臀部的肉耷拉下来，屁股扁平，乳头又黑又大，乳房像两只空面袋一样呈八字形挂在胸前。他仿佛第一次见到这具身体似的，或者说，第一次在白天堂而皇之地看着她赤身裸体地从他眼前经过。

那段时间她总是待在卫生间里，不知道从哪儿搞来的中医养生药粉，每天认真且繁复地洗着"下面"。他之所以用这个笼统而含混的词代替，是因为拒绝提起她身体的某个部位。洗完后，她把白色毛巾晾在阳台的衣架上，又返回卫生间。他用目光狠狠地逼视过去，无奈却被她躲闪掉了。他不明白这块毛巾象征的意义，挑衅，还是嘲讽？

后来他也常常在洗完澡后不立即穿上衣服，不是为了报复或对抗，而是懒，是放弃。有一次，他要进卫生间，她正好从里面出来，很显然，彼此都被对方惨白而松弛的身体吓到了，悲愤、羞涩、感慨、惊讶、憎恶……瞬间迸发了，他不知道一位优秀的演员是否能将这些情绪同时倾巢而出。他很怀念从前彼此羞涩的关系，他知道她身体的每个秘密，但仍然为此感到脸红或心动。他们只在昏黄的灯光下，在澄明的月色中，在黎明到来之前，赤身裸体地抱在一起，那时的裸体充满的是爱和性，而后来的裸体则是不屑和鄙视。也许生活的残忍之处就是这样，将一些朦胧的部分剔除得干干净净。

他们已经走到尽头了,堤岸在这里断开,眼前的河面烟波浩渺,泛着细碎的水波,他没料到拥挤喧闹的古镇后面会有这样一派开阔的景象。

那是山吧。她指着远处说。

他将目光调遣过去,那是离他们很远很远的地方,黛色的山体棱角分明。当他再仔细分辨时,才发现那并不是山,而是楼群。这个发现让他很颓丧,他没有告诉她,因为她已经对着那些层层叠叠的灰暗色感叹了。他长长呼了口气,不知道是不是他们走错了,没有到达卖莲蓬的人说的可以看见大山的地方,还是那原本就是楼群,是别人误以为山了。他没有感到特别欣喜或特别悲伤,也许正是这真真假假,虚虚实实的部分,才组成了这个复杂的世界。

路上已看不到别的游客,她伏在一截栏杆上,专心致志地看一只蜗牛爬行——扁圆的壳被顶了起来,蜗牛半透明的身子在水泥地面拉出一道莹亮的线,长长的,似乎很费力的样子。

天色暗了,他不敢催她离开,他已经想好了,平平安安、顺顺利利完成旅行就好。所以他也蹲下来,目不转睛地看着,好像两个人千里奔波就是为了来看这只蜗牛的爬行。

往回走的时候,起雾了,水汽咄咄逼人,他们并没有因此而加快脚步,相反,都感到一种轻松的快意。雾气缥缈,把世界的色彩一层层减淡。

不知道究竟是在哪一年开始的,他的生活热情逐渐减淡,一年比一年令他无精打采。或许,她也是这样,从前似乎有使不完的劲儿，有无数的主意和想法。那时他们结婚不久，他下班回家便发现家中的餐桌挪移了位置，沙发换到了电视柜的地方，书房和卧室对调了。还有一次他出差回来，顿时错愕，发现浴缸正卧在阳台上。她说她喜欢新鲜的感觉，她把所有的精力都投入到制造新鲜的事情当中。

然而，她旺盛的生活热情似乎冒犯了他，奇怪的是，居然也冒犯了她自己。他们常常为此争吵不休，她觉得他有气无力，他则觉得她过于用力。很快，她的精力便转移到其他地方，比如，他捡回一只流浪狗，她立即在淘宝上买回两只猫。她明明知道他不喜欢猫，甚至有些害怕。那些日子他休年假在家，每天处理三个小东西的屎尿令他烦不胜烦。他感到她是在和他较劲和对抗。

整个秋天都是剑拔弩张的状态，他们把所有的精力都用在争吵上。那年冬天，他就有了外遇，一个体育老师，他都不知道和体育老师是怎么认识的，怎么就走到了一起，但很快就分开了，他受不了体育老师每天一副昂扬澎湃的样子。她和她有相似之处，都有满溢的生活热情，他也是她们热情的一部分。再后来他和单位的一个女同事走得很近，那是一个黛玉式的女孩，说话时喜欢咬着下嘴唇，一副坚定又义无反顾的样子。她问他，爱她吗？他说爱。女孩又问，真爱吗？他嗯嗯两声。女孩又说，我要真的爱，你敢吗？他对她咬牙切齿的样子厌烦了，害怕回答她种种虚无缥缈的问题。他觉得很累，爱不动。他无比讨厌"爱"字。

后来几年，他和妻子之间突然不吵架了，吵架的高潮早已成为过去，并不是他们的关系融洽了，正好相反，像 cot 函数图像，由高处向下跌落。她开始学古琴，潺潺的琴音常常在清晨响起，使得他一天都精神不振。再后来她去学画，学轮滑，学跳舞——傍晚的时候赶往一个个地下舞厅，和一些大爷大妈混在一起。他看过她跳舞，只和女人跳——她还不习惯和一个陌生男人相拥。但两个身形臃肿的女人抱在一起，十分怪异。他仿佛第一次发现她胖了，那种对自身的放纵，他觉得是某种热情在她身上的逐渐隐退和消失而引起。她频繁出入舞厅，有时连鞋都不换，趿拉着一双棉拖鞋就去了，在人群中，显得心不在焉，表情木讷。她好像并不那么热衷这件事，只是喜欢待在人群里似的。

他们很快便穿过古镇，傍晚热闹的场景不见了，河水深沉，倒映着两岸睡眼惺忪的昏黄路灯。他和她走得有点近，但仍在她的后面，路灯一会儿将影子送到前面，一会儿又逼到他的脚下。他觉得自己一直是踢着她的脑袋在走路。

他们之间有过一次动手的战争，起初的原因已经记不得了，那段时间他非常苦闷，鉴于自己是个不喜欢倾诉的人，便在日记里偶尔发泄一下，他用"她"代替她的名字，一段时间下来，他无论在哪儿，只要一看见"她"字，都会感到无比悲哀和厌烦。一次他看到她买回的花盆上都贴着一张标签："她的花店"。"她"字经过特意修饰了，微软雅黑，空心体，他难以相信这居然可以作为一个店名，恼怒、愤懑，毫不犹豫地用脚踢翻了它们。后来的情况，也可想而知，当他刚坐到书桌前，她便搬起一只大花盆，用力扣在他的脑袋上。焦黑的泥土从头上倾泻而下，花盆在脑袋上岿然不动，额头和鼻子都流血了，热乎乎的，他闭着眼睛，屏住呼吸，忍受着泥沙俱下的声音。

不知道他们怎么就走到这一步，世界上最牛逼的数学家都无法推算出这样的结果。他常常梦见自己坐船过江，总在到达江心时，马达坏了，对岸遥不可及，他回不去，也到不了前方。醒来后总感到一阵悲凉，在那种被搁置的感觉里难以自拔。他不知道她是否做过相似的梦，有一次他听见她说梦话，你去死吧。她反复平静地说着这句。他吓了一跳，不知道这个"你"是不是自己，总之，他感到心里凉飕飕的。现在，好了，他们即将从婚姻里解放出来，过杆、落地——他似乎已经听到自己落回地面的声音。

经过城墙，路灯隐隐约约，似乎刻意要营造一种神秘或庄重的气氛。他们一前一后地走着，鞋底打出的声音疲惫不堪。从城墙一端走出来，突然，两个人都愣住了，他们发觉这似乎不是来时的路，因为他们都记得城墙这头连接着一个广场。

他们不假思索地往回走，试图从另一侧走走看，但很快，她便提出疑问，因为现在所见的城墙比来时见到的高多了。也就是说，路依然是不对的。

不知道这个城市里有多少城墙，城墙又是怎样地进行逶迤延伸。据他分析，城墙可能不仅仅只有一段，或许有好几段，像花瓣一样向四处交错重叠。

也就在这个时候，他们才发现另一件事情——他们都没有去记宾馆的名字，他们的口袋里除了两张被磨得全白的房卡外，什么都没有，没有手机，没有联系方法，也没有印有宾馆地址的名片。

他们不得不往回走，试图通过回忆寻找来时的路。两个人一遍遍地从古镇出发,向城墙前进,但到达那儿,仍然是错误的,像是一道玄妙又错综复杂的难题,他们想尽了解决办法,最终仍无答案。这个夜晚他们像运动员一样,不停地退到古镇,再一次次出发,直到远处的霓虹灯逐渐熄灭,黑暗越来越浓。

他简直难以相信,在他们热恋的时候,曾有一次去看流星雨——当然什么也没看到。那时候他们撇下一间舒适的大床房在黑夜里相拥到天亮。

而此刻,他们站在城墙下面,却无比想念那个不知名的宾馆里的两张床。这个城市跟他们开了一个不大不小的玩笑,他们的手机、钱包、衣服,以及他难以割舍的枕头都被搜刮而去。他抬起头,因为正站在情侣拍照的城墙下,他想,象征着坚固或者永恒的究竟是什么呢?他差点笑起来,突然有种说不出的解脱,比那个即将到来的过杆、落地,更让他感到轻松。

一团一团的雾升起来,在黑暗中扩散、弥漫、升腾。很奇怪的是,黑暗中他什么都看不清,唯独能看清白色的雾在四周慢慢涌动。

(《花城》2022 年第 5 期)

汤成难 小说散见《人民文学》《中国作家》《钟山》《作家》等,著有短篇集《月光宝盒》《一棵大树想要飞》《J 先生》《寻找张三》;著有长篇小说《一个人的抗战》《只有一个乳房的女人》。获得百花文学奖,紫金山文学奖,梁晓声青年文学奖,汪曾祺文学奖等。

传声筒

王苏辛

病区里都是女人。大部分是开始年老的女人，掉了头发，都像仍年轻着。她们四散坐在护士站对面的几张椅子上，目光到处游荡。有的人挤在走廊深处的角落拍抖音，也不避人，咧着嘴，摇着头，表情足够夸张。第一次踏进病区时，她眼皮上还粘着双眼皮贴，踩着七厘米跟的皮靴，身板一闪一闪，许多个光头像小山包一样在她眼前波浪状游动。

现在，她脸上的妆容褪去，条纹连衣裙是第一次陪护时网购的，后来几次入院都穿着。白色皮平底休闲鞋已经脏了，没法洗，只能用纸巾擦，边角的皮蹭破不少。不久前，刘建梅把跟她的合影发在朋友圈，仍有一两个人在评论里说她们母女俩长得一点都不像。她知道他们指的是什么。过去她会生气刘建梅把她的素颜照发出去，现在不会了。她甚至有点喜欢用自己衬托刘建梅的美。

病房墙上、电梯内外，贴着病区分布图。不同的直达电梯送病人和家属到不同的病区。箭头和指示牌标识得清楚，第一次来的人，如穿行 3D 建模图的内部，一开始还东张西望，很快就了然于胸。电梯下行，血液病患者住顶层，其他病区根据身体结构分布从上到下排列——头颈甲状腺外科、普外科……最庞大的病区属乳腺科，占三层，六个病区，妇科次之，占两层半，五个病区。电梯向下，一波波人流进进出出，从壮年到老年，面部表情引出的肉身细节溢出一条条具体的人。一位佝偻着身的矮小老人立在她左侧，几乎静置在一旁，全靠肉体机能运行中弥漫的气息提示着自身的存在。一个神色冷淡的光头少年垂着眼迈进来，应是进错电梯，很快走出去，电梯内最后一点话音随之退出，气氛再次归入集体般的静止。

人虽然多，烈日下，医院显得比它本身要安静。每一出口，都有两个保安把守。她跟着人流走，有时被带到北门，有时被带到西门。她辨认两个门的方式也简单——越走越高，那就是西门；越走越低，那就是北门。此刻，她站在西门内，一眼没看见江浩平，也不慌，只等他电话打来，说了一声。江浩平也习惯得很，很快从北门赶来。在百米之外边走边朝她招手。手似乎已在她看见之前挥舞多次，臂膊僵硬，脸上是困倦的淡漠。外面阳光刺目，戴着高度近视眼镜，她更睁不开眼，只好眯着。直到走近了，才试图慢慢睁开，额间现出两条明显的抬头纹，眼睛看起来仍像眯着。她感觉面部肌肉略有紧张，很快收束了表情。但舒缓太快，看起来显得极其不耐烦。她双手贴着衣缝两侧，上半身有些前倾。江浩平身上没有汗味，但额头上的汗仍让她感到似有若无的黏腻。他应该在阳光下站了很久，此刻看见她，汗松懈下来，被不知哪来的气体形成的一缕风，带到面颊，又带到下巴。她不禁后退一步。

"筝筝。"他喊她小名。隔着口罩，江浩平的声音有些钝，像含着什么东西,在阳伞的轻微晃动中,带出刺刺啦啦的回声。

刚过九点,阳光下他们的倒影已是一条弯曲且清晰的边缘线,仿佛再站得直一点,最后一点影子也将被他们身体的暗面吸收。右手攥着的腕带上,蓝色字迹的姓名已变浅。她把伞递给江浩平,从双肩包拿出买好的饭,把腕带脱下,戴到他的右手。

"等下你就戴着我妈的腕带进去。到病房门口,你就说来探亲,很快就走。"她道,"下来太晚了,食堂早饭卖光了,叫了米饭套餐。"

江浩平咕咕哝哝,仿佛说了一句什么,她听不清。下楼前,刘建梅嘱咐过她,江浩平现在反应慢,得大声跟他说话。

"大声说他就反应快了?"她道,"从小到大你们俩有事儿不都是我传话,横竖是我听,你还管我声大声小?"

当时,她脑海中突然浮现起曾经一家三口共同生活时的样子。江浩平在卧室,刘建梅在厨房,她在三室一厅内游走。像不停要给家里电视机换台一样,她用不同的怪腔怪调传话,气氛不断被打破,父母却仿佛因此有更多话讲,一些原本细微的争执也平息了,房间内闪烁着更加和谐的音符。她给这个家庭添加了润滑剂,又像增多一层空间。夜幕降临,她按刘建梅的要求,把跑出去的江浩平叫回来,整个家庭才终于再次严肃起来。这一习惯甚至延续至今——在刘建梅偶尔需要父亲帮忙的时刻,她依旧拿起电话,假说是自己需要,在电话那头,在电脑云端,和母亲一起,等着江浩平前来。

"我跟你说话呢!你跟你爸,你得大声说。"刘建梅重复一遍刚才的话,音量比之前更大。

她想起母亲第一次化疗期间,姥姥问刘建梅:"那啥,谁照顾你。"没等听到回答,又问,"等等咋样。"很快又说,"你表姐说想去看你,你不要给她甩脸子。"若不是刘建梅嚷嚷,姥姥或许还会继续说下去。

"你照顾自己要紧,别操那么多心!"刘建梅嚷道。

"我看你不像有病,啥……你赶紧回家去!"姥姥的音量比女儿更大。

如果不是熟悉的人,可能会被这对母女的电话吓到。姥姥说话间带出的"啥""嗯""哼"这些语气词,和姥姥的呼吸交叠在一起,把她内心的焦躁震成一片密如蚊蚋的"嗡嗡嗡"。她起初以为姥姥是怕别人听不清,所以总是说得特别大声,后来发现,姥姥只是自己听不清。她不知道母亲以后,会不会也变成姥姥这样。

"我觉得我爸有些蔫儿。"她道,"就不让他过来了吧。"

"谁想让他来?他自己要来!"刘建梅说完,背过身去。过两秒,又叫疼。想要按应答铃,却按不动。

"别按了,护士让尽量去护士台喊人。"

"那你叫啊,你怎么不去。"刘建梅背过身,"就这,你不让你爸来,我能靠住你?"

"很有道理。"她耸了下肩膀,皱着眉头和护士迎面而过。

"你姑娘脾气不太好啊。"护士顺着刘建梅唠叨了一句。她假装没听见,继续往外走。

江浩平的穿着仍是十年前的风格,尽管鬓角已有轻微灰白。米色网眼运动鞋,深蓝休闲裤,挂着"中国李宁"四个字的白色

T恤，还有鼻梁上突然多出的金丝圆框眼镜。肚子更鼓了，两条腿显得更瘦，总感觉裤腿过宽。如果不是那副眼镜，她觉得他身上有一些上世纪末小混混的气息。

"你们这代懂什么，我们那时候，是真的反叛。"当年，江浩平是系统内较年轻的主任之一，意气风发，开着车把她从机场带回家，一边还给收费站的人递好烟。

"你们现在这些都是小儿科。"他后脑勺对着她，她看不见他脸上的表情。

而此刻，面前的江浩平低着头，时而还东张西望。手机的四个角都有严重磨损，屏幕正中间有两条明显裂纹。这是个十年前会用最新款手机，每季都要穿新衣的人，她想着，把菜推到江浩平跟前。他扒拉半天，把里面的牛肉吃了。

一到医院，她的饮食便规律一回，但一回去又开始不应时。来回数次，又加上本身消化就不怎么好，竟攒出慢性胃炎。刚化疗那几天，医生让她给刘建梅买食堂的营养粥，母女俩吃几口就吐。后来，她只给刘建梅买清炒或清蒸的菜，煮烂的龙须面。这次因为手术，江浩平本要带饭来，可从住处到医院单程就要两个半小时，他只带了一次就没继续。江浩平这几年健康状况大不如前，仅凭每年几个节假日的短电话，她也早已对他的迟钝越来越熟悉。

"她哪行。让她给我捏背，捏几下就不捏了！拿病号服，只拿了上衣没拿裤子。"

刘建梅继续数落，她调整了心情，只是笑。进来的护士再次跟她赞叹，刘建梅根本不像刚经历完化疗的患者。她则回想起刚

287

住进来时,刘建梅像小媳妇般抽泣着说:"本来要直接做,但是市医院让手术切……我怎么能切……那里切了,站都站不直。"

当时,她难过极了,一句安慰的话也说不出口。现在,她似乎还是不会安慰,并且总是心情不佳,觉得一件事接着一件事,没有尽头。刚入院时,刘建梅老是哭,对她露出愧疚的表情,让她很有压力。但没几天,刘建梅就表现出强大的适应能力,密切关注着病区的许多病人。有一个姓乔的女病人,生有三个女儿,有时候大女儿来陪,有时候小女儿来,二女儿似乎很忙,来得少,三个女儿都来的时候,就光流泪。刘建梅很在行地道:"她一个人带大三个女儿,也没再婚,多难。"后来又赞叹说:"她化疗完也不想吃东西,身上脸上都是黑斑,一晒太阳,斑就更黑,有的斑脱落了还长。但是她的肿块小得比我们都快。"

"我就是外强中干,不如她!"刘建梅站起来,右手不自觉指向窗户,"再不好我就从这里跳下去。"

说完又叹气,叹完又道:"倒数第二关了!"她还沉浸在刘建梅制造的悲伤中时,刘建梅竟已给自己打完气,呈现出所有病友都希冀的进取姿态。

第一次住院期间,刘建梅每天都要在整个病区穿梭。名义上是为了认识同组的病友,结果把整个病区的病人,都变成了朋友。这些年纪不等的女人,有的加了她的抖音,有的在美篇上看她的《抗癌日记》。刘建梅戴着老花镜,低着眼,像个熟龄知识分子,对她们讲述着身体的变化,高高低低的声音混合着不断的抱怨和应对的积极,让她的话语流淌出适度的体贴。一些消息时不时从手机上蹦出来,有语音,有文字,都是那些需要卧床,不便起身来开"茶话会"的病友。刘建梅对着手机跟她们说话,声音不自觉又大了。原本围着她的人散开几个,留出的缺口很快又被别人补上。她当时震惊着母亲神奇的交友能力,觉得自己反而更像阴郁的病人。因为她本不怎么说话,一说话总惹得刘建梅跳起来道:"我怎么就讨好型人格了!"

她想起这一幕,又开始像当时化解言语冲突那样,切橙子给她吃,再摸摸她的光头。

"你这是心情好了又?你这哪是照顾我?"刘建梅佯装把她推开,她则尴尬一笑,赶忙注意了一下自己的表情,又看了看母亲的输液管是不是还在继续滴。

刘建梅皮肤好,脸皮好,头皮也好,身上更是白花花。刘建梅说,她要不是女儿,就算遗传不上自己的双眼皮大眼睛,没准能遗传上自己的白。她实在太像江浩平,黑就算了,上半身偏胖,小腿纤细,整个人像圆规。这身材,她十八岁之前就有了,现在也只是圆得更加标准。刚开始会搭配衣服的时候,她拼命用落肩大T恤遮住自己的腰和臀,两条细腿晃悠悠踢踏着板鞋,船袜经常脱落到脚底,后脚跟每年春夏都磨出血泡。她还有一双细长的眼睛,笑起来呈弯曲的月牙状,略显可爱,不笑的时候,就像两条门缝。

"都能知道开门声得多大。"刘建梅有次说道。

她觉得母亲每每这时候十分有语言天赋。不像江浩平,即便在刚刚升主任那几年,也只是高兴的时候哼两声,不高兴的时候板着脸看电视。此刻,他在碎裂的屏幕上小心翼翼地看东京奥运会。她看不过眼，把iPad推过去，江浩平不会用，让她调到中央五套的奥运频道。她不耐烦了，喊道："这就是五套，哪有奥运频道。"江浩平噤声，小心地想把iPad接过来。她突然一阵心酸，这才好好把频道转换，再递给他。这是她和江浩平多年来的讲话方式，她本已渐渐习惯，但此刻还是感到一些沮丧，可是，她依旧没办法跟他像多年前那般交流。此番见面，仿佛一旦不谈母亲的病情，父女俩更没什么可聊的东西。

当年的事，在江家一众亲戚看来，江浩平只是犯了常见错误。何况情人已怀有身孕，刘建梅生气可以理解，但她有什么可不待见父亲的？那女人肚子里，是跟她有血缘关系的人。可对她来说，自江浩平把自己的东西都搬到情人那，他就变得和过去不太一样了。互相平静后，父女再见，江浩平突然晃动的双腿，透着与年纪不符的浮躁。他也许早就不信任刘建梅，但她同样开始不信任他。可他的不信任却是通过提多种看似微小的要求来表达。他希望她多多出现在亲戚面前，希望她能带来一些礼物，希望她时不时问候一下亲戚们。这都让她倍感厌恶。这次江浩平到来，她虽对他表现出一些难得的信任，心里仍有疙瘩。

江浩平似以为矛盾只需时间就可以淡化，还觉得刘建梅应该顺应着曾经的生活习惯，继续在那栋房子里默默守着。仿佛不知道一个人的空缺，会让一个家庭剩余的人感到难堪。时间一层层叠加在她的身上，她随着时间的流逝注视着曾经的自己。她看到自己并没有达成的谅解，被切割成小蝌蚪，环绕着她，而她一次次奋力游走。她发现与一切有着距离的，没有和一些人真正活成亲人的，不仅仅是别人，还有她。她从未跟自己的故乡真正亲近过,甚至从未真正熟悉过所在大家庭的其他人。她不会,甚至拒绝使用这里的语言和办事方式。她有时像母亲那样,不管不顾地只说自己要说的话,有时像常常沉默木讷的父亲在犹豫中消解自己的敏锐,一边压制一边又把暴躁写在脸上。实际上,她所有的接受里,都没有她自己,也因此,都不是真正的接受。只是,随着时间的推移,连被辱骂、躲在卧室不敢报警,哭哭啼啼的刘建梅,也混合在她生气时恨铁不成钢的一声"唉"中,渐渐烟消云散了。她一度接受了这种羁绊方式,直到刘建梅生病,主动启用这层情感关系。她害怕父母单独重建联系的同时,刘建梅再次成为一个被亲近的"外人"。在和父母仿佛成为两个世界的人之后,她试图进行的许多保护,都像在试图合拢两段长城。

想到这一点,她突然觉得,客气和争执,是她和父亲母亲表达温情的方式。这是他们共同的选择,她不应该那么紧张。刘建梅右手在胸口上方挥舞,她赶忙帮她解开了上衣的一个扣子。

第一次走进医院,她才知道母亲具体的病情。尽管治疗难度不大,总归要一年的治疗和两三年以上的恢复期。她心里难过,又不知道怎么表达,只好在医院洗手间小小哭了一场。

当年的官司一结束,刘建梅一度觉得丢脸。不仅不跟别人说话,也不跟她说话。也是那时候,高级职称评比结果突然下来,刘建梅位列全县第二。被这股劲鼓励着,刘建梅仿佛坚强起来,在市区租了新的房子,学车,甚至也相了几次亲。如果不是看到刘建梅对陌生病友宣泄情感往事,她都忘记多年前母亲在卧室无声地流泪、江浩平在床的另一端默默注视着的场景。那时,过于年轻的她,只觉得父母情感的形状,让她尴尬。而现在,那个柔弱的刘建梅重新钻出来，复合在看似强悍的刘建梅体内。她不禁为自己曾经感到的尴尬而尴尬。

"现在的孩子啊……谁独立？有独立的吗？挣点钱就独立了？别说不独立，她就装个独立的样子都不会，不结婚，也不谈朋友，钱呢，没见赚多少……"刘建梅继续在病房不知跟谁说着话。

她把护士叫来拔掉输液管，又发现距离医生昨日说的手术时间只剩一个小时。江浩平拿出买好的塑料盆和一次性坐垫。她则赶紧拉着刘建梅去洗手间脱掉了内衣，又擦拭了母亲副乳褶皱处的汗渍。

"别给你爸钱。"刘建梅低声交代道，"他有钱。他现在每个月工资可以养活自己。给他就是给那个女人和她儿子。"

她突然对母亲放下心来。当年，她态度强硬地要求刘建梅离婚，甚至怒斥父亲。每一个试图在她面前为父亲说话的亲戚都被她骂了回去。她完完全全站在母亲这边，不是要站队，不是因为母亲没有错误，而是因为母亲需要她，也只有她。

"你不离婚，就是给他养孩子。"她当时说的这句话，现在也如在自己耳边。然而，替母亲做了决定的是她，一次次为这场离婚背地里难过的也是她。而这一点，她从未跟母亲提起。

"想什么呢？拿毛巾！"刘建梅继续指挥道。

她不禁抖了一下，毛巾从刘建梅的后背滑落到脚踝。

"哎呀，又脏了。"刘建梅叫着。她觉得整个病房的人都听见了，但她突然觉得无所谓。眼下对她来说要紧的，除了接下来刘建梅的手术，就是她自己的状态。她必须让自己保持在一个适度的情绪波动之中,这是她的耐心来源。她突然意识到此刻能对母亲生命承担保护责任的,只有她。想到这里,她快速把衣服套在了刘建梅的身上,又把毛巾彻底洗了一遍。

江浩平去护士站问手术室的位置,被撵了回来。家属现在只能在病房等通知,不许在手术室外聚集。今天,整个病房,加上母亲,三个人要做手术。术前医生例行谈话,问能不能接受全切。刘建梅自然不肯,可今天又开始纠结。

"会不会真的全切了。"刘建梅一边照着镜子,一边轻抚乳房上方化疗置管开的伤口,还有伤口旁青色的筋。

"怎么会。"她道,"不会全切的。"

"你懂?"刘建梅翻白眼,"全切的多了!"

"如果全切,就做乳房再造。"

"我昨天傍晚在外面散步,看见一个四十多岁的女人。她要全切。"刘建梅低下头,"她把我拉到一边,给我看她的乳房,你都不知道……我都没见过生了三个孩子的女人,乳房还可以那么挺,那么圆润。可惜了……"

"你放心。你就算要全切,也不是一次手术可以完成的。医生已经说了,一旦发现这种可能性,要下来再做好几项检查,再确认新的手术日期。乳房再造也是。无论怎样,都不是一次手术就能结束治疗的。按自己的心意来,这是你的病,不是医生的,不要妥协。"

刘建梅再次低头叹气:"你记住,可别给你爸钱!"她赶紧又摸了摸她的光头。

二十世纪九十年代末，第一个红绿灯在中心大街设立，围着交警站的护栏内塞满了人，她一只手被江浩平拉着，一只手被刘建梅拉着。父母听不清对方在说什么，她就一遍遍重复他们两人的话。最后，他们仨终于移步到人少的地方，江浩平和刘建梅齐声道"别吵了"。那个遥远记忆中的她，比后来，也比现在迟钝得多，只是被一种既定的情景拖着走。江浩平抓她的那只手都是汗，刘建梅冒冒失失扯住她的头发。她那时没有留意过他们的表情，后来也从未想象过那表情，现在再想起，却仿佛有了补全那段记忆的能力。她觉得，父母当时的表情，既不是责怪，也不是愤怒，而是一种只向第三人开放的隐约情感。

她想：也许这情感，母亲在独自生活的这些年中也曾展现过。只是那时她还不似现在这样，稍微能让她信任，母亲的悲伤只能对她关闭。等到这悲伤终于一点点朝她开放，她却觉得刘建梅不再那么独立。她希望的独立是一种合理的姿态，可母亲过于直接的反应，也依然是母亲的独立方式。这么一想，她感觉真正不独立的，始终是她自己。

她把刘建梅扶回病床，帮她按着肩，又捶了捶后背。化疗期间，刘建梅的颈椎和肩周似再也不痛了。现在化疗结束，这些原本的疼痛再次找到了她。可头发还没有长出来，刘建梅甚是不快。

"你是想来一样走一样，还是走一样来一样？"她笑道。

刘建梅撇撇嘴："唉，赶紧手术完吧。我也去戴那个葫芦。"

刘建梅第一次这么说的时候，连护士都没有立刻反应过来她说的是什么。直到渐渐整个病房的人都觉得术后引流管非常像葫芦，才纷纷默认这一说法。只是，这说法到底只在临近几个病房流通，刘建梅却仿佛不知道这一点，到哪都这么说。只是，一写起《抗癌日记》，刘建梅又变得慎之又慎了，每一样器具的名称，都向护士打听好。天气，刘建梅也都记得清楚，即使有一些忘记了，也要查出那天的信息。现在，窗帘拉上，刘建梅要求她查询今天的天气。

"说白天有雨，但我刚才出去的时候，还是大晴天。"她道。

"天气预报说下，就一定会下。"

许是被刘建梅这句话影响了。没过多久，外面的雨声，楼上也已能听到了。一些原本躺着的病人也都起来看。说起来，干燥了这么多天，下场雨是挺好的。但她不喜欢雨，一下雨，就意味着可能降温。降温，就仿佛在宣告伤口愈合得慢——她总是有这些心烦意乱的联想。这么想着，她又皱着眉看了一眼母亲。

"愁容骑士。"刘建梅冲她喊。

"你还知道这？"

"你不就是吗？愁容骑士！"刘建梅又喊了一遍，末了，平躺下道，"手术就手术，全切就全切，反正我也没多少年活头啦！"

"按照联合国的年龄划分，你还算中年。"她道。

板凳上刚看完一场球赛的江浩平也附和："不到六十岁，不算老年人。"

她想到上次父亲电话里说起养老问题。她故意顶了一句："你还没过六十，没到需要我赡养的时候。"那时，她自认为话已留一半，否则应该说"去找你儿子"。自从江浩平的情人诞下一子，几个姑姑和伯伯就像得了一个宝贝，有的甚至还在朋友圈晒这个孩子,好像根本不知道她会看到一样。也难怪,她常年不去探望他们。后来,连朋友圈互动也没有了。可她也没把他们屏蔽,仿佛这种默认存在的互相观看,是亲情的生态。

几个刚从手术台下来不久的病人,被推到各自的病房门前,等着家属抬进去。蓝绿色的手术台布,被这么推来推去,竟也没有明显的波动。她出去慢走了几步,仿佛希望时间因为自己动作变慢,也一样慢下来。直到一个护士突然急匆匆走过来,看了她一眼:"雨太大,那边刚停电了,上台手术延迟,等下一结束就是你们。"她赶紧又回病房,只见江浩平和刘建梅面对面坐着,各自木然。江浩平看见她进来,再次看向手机。刘建梅则再次喋喋不休。只要江浩平在场,她不提一句往事。

第一次住院期间,刘建梅把家里的事广而告之,她听到,立刻躲进走廊最深处的晾衣间。后来,这成了每次入院的固定节目。对着打开的窗户点上烟,或者打开最新的喜剧节目,成了她难得的放空时段。但她知道,她的心仍在刘建梅诉苦的病房,脑子还在围绕着往事转动。她知道病房的气氛会在刘建梅絮絮叨叨后变得沉重。尽管这一切,刘建梅似乎并不知道。或者,刘建梅期待这种沉甸甸的气氛,好加重自己身上的悲剧色彩,让自己由此得到诸多善意——她更倾向后者,因为这样她便可以相信,刘建梅的悲伤中有表演成分,真实的情景里并没有那么多痛苦。这些年在外,她越来越喜欢独来独往,哪怕遇到真的关心,她也不回应。有的同龄人有了稳定交往的对象,会有一个公开仪式,可她不。她不发朋友圈,也不介绍给朋友,甚至不愿意跟恋人合影。她把私人信息压缩到最低,连升职加薪,取得行业内勤奋奖，也仅在简历里一笔带过。少数几个亲近的朋友，被她按照相熟的场景区别对待。作为同事认识的人，成了朋友也依然只是好同事。其他生活场景中熟识的人又有其交往和交流方式。她把自己保护得很好，直到大部分人都觉得她十分有距离感，直到每一个可能走入婚姻的伴侣最终远离了她。她似乎用了一部分刘建梅的方式，成为了刘建梅的反面。她对这部分事务的冷淡，让她对渐渐变得沉默的江浩平产生了一丝亲切。尽管绝对不会跟他私下过多交流，可这种遥远的怜惜，让她这回没有反对江浩平的到来。

雨越下越大，打开窗户，一排排雨伞遮住了地上的积水。

江浩平剥好的橘子堆满床头柜。有的病人提前开始午睡，整个病房变得安静。直到通知手术的人终于来了，热闹再次被唤醒。跟着一起来的，还有一位陌生人。

刘建梅刚还在抱怨颈椎痛，此刻却噌一下坐起来："是我表姐，你该叫表姨。"

"表姨。"她怯懦地叫着，迅速回到一个小女孩的状态。但她很快发现了这一点，在接下来的十几分钟内迅速膨胀般成长起来。

"表姨。"她再叫道，"你从哪来？"

眼前的中年女子十分瘦小，目光却也因身形娇小显得锐利。

"不容易。"表姨叹道，"还得让你大老远来这一趟，要不是你得签字，我都跟你妈说，我来就行。"说罢，看了江浩平一眼对刘建梅道，"这就是筝筝爸爸？"

"他要来的。"刘建梅瞥了一眼，"我都说让他不要来，他非来。"

表姨摆摆手:"东西带齐了?"说罢,看了一眼病床上的东西道,"吸管呢?到时候怎么喝水。"

"我去买!"江浩平难得喊了一声,站起来,佯装拍了拍身上的几粒浮尘。她意识到父亲也许获得了难得的短暂自由。

"哎呀,你去。"刘建梅又指挥道,"等下说不定还用得上你爸。"

她瞬间黑了脸。雨越下越大,她撑着伞一路小跑到了对面的超市。说是买吸管,却也买了不少别的东西。再冲进病区的时候,刘建梅的声音在走廊也能听到。

"唉,表姐,我害怕。"

"不怕,一会儿就好了。我把你送进手术室再回来。"

"家属不能进手术室。"

"那我送到手术室外。"

她的雨伞还在滴水,表姨和刘建梅却像都没有看见她。她跟她们的侧影和背影打了照面,而她们像更亲近的一家人,很快走过了她。在表姨鞋跟踩踏出的尾音中,她看向坐在板凳上发呆的江浩平:"我妈啥时候有个表姐了。"

"我不知道啊。"江浩平讷讷道。

"我们去吃午饭吧。"她说。

医院电台轮番播着暴雨信息,检查进出的保安也多了几位。整个一楼变得更拥挤。院外的马路,一排排人踩着水去买饭,马路上更吵了。她和江浩平各自撑着伞,从并排走,渐渐变成一前一后。她自觉在前面带路,江浩平跟着她。走了一会儿,江浩平带路,她跟着他。

"我们要不要给那位表姨带饭?刚才我都忘了问。"

"能带就带点,恁妈手术完,说不定也要吃点。"

几滴雨落在她的镜片上,一排小吃店招牌上的汉字迅速变形。她突然觉得自己不是在选餐馆,而是幼时选庞中华和颜真卿的字帖。江浩平似乎看到了她的走神,很快进了一家饺子店,点好了餐。

"你现在算退休了?"

"还没有。"江浩平道,"有时候还得下乡防火,尤其是夏天。"

"那是什么?"

"防止村民烧麦秸秆子。"

他们曾经住在县城边上的临街房,马路又宽又僻静,常有农民背着玉米在门前的马路上晒。有时,还有人躺在路中间休息。只是后来没几年,整条街热闹起来,临近的田地开始荒芜。不仅一些农人不见了,连县城往乡下去的路也越来越安静,越来越宽,和城中心的拥挤形成鲜明对比。再后来,似为了填补这部分安静,一些繁华的商贸城建起来了。先是温州人,再是临近县市的人。很长一段时间,商贸城里的人说普通话,他们这些本地人继续说着方言。她小时候被江浩平牵着手走进去买小商品,也会突然说起不和谐的普通话。以至于她觉得,那时候的世界,是被口音划分的。现在,她和江浩平面对面坐着,她说普通话,江浩平继续说方言,他们的声音混合在一起,听起来并没有什么古怪。

"其实有口音也挺好。"她突然说,"小时候妈在家里说普通话,我还觉得很怪,现在觉得挺好。"

"你妈在学校说普通话习惯了,在家里是切换不过来。"

"她的普通话也不标准。只是普通话口音的方言。"她微笑着说。

"那也不一样的。你妈年轻的时候,这口普通话吸引了多少人啊。"江浩平的音量终于正常了一些。

男服务员粗糙的大手按着脏兮兮的抹布在他们面前的餐桌草率地划拉了一下,一道露出木头原色的裂痕无比刺眼,她突然有了沉默的冲动。但很快,她就知道不能允许自己这样。

"我妈年轻的时候,喜欢她的人多吗?"她轻声问道。

刘建梅生病前不止一次对她提起自己当年的风采,但她从来没有关心过。二十世纪八十年代末,是一段因为跟她出生时间接近,让她觉得虽然没有记忆却依然有所了解的时段。在第六代导演们的电影里,光影把片中男女的身体塑造得饱满又分明,在夜晚和基建设施不够完善的小城徘徊、跳跃。一切都是动荡的,隐隐勾出她神往的迷思。但听刘建梅提起那个时代,她就很快忘了这种感觉。然而现在,在问江浩平的瞬间,那些电影带给她的印象,又像都回来了,她的思绪停顿在一片虚构烘起的朦胧水汽中,她好奇着江浩平的回答会是怎样的。她仿佛和父亲处在一段林间空地中,四周围都是灰扑扑的枝丫,但这小块空地却被突然冒出来的清洁工扫得整整齐齐。看起来,他们置身四处都是豁口的世界,实则深陷幽闭空间。

"有时候我觉得。我妈和你,好像还像过去那样都没变。"她突然说，"我现在住的地方，小馆子关了很多，一出去，感觉路宽了。县城也变大了，高新区衔接上市区，市区……我不知道。"

"一些地方变得相似，你就觉得大了。你在上海住的地方，跟咱们县城有什么区别？"江浩平突然放松起来，目光中似也有了许多往时的色彩。

四年前的春节，她带着当时的交往对象，回了趟老家。县城中心路很窄，补不起拆迁款的老楼堆在道路两侧，行人挤在两边，似乎都有迎面对视的机会。江浩平本一脸阴沉地混在队伍之中，一转头，她看见他，同时也第一次见到那个孩子。厚厚的镜片下是和她不一样的双眼——虽然近视，但因为足够大，倒显得也比她精神。江浩平佝偻着身体，目光时而朝向地面，时而斜着望向别处。密集的人群遮挡了江浩平的视线，他像侧着身从她目光的迟疑间隙溜掉了，但脸上的困惑表情似也复刻在她的脸上。她感觉包含着对自我嫌恶的不适神色在自己脸上，在江浩平脸上，逐渐连成一片，一起塑造了她自己对周围整个环境的拒绝。突然间，她甚至想跟乞丐那样躺在人行道旁边，任凭来去的人从自己面前走过。后来不久，江浩平千里迢迢跑到上海，给她带了一箱冬桃。她吃不掉，也不想费力分送给任何人。冬天快结束的时候，桃子烂掉一半。直到春天，出租屋内都是桃子的余味。果皮和果肉紧紧贴合，撕不下来，洗干净直接咬下去，是裹着脆的甜。不似长三角地区的水蜜桃，甜得更柔和，一咬，是牙齿陷进果肉里，汁水滴到下巴。她自己都不知道哪种口感她更喜欢，就像不知道是不是在外地生活，她就真的更自在。

"你怎么不吃？"江浩平的声音因小心显得低沉，显得醒目，阻断了她的联想。

她看向他,只觉他两鬓细碎的白发较之刚刚更显眼,眉毛和下巴,甚至脸颊,都有了灰白的痕迹。仿佛一顿饭的工夫,她已倍速浏览完他这几年的生活。她突然想起父母办好离婚手续的第二年,她去处理房产过户问题。江浩平要求见她,用不同的手机号给她打电话,最后她答应在高速路口坐他的车。那次她坐在副驾驶,离他很近。那天高速上并没有什么车,但她突然觉得江浩平沧桑了很多。似乎因为卷边的衬衫袖口,似乎因为不那么白净的鞋面。这些细节不断摩擦着她的视线,像有了累积、繁衍的力量,让原本轻速流动的时间,突然有了让他们与往昔弹开的能量。但下一个瞬间,她就在观瞻着变化的中途,突然又陷入过去的心情中,仿佛忘却了自己的内心已经在变化。那一刻,她就意识到这一点,很快做出调整,然而效果不佳,她的表情仍因过于紧张显得严肃。当时,她觉得她仿佛只是站在时间的另一端,观察那一侧只是变得更健壮的自己。但现在,在经历了似乎是一模一样地对江浩平的审视,对他身上时间经过的路段有了更深入的观察……她开始好奇他这几年的经历。可她仍然说不出口。或许有了自身生活的比较,她也没觉得江浩平的窘迫多么让人同情。身体和时间,形成生理和精神的两端,在摩擦的过程中,让她看到十分具体的流动——她认为自己已经参与了江浩平的时间。尽管她不知道对父亲来说,他有没有看到自己身上的这种流动。

"再过两年你就六十了,退休后怎么安排?"她突然夹了一口菜给他。

"有个化肥厂想让我去做财务。"

"可以啊。"她顺口道,"多少钱?"

江浩平不作声,只是看着她眼前的菜说:"不喜欢吗?"

"喜欢。就是肉太多了。"

"那吃点菜。"

她凝视着面前碗碟堆成小山的肉全都换成了绿色的蔬菜,终于问道:"你准备待几天?"

"那不得等你妈病好了。"

"手术完可得住上半个月,你在这边,住哪?再说了……"她看向他,"你不上班了?"

"我早就不用坐班了。"江浩平突然道,"自从……怀孕,我就不用天天去上班了。现在所里都是年轻人,有的比你还小,也不需要我。"

一瞬间她似乎明白了什么,却也没有问。

"那干脆就别去了呗。你在这边租个房子,我估计我妈得休养一个月。咱俩一替一天。"她冲江浩平道。

"我住你大伯家,倒不用租房。就是那边太远了,还总是停水停电。"江浩平道,"加上我有时候还要下乡防火。现在这些事,很多摊在我头上。"接着,他似乎感到自己不自觉在抱怨,很快又噤声了。

"我老想起过去你跟我妈在外面卖挂历,卖冰棍儿。"她说,"还有咱家房子刚盖起来那时候,所有的钱都掏空了,有一天,你从几个写着拆开有奖的酒瓶子里找到几十块钱,我妈用那个钱,买了点菜。那是我们那几天的饭钱。"

"那时候就想着挣钱。"江浩平看向别处,"但突然有一天,钱变得更难挣了。"

他们不再说话，默默避开了各自心底的委屈和不满。也因了这突然的沉默，饭总算吃完。餐馆地势较低，已经覆上一层薄薄的污水。父女俩起身的时候，污水变成灰色的泥河。

他们顺着水流走，也是顺着人流走。蹚到路另一边的时候，买饭的人更多了。有的人对吃什么挑剔，蹚着水走到地势更低的饭馆。她和江浩平一前一后，水很快没过膝盖。而不远处的人，积水已到他们腰际。水面上漂着几个口罩，一排排电动车在水下发出呜呜。她想快些走，又被江浩平按住。

"慢点。"他说，"越是这时候，你就越得慢。"

她想起好几年前，她坐在江浩平的自行车后座上，希望他能骑得慢点。可是江浩平只是越来越快，越来越快。她很紧张。但她越紧张，江浩平骑得越快。最后他终于停下来道："你得相信我。"

绕过水下物体，抵达对岸医院。检查的保安吼叫得更大声了。他们各自戴上口罩，江浩平的腕带已经还给刘建梅，她只得拿出他们二人的核酸检测报告，希望保安能让他们进去。或许暴雨加剧了工作量，保安大手一挥，让江浩平尽快下来。

匆匆忙忙的医护人员开始搬水搬食品。一大箱一大箱纯净水堆在一楼一角，一张空的手术床从他们面前呼啸而过。她突然担心手术出问题，自顾自往前狂走。电梯上的人更多了，每个人都很急，脸颊和额头洋溢着微微冒汗的红润。

"今天还能手术吗？"她不自觉问道。

"放一万个心，咱们医院，没事儿！"一个穿着蓝绿色衣服的护士道。

"不过今天手术时间好像推迟了，本来手术是早上。"她大着胆子说了一句。

"一院全院停电，医护人员都困在顶层，要给他们送救援物资。咱们医院没太受洪水影响，今天的手术，都能做完。"

"洪水？"江浩平惊道，"那还能坐公交吗？还能坐地铁吗？"

"现在还没通知不能坐。对了，你们怎么两个家属啊，只能留一个陪床啊。"

"你今晚还回得去吗？"她担心地问江浩平。

又一台蓝色手术床从他们眼前掠过，护士们风驰电掣往前走。她目光搜寻着刘建梅和那位陌生表姨的身影，心底不禁泛起一阵新的抵触。

"你带饭了吗？"她用手肘戳了戳江浩平，他看了她一眼，很快走出去，再回来的时候，刘建梅的床已经停在门外。

"你，喊人帮着抬一下。"表姨冲着江浩平道。

刘建梅已经醒过来，攥着表姨的手，双眼流着泪。

"筝筝呢？"

"在呢在呢。"她跑过去握住刘建梅另一只手。

"我刚才做了好长好长的梦。"刘建梅又看向表姨，握住她的手松开，变成两只手握着表姨的一只手，"我就想你要在就好了，你肯定知道我在想什么，我要说什么。"

"你就是紧张对不对？你就是觉得拖累了孩子对不对？你就是觉得日子刚刚好起来又得了病……可你看手术这么成功，很快就能出去了。你忘了呀,你可是高级职称,有房有车,你是成功人士呢……孩子这么争气,也不用你的钱,自力更生,你现在一个人,想去哪去哪呀,多自由啊,我羡慕着呢……"表姨看向人群,"谢谢谢谢,搭把手。"

江浩平和几个男性陪护一起把刘建梅抬到她的病床上。表姨轻车熟路地摇动着支架,又示意江浩平把一次性坐垫拿过来。

"你跟我说说,你梦见什么了?有没有梦见咱们老家那个池塘,还有那只野鸭子,还有枣树,还有你想爬却爬不上的榆树……你还记得吗?枣子砸下来,鸽子粪砸下来……你表哥带着我们跟其他班的打架,最后你跳上乒乓球台,把他们都吓跑了……说说吧,梦见什么了。"

表姨让江浩平走开,示意她把塑料盆给她,又让她掀开刘建梅被子的一角。接着,表姨拧开刘建梅下体插着的排尿管。她大吃一惊道:"我来。"

"怎么,把我当外人啊。"表姨不给她反应的时间,已经把尿倒在塑料盆里,"你看着你妈,我去倒。"

"不不,你得在这儿。"刘建梅声音发软,"看着你我心里踏实。"说完,看了她一眼,让她快去。

她本想自己倒,此刻倒觉得自己仿佛多余了,才有这机会。江浩平已经出了病房,混在走廊拍抖音的队伍中打电话。

"说啥呢?都是亲人。"他对着电话低吼道。仿佛提醒了她——父亲只是在她和刘建梅这里,才保持了这样的胆怯、犹豫,压制住暴躁。父亲已钻回他日常的牢笼。一瞬间,那层连接着她和父亲的,交织着过去和现在多重心情的绞花纽带,突然消失。但她没有觉得失望,仿佛感到奇妙的安慰。她早就该再次重新认识他,而不是让自己寄生在回忆和这些年的许多电话、短暂的会面之中。她看向他,两鬓微微的灰白似乎有了语言,侧影在阴天的光下,多出一丝威武。

刘建梅开始轻轻抽泣,说话也开始打结。

"我梦见大草原了。我梦见我在前面跑,我妈在后面跟着我。我越跑越快,越跑越快。她追我,但是很快摔了。我扭头找她,她又不见了……接着你们都出现了。还有很多人都出现了。有人掏钱给我买糖葫芦……我用碎布给筝筝补书包。"

她记得那个书包。小学一年级她第一次穿校服,央求刘建梅买了个同色系书包来搭配。后来到了初中她也不舍得扔,要求刘建梅补。

"还是梦见筝筝小时候吧……那时候筝筝多可爱……现在也这么优秀……我梦见外面电闪雷鸣,我在喝红酒……一直喝一直喝……"刘建梅的声音低下来,像雨伞剩余的水滴落在大理石地板上。

"你小时候就会喝。你那时候躲到你爷放酒放白菜的窖子里喝晕了,还记得吗?等出院了,我陪你好好喝。咱们不仅要吃好喝好,还得玩好呢。到时候我开车带你去。我们不爬山啊,不下水,我们去那种能好好观光的地方。我专门给你找个导游,会翻译。我们不仅要在国内玩,还要去国外,好不好?"

她听着,觉得刘建梅似乎很受用,很快不哭了,有些想睡着,但被表姨叫醒了。

"你现在不能睡,要等两个小时才能睡……我知道你现在很累,很难过,你就是觉得拖累了孩子对不对啊。不会,等等多懂事啊。现在这工作又自由。赶明在上海买了房,找了对象,把你接过去,你就是大城市人了。是不是?"

"我不想当大城市人,我才不去上海……"

"那就在老家,我们开车,自驾游。我们去吃好吃的。去吃野味……你也可以住我家里啊,我家里大,我给你看你妈以前的照片……那照片,我跟你说,你都没有……"

她继续听着,而一旁的江浩平已经靠着墙要睡着了。她站在病房的角落,走开是不合适的,留下竟有些多余。

"我去拿个热毛巾给她擦擦脸。"她说着。

毛巾拿来了,表姨自然地拿起。先是眼睛,接着脸颊,最后是下巴和嘴角。刘建梅的情绪在一遍遍擦拭中渐渐平复。

"我就说得有你,表姐,得有你,他们都不行……就你,能说到我心坎里。"

她仍是站着,好奇地观察着面前的一切。她没想到她做了好久心理准备的事,竟然是这么度过。她看着一个自己不认识的女人在照顾母亲,而她只能表达感谢,像一个最亲近的外人。姥姥的电话适时响起。

"我不想接,我不知道说啥。"刘建梅低声道,"表姐,你跟她说,手术很成功。"

她本已接起,此刻只好递给表姨。

"嗯……啊……表妗子,你这是把我当外人是不……看来我这些年是跟你们走动得少啊……我跟小梅,那也是从小一块长大的不是……我来照顾她,不是应该的吗?是啊……我就说啊,要等等回来就是签个字，不然，我就可以……"

表姨的声音不大，语调却十分坚决。天越来越阴沉，一位家属开了灯。

她用意念点了一支烟道："您一会儿怎么走，表姨？"

"我走？"表姨惊讶道，"我不走，你和你爸，晚上你们去找个酒店吧，我今天就在这里陪你妈了。"

"这……"

"咋？你信不过我？"表姨盯着她。

"她就不行。"刘建梅继续躺着道，"哎呀，表姐，我想吃点。"

表姨像变戏法似的从腰包里拿出了裹得严严实实的饭盒，是煮烂的青菜肉丝面。

"还是表姐知道我想吃什么。"刘建梅突然涌起笑意，"只是又麻烦你。"

"我自己在家吃饭多没意思，在你这边，我都能多吃几口。来，咱们一起吃，你一口，我一口。"

她想抢着去喂饭，刘建梅对表姨道："她上次把饭喂我领子里了。"她的脸瞬间红了。江浩平杵在一旁，似是没机会说话，也没机会动。

"你们这床人真多啊。我们只能一个陪护啊，你们商量下。"护士来看了一眼刘建梅。

她和江浩平都不说话。外面的天渐渐暗下来。

"怕是等下继续下雨，想走都走不了了。"刘建梅低着头道，"恁俩要不出去住吧。"

"你俩在外面找个地方,我今晚在这儿就行。"表姨再次道。

"现在也不好出去。"临床女病人道,"雨还不定是不是还要下。"

"刚才不是变小了?"

"估计还得下。"

"表姨。"她道,"我是陪护,您等下还是快回家吧。注意别坐地铁,打个车。"说完,她看向父亲。

"实在不行我住水房。"江浩平低着头,"昨天有家属就在水房打的地铺。"

"那不合规矩。"刘建梅嚷道。

"刚手术完,一个人不行。"江浩平音量大了些。

"先吃饭,别急。"表姨对刘建梅道。

她坐在床沿,突然觉得只有自己是无用之人。手上的腕带脱落下来又被她塞进手腕深处。她打开手机,看着临近的房源信息,价格因为暴雨疯狂上涨,几分钟就涨了一波,再几分钟又涨了一波。她感到一阵焦灼,仿佛走开是不孝,留下也是不孝。只是后者在她眼前发生,让她感到羞耻。

"你们注意着啊,输液管不滴了要赶快叫护士。"表姨安顿好刘建梅,又开始指挥病房里的其他人。她觉得这也是对自己的提醒,密切注视着刘建梅,生怕漏掉了什么。

突然一阵闪电,雨声似乎更大了。护士挨着病房通知地铁停运的消息。

"有几个人被困地铁五号线了,咱们有家属去坐地铁的,马上通知折回来,或者改乘公交。"

"表姐你咋走啊!"刘建梅道,"筝筝,你赶紧把你表姨送回家。"

"我不走,你刚不是还说我在这儿才放心。"表姨目光闪烁,"怎么,现在又不信我了?"

"我不知道雨这么大,早知道不让你来了,都怪我。"刘建梅低声道。

"本来就是我要来,我不来谁来,我就在这儿,难道让你那妹妹请假从老家来啊?亲戚不就是用来帮忙的。"表姨继续给刘建梅擦脸,"再说,我在这边很少见到亲人,你来,我高兴着呢。"

她再次打开手机软件,看到刚涨上去的房价又纷纷跌回原处。

"现在还可以出去,水势还没有那么高。"她看着表姨。

"那我一会儿就走,今晚就辛苦你们父女俩了。"表姨收拾着饭盒,"你给你妈再倒一盆。"

她突然松了一口气,整理停当后,给刘建梅披好被子。江浩平也从外面走回来了,边走边急切道:"外面有个人心脏病突发倒下了。"

"怎么会?"她道,"送急诊了吗?"

"这边好像做不了这种手术,要送别的医院。"江浩平道,"还好我们这边手术做完了。"

表姨瞥了他一眼:"要不你走,我跟筝筝在这儿。"

"我哪能走。"江浩平道,"夜里要翻身,你俩估计抬不动她。"

"呵呵，这时候嫌我胖哩!"刘建梅突然有了点精神，示意她把床摇得再高一些，"你赶紧走吧。"

表姨给刘建梅剥好橘子，看了他们一眼。她被这目光扫视得不自在，坐在一旁道："表姨你现在退休了吗?"

"我早就退了。以前是她们同行。"表姨看向病房内两个换药的护士。

"那现在呢，就自己在家?"她突然觉得自己说了多余的话。

表姨仍是面色平静："我自己住。对了，我女儿也在上海。我有时候也去上海看她，但她那边合租，我待不了两天又要让她房东不高兴，也就回去了……你妈妈说，你是做设计的?"

"是的，我大学学的这个。"

"那你给我看看，我这个LOGO设计得怎么样?"表姨把手伸过来。

"你表姨现在发展业余爱好，也会做设计了，还炒股。"刘建梅介绍道。

她看向那张粗糙的矢量图，边缘线倒是清晰，左右间距似乎都有问题。但她仍道："您这个LOGO是要服务什么企业?"

"我就是自己做着玩。觉得挺简单，那软件，也不难。你是学平面设计?"

"产品也做。"她道，"你买了什么股?"

"银行股。我不买别的。"表姨又拿出手机划拉，"不过最近我看上这几支，不知道要不要买，最近涨得倒不错。"

"我不懂这个，什么都没买。"她说完，却仍看了看，发现是几支医疗股。

"我就想着，你们年轻人肯定懂。"

"她不懂。"刘建梅道,"她就天天公司家里,家里公司,哪能懂别的。"

"我发现你的精气神好得很,根本不像刚手术完的。"表姨笑道,又看向她,"你坐我这儿吧。我等下就走了。"

外面的天黑下来,表姨仍是没走。病房内的本地新闻已经开始播报雨情,还有军人出动的身影。她站在窗边,看到楼下小如蚁的人群朝着对岸餐馆走去。

"还以为下雨买饭的人会少。"江浩平没话找话。

"咱这的人,少啥也不能少吃。都这时候了,还蹚水去买饭。"刘建梅道。

"你要吃啥,我看医院食堂有没有。"她问。

"别忙了。我带了。"表姨不声不响又从那个既没有变大也没有变小的腰包,变出一个保温盒。

"西湖牛肉羹?"她惊讶,"还有煎饼。"

"鼻子灵。"表姨把小桌板在病床上铺好,"我前夫教我做的,这是我们婚姻最宝贵的遗产。"

"你表姨,说话有水平吧。"刘建梅冲她道,"你去食堂看看有没有吃的,给你表姨买点。"

她看向江浩平:"你去吗?"

"我不饿。"江浩平道,"刚看见发救援物资,有泡面,我去领点。"

"等下可能真不好走了。"她念叨着,看了一眼刘建梅。

刘建梅却像没有看见她,安排道:"你表姨大老远跑过来,你赶紧带她去食堂吃点。"

"食堂好像也被淹了。"临床的女病人道,"刚有人在走廊里,拧裤腿上的水,那滴得,到处都是……"

江浩平把面泡好,喊她去吃。又想喊表姨,但表姨不理他。她则吃了几口就觉得饱了,又不敢丢掉,只好说自己到门口吃。蹲在走廊深处,仿佛在享受新的放空时间。一个男助理大夫在走廊喊着:"谁是刘建梅家属,谁是刘建梅家属?"

她赶忙站起来,回到病房。

"这个,手术很成功。"大夫看了看刘建梅,"但是咱们恢复起来,还要段时间。你得记住,不能老是站起来走,尽量卧床。今晚不能自己翻身,实在不舒服想翻身,你们喊护士。记得别压住引流管。"

"你说这医院……护士大都是女的,医生都是男的。一开始我还想,咋乳腺病区都是男大夫,现在也习惯了……"刘建梅道。

她想起,第一次住院时,主治医师带着几个男大夫像巡逻般走进病房,刘建梅掀开一对乳房,像往下生长的木瓜,隐隐能看见泛红和发青的毛细血管。主刀大夫观察着,上前按了按。助理大夫记录着什么。那时她站在一旁还觉得略惊讶,后来见多了,她慢慢习惯,却也总是忘记,即使在这种情况,这个年纪,母亲依然是一个女人。

"不过也没啥了。就是陪护男的也多。大夫看就算了,有的男陪护跟看不见病号似的,人家换衣服也不知道避人。"刘建梅再次絮絮叨叨。

外面传来吵闹声,是几个护士在撵人。

"这真的不能住,你不能在这里打地铺。"

"现在没地方去,外面都是水,最近的酒店离这边也几百米,我们蹚着水去?"

"现在水势还能走,你再吵耽误了时间更走不了。"

"你们这不是医院吗?我们走不了不能就在医院吗?我们在走廊打个地铺,早上就走了,能碍着你们啥事?"

表姨已经把饭盒收好,背挺得直直的。

"今天手术的家属。"一个眼生护士走进病房,"可以留两个陪护,等下十点之后,到走廊输液的沙发椅上休息,只能在那个地方,听到了没。"

"都是我,害你有家不能回。"刘建梅对表姨道,又看了看她,面露难色。

"我给你开个房间吧表姨,那边地势我记得比医院高,几百米就过去了。"她说。

"我熟医院。我干这个出来的,我就应该在这里。"表姨道。

她看了看江浩平:"你也在医院吗?"

"放心吧,车到山前必有路。"江浩平说完,赶忙把没被收走的小桌板从刘健梅的病床拿走,放回储物柜。她一脸无奈,给父亲、母亲、表姨分发了水果。

"你累了可以睡会儿了。"表姨道,"你妈我看着呢。"

"表姐,我就说得有你。"

"你也可以继续睡了,睡着了有利于恢复。"表姨道。

"刚迷糊了一会儿,就老梦见以前的事。梦见等等小时候,梦见我结婚的时候……那个羊毛衫,我要穿红的,后来给我换成了白的……我结婚那天一天都觉得哪里不对……"

表姨看着刘建梅:"谁都会梦见过去的事,不管过去的事是什么。人的一生就这么多事情，只可能活着的时候梦见。有时候梦见近处的，有时候梦见远处的。还有时候梦见根本没有发生过的事。你还记得我给你说的取名字的事情没有？我生我女儿的时候，梦见一个名字，结果后来没多久，我爸就把那个名字拿给我看……但是啊，我愣是没让叫那个名字。太像男孩了！"

"要我肯定就那么叫了。"刘建梅道。

"你不能被梦影响。人被人影响还不够，还要被梦影响吗？要真这样，你这一辈子够不够时间活？"

"我就是想，有的事，我没有处理好。"

她看一眼江浩平。他像个木偶，愣愣地坐着。

"你做得已经很好了。你知道吗？我多羡慕你。你经过那些事，多么坚强，你看你，都不像刚手术完。你精力这么好，这些事，是教你有耐心，教你慢。"

"你看你表姨，多么有哲理。"

"我要是当时像你一样……"表姨叹道，"我像你那么坚持，我就自己带女儿。你看你，当时哭啊，闹啊，可是该你的还是在你这里，女儿多孝顺。我那个女……反正她也不跟她爸亲，那孩子，过独了。不像等等，跟你这么亲……"

"你那时候年轻啊。我那时候等等都多大了。"

江浩平面无表情地坐在椅子上，看着她们。

"我那时候觉得自己时间还有很多，要体面。实际上冷静不冷静的，到手里才是真的。你闹腾归闹腾，现在不也都好了。你这个病再一好，还怕什么？"表姨道，"我离开老家到这儿，挣了套房子，结果还是自己住，连我爸妈都不愿跟来。"

"老年人，就爱守着老房子。他们身体还行吗？"刘建梅问。

"行不行的,就那样。从我离婚,他们就对我不满。这都多少年了,我一回去,还觉得他们对我不似年轻的时候……"表姨看向别处。

又一波救援物资送到了病房——奶香面包、双汇火腿、郏县苹果。

"这两天呢,大家尽量不要外出。我们就在医院里。买饭这些,尽量在食堂解决,尽量不要出医院。家属要安抚病人情绪,也要注意自己的身体,如果有感冒发烧的情况,尽快到护士站反映。"一个男护士推着手推车进来,很快说完,又很快走了出去。

八点半一过,病房很快安静。护士已经查完前面几间病房。她拿着充电宝,回到了晾衣间。窗户仍是没关,雨水的腥气,覆盖了不同衣物残留的味道。她掏出烟盒里最后一支烟点上,看见江浩平走了过来,又想收回去。

"给我也点个。"江浩平掏出烟。

她脸上升起的红云迅速平息,半晌道:"你回病房吧,能留两个人。"

"你忘了,腕带写的是你的名字。"江浩平道,"不要紧张,等下肯定有走不了的,现在雨这么大,往哪走。"

"他们也不一定就把我的脸记得那么清楚,我把腕带给你,我下楼。"她吐了最后一口烟圈。

"我刚看见一个病房里面就一个人。"江浩平道,"说不定能在里面多打几个地铺。"

"这不好吧。那是别人病房。"

"你就别担心了。"江浩平道,"你不相信你爹吗?"

她面露无奈,再次想起那间调解室。刘建梅的气势完全被江家人压倒。几个姑姑围着她说自己的理。爷爷坐在轮椅上，掀开多年前腿上的伤口，说自己八十多岁了，不能离开老房子别居。县城只有一个律所，两边律师都是同事，只是面面相觑，不发一语。法官则不耐烦地看着她："要不你就跟你妈退一步。"

"根据离婚协议，这房子就该是我妈的。"她语气平静，没多说一句维护母亲的话，只是僵硬地坐着，努力确保自己和母亲不出错。那天回去的车上，她一个个屏蔽亲戚的微信，再一个个点回来。最终，只是取消了消息提醒。此刻，她觉得自己又回到了那辆车上。

"打地铺毕竟不合规矩。"她终于说，"我觉得我们应该按照规矩来。"

"那，我走？"

"要走，也只有我走。"她笃定地看了他一眼。

刘建梅似乎睡着了，被窝里却又有光溢出。她坐在床沿，黑暗中，右手被刘建梅握住。手机在口袋里跳跃了一下，打开，竟是刘建梅的短信——"你表姨不容易，她要留就让她留。她现在也需要家人。"

表姨没有察觉她们母女俩隐秘的交流，把老花镜往下拉了拉，似乎在查看闭盘前的股票信息，又似乎只是在佯装看着什么。看见她坐着，立马说："我马上就走。"

"不用，我这几天有点累，已经订好了房间，我出去睡。"她微笑着。

查房已经结束。江浩平还没有回来。按照惯例，门再过十几分钟就会锁上。她把柜子深处的瑜伽垫和被子拿出来，铺好，把自己的一件外套折成枕头的形状，腕带放在外套上。走廊里还有零星的声音,几个曾找过刘建梅的病友,各自低声絮絮说着心事,声音很快连成一片。似乎每一个人,都是缩小的刘建梅。电梯里,人没有白天多了,但仍满满的。大家都不说话,她却觉得每个人身上都有不同的力量,或者说,因为力量很平均,她感觉,有一部分,渐渐往自己身上扑。一出医院,是好大的雨声。她跟在几个拿着手电的人身后走,但很快,他们的身影在不同的路口消失。雨声仿佛覆盖住了很多声音,又因为这种安静,雨声似乎更大了。导航里的声音提示她,距离酒店还有一千五百多米,比订房软件上显示的要远。但她突然觉得走走路挺好。第一次陪护,她每次出来都开导航,现在都陪护多次了,她还是不认识路。这么一想,她突然关掉了导航,凭印象,往那座曾路过的酒店走去。雨中的马路似乎比晴天的时候更宽阔,风把新的一片雨刮在她脸上,而她的步伐渐渐加速。

(《十月》2022 年第 5 期)

王苏辛　小说家。已出版小说《象人渡》《在平原》《白夜照相馆》《马灵芝的前世今生》等。作品关心现代人面对外界挤压所呈现的内心剧变,试图汲取古典秩序中的精神资源,以现代性的笔法激活二十一世纪的德性关怀。

Part 3

远方

起　因

金仁顺

许言午。

佳音不知道这是他的真名还是他的网名，或者别的什么名。她听见别人叫他许总、许哥、许老板、许大侠、午哥，还有叫他许老师的。

这么多叫法儿，佳音有点儿想笑。在餐桌前排座位的时候，他的目光在佳音脸上停留了几秒，招呼她们进包房的人拉开了他身边的椅子，轻推佳音一下，让她过去坐下。

佳音第一次参加这种饭局。和她同寝室的马莉莲大一就被人带出来赴饭局，大三后，她开始约其他女生一起出去。

"恰个饭。"

佳音的男朋友看她看得很紧，恨不得每隔一个小时视频一次，佳音塞着耳机举着电话视频聊天时，他有时候能看见寝室里其他人的身影。每次"恰个饭"前，马莉莲她们都花很长时间化妆，爽肤水、乳液、面霜、粉底、腮红、眼线笔、睫毛膏、眉粉，工笔画似的把眉眼变成春山绿水，却又仿佛一切天然；衣服也是，裙子一条条试过去，床上花花绿绿的变成座衣山，最后被穿出门的是件样式最简单的裙子，或者T恤配破洞牛仔裤，有几次马莉莲还借了佳音的衣服。

佳音的男朋友很恼火,让佳音把马莉莲穿过的衣服扔掉,他警告佳音,如果她再去"恰饭",他们就分手。

大三下半学期,佳音偶然间看到男朋友的微信,发现了他跟几个女生的聊天记录,里面的谈话尺度让她恍惚间以为拿错了手机,这几个女生中,有两个直呼他老公,另外两个一个叫他"亲爱的"一个叫他"宝宝"——佳音好半天回不过神儿来,这怎么可能呢?他一边保研一边准备毕业论文,每天几个小时跟佳音待在一起,回宿舍还要视频监控她,忙成这样还有时间有余力跟这么多女人纠缠?!

他端着咖啡汉堡薯条走回来,在小桌前坐下,她举起手机页面递到他眼前。

就像一个咒语,他整个人被定住了。

"听我说——"他嘴唇发抖,"那是逢场作戏——"

佳音笑了。

"我和你,"他嗫嚅着,"才是认真的。"

佳音松开手,他的手机落进了大号咖啡杯里,溅出来的咖啡弄脏了托盘、杯子、食物,他忙着打捞手机,收拾残局。她起身走了。在路上她就拉黑了他的电话,把他踢出了微信和QQ。

除了上课,佳音一直躺在床上刷剧。并没有多么悲痛欲绝,甚至没怎么伤心——他们是高中同学,他是学霸她是校花,郎才女貌,众望所归,他为了她才留在本省读本科。恋爱谈了两年半,浪漫和激情消耗得差不多了,佳音想过分手,却没什么理由,他对她的热情一如既往。私底下她期待的正是她现在遭遇的：他劈腿，他犯错，他全责——但真到了这一天，佳音松了口气的同时，另一口恶气像团黑色的毛球，在胸间噎着她，哽着她。没有一个剧能让她真正看进去，她放两倍速或者四倍速，看着剧情飞速地运转，男人全是腹黑的小白脸，女人全是不要脸的绿茶，爱情故事假得不能再假，让人恶心。

马莉莲看她失恋，约她出去"恰个饭"，散散心，她犹豫了一下——

为什么不呢？

出门的时候前男友在门口等她。他每天傍晚都来，见到佳音班上的女生就让她们替他传个口信儿，让她下来一下。佳音的回答只有一个："让他去死！"

前男友黑瘦了不少，嘴角起了水泡，看见佳音和马莉莲一起出来，脸色先是变得青白，然后酒醉似的涨红，他过来拉佳音，试图解释，佳音在马莉莲的帮助下，不停地从他的纠缠中挣脱出去。他们从宿舍楼门前拉扯、躲闪、追逐，一直到出了校门，一路吸引了很多眼球。接她们的车早就到了，佳音和马莉莲甩掉他后上了车，前男友在车窗上拍打、嘶喊："你跟她去做鸡，你要不要脸？！"

司机下了车，从车前绕过来抓住佳音前男友的衣领，两根手指像个卡环卡住了他的脖子，佳音她们看不到司机的脸，但看得见佳音前男友被拉直的脖颈、瞪圆的眼睛，他在司机的几根手指下面，从张牙舞爪的野兽变成耷拉了翅膀的弱鸡，司机捏着他的脖子，说了几句什么，他撒开手后，佳音前男友呆怔在原地，隔着车窗看着佳音，没再扑上来。

司机面无表情地回到车上，发动车子汇入流动的车流中。

"——疯狗。"马莉莲看一眼车窗外，揉了揉被抓红的手腕。

佳音的T恤被前男友拉扯得领口有些松了。坐在她对面的马莉莲用手在肩膀上点了点，佳音伸手一摸，发现文胸的肩带露出来了。那天晚上剩余的时间，她时不时地拉一拉T恤衫的领口。

除了她和马莉莲，饭桌上还有三个外语学院的女生，其中有一个学法语的，不只喜欢耸肩膀，露出全口烤瓷牙大笑，还时不时甩几句法语。坐在她两侧的男人，一个给她点烟，一个跟她拼酒，两个男人都有些贫，对她各种挑撩。他们是气氛组，带动整个酒桌节奏欢笑热闹起来。佳音好几天没正经吃饭了，来的时候没觉得饿，吃上东西以后，胃变成了无底洞，越吃越饿，停不下来。

马莉莲过来给许言午敬酒时，打了佳音一下："吃货啊你！"

"饭局饭局，"许言午笑笑，"不就是来吃的嘛。"

佳音端起酒杯，跟马莉莲一起敬酒。

饭吃了三个小时，临走时，每个女孩子都得到了一份礼物。粉色纸袋配着粉红色丝带，里面装着名牌化妆品和三千块的商场购物卡。

"就这？"

佳音有些难以置信，整个晚上她酒没喝上三杯，美食一直吃到喉咙口，并没有发生她担心的灌酒和肢体接触。法语女生喝多了，后半场不停地给别人倒酒，逼着别人喝，她左右两边的男人玩笑尺度大，但手脚很规矩，倒是她自己作妖，搂着人家脖子非要喝交杯酒。

"都是有身份证的人,"马莉莲说,"不会乱来的。"

佳音很为自己一直以来对"恰个饭"的误解惭愧。她前男友说起他们,一口一个奸夫淫妇,结果人家礼貌规矩,他自己倒一脚五个蹄瓣,变成时间管理大师。两年半的时间,自己的青春浪费在渣男身上,而马莉莲呢,她恰饭局的钱不只够交大学学费,让生活水准和交往圈子保持着高规格,更重要的是,懂了人情见了世面学了本事,酒桌上挨着她坐的老总放话,明年马莉莲就可以正式在他的公司入职,担任总裁助理,月薪五位数。

几天后的"佳片赏析"课上,佳音收到许言午的微信:"出来吃个饭?"

佳音的心怦怦跳,她拿着手机走到外面走廊,又看了一遍微信,没错,是许言午约她吃饭。她定了定神儿,走回观影室。马莉莲身边有位置,她坐了过去,用手肘碰了碰马莉莲,给她看微信页面。

马莉莲的脸一半隐在阴影里面,另一半闪烁着屏幕反射过来的光影,她看完佳音手机页面:"——人家这是单约你。"

"——不会吧?"

"许总挺高冷的,"马莉莲笑了笑,"对你倒是刮目相看。"

"那我——"佳音犹豫了一下,"怎么办?"

"你自己定哦。"马莉莲脸颊上光影陆离,扭头继续看片子。

佳音也看着屏幕,帕西诺饰演的失明上校眼神儿比正常人更明亮活泛,他为高中生查理点啤酒,帮他泡妞儿,他闻得出女孩儿用了什么牌子的香皂,还要教她跳探戈。女孩子犹豫不决,怕出错，怕丢脸。

"跳舞和人生不一样，无所谓错不错，"他循循善诱，"哪怕步子乱成一团，跳下去就好了。"

电影里的女孩子被说服了，她决定试一试。

许言午约的是午饭。

佳音在路上搜了一下那家餐馆，被网友评论为"庙小妖风大"，地段儿一般，装潢也没镶金嵌银，但料和理，都是顶流，价格贵得要命。

出租车在一栋灰色二层楼前停下，餐馆门脸平平无奇，门口挂着个黑色的环形，环形中间一个原木方块，方块上面写着两个黑字：棠食。

佳音推门进去，听见风铃的声响，有人迎了出来："欢迎光临。"

佳音跟着黑衣服务员，穿过弧形的过道，餐馆中心是个很大的黑色水池，阳光从顶篷形似钻石的玻璃窗照射进来，把水池照得华光闪耀：几十尾锦鲤在水中慵懒地游动，时不时地，有片橙黄或金红翻出水面，另一侧是一间间弧形的包房门。服务员带着佳音走到走廊尽头，在门上敲了敲，里面应了一声，服务员拉开了拉门。

包房不大不小，正对着门的那面墙，和门呈现同样的弧度，只是更长一些，中间三分之一是玻璃窗，庭院一部分景物被镶嵌在窗框里面，变成画面：一口墨黑古井，一株海棠开得正当时。

许言午一身休闲装，面前摆着茶具，手指间拈着茶杯，听坐在对面的中年男人说话,门被拉开时,他转头看着佳音:"——来了?"

"那我就——"中年男人站了起来。

许言午点点头。

"饭一口口吃,"男人往外走时,许言午说,"事情一件件做。"

男人答应着,在门口点头致意,替他们关上了门。

佳音坐到了中年男人刚刚坐的位置,许言午收了用过的茶杯,拿了新茶杯放到她面前,给她倒了杯茶。

"你喜欢喝什么茶?"他问。

佳音想了想:"——奶茶?"

他们都笑了。

佳音一时找不到话,看看窗外。"试问卷帘人,却道海棠依旧。知否知否,应是绿肥红瘦。"

"你像个高中生。"许言午说,"那天吃饭,你看看这个看看那个,满桌子的热闹都让你看去了。"

"以前没参加过这样的饭局,"佳音说,"好奇。"

"为什么现在来参加?"

"跟男朋友分手了。"佳音说,"马莉莲拉我出来散散心。"

"嗯。"许言午点点头。

服务员开始上菜,四个凉菜先摆好,热菜上来时,许言午招呼佳音入席。

"想喝酒吗?"

佳音摇摇头。

329

许言午便只给自己倒了一杯。

菜品摆盘像艺术品,让人不忍心破坏,佳音用筷子夹了上面的几缕菜丝。

"不喜欢?"许言午看她一眼,"我记得你挺能吃的。"

"太精致了,不适合我这种草根。"佳音不是谦虚,这两年,跟男朋友吃的都是街边摊,快餐店,油烟弥漫,热气腾腾。

"——你多大了?"

"二十——"佳音顿了一下,"——我想喝杯酒。"

许言午拿出一个小酒杯,把装了酒的小壶放到转盘上,转到佳音面前。佳音倒了杯酒,一口喝干,接着,又喝了两杯。三杯酒喝进去,胃里就像扔进去了三枚小炮弹,炮弹炸裂,胃里的灼热升腾起来,她觉得自己有了武装。

"二十是周岁。"她解释,"如果按虚岁算,我二十一了。"

许言午正吃着东西,他的笑含在眼睛里。

他把食物全都咽下去后,才又开口,都是些普通家常的问题:哪里人啊?家里几口人?为什么读这个大学?毕业后有什么打算?

佳音一样一样地回答:本地人。家里三口人。读这个大学是因为分数低。毕业后想考研,或者找机会进电视台或者电台,积累工作经验。

她又喝了几杯酒,去卫生间时,在镜子里打量自己:海棠花开到她脸颊上了,粉白娇红,眼神儿有醉意,却清亮如星子。她用手指尖点着镜子:许言午,这是你本名吗?你几岁了?你结婚了吗?他们说你很有实力,是指你很有钱吗?你经常请女孩子饭局吗？你对这些女孩子打的是什么主意？

她坐回到他对面，看着他："我不能再喝了。"

"好。"许言午说，"出来吃饭，女孩子尽量不要喝酒，跟陌生人吃饭，连饮料也要小心。谁也别轻易相信。"

"——包括你？"

"那当然。"

服务员送上来甜品。黑色盘子上面画了几根树枝，点心做成了三朵海棠花，点缀在枝丫间。佳音拿出手机拍了好几张照片。

"美得让人下不去嘴。"她说。

许言午被逗笑了。

吃完甜点，许言午把洗好的茶具擦干，一样一样装进小箱子里，"我有点儿小强迫症，喜欢的东西，都得干干净净，规规矩矩的。"

他掏出个信封，让佳音去结账。两个人吃饭，自带酒水，居然还花了四千多。

佳音从餐馆出来时，许言午已经上了车。

"好贵啊。"佳音上车后，把信封还给许言午。

"留着零花吧。"

"这怎么可以——"

他挡住了她，在她手背上轻轻按了两下，"——听话！"

许言午又找佳音吃了几次饭。都是去"棠食"，都是同一间包房。但菜品每次都有更换。窗外的海棠花早就谢了，青枝绿叶，撑起盛夏的华盖。

他总是带着小茶箱，用自己的茶具沏自己的茶。餐馆的人会给他烧好矿泉水，他的茶都是冰岛班章之类，佳音喝不出好在哪里，但知道高大上。

他们聊天的话题跟第一次差不了多少，但却更深入了。比如说佳音提到的一家三口，并不是她跟父母，而是她跟爷爷奶奶一起生活。她上幼儿园的时候，爸妈就离婚了。她妈妈找了个美国人，在国外定居，生了个混血男孩。她好像忘记自己还有个女儿了，或者是成心把自己的第一段婚姻抹掉，不带走一片云彩；而她爸一见她，就想起那段婚姻里面的种种不快、他被戴了多少顶绿帽子。离婚以后，前妻没付过一分钱抚养费，所有的烂摊子都甩给了他，她要是走得干干净净也行，偏偏留了个女儿。他把佳音丢给父母，但抚养费总要付的，他的付出得到了什么？佳音越长越像她妈妈，那个女人离开他的时候他觉得她已经把伤害最大化了，但是不，她还给他埋了个雷，十几年后引爆。

佳音高二那年春节，年夜饭她爸喝多了，恍惚间把她当成了前妻，指着她的脸骂她臭婊子，佳音全身的血都涌上了头，她爸的手指只要再往前一点点，就能捅破她比纸还薄的脸，那一刻她居然想：她的血会像血口喷人那样喷出去吗？

佳音爷爷一巴掌扇了过去，但隔着桌子，手指只在儿子脸上刮擦了一下，老爷子抄起椅子边儿上的拐杖，朝儿子戳过去，桌子上的菜盘被掼到地上，碎成几块响成一片，佳音爸爸被戳得连声叫喊，他现在的妻子过去拉架，也挨了几下打。那晚他们离开后再也没回来。

"早滚早清静。"佳音爷爷说。

佳音考艺术学院一是因为她成绩一般，跟她爸闹翻以后，她很努力学习，成绩也提升了一大截儿，但考985、211这样的院校还是不太可能。而且就算能考上，也没有她喜欢的专业。她真心喜欢表演，想当演员。她不是那种自带光环的大美女，但白净清秀，是越看越好看的初恋脸。

她梦想过能成为娱乐圈儿里的小红花，经过一番历练后，再变成实力派的大明星，她将在春晚上表演节目。她爸爸看到她时会回想起曾经那个碗盘砸一地、"碎碎"平安的年夜饭吧？她的妈妈，在国外的日子未必好过，看见女儿大红大紫，她会回来找她，请求原谅吧？他们会在她面前低头，会跪下？没用，她不会原谅他们的。当然她知恩图报，她会请最好的医疗机构让爷爷奶奶长命百岁，健康快乐，看着她像芝麻开花节节高。

但这个梦想太奢侈了，实现的可能性低到海平面以下。他们大四了，新学期一开学，所有人都变得紧张、急迫起来：确定考研的同学都报了考前班，再次进入高考模式；像马莉莲这样的，早早为进入职场铺好了人脉和关系，开始陆续进公司当实习生了；几个一心想成为明星的，趁课程越来越少，跟学院请假去剧组跑龙套磨炼演技；无所事事的几个人里面，有两个家里条件好，人生躺赢。佳音忽然就慌乱起来了。

许言午的饭局变成了她最重要的事情，她每天都会翻看手机，看他有没有讯息过来。她也主动发过几次讯息，都是好玩无害的小视频。

吃饭时她聊到大学即将毕业，以及ABCDE几种出路，"我想不好做哪一行。"她说。

"喜欢哪个就做哪个。"许言午说。

饭局结束的模式变得固定不变：他给她信封，她去买单。回到宿舍，佳音做的第一件事就是拉上床帘数信封里的钱。有一次许言午胃不舒服只点了海鲜粥和两份小菜，仍旧给了佳音一个信封去买单，厚厚的现金盘桓在佳音的手指间，让她迷惑：他图什么呢？

佳音和马莉莲她们又出去过几次。有两次许言午也在。佳音被安排在他身边。佳音说她喝饮料，立刻有人拆穿她，白酒红酒都可以喝的，怎么改饮料了？

她只好挑了红酒，尽量少喝。出来次数多了，她渐渐看出些饭桌上的门道儿和微妙：眉来眼去，一语双关或者多关，三角或者四角——在男人中，许言午的咖位挺高的，但有比他更高的，赵鳞才四十出头，是一家上市公司的老总，公司业务分好几个板块，哪个都很高大上，他被安排在主位，几个女孩子中，他对佳音最关注，夸她名字好听。

赵鳞只待了半场就去赴另外一个饭局了。所有人都起身相送，他在门口冲大家合掌："失礼失礼，改天我做东请大家吃饭。"

送走他，大家重又坐回席间，继续喝酒。

许言午和佳音中间的位置空着，像颗刚刚拔掉的牙，许言午话少，那天更是沉默，平时在饭桌上他偶尔和佳音目光相对，里面含着笑意和默契，但这次看都不看她。

佳音心慌意乱，偏偏有人哪壶不开提哪壶："名字好听的妹妹，喝一杯吧？"

"许总名字更好听。"她说。

"对啊。"敬酒的人从善如流，"那名字好听的哥哥妹妹一起喝一杯吧？"

"无聊！"许言午骂道，脸上的风霜缓和了些，举杯和敬酒的人碰了碰。

过了几天，许言午说自己想出个门，问佳音愿不愿意一起。

"找个有意思的城市，过个不那么没意思的周末。"

佳音说好啊。她有些慌乱：天下没有白吃的午餐，他要秋后算账了吗？可她又心存侥幸：他不是那样的人。他们共处的时间不算短了，他手脚干净，态度坦然。虽然她没多少谈恋爱的经验，但毕竟美女一枚，色眯眯的目光、黏糊糊的身体语言，她见得不少。许言午洁癖、孤冷，有时候尖刻，但不脏。

许言午给佳音打过来钱，去哪里，吃什么，玩什么，都让佳音定。

"酒店要舒服。"许言午说，"其他的无所谓。"

佳音选好了地方，订了酒店和机票。给许言午订了公务舱，给自己订了经济舱。他们分头上飞机，坐在不同的区域。飞机升空后机舱外面是大片大片的云朵，像积了一冬天的雪块，或者湖面上的冰层，横亘在那儿，飞机遇气流颠簸时，佳音想：飞机会不会撞上这些看上去很厚重的冰雪，变成空中"泰坦尼克号"？

早秋气候，气温不低，却凉爽宜人。他们出来时，另外一个航班下来一众美女，不知是预备空姐还是什么演艺人员，她们从南方飞来，穿着吊带或者短裙、短裤，露趾凉鞋，裸露出来的身体要么像奶油要么像巧克力要么像牛奶巧克力混合,加上浓烈的香水味儿,以及走出来坐专车时,绿化带传出来的花香,让这个城市甜蜜而性感。

佳音在酒店给许言午订了商务套间,她自己是普通大床房。两个房间不在同一楼层。办完入住手续拿了房卡,他们各自回房间收拾了一下,换换衣服出去吃饭。

餐馆是佳音在网上查的网红店。她想既然换了个城市,不妨换换风格。但她没想到餐馆这么高调热闹,人很多,桌子与桌子之间的间距很窄,服务员和顾客之间的交流要靠喊和吼。周围的喧哗让他们没法儿聊天,许言午每个菜尝了一两口,就把筷子放下了。

"全是味精味儿。"他说。

他们结账离开。回到酒店,许言午带佳音去了酒吧。灯光、音乐、沙发、服务员雪白坚挺的衣领——在网红店里皱缩的情绪被缓释开来,他们找回了熟悉的调性。许言午翻动着皮面菜单点了红酒和几样小食,佳音四下打量,吧台边有两个男人面朝他们这边说着什么,见她的目光望过去,他们冲她笑了笑。

"他们在猜我们的关系,"许言午把菜单还给服务员后,对佳音说,"是父女俩?还是别的?"

"老板和助理?"

"助理哪有穿成你这样儿的?"

佳音看看自己一身学生气的打扮,"——可也是。"

许言午伸手在她的头发上揉了揉,这是他第一次碰她,她吃了一惊。

"——干吗？"

"这样他们就会认为我们是父女了，"许言午朝那两个人看，问佳音，"他们俩，你看上谁了？我帮你把把关。"

"别闹了。"

"没闹啊。"

"谢谢许总关心，"佳音说，"不用了！"

"——生气了？"

许言午在佳音的额头上弹了个脑蹦儿，很响，也很重。

佳音有些恼火，她被弹疼了；又有些窃喜，她有了把怏怏不快挂在脸上的理由。他们喝酒，吃东西，听音乐，各自玩手机，佳音再也没有东张西望，安安静静地坐在许言午身边，负责美。十点钟他们各自回到房间，佳音关了手机，拔了电话线。第二天早上她开机时，噼里啪啦进来一堆信息，但没有许言午的。

早餐他们坐在餐厅靠窗的位置，外面就是湖光山色，一个个小绿岛倒映在蓝色湖面上，白色水鸟从湖面上飞过，掠起涟漪和波影。

"风景这边独好，"佳音说，"不用出去看了。"

"那就不出去。"许言午说，"吃完了去我房间喝茶，风景比这里还好。"

佳音在心里抽了自己一巴掌，但同时又觉得自己是小人之心，许言午没别的意思——

他确实没有。

他摆弄着茶具，把餐厅里提供的红茶嫌弃了一顿，喝上茶后,又嫌弃了几句。佳音被逗笑了,说你就像打人,打倒了,走掉了,不解恨,又回去踹了几脚。

许言午也笑了。

气氛很好。可能是在外地,没有熟人,没有压力,无所事事,在佳音舌尖盘桓很久的问题脱口而出了。

"你们为什么要找女孩子吃饭?"

"你说呢?"许言午反问。

"活跃气氛、秀色可餐、艳个遇、摆谱儿需要观众,"佳音举起手,一根一根地合上手指,"还可以为公司挖掘人才。"

许言午的目光盯在佳音的手上,肌肤如玉,手指纤细,像朵刚开的花,又回拢成了花骨朵儿。

"总结到位,"许言午笑了,低头斟茶,"那你出来吃饭,图什么呢?"

当然是钱了。佳音没有爸妈能指望,爷爷奶奶那点儿钱,最多能填饱肚子,之前她放弃考研,因为学费和生活费都是难题。出来"恰饭"后,她的存款余额嗖嗖地往上蹿,但这种情况能持续多久?她和许言午单独出来的次数太多了,已经被捆绑了,马莉莲最近两次组大饭局时叫了别的女生。

"出来吃饭,见见世面,"佳音说,"万一运气好遇上贵人,或许能帮我找个工作什么的。"

"贵人凭什么帮你呢,"许言午问,"你拿什么来交换你想要的?"

"我会好好工作啊。"

许言午笑了:"每个求职的人都会这么说。"

"帮别人还要报酬,那也不算什么贵人了。不求回报,才是贵人。"佳音想了想,"授人玫瑰,手有余香。"

"授人玫瑰——"许言午哼一声,"搞不好扎一手血,贵人有风险,帮人需谨慎。"

佳音说不出话来。

"小姑娘以为自己有几分美色,就能让贵人出手相助?"许言午笑了,"你在饭局上见的这个总那个总,未必都是有钱人,有人装大款,就跟有些漂亮是化妆化出来的一样,不少见,有些小姑娘想占便宜,反而被骗了色。"

"你们见多识广,"佳音被许言午语气里的冷和傲慢伤到,脸上却是笑的,"不像我,贫穷限制了我的想象。"

"我只是就事论事。"

"我也是。"

佳音扭头看着外面的湖光,阳光把湖水变得和清晨时不一样了。湖面像一块暗花锦缎,蓝绿间波光潋滟。

"你请我吃饭,给我零花钱,带我出来玩儿,"佳音看着许言午,"你图什么呢?"

"闲着也是闲——"许言午犹豫了一下,笑了,"你第一次来吃饭,白T恤、绿裙子,也没化个妆,迷迷糊糊儿的——就像春天刚从地里拔出来的小葱。"

马莉莲不再找佳音出去"恰饭"了。

实际上,这时候退出"饭圈儿",对佳音而言倒是正当时。中秋节前后,她的好运接连而至:先是有两个公司找她直播带货，接着一家影楼找她做平面模特儿。她在外面租了套两室一厅，家里布置了好几个可以直播的空间。她每天花很多时间化妆，依照剧本化出不同的效果：清晨慵懒款、沉静下午茶款、奔放夜店款、初恋款、辣妹款、白领款，等等。拍出来的视频有时候让她自己都感到惊讶：这是我吗？我居然会是这个样子？她的妆弄好后经常保持着，拍她带货的睡衣，她根据妆容选择相应的睡衣，带货的销量升起来需要周期，但两家公司对她都很满意，佳音每天的收入不高，但每天都在增加，这一点令她欢欣鼓舞。她恍然发觉，赚钱这事儿一旦找到方向，并不很难。平面模特儿的工作就更简单了，影楼有自己的化妆和服装，佳音随便他们打扮，有时候化着妆她都能睡着，睡醒后换好衣服，跟男模儿摆出各种一见钟情、相亲相爱、执子之手与子偕老的造型，和她搭档的男模儿是体育学院的网球老师，每次来拍片，他女朋友都陪着，向日葵似的追逐着他，他一转身，女朋友看佳音的目光立刻从阳光雨露变成刀光剑影。

佳音把这些当成笑话讲给许言午听，还把一些视频和样片发给他看。化妆和那些衣服，变成了佳音多姿多彩的分身，而每一种分身都意味着一种可能生活。

"做这些，"许言午问，"赚很多钱吗？"

"还不错。"

他点点头："老天爷赏饭吃。"

佳音后悔没早点儿开始赚钱。之前的恋爱浪费了时间和感情，让她很恼火，现在才意识到最浪费的其实是金钱和机会，简直是痛悔。

那天餐馆服务员是个新来的,烧了自来水,又自作主张地用饭店的茶壶把许言午的茶给泡了。等他发现时,已经来不及了。

"一包好茶,"许言午皱起了眉头,"泡得乌七八糟。"

经理过来道歉,要赔偿他们。

"糟蹋了就是糟蹋了,"许言午说,"你能让茶叶从水里出来,再长回树上?"

经理无奈地看向佳音。

佳音没吭声。许言午说的是茶,也不是茶。泡的是茶,更是腔调。茶就是他本尊:清静、高雅、昂贵、完美。他用茶给佳音上人生隐喻课。佳音听懂了。也只是听懂而已。她还有更多的人生隐喻课,她如此年轻,物欲之兽刚刚觉醒,牙齿和爪子渴望攫取和撕咬。

她跟他在一起越来越放松,把他们之间的吃饭、旅行当成是她的另外一份兼职。拍视频和当模特儿,让她意识到自己的价值在不断地增量扩容,她已经是个小网红了,小网红会变大,会成为明星,而一旦她有了足够的流量,明星梦也未必不能实现。"一切皆有可能。"在网络世界里,是句大实话。

佳音的带货能力越来越强,越来越多的人来找她。曾经跟她有过一面之缘的赵鳞,通过马莉莲要加佳音的微信。

"他看到了你拍的婚纱照,以为你结婚了,我说你现在当平面模特儿呢。"马莉莲说,"他说你的可塑性非常好,想找机会跟你合作。"

马莉莲给佳音打电话的时候,她和许言午在从拉萨到昌都的路上。去过几个城市之后,许言午说找个远一点儿地方吧。如果是其他地方,佳音绝对会拒绝的,她现在忙,出去个三两天还好,时间长了耽误事儿。但西藏是她的梦幻之地,这一趟下来旅费好几万,有人给出钱,她觉得机不可失。来之前她在影楼加班了两天,拍出他们需要的片子。又加班多拍了些带货视频储备着,在随后的日子里放出去。她还带了些口红和几套睡衣,在路上随走随拍,他们住的酒店都是当地最好的,又有民族风情,拍起来很好看。

"赵总跟马莉莲要我的微信——"放下电话,佳音跟许言午解释了一句。

"赵鳞?"

"嗯。"

许言午没说话,他们各自朝窗外看了一眼。就像歌里唱的,"这是一条神奇的天路",刚刚还是谷底绿树成荫,野花烂漫,两个小时后景色变成了赭石色的山体,萧条冷寂,仿佛史前景象,而道路前面被群山掩映的高处,是三角形的山峰,山尖覆雪如一角银饰。

"——很开心?"他突然问。

佳音看了许言午一眼:"——开心什么?"

"就像一朵花,招蜂引蝶。"许言午说,"连赵鳞都上钩了,他可是条大鱼。"

佳音看一眼后视镜,司机的目光跟佳音碰了一下,转开了。

租车这些事情都是她办的,此行山路崎岖,险境迭出,租车公司推荐了几个经验丰富的驾驶员。佳音挑了他,康巴汉子一米八五的个头儿，棕金色肤色，笑起来一口白牙，仿佛全世界的高兴事儿都让他遇上了。佳音抹上藏区红的口红，拉他一起拍照，般配得很。

许言午没说什么，还替他们拍过两次照，但他越来越频繁地揉佳音的头发，弹她脑蹦儿，掐她脸蛋儿，康巴汉子终于后知后觉：他们不是父女俩。

他再也不跟佳音合影了，也不聊天了，望着她的目光从真切率直，变成躲躲闪闪。

"我怎么敢拿自己当花儿？"佳音反驳，"我这棵葱最多被切碎了当葱花。"

"葱还挺辣，"许言午笑了，"辣妹！"

要是平时，佳音会笑起来的。但她的目光对着车里的后视镜，镜子里的司机表情严肃，嘴角抿紧，盯着前方的路面。路面干硬，棕褐颜色黯淡，仿佛曾经的血流成河，变成如今的风沙漫卷。

佳音戴上了耳机，把音乐音量开得很大。

许言午问了她一句什么。

他又问了一句什么，伸手掐了她一下手臂，把她掐疼了，她扬手把他的手甩开。

许言午伸手把她耳朵里的耳机抠了出来，在手指间掂着。

佳音把另外一个耳机也拿下来，看着许言午。

司机从后视镜里看着他们俩。

"跟你说话呢——"许言午一个字一个字地说。

佳音看着他："——说啊！"

许言午没吭声。

"不是有话吗?"佳音拿起一瓶水,边拧边说,"我听着呢——"

许言午忽然笑了笑,"给你讲个冷笑话吧——"

"好啊——"佳音说,举起水瓶。

她张嘴的时候,许言午捏住了她下巴,把她的脸孔拉到近前,"你舌头上有东西,嘴巴再张大点儿——"

佳音下意识地张大了嘴巴,许言午脸上有笑容,目光却是阴冷的,把一口唾液吐进了佳音的嘴里——

这就是冲上了头条榜首、引发了全网热烈讨论半个多月的车祸起因。

(《钟山》2022年第2期)

金仁顺　著有长篇小说《春香》,中短篇小说合集《梧桐》《桃花》《松树镇》等,散文集《众生》《白如百合》《失意纪念馆》等,编剧多部电影及舞台剧。曾获骏马奖、庄重文文学奖、《小说月报》百花奖等多种奖项,部分作品被译为英、韩、日、俄、德等多种语言。为吉林省作协主席,现居长春。

端正好

张怡微

1

睡得好真开心啊。

阿梅睡眼惺忪、赖了一会儿床，大声地问了一下 Siri 现在几点，又让它讲了一个笑话，却因为那个笑话里夹带着两个从前背过、现在忘得一干二净的 GRE 单词，她被隔离在好笑之外很远处。

阿梅并没有很沮丧，毕竟岁月不饶人，不要说英文单词，很多中学同学的名字，她都已经记不起来了，偶尔在手机上滑到他们的脸，一时间居然不知道要怎么称呼。

为了响应"对自己好一点"的社会风潮，早餐给自己煎饼的时候，阿梅用上了新买的硅胶铲。这个铲子没有什么特殊的，唯一的作用就是可以给煎饼翻面，以及长得很好看。这些奇奇怪怪的小东西，她都是在直播购物时买的。每天下班后，她就跟着直播购物学习生活知识，包括穿衣搭配、首饰锅具、烹饪菜谱……科技与消费的发展落地生活的细枝末节处，总需要一些媒介，一个介绍人。

昨天夜里，阿梅参加了一个女性话题的直播活动，是一家护肤品牌主办的，她是那个品牌的 VIP 用户。散场时天色大变，豪雨滂沱。好不容易叫上车回到家，浑身湿透，小区门口的水已经接近脚踝。阿梅洗完热水澡缓过劲来，甚至还有些得意晚上直播时嘴里蹦出的"小金句"。"会被好心人截图的吧。"她美滋滋地想。走到书房，却发现窗户没有关好，多肉碎了一地，整个阳台都泡在了水里。

这间新房才刚简易地布置完，看见这一地的水，阿梅心想，"还好不是我装修的，还好不是我的花，还好买不起实木的地板。"随后，跪在地上擦了整整两个小时。她没有钱换地板，却有很多钱换抹布。心里呢，也不是一点苦涩没有。心疼多少有点，即使是复合地板，那也是上家真金白银买来的不是吗。人家曾经也是第一次结婚，满怀期待地遇到了命中注定的人。婚后他们感情不好，也没有住多久，地板泡了水，坏了多可惜。

碎掉的多肉花盆，是卖给她房子的房东留下的。确切说，是他前妻更早以前留下的。数量非常多，这些多肉的差别……阿梅一个都说不出来。为了给太太养花，房东在每一扇窗户外都打了花架，应该花了不少钱。那可真是一个喜欢养花的女孩啊。阿梅心想，还有一个真心喜欢她的老公，真是可惜。阿梅并不喜欢花，偶尔一次发了朋友圈的时候，很多同事同学都夸她养花养得好。这就生出了新鲜的虚荣心。她回复他们："不是什么名贵的花，就随便养养的。"心里很喜悦。阿梅在手机上查阅了一下，原来打理这些植物并不费力，于是就放养着，心情好的时候，就洒点水。没想到,它们最终还是难逃一劫。可见缘分已尽,真是天都没有办法的事。她为他俩的爱情感到可惜,而且,全世界只有她一个人知道,他们爱情的象征、生活史的完结是在这个台风天才真正破碎死亡的。

最初看到这间房子的时候,阿梅就很喜欢。这个家里仿佛一直只有一个老太太在家待着。阿梅在白天看了一次房,晚上看了一次房,下雨天又去看了一次房,时间久了以后,就连黄梅天她都去看过房。每一次,老太太都像第一次见到她一样,叫她不必穿鞋套,随便看就好。老太太喜欢通风,会打开家里所有的窗户,就像阿梅外婆生前的喜好一样。南北通、自然风,四点半吃晚饭,三点半就能起床。过了一定年纪,人好像就会自然而然活在和年轻人不太一样的生活世界里。那会儿,每次阿梅提前说好要去看外婆,外婆都会比三点半还要早半个小时起床,开始等她。这种等法,会让人产生无尽的愧疚,因为阿梅要到下午才会到。她不敢想象,在这黑夜到白天的漫长时间里,外婆一个人是怎么过来的。不过书上说,古代的女性命运就一直等、一直等,她们等过的人,等不来也是常见的事,或者死了,或者还有别的家庭。和现在的女人不一样,以前的她们就算不等人,其实也没有别的事可以做,做了,也没有用。外婆生前最遗憾的事,就是没有看到阿梅结婚。她好心地说:"你和你妈不一样啊,你以后老了怎么办,你一个人要怎么办呢?"阿梅心想:"外婆你也一个人老着啊,人算不如天算,有什么好怎么办的。"阿梅于是扑向外婆说:"外婆我最喜欢你啦,我老了和外婆在一起啦。"外婆就很开心,推脱说:"你明明最喜欢手机,我最多是排在第二名。"

现在，再也没有人做第二名了。手机是第一名，是第二名，也是第三名，成为了阿梅最喜欢相处的东西。手机里藏有她的行程、她的消费、她的病例卡、她的社会关系、她的全部生存事实，和谎言。

阿梅第一次来这里，就看上了这间房子。下楼的时候，中介的同事又带来了第二波人。他们喜欢制造紧张感，烘托竞争气氛。中介在小区门口说："梅小姐不好意思，这间房子之所以比市价便宜，是因为房东他还在办理离婚手续。不过这是他的婚前财产，产权证上只有他一个人的名字。但是他不确定太太名下还有没有别的房子需要协议分割。他说他太太不肯回微信……"

"还没离婚啊，那真是麻烦了。就算第一次起诉，应该也判不下来的，还要等第二次，这样起码要等八个月，才有个明确的结果。那他太太的产调你们做了吗？看一下产调不就知道名下有没有房子了？国家没有联网吗？不是一直说要联网吗？你们内网也看不出来的吗？"

中介说："这我们没办法。"

"照道理，婚前财产也不影响什么。可是我还要付十几万中介费给你们，你们就不能帮忙确定一下他太太有没有别的房子吗？他太太是这间房子的同住人吗？售后公房需要她同意吗？"

中介说："梅小姐，你是不是做律师的啊？"

阿梅摇摇头。想了想又说："算了，我可以等。"

中介说："我两年前培训的时候，才知道起诉离婚是怎样的流程。"

阿梅就笑笑。"我觉得他不想离。不然他就会说，已经起诉离婚,很快就会析产。他说太太不回微信,不回微信……情况太复杂啦。"

中介说:"梅小姐,那个……我们还有别的房子可以看的。这一带啊,前面都是部队的房子,不太会做商业开发,如果您要购物交通方便,可能还是另一区比较适合,有电梯,还有儿童乐园,万一你以后会……"

2

阿梅打开洗碗池前的窗户,往窗外看。严格意义上的风景是没有的,只能看到另一单元的后阳台。上海的夏天,每家每户后的阳台上总会出现露着肚子的爷叔在乘凉,他们饭后还要负责丢垃圾和取快递。居民区里的男人和社会上的男人不一样,上班族或退休族回到家,就像回到女性的港湾,从此只会听到三句话,"去丢垃圾、去拿快递、门(窗)开那么大干啥蚊子要进来了"。如果家里没男人,就没有这样强烈的夏天感(也就是啤酒肚感)。那是和台风一样的风景线。今年"烟花"台风过境时,阿梅在抖音上刷到周浦镇有一家人的阳台直接掉落,家中卧室直接暴露,好像《爱丽丝梦游仙境》里"洞开"一个天地。上海人家,洞开的天地里没有什么意境可言,逃进来一只花脚蚊子,就算是影响到生活的大事了。

阿梅想,如果一觉醒来,自家的阳台也掉落了,那么她第一步要做什么呢?是报警、还是拍视频发朋友圈求救?传到小红书或者抖音上会不会爆红?爆红了,久未联系的父亲会不会刷到她买了房子，会不会要来看一看。他真的来看了，她又要说什么好？是不是需要给他准备一个烟灰缸？

去年的电话里，阿梅听父亲说，他又想离婚了。年纪那么大，他还在给自己做新任务，真是了不起。"阿梅，你有没有办法帮我找一个离婚律师？"父亲问。

"没有。"阿梅说。

"我这一辈子那么没劲，我不想把钱留给她。"父亲说，"老天爷割韭菜就要割到我头上了。万一我死了，我不甘心把房子留给她。"

"那你就把钱都花了吧。把房子卖了再把钱花了。"阿梅说。

"我想把房子卖了啊。但是我户口没地方迁。你有地方给我迁户口吗？"父亲问。

"没有。"阿梅说。

她想起小时候，她想要回上海念书的时候，也曾问过父亲一样的问题。

当时年轻的父亲说了一样的话，"没有"。

母亲说："你爸心狠，女人只能靠自己。"外婆说："吃得苦中苦，你的苦大概还没有吃完……"

如果生活可以剪辑，那么这几个镜头可以剪成互文的预告片。像《狗十三》，或者《春潮》，或者《我的姐姐》……生活要是能被拍成电影，一定众声喧哗，啰唆得看不见主线。唯一的好处是，主角光环有免死特权。就算团灭，她也能活下来。

阿梅记得当时的自己还哭过一场。等再奋力考学回来上海，找到工作，忙碌替代委屈，慢慢也就平静了。大城市的生活好像打游戏的初始台地，有一定规则，顺应它一切就变得有迹可循。她拿户口，缴社保，买新房，摇号分不够，二手房遇到房东离婚之难，再到三价就低首付提高，贷款利率加码放款时间放缓……等用上"好好住"APP，逛线上IKEA看软装，她一个人走完了一条耗尽心力的长路，连个鼓掌的人都没有。好在，阿梅没有钱重新装修。拿到房产证的那一刻，她有些兴奋，却也不知道该找谁分享，只能叫了一个豪华的外卖，包括了凉菜和甜点，吃完了没有分类就把垃圾丢了，爽到一个不行。那个晚上，阿梅第一次发自内心希望房价上涨。不停涨。她太累了。只有房价上涨，才能缓解她内心对艰辛的怨恨。隔一天她突然感到困惑，出于自己的亲身经历，她发现希望在这个城市里房价跌的、和希望房价涨的，可能是同一个人。

生活再度形成了新的形状。硬要说有什么大的改变，也说不上，不过是起夜上厕所，或者夏天吹头发的时候，不用穿戴整齐，以防看到妈妈以外的人。上班的时候在食堂，有同事和她打招呼，她的心情也慢慢放松起来，不像从前那样焦虑。她还筹措了新的兴致，对那个焦虑的同事说："你啊千万别排在那里，那里太难吃了，像继母做的饭。还是这里好吃。"同事吃惊又似懂非懂的眼神，令这充满好意的社交温度变得冷热不均、难以捉摸。

那个想和她一起吃饭的同事，已经告诉了很多人他想和她吃饭的事。这真是令人头疼啊。阿梅心想，如果不是为了还房贷，她很可能会辞职的。他职位高过她，半夜里喝多了还给她打电话。白天看起来又很拘谨。他在食堂里对她说"你比这些菜可口多了"的时候,阿梅感到一阵恶心。这不是性骚扰,什么是性骚扰呢?可是因为有了房贷,她还要跟他继续开开玩笑,苦中作乐一番。在单位,她只要演好"大龄女青年脾气都很怪的,可是她们有房子"的人设,就可以了。如果她脾气太好,也是不容易让人理解的事。如果她偷偷买房子……这几乎是不可能的,唯一的好处是,这比学历更能证明她的脑子可能不是坏的。

那个人还问过她一个很奇怪的问题:"你为什么要自己买房子啊?"

阿梅说:"因为我的花放不下了。我养了很多很多花。很多很多。"

那个人要是看到阿梅在玄关处放置的母亲把父亲撕掉的合照,应该会放弃的吧。那张照片有 A4 纸那么大,母亲看起来是个二十几岁的美人,父亲的位置像被蚕啃食过,显得很可口。阿梅心想,那个人一定不敢问,你为什么要把这样撕过半张的照片裱起来呢?是没有别的好看的照片了吗?也可以放个大红福字啊,三口之家的合照啊,多温馨呐。他再猥琐,这样的问题也是不敢问的。他要是敢面对生活真相,早就不会缠着她了。他是被风俗规定着生活,不然就会怀疑自己的人。他们这样的人,也只会顺应风俗在心里断定,三十几岁的女人心理都不正常的呀,要对她们宽容。

不过,阿梅倒是很想回答这个问题的。因为母亲给她的回答很奇妙。母亲说,"这张照片虽然有你爸爸,但是我真的好好看啊!这张照片拍得真好,我实在是舍不得全部撕掉,放在我家里也不太好,就留给你做个纪念吧"。

阿梅也很喜欢这半张照片，它是有情绪的，也象征着她的来历，崎岖又有妙处。反正她不是爱的产物，而是爱的代价、爱的遗物，这样的事，没经历过的人肯定不懂。

阿梅没有继承母亲的美貌，这可能是她的幸运之处。母亲从小就教育阿梅，"美，是没有用的。"阿梅后来知道，这是一句很哲学的、很世故的话。只有拥有美的人，才会知道它多好用。知道它的好处、坏处，才能识别它的无用之处，才会很早就为失去它做足准备。半美不美的人，无法识别其中的危险，也就不会早做准备。阿梅到了三十岁之后才发现，她就是母亲为失去美貌所做的最强准备，她训练她克服困难，训练她不走捷径，训练她不惧怕冷嘲热讽，但她就是不肯告诉她，美也可以是有用的。母亲是天生追求爱情的人，她喜欢爱人的苦楚，也喜欢追索爱的真相，当然她就心知肚明爱的虚幻和生计的严酷。阿梅没有吃过感情的苦，对感情吃得不透，但经由磨难，她对亲情的了解要比母亲深刻一些。阿梅觉得，如果父母都是追求爱情的人，那他们的孩子一定是很倒霉的。做美女的女儿，也是很辛苦的。这辛苦和当不成美女没有任何关系，而是这样的女儿，很可能会成为美女的人生备份。

阿梅虽然和母亲没有很多话说，但她们内心深处是相爱的，她们是一个人的两种人生。她们两人此生曾有过一次高质量的沟通，阿梅对母亲说："我和你、你老公住在一起，怎么可能会有男朋友？"母亲一愣，竟没有反驳。她好像是听懂了，却没有具体回答。阿梅买房的时候，她从股票里退了一笔钱。她对阿梅说："我买了你爸老单位的股票，去年因为疫情，它突然涨了很

353

多很多……就当是我和你爸给你的。主要是我给你的，因为你爸不知道，他是铁公鸡。你不能说出来哦，因为我跟你可不一样，我有老公的……"

阿梅就笑笑，说："谢谢妈妈，妈妈真好。"

其实这值得笑更大声一点。不过阿梅看知乎上的人说，成熟的人不便惊动太多表情。她觉得自己人到中年，可以开始表现成熟一点了。

3

两年前，因为选择了等待，生活便有了奇异的盼头。这个盼头就是，阿梅比任何人都希望房东快点离婚。她像一个第三者一样，不断搜寻着足以协助他完成这个家庭解体动作的信息，并提供给中介。例如，如何证明两年的国内分居，如何证明逢年过节包的粽子啊饺子啊土特产啊也可以是爱情破裂的象征。甚至，如何证明他们喜欢的人的性别可能发生了一些重要的调整。那段日子里，阿梅几乎忘记了自己家庭解体时的苦痛。她的命运，似乎就系在那两个她未曾谋面的怨侣那里，她甚至花了16块钱，在"星盘说"App上求问下半年离婚是否能顺利展开。四个专家，有两个说可以试试，还有两个说要等另一颗星星来到的时候，才会比较顺利。

有一次连中介都听不下去了，对她说："梅小姐，俗话说，宁拆十座庙，不毁一桩婚。你也不要太着急了。"阿梅对他说："他们离婚，最大的受益人，就是你啊小李。你又不会免去我的服务费。我无利可图,还要给你们十万块钱,何来拆婚之说。"

中介说:"我也拿不到所有的服务费,都是公司抽走的。"

阿梅说:"那你们公司真是要多烧香。宁拆十座庙,不毁一桩婚。"

中介说:"但是我觉得他是有诚意的,真的,全网公布信息,每天多少人给他打电话,多少人看房,对吧。何况,婚前财产,他是可以处置的。"

阿梅说:"很多男的对离婚都说得很有诚意。但是,除非他想再结一次婚,不然他是很难下决心离婚的。他最多会去找个律师打探一下财产的分割,而且我在这个房子里看到的都是不想离婚的信息啊。好多好多爱啊。"

中介说:"好多好多爱,你是怎么看出来的?他们没放婚纱照啊。"

阿梅说:"我问你,老太太是男方的妈妈还是女方的妈妈?"

中介说:"……"

阿梅说:"我上次看到她在给花浇水,好多好多花,可能有五十几盆。我说这个花养得真好啊!老太太说,不是我养的。但是他们叫我还是要浇水。你说,这是要离还是不要离?花是谁的呢?这么爱惜,以后要怎么分呢?"

中介说:"梅小姐,你是不是干警察的?"

阿梅说:"如果太太是同住人,还不回消息,你们是怎么操作的?"

中介说:"那梅小姐,我去问一下,您要不还是先看看别的吧。"

阿梅说："如果有售后公房的话，我可以看看。不然，我可以等。"

现在，已经很少听到"售后公房"出售，但是像阿梅这样的人，对这历史的产物还是情有独钟。她不是真的执迷于这间房子本身，而是她支付不起昂贵的个税和增值税，只能勉强接受它可能没有商品房吃香的代价。售后公房，原是单位分配的福利。以前的人，不结婚单位都不给你配房子，没有外卖的时代，不结婚回家都不一定吃得上热饭。时易世变。那时要离婚，说难还真是比现在难得多。现在也不容易，现在的不容易里掺杂着很多可能性。它不是真的不可能，而是变卦多。

每到夜晚，阿梅总还是会想起小时候的事，想起自己的前半生。她是个很乐观的人，在父母腐烂的爱情里成长起来，看到"家庭"的断壁残垣已经没有什么复杂的感觉，遇到再烂的事，都会有一种"只要没有蛆"就算空气很好的阿Q精神。"家庭"，并不是人手一份的礼物。不彻底清除念想，任凭腐烂的亲情宛若动物内脏横陈于夏天，大夏天，有西瓜和男人啤酒肚的那种真正的夏天，只会让情况变得更糟。阿梅和中介小李，就是在那匍匐苍蝇的家庭内脏上，保持端正合法的姿势去大小便的路人。他们认认真真地嘲讽人性的多变和软弱，也不出于情绪。以他人命运的风吹草动来虚构自己的"好处"，伺机等待从量变到质变的情感生态，是生计所迫。在一个看不见的空间里，他们携手等待爱情真正变质、无药可救，等待清洁的新机遇。

4

阿梅知道小李骗她的时候，其实并没有太多惊讶。（母亲不也骗了她把股票所有收益都给她做首付了吗？）

说来也怪，楼市经过两年的风云变幻，逐渐进入横盘状态，这和父亲单位十年前的股价很像，它看起来会一直"3"块下去，直到地老天荒，谁知道集装箱会突然因为疫情而在全世界都变得紧俏，股价翻了十多倍。听说去年年会的时候，总公司招待宾客的食物都变成了神户牛肉，当然，这和普通员工及其前家属没有任何关系。阿梅父亲出生那一年，新泽西州的纽华克港，一辆起重机把五十八个铝制卡车车厢装到一艘停泊在港口的老油轮上。五天之后，这艘"理想X号"驶入了休斯敦，在那里有五十八辆卡车正等着装上这些金属货柜，把它们运到目的地。一次变革就开始了。阿梅小的时候，全国只有四家集装箱制造工厂，只有一位集装箱设计工程师，她在父亲单位的内刊上，看过那个人的照片。那是一段非常灰暗的日子，航空物流的发展、全球化对速度的要求大大挫伤了"理想X号"的象征，薪水低、待遇差，靠在各个港口装船和卸船为生的劳工大军已经不复存在，海员们纷纷决定回到陆地工作，以免摧毁亲情和爱情。直至……二〇二〇年，因为年底莫名其妙发了二十二月的工资，阿梅父亲又不想离婚了，他也不再觉得人生无望自己已经是死神手中的韭菜。日子好起来了以后，阿梅很久没有接到他的电话了。可想而知，电话那头的他多么面目可憎。钱，就是男人的面目，它变来变去的，怎么看都像一张前夫的脸，真让人恼火。

不过，假如这个世界上真有"蝴蝶效应"，那么阿梅执着地等待一对陌生夫妇的离异（售后公房的避税），居然也因为复杂的世变而变相得到天意的助力。因为买房政策的变化，五十盆多肉的女主人终于同意签署离婚协议。新政关于"夫妻离异三年内购买商品住房的，其拥有住房套数按离异前家庭总套数计算"都没有阻挡他们分离的决心，可见他们可能真的是想要离婚（或者有人相较两年前，认真下了决心）。

阿梅第一次见到房东，是见到那套房子的两年后。她已经去过很多次，最后却没见到之前那位老太太。

房东皮肤很黑、个子很高，看起来四十出头，还没有啤酒肚。房子是他父亲留下的，一九九五年以后，产权就是他一个人的。如今，父亲母亲都去祖籍地养老了。房子比非普通住宅超过了零点六四个平方，他愿意补上这百分之零点零五非普通住宅的契税。

透过手机屏保，阿梅看到了他与一位年轻女孩的合照。像看到了她期待已久的决心。

下楼后阿梅对小李说，拖了这么久，首付都提高了，能否再让点价格。何况，他一年内再买房，还能退税。

小李说："梅小姐，你是不是也是干中介的？最近好多大学生都转行来跟我们抢饭碗了。要不……我再去打个电话问问。"但他在外面并没有打电话，只是抽烟。阿梅母亲也来了，却没有现身，她在远处看着小李，告诉阿梅他没有在打电话。

房屋最终成交价，比当年挂牌价便宜了十五万。

这场博弈，从下午五点，一直谈到晚上九点。最后小李把上下家都带去了另一家小中介，掀开卷帘门，里面有一位年轻的中介员。小李比看起来城府要深得多，他显然在最后一刻决定把这场谈了两年的公事转为他的私活。他说，如果在原来的地方做合同，他只能拿到四千块钱。如今三价就低，如果把做更低的房价传播出去，就要罚三万块钱。

"都不容易，姐，你说是吧，流程都是一样的，都是我和我助手来办。"小李说。

阿梅看着他的脸，又看看身边那张颇想结婚的脸，不禁想过去的那两年里，不知道到底谁从中作梗，才使得一切都比缓慢更缓慢。

阿梅的等待在三个月后真正生效。交房的时候，阿梅问房东，花怎么办？

房东接了个电话，好像是在和亲密的人沟通。他用唇语告诉阿梅"送你了"。阿梅说："这么多？"房东掐了电话说："带不走了。就拜托给你了。不用很多水，晒晒太阳。多肉养殖，你可以看看小红书，上面有人教。我……那位以前也是自己学的。她把漂亮的、喜欢的都带走了。我买的她都不喜欢，都给我了。我也，用不着了。"

"好吧。"阿梅于是下载了小红书。

他不知道，对于阿梅这样不打扮的女人来说，本来用不到这个APP。但多肉死了以后，阿梅出于神秘的路径依赖，开始继续使用小红书看房子。那和中介做的VR很不一样，拍得都很美，很明亮，像生活的善意。她看着小时候住过的社区，她和父亲母亲还可以合照时经过的街景，都被滤镜美化得很不真实。她看到杭州外婆的旧家，如今被盖成了社保巨子才有权限摇号的豪宅，一切像假的一样，又充满希望的美意。最终，她给自己买了几个豪宅厨房里同款的煎饼铲子，心底突然涌起一种温馨的感觉。

睡得好真开心啊。

搬家后的阿梅总是这样想，然后关掉"小红书"，闭上眼睛问 Siri：

"Hi，Siri，讲个笑话来听听。"

（《四合如意》（小说集），人民文学出版社 2022 年）

张怡微　　作家，复旦大学中文系副教授。2022年出版《情关西游（增订版）》《四合如意》。

蒙面纪

黄昱宁

一

戴上虚拟面罩的一刹那，我透过监控摄像头看到了刚刚进入我右侧隔间的乔易思。眼前顿时漫开了一团雾。

"您的各项指标一切正常，您的轻微不适是即将进入场景时的正常现象，不会对健康状况造成任何负面影响。"植入式耳蜗里回荡着轻柔的提示音，依稀听到某部经典科幻片的主旋律似有若无。

我觉得我的不适远远超过了轻微。但我分不清有多少比例来自复古面罩松紧带骤然勒紧的压迫感，有多少来自乔易思的脸。这一屋子的智能设备瞬间探测到了我的心理活动，镜头聚焦在他右边眉头那颗浅灰色的痣上。我记得，十年前，他跟我吵最后一架，表情肌被扭曲出一个奇怪的角度，可笑地牵拉着那颗痣，周围晕出一圈红光。

乔易思的表情凝固在三秒钟之后。我知道他也透过监控看见了我。他的嘴角抽动了几下，应该是说了几个字。他是那种一旦把话说得太清楚就会觉得自己缺乏深度的人，应该没有什么智能设备能做出恰当的反馈。我放慢语速，清晰准确地抗议："我可以要求换个搭档吗？"

"您的搭档是经过严谨挑选产生的，你们的匹配度近乎满分。不可能有比这更完美的数据了。"

去你的完美。在我和乔易思的世界里，近乎满分的意思就是在你即将伸手摘到星星的那一刻，跌进深渊里。

"您的心跳略有加快，参数在准备阶段的上限之内。这是即将进入历史虚拟时空的正常现象。您不用紧张，闭目，静坐，深呼吸，有助于更平稳地转换模式。"

我其实应该想到有可能在这里碰上乔易思的。我告诉自己，我并没有，绝没有暗暗地期待过与他在这里重逢。我在手机上飞快地调出乔易思现在的身份。历史研究修复师，特级，主攻蒙面纪断代史。好吧，还是那个不管在虚拟空间里有多少个分身、一律都在工作的乔易思。等实验结束，一旦走出虚拟世界，他的论文、成果、领奖台上的微笑，都会像阳光下投进了洗涤剂的一盆水那样，翻出五颜六色的泡沫。

我当然知道，乔易思的工作有多么重要。三十八年前的一场全球性数字劫难彻底改变了历史，或者说，改变了"历史"被储存的历史。一个至今仍然没有被查明的黑客组织精确地攻击了人类的数字档案，尤其对图形与影像造成了近乎毁灭性的打击。从那以后，图书馆和档案馆又开始收到充足的政府拨款和私人捐赠，纸质文件和照片再度成为不可或缺的储存记忆的载体——因为零星火灾的危害程度，远不及大规模数字恐袭。然而，已经造成的损失很难弥补，那些曾经鲜活的记忆，所有在当时当地以为可以存留的瞬间，都被永久性删除，没有留下哪怕一粒纸屑，一缕烟尘。乔易思就出生在那一年，这个巧合似乎成了他当年选择专业的唯一理由。

我是带着使命出生的，他说。他的右嘴角微微抽搐，仿佛含着讥讽，瓦解了他说这话时本来可能激发的所有感人的力量。

始于二十一世纪三十年代、持续将近八十年的蒙面纪，为什么会成为这场数字恐袭损失最为惨痛的重灾区？乔易思念叨过一大堆，我只记得两条：首先，人类记忆载体的全面升级换代，差不多就是从那时候开始的——人们逐渐习惯把自己的一切都绑在手机上，沉浸在某种乐观的、人人都能掌控记忆的幻觉中。

"那时的人们，发觉每一个瞬间都能向全世界直播，或者随手扔在云上，他们就再也懒得用脑子，或者任何你可以摸得到的实体来储存记忆了。以至于如今我们回头看，那段时间的实体档案和资料都要比以前少得多。"乔易思若有所思地说。

"其次，那段历史本来就像一团迷雾。"

"迷雾？什么意思？"

"雾就是雾，那种你依稀看得到轮廓，却分不清边界的东西。"说到这里，乔易思自己也像坠入一团迷雾，话音带着浓重的湿气。

"在有些人看来，这段历史就应该被遗忘。"

关于蒙面纪，人们的说法总是混沌不清。我只知道，当时的人类，被一波接一波的微生物围攻，从呼吸道开始，逐渐向消化道、皮肤和血液蔓延。相应的化学对策——无论是预防还是治疗——永远慢一拍，人们总是在为新药物欢呼了一阵之后，不得不退回最古老的互相隔绝的物理方式。伤亡数字有各种版本，统计口径千差万别，你根本不知道相信哪一个好。那些残留的记录上充斥着人们的互相指责。

形形色色的防护装备成为那段时间的标志，时而被争夺，时而被抛弃，周期性地出现在少得可怜的纸质文献和图像中。从口罩、面罩到防护衣、过滤膜，款式和材质不断翻新，这成为专家判断年份的最重要依据，甚至出现过几场涉及新型防护原料的局部战争。所有的防护设备都是从口鼻和整个面部开始的，所以用"蒙面"来统称那个时代也算合理。只不过，到了"蒙面纪"后期，被遮蔽的部分早已延展到全身。

我在博物馆（大部分是线上博物馆）里隔着玻璃橱窗看到几个画满涂鸦的艺术面罩原件时，觉得人类真是活得越来越荒诞。远古我们有恐龙和白垩，上古我们有青铜，到了近现代，我们只能用面罩来标记一个被失忆的时代。

"我们缺少第一手材料。处在那灰暗的八十年里的人们，究竟是怎样的生活状态，他们到底在想什么？我们好像知道又好像不知道。"那时的乔易思，像个真正的思想家，不管手里抱着的是一本古书还是一团松软的抱枕，都像是抓到了能撬动历史的杠杆。十年之后，透过监控的镜头，我又在他脸上，看到了这样的表情。他一定是大型虚拟现实学术实验"蒙面纪"的主创人员，对此我毫不怀疑。十年前他就有个朋友是VR行业里小有名气的娱乐软件设计师，据说这两年赚够了钱以后转型跟学术机构合作，多半就是乔易思牵的线。我甚至记得那人的名字叫吴匀。

至于我——在这个大型实验的试运行项目中，我只是个好奇的志愿者。他们说，这个实验需要敏感的，能迅速代入情境、过后又善于抽离的写作者，最好是女性。他们说，女作家善于捕捉细节的能力对于修复那段重要的历史记忆非常重要。我说好的，我符合条件。

我说了谎，我不符合最后一个条件。我没有把握要过多久才能从过于逼真的体验中抽离出来。如果这个实验做得就跟它运行指南提示的一样"具有无与伦比的真实"，首次再现那段"空缺的历史细节"，我的意识也许会久久地困在那团乱麻中。我想我会呕吐，肠胃会皱缩成奇怪的形状，我会什么都写不出来。

"您已签署保密授权协议。也就是说，在整个实验过程中，我们有权将您的体征数据，脑电波图像和对话记录用于学术研究，并保证不向任何第三方泄露您的一切隐私。在这些使用权中，不含您的VR视频。为了减少您在历史时空中的顾虑，我们全程不会录制虚拟视频。"

"确认。"

"请您再次确认，选择半沉浸模式，意味着您在整个实验过程中，常常仍然保持着清晰的时间感。您在当下的身份与记忆，会与实验中的情境产生一定程度上的冲突。您将难以完全体验这款实验在营造真实感上的精妙表现，这无疑是令人遗憾的。"

"我确认……那么乔——我是说我的搭档，他选择的是什么模式？"

没人回答我。耳蜗里的音乐开始变奏，旋律线渐渐模糊，音符与音符黏连。一串不和谐音程，带着过于强烈的电子感。这些散乱的元素最后汇聚成一种类似于呼啸着穿越隧道的声响。我在睡眠舱中躺平，按照提示音闭上眼睛，任凭这声音聚拢起一团飓风，把我卷进蒙面纪（距今120～200年前）的世界里。

二

街上空着。但这种空，还带着不久前曾经满的痕迹，与我习惯的那种空全然不同。在我所处的现实世界里，人们待在睡眠舱里的时间要比室外长得多。在虚拟世界里，他们上午到芝加哥开一场学术会议，下午就能去大溪地冲个浪。现实中的街道是真的空旷——你偶尔在那里散步，四周全是安全而茫然的气息。这股气息如此稳定，仿佛源自亘古，直通未来。但一两百年前的空，隐藏着呼之欲出的不安。商厦的玻璃幕墙无聊地反射着刺眼的阳光，我侧转身避开直射，视线落在一溜儿店招上。麦当劳。HUAWEI数码体验中心。某种日韩品牌车的展示厅。这也难怪，我想。这个实验既然要标榜细节的逼真度，这些最容易做的表面文章是一定要做足的。毕竟，众所周知，全球化时代的最后一抹夕阳，就落在"蒙面纪"的那些高度相似、难分彼此的街景上。

但是，绝不会出现城市的标志性建筑——我在实验指南上看到过这一条。虚拟现实场景里将摒弃所有能让你精确定位时空的记号。你不可能根据千禧桥上的爆炸断痕，判断你正站在2088年的伦敦，也别指望通过远远的金字塔雪景，猜测你深陷于二十二世纪初的困局中（微生物肆虐、气候急剧变化以及由此引发的争端即将使地球总人口负增长的幅度超过警戒线）。是的，你不能。在这个实验中,你不知道今夕何夕,你无法判断你在地球的哪个角落里。

时过境迁,如果说人类从那些年代里学会了什么教训的话,那就是:该搁置的要搁置,该模糊的要模糊,把互相指责的时间成本,用来解决实际问题。蒙面纪的是非曲直,种种真真假假的、纠缠着政治意图的溯源行为,衍化出始料未及的次生灾难。以至于,事到如今,哪怕是一个学术 VR 实验,也要小心翼翼地绕开所有暗礁,守护这道人类历史上讳莫如深的伤疤。

"我们不参与价值判断,我们的研究对象,不是历史事件,而是日常生活。在我们看来,蒙面纪在时间维度上是一个整体。至于空间维度,那就是整个地球,我们的命运连在一起,我们都过着同样的日子。"毫无意外地,指南上的口号总是如此空洞而正确。

总而言之,我觉得我的身体站在一个混沌不清的虚拟坐标上,脑细胞大约还有一半以上滞留在现实世界里(尽管实际情况正好相反)。某种轻微的离心力,似乎随时要把我从古老的街道上腾空拽起。我隔着面罩费力地吸上一口气,总算没让自己像一只气球那样晃晃悠悠地悬浮在空中。

"戴久了吧?齐南雁,你的呼吸得调节一下。但是千万别摘下来——"乔易思的声音仿佛由远及近传来,失真感渐渐降低。实际上,我意识到,他的坐标就紧挨在我身边。

我无法相信他就在我身边。我们一开口,对方的名字——那个一两百年之后的名字——就自然而然地冒出来。

乔易思的语气里带着一点儿我熟悉的神经质,但似乎被赋予了新的内容。他嘴里念念有词，一半是城里最新颁布的防护指南，一半是刚刚更新的病例数据。这是典型的刚进入实验时信息溢出的表现，再正常不过了。乔易思的选择显然跟我相反，他正处在全沉浸模式，在进入睡眠舱的过程中通过脑机接口输入了大量的环境设定和背景知识，暂时覆盖他既有的对现实世界的记忆。他正在全身心地沉入蒙面纪的某一个阶段中，他将无条件接受那个时代所有的混乱与焦虑，接受程序给他指定的拍档以及关于这个拍档的一整条故事线。我想万一这该死的程序给我安一个烂俗的人设，我该怎么办。那种甜蜜而懂事的，该沉默的时候一定会闭嘴的妻子。那个在现实中我从来没有成为的女人。

我没有想到他会这么选。作为蒙面纪历史研究修复师，他的研究成果（那些凭借家族记忆留下的历史的碎片，种种语焉不详甚至自相矛盾的口述的集合）编织在整个 VR 实验的故事线和图像场景中；可他自己却要抛开那个世故的外部视角，放弃安全感，在实验中裸奔。换句话说，他将被自己"修复"的历史细节狠狠地压榨和嘲弄，而他这一番体验能够换来的是实时上传的所有思维、情感与身体的直接反应。我甚至有点怀疑，我与他的邂逅并不是巧合。作为实验研发团队的成员（也可能是顾问）之一，他有机会看到志愿者名单。我想他会说服自己，情感必须让位于有价值的历史研究。从任何角度看，我们都是最合适、最匹配的搭档。理性与感性的角色错位，能够激发出意想不到的火花。我记得他说过这样莫名其妙的话。

他明显处于应激状态的亢奋就像一股带着磁力的风，把我卷起来晕乎乎地塞进一辆后座上堆满行李的越野车。他踩了两脚油门，车就蹿出去十公里。就在这五分钟里，我从乔易思不断外溢的信息湍流中，大致拼凑出脑机接口给他灌输了怎样的故事。我们结婚五年，没有孩子，有一只猫——此刻它正趴在后座的透明背包里知趣地睡觉。我们的关系有点紧张——这一点简直毫无创意。我们所在的城市最近病例数和死亡率激增，而且出现了全新症状。病毒一旦从呼吸道进入，就可能侵入身体的每一个角落，迅速激发免疫亢进——自身免疫系统越是强悍，这种亢进的强度就可能越大。中招的大多是青壮年。他们就像迎着台风懵懂地舒展着枝叶的梧桐树，正在一棵棵倒下去。

这座城市正在成为新一轮病毒变异的风暴中心。

"我想，按照这个节奏，这座城市很快就要进入休眠模式了。"他瞥了一眼数码手表上不断跳出的新闻，喃喃自语，"还好刚办了通行证。来得及。"

所有被动接受的信息终于在我的意识中合成完毕："我们……是在逃走吗？"

"你是被面罩勒到大脑缺氧了吧……不是说好了吗？我们要出城。都什么时候了，别再任性了好吗？"

连乔易思自己也感觉到了事情正在往失控的方向发展，只好赶紧开大车载音响的音量，试图吞掉最后那句话。我和乔易思之间就像是有一部厚厚的密码本，单单任性这一个词就足以重启十年前所有不愉快的记忆。在我的想象中，每个人的意识都是一座七八层的小楼。如果说这些记忆悬浮在我的第六层，那么它们就应该埋藏在乔易思的地库里——它们被他的全沉浸模式挤压、碾碎，七零八落，却又顽强地渗透在他所有的行为中。我无从辨别哪些属于他对实验场景的应激反应，哪些属于他受残留记忆的驱使，对我产生的莫名感应；我不知道哪些属于蒙面纪，哪些属于后蒙面纪。

我顺势叹出一口气，面罩跟着鼓出来，一股热气往上涌，从面罩边上溢出来，眼前化开一层湿雾。我想现在的VR技术也太逼真了。在一个面罩已经成为古董，只有少数样品还躺在博物馆的年代里，居然能够通过传感器重现戴面罩的感觉。潮湿、黏稠、近乎窒息，那种传说中的古典的暧昧，它究竟是怎么模拟出来的？

"我没法跟你一起走，我们最好各走各的。"我听到自己轻声而坚定地说。

就好像一架吵了一两百年，前情后事并不相干，情绪却都接得上。

乔易思顾不上接我的话，捏起拳头砸在自己的大腿上。车一个趔趄接着一个趔趄，终于完全熄火。导航显示，我们的坐标在离出城高速路口不到五百米的地方，被前后左右的车流挤得动弹不得。我从副驾驶位置看出去，在我们右前方，有个司机冲着手机吼了几句以后，按掉，低头，面孔埋进宽大的手掌。然后他下车，在车与车之间的夹缝中来回穿梭，跟别人借火抽烟，搭讪两句以后便越说越激动。

"他应该来过好几次。明知希望不大，总想再碰碰运气。"乔易思说。

"至少，外面有人在等他。有人值得他这样。"

"你还是这样，喜欢编故事。"

"你还是这样,听不懂故事。"

十分钟之后,一架盘旋在车顶的无人机越开越近,发出指令。乔易思按键打开天窗,遥感体征检测系统在十秒钟里采集完我们的数据。又过了十秒钟,那台无人机亮起了红灯,我的证件号被播报出来。那台机器一遍遍地重复:"您的一项或多项体征未达标,不符合通行条件。请自行前往医院复核。感谢您的配合。"

乔易思那头是绿灯。他的反应很快,一把按住我准备开车门的手。"别傻了,"他说,"我能让你一个人去医院?"

"你还来得及出去。我活该,谁让我任性呢?"

他哼了一声,似乎想对此嗤之以鼻,但我看得出,他的肩膀和胳膊都是僵硬的。新型毒株刚刚在局部地区蔓延,全世界病毒学家拿到的样本还很有限,很多问题还没有达成共识。乔易思的紧张可想而知。

"老一套吧。拖延,分流,控制外溢人数。你可能也就是被随机挑出来的。"他在安慰我,但语气更像是在安慰自己。

两旁的车辆似乎被那盏红灯吓得倒吸一口冷气,纷纷施展车技,侧转出匪夷所思的角度,居然让出一条窄路,让乔易思倒了出去。

后座上一阵窸窣,猫在透明包里翻了个身。她做的显然是个好梦,抬起肉垫伸出爪子勾住包上的透气孔,咕噜了一声,不舍得把眼睛睁开。

三

医院门口的检测点乱作一团。原先设计好的闭环系统不时被人流冲到变形，分出两三股支流。总有人排错队，或者排着排着突然腿一软晕过去，激起一阵惊呼。那些套着医用防护设备的工作人员完全不够用，两个试图按照操作规范引导人流的机器人被十几只愤怒的手连着拍了几下以后终于撞到了一起。

我心跳得厉害，一阵干呕。医院声场过于逼真，无数种声音同时在耳膜上弹跳拍打。我就好像被封进了一个玻璃气泡，周围全是看不见的固体。毕竟也是半沉浸模式，我想。我确实有一半——也许一大半的身体——已经对虚拟环境深信不疑。我越来越进入角色，那些曾经出现在历史材料上的抽象的症状，似乎一样一样在我身上应验。干咳，身上一阵热一阵冷，胸闷气短。

我的现实感正在匀速减弱，我与外部世界的连接只剩下一根将断未断的风筝线，缠在我的手腕上。我下意识地想抓紧它。我确实没有见过这些前现代的医院——现实生活中我甚至基本不需要去医院。在我生活的世界里，远程医疗早就成为主流。哪怕需要做个小手术，一个小时内，你的客厅里便可以支起无菌帐篷。这点时间正好够医用手术机器人带着一大套器械上门，并且做好术前准备。

蒙面纪时期的医院，尤其是处在风暴中心的医院实在太有压迫感了。我看了一眼乔易思，即便戴着面罩，还是能明显看出他从面罩边沿溢出的脸色在发白。他甚至比我更慌乱，因为他手里并没有那根风筝线。

我们都戴着塑胶手套。他怕我被人流冲散，握住我的手。在一屋子的热气中，我的手套和他的手套几乎要粘在一起。

"你现在走还来得及。"

"别闹了。要吵架我们还有的是时间，不是非得现在不可。"

现在我能确定这是一条适合我们的故事线。我根本不用费什么脑筋，也能顺着走下去。

"你怎么知道我们还有时间？"

"那你还想怎么样？现在所有办证的地方都关门了。"

不出所料。我们的关系只差办一道离婚手续就可以了断。

机器人把探针伸入我的鼻腔时，那股酸麻劲似乎直抵泪腺。坐在一旁的检验员几乎连眼皮都不抬，就示意泪眼模糊的我赶快跟上右侧的队伍。只有那些晕倒在排队路上或者捂着胸口显然喘不上气来的病人才有可能被抬上左侧的担架，送往重症室。然而担架也在排队。我一眼望过去，一小时前被抬进左侧那扇玻璃门的那两副担架，仍然横在同样的位置上。里面再也周转不出新的病床了。

整座城都在忙碌。但一大半能量都在各种流水线上消耗。人们从一个关卡被运到另一个关卡，然后就像被塞进一堵旋转门，转一圈便被送回来。

"三小时之内，您的检测结果会出现在手机上，您的数据将进入疾控中心监测网，我们会根据情况的轻重缓急采取应对措施。请自行回家静候。"

没有药，有人核验接种记录，居家隔离以及轻症自愈的注意事项被反复广播。

我木然跟在乔易思身后,上车,下车,接连跑了三家超市,一家比一家荒芜。我们很快就发觉朝货架上看是徒劳的,只有货架旁边的空地上,还能捡到人们在争抢时从架子上滚落的几颗土豆、两袋方便面(其中有一袋撕开了口子)和一小包贴着买三送二标签的猫粮。乔易思在自动收银台上扫码,机器毫无反应,不知道给谁拔了插头。我冲着正在发愣的乔易思挥了挥手,催他赶紧走。

"别傻了。以后再跟他们算钱。"虽然我也知道,在蒙面纪里,时间感变得飘忽不定——你在说以后,尤其是"灾难以后"时,永远不知道是多久以后。

我的检测结果和城市休眠通告同时抵达。"阴性。这并不意味着您的危险已经解除,因为潜伏期从三到三十天均有可能。请密切观察体征数据,自觉与他人保持社交距离。"就在乔易思一字一顿地把这句话念完时,我们正好走到了101室的门口。他的面容迅速通过了摄像头扫描,房门应声打开。

这是我和乔易思的家。

灯一盏盏打开,家具仿佛从记忆深处一件件浮现出来。暗绿色的磨砂皮沙发和南瓜色的木制雕花果盘是乔易思从古董店里淘来的旧货;所有像是被凉水或者月光洗过两道的铅灰色书架,那些刻意清冷的极简线条,都是我选的。时隔一两百年,我们的趣味依然完全不同。

猫回到熟悉的住处,顿时没了睡意。她迅速找到客厅里最幽暗的角落,一身纯黑的毛轻巧地隐入阴影中,黄绿色的猫眼越瞪越圆,闪着幽光。但她似乎对我们没有什么兴趣,只盯着客厅落地窗外的天井看。

"寇娜(Cona),别乱跑。"我听到乔易思喊猫的名字。新冠(Conavirus)是蒙面纪之前著名的全球流行病,尽管规模和强度小于蒙面纪时期的一系列病毒,但通常被认为是蒙面纪一次颇具警示意义的预演。给猫取这么个充满讽刺意味的名字,这比较像我的风格。

寇娜没有理会乔易思的警告,仍然一步一步向落地窗靠近。我走过去,用手轻轻一推,落地窗就顺着滑轨打开。寇娜蹿出去,毫不犹豫地在天井墙根里找到熟悉的小洞,蜷起身子钻出去,融入墙外的黄昏。像一块黑巧克力投进无边无际的奶茶中。

"你这是在干什么?猫不懂事,你也不懂?"

我背对乔易思,不想让他看到我自从进入这个实验以来,脸上露出的第一抹微笑。

四

在虚拟实验中,时间的度衡是一件奇妙的事。我永远也弄不清现实中的十分钟,在虚拟空间里是怎样随意伸缩的——可以压扁为一秒钟,也可以拉长成一个月或者十年,而你不仅觉得理所当然,而且不像梦里那样一片混沌。你精确地感觉到时间的流逝。

风筝线是什么时候消失的?或者说,是从什么时候开始,我已经意识不到手里有线?我不知道。在那个虚拟的家里,我似乎很容易入睡。当我第一次在梦中隐约见到现实的倒影时,当我在蒙面纪时期梦见现在时,也许就已经跨过了那道分界线,从此游荡在半沉浸模式与全沉浸模式之间的夹缝中。所有关于外部世界的记忆,都碎成了缕缕游丝,飘浮在我的潜意识里,不到关键时刻不会涌现出来。我得声明,从那时起的所有叙述,我失去了可靠的立足点,不再像此前那样拥有稳定而整全的记忆。以下你读到的文字,主要仰赖跨出实验之后那些混乱的追溯,对碎片的拼接,甚至是虚构。

当然这样也有好处。两个时空不再冲撞,我的身体和内心都接受了一两百年前的现实:我与将要离婚的丈夫,被关在同一套房子里。我们能走到的最远的距离,是一楼的大堂。在那里,我们戴着面罩(护目镜片镶嵌在面罩上)与邻居交换眼神,接收无人机堆放在门口的配给生活用品。物资尚未断供,但品种和分量越来越少。

我没再出现值得记录的症状。午后也许有几分低烧,但似乎只是给我的体感和脸色增添了一点变化。乔易思在对我的健康数据连着观察了三天之后,也失去了兴趣。"好吧,"他说,"心理作用导致的交感和副交感神经失衡。这两年,这样的'精神假阳性'很常见。"

"真是没有你讲不出道理的事情。"

他并不打算反驳我的讥讽,只是稍稍用力,把身体更深地埋进那把暗绿色的沙发,在皮面上压出一道凹痕。

起初,一切不言自明。我们默契地各自占领一个卧室,错开去客厅、厨房、浴室和天井的时间,把所有尖锐的易碎的东西都挪到了无法顺手抓到的地方。墙上的投影电视滚动播报流行病动态，从本城到邻省到全世界。大部分时间里，我们都设置了静音，谁也没兴趣认真看，但谁也不愿意关掉它。

偶尔，当乔易思在落地窗边的书桌上跟国外的公司总部连线开视频会议时，我透过厨房的玻璃滑门远远地看他的背影。他上半身西装领带，下半身条纹睡裤和棉拖鞋。这些会议显然没什么要紧，多半只是为了给老板提供世界还在运转的错觉。乔易思不时抬起头冲着屏幕露出标准格式的微笑（美颜镜头足以将他那颗痣淡化到近乎消失），然后垂下目光，悄悄看一眼台式机的摄像头拍不到的左侧。他是左撇子，单手就能在笔记本上打游戏通关。

我记得他的左手。记得食指和无名指微妙的触感，记得它滑过我的后颈时那种刻意的停顿。我的呼吸也跟着停下半拍，一拍，一拍半。他的右手就没有这么邪性。他只会用他厚实的右掌轻轻按住我的肩。

无论如何，在一个VR游戏里看一个人打游戏（尽管蒙面纪时代的游戏实在很低级），总是一件诡异的事，哪怕我当时并没有清晰地意识到这一点。我的太阳穴微微悸动，我的身体的某些部分，隐约觉得堕入了无限循环的套娃，害怕卡在哪一层里出不去。可是当时我告诉自己，我不喜欢看乔易思打游戏，仅仅因为他曾经在现实世界的联机游戏里，跟别的女人聊得忘乎所以。那是我们吵架的经典话题。

所有曾经吵到想同归于尽的夫妻，都知道沉默的价值——何况你根本不知道这样被关在一起还要过多久。我在厨房里烧汤，留在锅里的正好够他盛一碗；他煎鸡蛋，多摆一个在盘子里，搁在灶台上。我在汤里留着唯一的那块带着软骨的肉排，而他摆下的蛋一定是蛋白刚好只焦了一层卷边、蛋黄凝结了三分之一的那种。我猜，以他的厨艺水平，为了煎一个火候合适的，他自己得吃掉两个煎废的。我们不需要说话，就可以把越来越少的配给食品安排妥帖。我把房子里所有的库存食品写在纸上，贴在冰箱表面。他默默地跟着我在上面打钩。我们之间就好像心照不宣地捧着一只松松垮垮的箱子，但凡有一头倾斜，里面说不定就会有条蛇钻出来。

沉默在第三天打破，因为猫粮快要耗尽，而配给食品里并没有宠物的份。我顺手拿起一把漏勺在不锈钢锅沿上蹭出不太悦耳的声响。在乔易思从厨房门前经过的一刹那，我重重地叹口气。

"明天，只够明天了。"

"什么？"他果然停下来，"不是还有那么多没打钩的？"

我只轻轻提了句寇娜，他便回过神来，随即去开冰箱门，想翻翻冷冻室里有没有鸡胸或者三文鱼碎肉，可以照着网上的方子做。他手里在忙活，嘴里也没闲着："我知道你在想什么。不行，真的不行。你不看新闻的吗？太危险了。"

"寇娜本来就会常常出去遛个弯，她找得到回家的路。人家就是这么长大的。她可不懂什么叫隔离。"

"可是我们向来不让她晚上出门。我们一向会在傍晚，在猫洞的这一头洒上她喜欢的猫薄荷，把她勾引回来，然后堵上那个洞。"

"夜晚，是猫科动物捕食的最佳时刻。"我学着动物纪录片的口吻,捏着嗓子朗诵。

我的眼睛一定隔着面罩上的护目镜片闪着令人气恼的光,因为乔易思突然把面罩往下一拽,露出鼻孔哧哧地呼着粗气。

"你,有没有必要,故意听不懂我的话?"

我知道他在说什么。我知道如今有不少人正在把无处安放的怒火,往动物身上扔。病毒的中间宿主的候选名单,正在被越拉越长。人们的视线,渐渐从亚洲的蝙蝠和美洲的鹿转向了全世界所有的家庭宠物。虽然从这些动物身上检测到病毒并不能证明它们会传染给人类,但是那些私刑诱捕宠物的激进组织早就不是什么新事物。他们给一只泰迪或者布偶实施人道毁灭的时候,会录制视频。他们在镜头前出示检测报告,点上香薰烛。他们会穿好白色的简易防护装备。你看不见他们的脸。

"我不信他们抓得住寇娜,"我冷冷地说,"她的智商比他们高多了。"

"你简直……不可理喻。"

"你才不可理喻。我们已经把日子过成这样了,你还想关住一只猫?"

我的话对乔易思并没有什么作用。最终,他之所以妥协,是因为寇娜不喜欢吃他做的东西。傍晚,她用爪子拨弄那一坨他花了两个小时鼓捣出的白色肉泥,瞳孔先是放大一圈,又缩成一条竖线,几乎要抱着猫盆睡着了。我忍不住,扑哧一声笑出来,喷湿了大半个面罩。

夜渐深。乔易思终于打开落地窗。寇娜难以置信地在猫洞周围转了两圈,发现我们完全没阻拦的意思,这才欢喜地呜咽了一声，钻出去。

"我给她戴了GPS项圈，"乔易思喃喃地说，"项圈上有针孔摄像头。如果碰到什么事情……"

"她不会有什么事，你放心，"我说。当我发现我的声音和口吻一下子柔软了很多时，自己也吓了一跳。

五

寇娜是只特别的猫，特别到没有什么现成的宠物养育指南能罩得住她。乔易思说那是因为八个月前我从空调外机上捡到她开始，就在跟指南对着干。那一小团黑影蜷缩在那里，身体随着外机的运转而微微震动。她并不因为有人用一条毯子把她裹起来挪进屋子里，喂两口牛奶，让她的眼睛发亮，就成天跟你黏在一起。她喜欢寻找跟她的毛色相近的暗黑角落躲起来，她相信观察要比被观察更安全。似乎从一进门开始，寇娜就自觉维持着对人类最低限度的依赖。除了有一次尿湿了地毯，她的发情期似乎过得并不艰难。她一定能听见窗外野猫凄厉的叫声，但只要我们在家，她就保持着高贵的沉默。面对这样一只猫，你不可能想到给她做什么绝育手术或者修剪猫爪。墙根上始终留着几道抓痕，但你就是看不到她是什么时候挠的。

一连好几天，我们都在清早的天井里，看到筋疲力尽的寇娜在一小块半黄半绿的草地上睡觉。阳光照在她毛茸茸的耳朵上，乌亮乌亮，色彩饱和度高到几乎要溢出画面。再细细打扫战场，还能在她的爪子边找到几撮沾着血迹的赭黄鸟毛，甚至，一截灰色的鼠类的尾巴。

自从寇娜每天晚上出门之后，我和乔易思都不约而同地早起。我们的时间表，似乎突然间就有了一大块交集。天井里那个小而隐蔽的猫洞，成了这闷罐子一般的房子通往外界的唯一气孔。不止是寇娜，我们也需要从那里透一口气。寇娜 GPS 项圈上的夜视红外摄像头会把视频传到乔易思的电脑上。每天早上，乔易思就把视频投影到客厅里的墙上，我们轮流拉着进度条，看看寇娜昨晚经历了什么。那些由寇娜的下巴、下垂的几根胡须以及地面框出来的画面有一种莫名其妙的吸引力。我们挪不开视线，傻乎乎地跟着她从汽车底盘下钻出去，小区的冬青树篱渐渐在眼前清晰，继而又模糊起来。GPS 显示，她的活动范围远远超出我们的想象，一口气就跑到了三公里之外的公园里。

捕食反而不如想象中好看，因为动作太快了。摄像头跟着她的身体剧烈摇晃，跟着她一跃而起，跳到超过她身长七倍的高度。画面上闪过一团接一团的虚影。镜头几乎捕捉不到猎物，配上撕咬扑腾的声音，你会觉得寇娜是在跟自己战斗。

画面上显示凌晨一点。一团漆黑中寇娜的步子缓下来，喉咙里发出我们熟悉的咕噜咕噜的声音。突然，镜头一个激灵，抖了两抖之后稳稳地聚焦在前方树丛里的两点微光上。

"嗯？"乔易思也跟着一个激灵。

从微光闪烁的那个方向，传来一个清晰而响亮的长音。

"这是……"

"猫。另一只猫，"我说，"雄性。"

"你怎么知道？"

"直觉。"

乔易思一时语塞。我们就这样默默地看着寇娜在画面中一动不动地与对面的公猫对峙。寇娜显然是侵入了对方的领地。能在公园的中央草坪里立下山头的,我想,应该是一只强壮的公猫。红外线下,他灰色的轮廓在镜头里渐渐清晰,看起来确实比寇娜大一圈。在对峙中,动物的首要原则是不把后背暴露给对方,所以这样的对峙常常会持续很久。乔易思一直等到镜头对面的猫先转过身去,才松了一口气。

"我们的寇娜,"他几乎笑出声来,"并不是一只普通的猫。"

我想你说反了吧。也许这恰恰说明寇娜也是一只普通的猫,像所有普通的猫那样具有对异性放电的本能。这并不是奇迹,只是故事换了一种类型而已。可我没说出口。

此后几天的进程证实了我的猜测。寇娜每天半夜里的坐标都会定格在公园里的大草坪上。武打片果然变成了言情剧,只不过,他们的互相试探缓慢而耐心,好像拿得准这一场恋爱可以谈上一百年。他们不用理会这个世界已经乱成了什么样,不用担心被那些从四面八方涌来的亢奋的话题日复一日地消耗,淹没。

预防接种,特效药,还是精准隔离?城市的自我修复还有多少潜力可挖?虚拟现实经济是否迎来划时代机遇?面罩熔喷布为何面临淘汰?

"淘汰?前一阵不是还抢得天翻地覆吗?有两个国家还差点打起来。"我随口问道。

"纳米。打个比方,熔喷布是用粗线编细网,纳米是细线编细网。所以,不管是透气性还是过滤性,纳米的优势都很明显。"

"照这情形，面罩迟早有一天要长在脸上。"

"没准儿——材料往极限发展，配合人体基因的突变，也许再过一百年，两百年……"

乔易思的语调像是在梦游。已经有很久没看到他这样漫不经心了。真是难得，这一刻，他居然发觉天底下有比拯救世界更重要的事。他几乎把整张脸都贴到了墙上，好像以为这样就能把那只勾搭寇娜的猫看清楚。我说大半夜的红外拍成这样已经很不错了，也许我们得靠想象。

想象初秋深夜被露水打湿的草地，想象一只猫与另一只猫的目光与气味紧贴着地面彼此缠结。寇娜的每次温驯的静止，每次伴随着低频声的颤抖，都好像有什么事情正在发生或者即将发生。

"其实我们不可能确凿地知道。"乔易思摇摇头，往后一仰，歪躺在沙发上。

"为什么？"

"因为摄像头装在项圈上，差不多在喉咙口的位置。你不可能看见她的后颈被他的牙轻轻咬住……你说那只愣头愣脑的家伙，能不能把力度控制得刚刚好？我担心寇娜受伤。"

"为什么非得是脖子？"

"因为这是猫交配的标准姿势。"

"哦。"

"同理，从那个位置，你也很难判断她在什么时候弯曲前爪，贴地匍匐，给他一个信号，告诉他我准备好了。"

"哦。"

"你不担心?"

"不担心。我养的猫,没那么好追。她慢热。"

"跟你一样慢?"

晚了。当我说出这句话的时候,就知道晚了。我的背正对着他,我们之间的距离刚好够他的胳膊舒服地绕过来环抱住我的肩。我的头脑还在抵抗,可我身体表皮的每一个神经末梢,都在等待触摸、碰撞和揉搓。接着,在仿佛只有十分钟、却又好像长达一个世纪的时间里,天花板上他选的贝壳吊灯,茶几下面我挑的米色地毯,交替着、旋转着出现在我的视野里。我努力半睁着眼睛,不想让自己晕过去。

我只记得一件事。我们最后脱下的,是面罩。

六

虚拟学术实验"蒙面纪"抽样对话实录。实验内身份——夫妻,场景——封闭室内。

1. 第九天(场景内时间,以下同)

行了……沙发……给我一条毯子。要命,寇娜什么时候来的?她在看我们。

没事,她在看投影。

视频一直开着?

根本就没关过。

你猜,寇娜知不知道投影上那个,就是她自己?

不好说。我想至少一定能认出那小子。你低头看看寇娜的脖子，贴着项圈那一道，毛都给他咬秃了。

她有什么办法？她也没地儿可逃啊。天塌下来，总算有另一只猫，一起扛着。

我知道你在想什么。咱们这种人，就只适合在天塌下来的时候守在一起，是不是？回头天又支棱起来，咱就接茬吵架，接茬离婚。我说，齐南雁，衣服还没穿好呢，你可不可以不要这么扫兴？

那就不说这个了。我问你，那天，你为什么不出城？

我为什么要出城？孤魂野鬼，就算逃出去了，又有什么意思？你记不记得电视上那哥们，在两座城市之间的高速公路上来回跑，哪头都不收留他。

我现在觉得，你没走成，还是比走了要好一点。也许是好很多。

哦。

2. 第十三天

那些人又在物资配给群里撒传单。我们正在分压缩饼干呢，突然就有带动画的标语落下来。怼着脸问你：要猫权，还是人权？你想象不出他们有多能扯。从剑齿虎开始，把猫科动物跟灵长类的世仇整个捋一遍。蝙蝠和鹿什么的，那都离咱们太远，他们瞧不上。只有猫——带着家族使命忍辱负重，潜伏在千家万户——你还别说，那套说辞全须全尾的，还挺像那么回事。

你忍一忍，当他们不存在。我是忍不下去，早就退了那个群。

可是退了这个,还能到哪里去?现在有哪个群不在吵架?有多少道理在天上飞?你飞你的我飞我的,哪跟哪都不挨着。

人类是一盘散沙,需要一个共同的敌人。病毒那玩意儿,他们看不见摸不着的,怎么打?猫不大不小,伸手可及,最合适。

别他们他们的。人类不是他们,是我们。

好吧——我们。我猜,我们人类的如意算盘,就是天上掉下一头奶牛,一个挤奶工——必须是女的,长得顺眼,凯特·温斯莱特那种型号的。这样一来,那个叫詹纳的英国人就能多看她两眼,有兴趣多听她说两句家常话。聊着聊着,就把牛痘的秘密给聊出来了。我们人类,跟传染病斗了上千年,也就只有这一场,堪称完胜。

可是,如果没有奶牛没有温斯莱特怎么办?病毒就跟你软磨着硬泡着,你一巴掌下去拍不死它,它换件马甲从后门溜出去,在地球上绕一圈,一个月就转回来。问题在于,你不可能同时把世界上每一道门都关死。

从历史的角度看——

又是历史的角度。

除了历史,我们手里还有什么?我在打一个游戏,罗马帝国兴衰史。千算万算,没有把鼠疫和天花——那会儿叫什么盖伦瘟疫——给算进去,哗啦一下积分就清零了。我去找书看,那年头是实打实地清零,人口一清就是几百万。你猜起因是什么?不过就是罗马人打了胜仗,从别人城里卷走一大堆战利品,病毒跟着金银珠宝一起回了家。

可怜的——我们人类。

可是你们人类很快就学会了使用它。也就隔了几百年吧,有一支军队攻打一座城,围城围了一半,自己倒快要被鼠疫清零了。你猜怎么着,他们想了一招,把自己人的尸体绑在弓弩上,愣是一箭一箭射进城里……

天哪,这算生物武器?

最早的生物武器。效果很显著。结局?当然是他妈的反败为胜。这法子后来屡试不爽,征服异族最快的办法,就是带着先进的武器和陌生的病毒一块去。团灭,干脆得很。你们——我们——还是说咱们人类吧,总会胜利的。两军对垒,打到最后,耗到你全军覆没,我这里哪怕只剩一个人,也是我赢了。

但是现在——可不好说。人口流动速度那么快,谁围住谁,谁活到最后,真还不好说呢。整个世界,难道,不是连在一起的吗?

道理是这个道理,但是——他们——我是说咱们——要是都懂这个道理……

(做了一杯咖啡的时间)

竟然还有豆子——你囤了多少?

没多少。最后几粒曼特宁豆子都在里面了,剩下的都是速溶,还能撑个把月。明天开始定个量吧,一天不能超过一杯,下礼拜两天不能超过一杯。

你就没想过,也许我们都活不过囤的这些东西?

没想过。想也没用。从文学的角度看——

好吧终于轮到了文学。

怎么说呢，小说家的态度其实很不一样。笛福，就是写鲁滨孙的那个人，他更像个记者——好吧他本来就是个记者。他的空间感不错，如果让他用写《瘟疫年纪事》的方法来写我们现在的生活，我想他对我们本人的兴趣也许还不如对我们的房子更大。他会先画一张城市地图，精确记下每栋房子的位置。只有他，会在我们天井的猫洞上做一个标记。他会强调隔离的必要性，同时又对我们充满遥远的、抽象的同情。

所以这位福先生，经历过伦敦的鼠疫大爆发？那不还是得回到历史的角度看嘛，我记得那是十七世纪。

伦敦瘟疫时他只有五岁。小说家都是骗子。他扮演了一个当年在伦敦满大街溜达，亲眼目击全过程的幸存者。他说十万人被一扫而光，而我还活着。我简直可以想象他说这话时的表情。像电影里的超级英雄，浑身长满了塑料的那种。他写得很好。每一个字都像是亲眼所见的那样生动。从此，他伪造的这份回忆录，本身就成了历史的一部分，成了灾难叙事的样本。比如加缪。加先生写《鼠疫》里的大场面，基本上就没跳出过福先生的框架。

你是说，加缪是抄的？

那可不能这么说。加缪在笛福的灾难片框架里加了个西西弗斯式的救灾小分队，格局就不一样了。人性顿时就有了光辉的一面。不过，我觉得吧，加缪和笛福要是穿越时空狭路相逢，可能会话不投机。加缪会觉得笛福太粗糙太功利，笛福呢，会觉得加缪太装。加缪说："也许有那么一天，为了教训人类，鼠疫还会唤醒老鼠，并让它们死于一座幸福的城市。"你猜，笛福听了会是什么表情？

猜不出。不过我倒是挺想看他们掐一架的。从科学的角度看，瘟疫也不是一点好处都没有。据说黑死病幸存者有一定程度的基因突变，人类也许一直都在被病毒推动着进化……从历史的角度看，瘟疫还成全了宗教——

这样说的话，从文学的角度看，瘟疫成全了爱情。

好吧，连我都看过。《霍乱时期的爱情》？

我不太喜欢那本书——也许是因为以前太喜欢了。在马尔克斯的世界里，霍乱只是爱情的背景板。那两个人，在乱世中相识，又在乱世中分离。只有这样长久的分离才能延长爱情的保质期。让他来写我们的故事，你那天就应该逃出城去，而我被拦在闸门里，然后我们用半个世纪互相思念。我们的爱情因此而不朽。

所以你也承认我们是爱情？

哈，我那是，引用，不对，借代。总而言之，那是马尔克斯在说话，不是我。

从你们文学的角度——我听到的都不是好词儿。小偷，骗子，至少也是装腔作势。

照这个逻辑，那还有教唆犯。我是说《十日谈》。

就是那本教人寻欢作乐的？

岂止寻欢作乐？那是狂欢。在瘟疫蔓延的时候狂欢。你知道吗，我这几天就把这本书的第一章来来回回看了三遍。薄伽丘那种没心没肺的写法，居然把我看出了一脸眼泪。你想啊，佛罗伦萨城里瘟疫横行，前面写了好几页尸横遍野，说连骨肉至亲都因为惊恐而彼此隔绝，形同陌路。突然就看他一个掉头，冒出一群俊男美女，集合起来出城去。城外也是莫名其妙，平白无故就有座伊甸园在等着他们。台布是雪白的，玻璃酒杯像银子般闪着光，到处点缀着金雀枝的花朵。他们什么也不用做，只要把故事一个接一个地讲下去，就够了。

薄伽丘写垮了呗——小说家反正也不用负什么责任。

可他为什么要往那个方向垮？你猜，那是真实发生的，还是一个梦，一种濒死时的幻觉，难以言喻的颅内高潮？你说这些好看的、无忧无虑的、把悲剧演成喜剧的男男女女，是人，还是鬼？

你看你，又想多了。

你别盯着我看。最好的故事，背后都有死亡的影子在晃悠。一定有。相信我，末世感——也就是我们知道人一定会死这件事——是所有文学艺术的基础。这种感觉越是迫近，作品也就越迷人。比如预期寿命还不到现代人一半的古代人——

（停顿。沉默。摘掉面罩，嘴被嘴软软地堵上的声音。）

3. 第二十一天
你的那些群，吵到第几轮了？

让我看一眼。如果从薄伽丘的角度看，今天最滑稽的事情是反对接种的那些家伙嚷嚷着要戴上他们从来不肯戴的面罩。

为什么？

因为接种的人数已经超过了没有接种的。他们说，需要警惕那些家伙把已经变性的蛋白质传递到没有受过污染的肌体上——太他妈逗了。

让他们戴吧。面罩总有一天会长在脸上，真的。他们最好现在就适应起来。

有意思，我怎么觉得你不像开玩笑啊。跟个未卜先知的女巫似的。

不开玩笑。面罩材料不是在一轮一轮地进化嘛，我想，等到它越来越薄，薄到你渐渐感觉不到它的存在……

就像在屏幕上贴膜那样？

高分子。能透气能出汗，柔软，贴合，还能接收生物电信号，比如血压心电图什么的。时不时给你拉个警报。

这个好像已经在研究了。电子柔性皮肤。

那就好办了嘛。再往前进一小步，贴个能杀灭或者过滤病毒的膜，一生下来就给你从头到脚都贴上，每隔十年换一身。再往鼻腔口腔里植入个隐形滤网什么的，病毒不就可以给团灭了？面罩不就可以扔了？嗯——可以留两个好看的进博物馆。

你这哪里是一小步？要解决的问题太多了。怎么才能既保持呼吸又过滤病毒？什么材料才能持久贴合，不是随便洗个澡就能洗掉的？就算这些问题全部解决了，我猜有不少人的皮肤和口鼻都会对这类玩意过敏，有人穿件羊毛衫都会满头满脸地发疹子。

科学家会去想办法。材料会越做越好，人体也会越来越适应。当年扛过黑死病的基因应该也不仅仅是运气好。挺得过病毒、贴得上膜的人才更容易活下来，才配活下来。一两代以后，就该来点基因突变了吧？到那时候，早期人体对贴膜的排异和过敏反应基本消失，只有少数倒霉蛋还会过敏。他们会说，这叫返祖。

这算科幻小说？天下的事情，给你们搞文学的人一说，都跟闹着玩似的。

应该说，这世界上的事情越来越像闹着玩儿。如果不像薄伽丘那样喝着酒讲着笑话打发时间，你说日子怎么过？

要是真有那么一天，要是人人都贴着膜，我——嗯，我是说我们——像这样，伸出手来，摸到的究竟是人，还是膜？

别趁机……是膜。所以未来的人类就是安全的。绝对安全。想亲谁都不用先出示电子健康证。你的皮肤、黏膜、任何器官，全都不是直接接触。

可是，有一点危险感，难道不会让整个过程——更刺激？亲一张皮，跟亲一个你觉得哪怕亲下去明天就会死但是今天也非亲不可的人，差别可太大了。

让我想想——那时候贴着膜的人可以玩复古 VR 游戏，躺进睡眠舱，回到危险的蒙面纪。最先进的传感器和脑机接口，会说服他这是真实的皮肤接触，他会忘记自己贴着膜。他甚至完全不知道世界上有滤毒膜存在。是的他可以。

他可以什么？

可以亲那个就算明天会死，但是今天也非亲不可的人。

（十五分钟。渐渐模糊的话语直至高低起伏的单音节。喘息。呼吸。）

我觉得——从来没有这么好过。

真的？

真的。

那就好。

我还在想——如果这两个时代都有个入口,像电影里那样的闪着光的旋转门。你可以挑一个进去,你怎么选?

困了。哪两个?

现在,还有贴着膜的未来?

女人话真多……那你在哪个时代?

哈,也许,我两个都在?

哦。

喂,醒醒,醒醒。要睡到床上去睡。

4. 第二十八天

听着,齐南雁,咱们都冷静冷静。你这样嚷,我一个字都听不见。

你就是不想听见。你总是这样。

你这是为了吵架而吵架,这是情绪,不是事实。我们每次吵架都会忘了到底为了什么吵。

因为我受够了。

对,你受够了。全城都受够了。典型的幽闭恐惧症状。这很正常,但你不能靠折磨我来求得心理平衡。我也快要崩溃了,你和寇娜都不太对劲。

寇娜怎么了?

烦躁,懒得动,不爱理人。

她本来就不爱理人。

昨天傍晚在外面转悠一圈,不到半夜就回来了。找了个没用的纸箱子,蜷在里面猛睡。

那她够不够吃的?

够的吧。就算她懒得抓个老鼠什么的,她的男朋友,公园里那位,也不舍得饿着她。你不觉得她整个身体都圆了一圈?

我懂了。家里还有牛奶吗?哄她好歹吃一点。

昨天配给品里总算有一盒新鲜牛奶。你什么意思?

寇娜怀孕了。

啊——我们的寇娜,真不是一只普通的猫。

你又说反了吧。这恰恰说明寇娜也是一只普通的猫,像所有普通的猫那样具有生育的本能。

在这个乱糟糟的世界,维持本能是需要勇气的。

5. 第三十天

我。

什么?

我觉得有事情要发生。

什么?

手机上收到他们的警告。让我管好我的猫。

不用理。他们天天发。

但是……寇娜早上没回来。

什么?

我看你一直睡得很沉,不敢叫醒你。我以为只要再等一个钟头,寇娜就会回来。可是没有。

我……睁不开眼睛。齐南雁,别过来。别碰我。

怎么回事?

我想我是在发烧。不用测，肯定超过三十九度。

你是说——

我想，是的。

怎么可能？我们哪里都没有去，哪来的感染源。我不信，我要打电话给医院。

你等等，让我先想想。可是我头疼得厉害，我困。

醒醒。别睡着。求你了。

（大声抽泣。远处传来的凄厉的猫叫声。）

初步评估：

1. 在以上截取的五段对话中，可以看到大量蒙面纪时期的关键词，词频分布均匀，充满当时的日常生活气息，作为样本极具代表性。

2. 受试者在实验场景中的人设和社会关系，最大程度上延续其在现实中的本来面目，包括名字和身份。实践证明，这样能让实验场景中的故事线进展更顺利。

3. 从第三段中可以看出全沉浸模式与半沉浸模式的差异。两个时空的冲突，让处于半沉浸模式的受试者饱受困扰。她的"预言"之所以与如今的现实有高度相似性，甚至随口说出了"蒙面纪"这个专用名词，显然是受到了现实的干扰，尽管她似乎浑然不觉。

4. 由于不明原因，实验出现卡顿，继而宕机，第五段被迫中断。受试者未完成预定程序即被动退出实验，特此标注。

七

实验故障事后访谈。编号 019。调查人员代号 C。实验志愿者代号 V。

C：在你陷入类昏厥状态之前，你记得最后看到的是什么？

V：雪白的台布，闪着银光的玻璃酒杯，金雀枝花朵。男人，女人，一个接一个地讲故事。

C：这已经在类昏厥状态之中了，你的意识已经模糊。紧跟着你就醒过来，回到现实中。当时你所在的虚拟实验遇到了故障，VR 处于卡顿状态，什么情节也没有记录下来。你的大脑中出现一定程度的信息奔逸，都是正常的。我要问的，是在此之前，你在虚拟现实里的那条故事线，发生了什么？

V：让我想想，使劲想想。他病了，症状凶猛。他说他应该是中招了。我想给医院打电话，他说这样不行。

C：为什么不行？

V：因为……寇娜不见了。我们的猫被那些人定位，追踪，他们说家猫才是真正的中间宿主，他们一直在搜集更多的证据。如果我们马上去报告新增病例，你们猜他们会对寇娜怎样？寇娜快要生了，一窝小猫，不知道会有几只黑，几只灰，几只黑灰相间，我——

C：抱歉，请平复一下情绪。你们紊乱的体征指标很可能是导致本次实验报警、卡顿、提前退出的原因。

V：我们？乔易思好吗？

C：你是说你的实验拍档吗？他很好。但是全沉浸模式苏醒的时间更长，他的脑机接口毕竟是深度植入——尽管是极微创。他应该还在睡梦中。

V：我记得，当时乔易思嘴里还含含糊糊说了几句，我想我听懂了。他说我也会有嫌疑，因为我在一个月前出城时体温异常但再没有出现别的症状，人们会认为我是传说中的超长期无症状传播者——据说我这样的人，血清很有研究价值，弄不好会被抢购。也就是说，在上报之前，我和寇娜都要做好被关起来当成试验品的思想准备。现在人们已经失控了，他说，谁知道他们会干出什么来。

C：那你当时怎么判断？

V：我能怎么判断？我觉得我成了一只快要爆裂的气球。是的，有那么一瞬间，我好像突然想起了外面——呃，我是说，想起了一百多年以后的"现在"，你懂我意思吗？

C：明白。半沉浸模式的时空冲突。请说得再详细一点。

V：我知道蒙面纪之后的研究结果表明，这事跟猫没什么根本性的关系。没有什么动物能替人背上这口锅。我当时不知道哪来的底气，但我很清楚这一点。我甚至想去找那些组织，我以为我能说服他们，当时乔易思已经说不出话来，可他拼命挥手拦住我。

C：他是对的。蒙面纪的很多失控事件，都是因为一个人以为能说服一群人。

V：我记得的最后一件事，就是我们在僵持。从僵持到出现雪白的台布之间，是一片空白。那种感觉，就好像手术台上的全麻你懂吗？时间就那么凭空不见了，此前与此后毫无空隙地咬合在一起。

C：好吧，了解。看来这个实验的细节还有很多可改进之处，谢谢你的全程参与。你还有什么问题吗？

V：我……我想知道为什么会有这个实验。除了学术研究以外到底还有什么意义。我以为我会进入一场曲折的冒险，我以为我会发现一个阴谋，或者见证一个发明，等到一个足以拯救世界的奇迹。我以为我会扮演一个角色，比如在某个抢救中心跟死神抢时间的医生，最后自己染上了病毒，绑在呼吸机上无助地望着惨白的天花板。然而没有，什么都没有。我只是又演了一遍我自己，傻乎乎地跑到一百多年前过了一个月。在漫长而琐碎的日日夜夜里渐渐失去时间感。我对一切都无能为力，就好像被白白偷走了一生。最后连结局都被偷走了。

C：但是你的投入程度，丝毫不亚于一场真正的冒险。

V：我还是想知道为什么？

C：这个实验可能有一定的实用价值。比如可以为你提供写作材料，再比如，也许能治疗心理疾病。

V：真的？

C：这么说吧，齐南雁女士。有一类人，也许你见过，他们深深地陷在后蒙面纪综合征里无法自拔。尤其是具有相关惨痛家族记忆的人，对那段历史深感好奇的人，以及有专业研究背景的人，诸如此类。

V：我想我见过这类人。比如，历史修复师。

C：他们无处倾诉，但总是被噩梦惊醒。他们相信即便是最新版本的滤毒膜也无法阻挡病毒的变异，我们终有一天会被进化到X代的超级病毒攻破防线——而那时，我们的肌体甚至不具备与我们的祖先相当的抵抗力。

V：我懂。因为他们读完了传染病与人类缠斗了几千年的历史，他们知道病毒与人类的任何和平共处的时间都是短暂的，短得像一场初恋。

C：呃——你形容得很准确。是那么个意思。你身边是不是有过这样的人？这种创伤渗透到他们的日常生活，伤害他们的心理状态，也影响他们与别人的关系。

V：当然有。而且我知道这种影响会很严重，很持久……

C：你在想什么？

V：我跟他说，看着我的眼睛，我们真的不考虑生个孩子？他说，为什么要让这世界多一个潜在的受害者？在这个乱糟糟的世界里，维持本能是需要勇气的。说真的，他还不如一只猫勇敢。

C：什么？我听不懂你在说什么？感觉像是两辈子的事。你还是需要休息。

V：没什么。是两辈子的事。有点串。你们这个虚拟实验里出现的宠物，我是说那只黑猫，有原型吗？它做得那么逼真，是不是用到了"真猫捕捉"的动画特技？

C：让我查一查。还真有。一只被收容进实验室的流浪猫。年纪不小，快要退役了。

V：我能不能收养她？

C：抱歉，这个我真不知道。回头你跟公关处再打听打听。

V：好的，谢谢。再耽误你两分钟可以吗？我想知道，这样的治疗，让饱受后蒙面纪综合征的病人亲身经历那段历史，真的会有用吗？难道不会让他们更恐惧吗？

C：你知道，实验刚刚开始，对疗效的评估还需要时间。何况，就算有了第一批数据，那也一定是保密的。我只能说，有风险，但值得尝试。除了恐惧，齐南雁女士，我相信你在这个实验里也感受到了别的东西。

V：好吧。我没有问题了。

C：再次感谢你的参与。对了，有件事也许你有兴趣知道——刚才，一分三十秒以前，你的拍档，乔易思先生——他醒了。

（《钟山》2022年第2期）

黄昱宁　　上海译文出版社副总编辑，翻译家，作家。译著包括《甜牙》《追日》《在切瑟尔海滩上》《螺丝在拧紧》等，出版随笔集《小说的细节》等、小说集《八部半》等。2016年获得浙江传媒"春风阅读盛典年度金翻译家奖"，2018年《八部半》获得宝珀理想国文学奖首奖。

光明招待所

吴　君

黄梅珠早晨起床，睁开眼睛便看见了蜘蛛，黄梅珠认为对方也看见了她。

黄梅珠再也睡不着了，于是她顺着看过去，墙上只有一些淡淡的斑痕，应该是前一家人留下的。靠近窗口是女儿小时候的一幅画，十多年了，都还挂在原处。黄梅珠觉得女儿幼稚得很，总是长不大的样子。黄梅珠记得有次整理房间扔掉过的，只是这些事都记不太清了，尤其是最近几年，记忆力越发不好。

房子需要清扫了，至少应该粉刷一次，可到处都堆满杂物，搬起来需要些体力，黄梅珠担心自己力气不够，所以一直没动。她想如果哪一天陈家和心情好了些，请他帮个忙，只是她一直没有等到。这个念头在脑子里有过无数次，被其他事情打断，到后面她也就不再想。女儿初中的时候，带同学回家里，同学问你们家怎么那么旧啊，墙上还掉了皮，偶尔还有小蟑螂经过，对方夸张地尖叫后，顺手揭下一小块，导致了周围的墙面有了更大的裂纹。这件事搞得女儿对她生了几天的气，还差点不想去学校。黄梅珠没有说出这是个二手房，搬进来的时候便没有钱装修了，煤气灶和空调全部家私都是对方留下的。她不想让女儿知道太多，包括她与老公陈家和的关系，黄梅珠害怕影响了女儿的幸福，追求者是个富二代，她不想女儿失去这个机会。

眼下，需要黄梅珠考虑的事情很多，哪样都比刷墙重要。比如在香港的大佬，受疫情影响一直都不能回来，微信上也不回话，不知道眼下什么情况。阿妈非常焦虑，似乎黄梅珠的幸福是夺了大佬的。有时阿妈会给她脸色，哪怕嘴里正吃着黄梅珠送去的食品，都还在不停地埋怨。"又拿来这些便宜货，别人不要的东西，吃也吃不下，丢也丢不掉。"

黄梅珠希望不要把什么都放在冰箱里等大佬，不仅费电，如果没有及时吃，食物会过期。考虑何时通关还不清楚，便对阿妈说这三文鱼不能放久，要尽快吃呀，再留就不能食啦。

"过期的东西你为什么送过来，看不起我呀。"黄梅珠随后听见阿妈"噗"的一声吐出口里的黄皮果，她用这种方式表达对黄梅珠的不满。

"本来是想留给大佬吃的。"

"你何时心里还会想到别人。"阿妈仇恨的眼光射过来。

黄梅珠怯怯地说："大佬如果过来需要隔离十四天的。"

"那又怎样，十四年也要等。"阿妈的样子咄咄逼人。

见阿妈又开始赌气，黄梅珠也就不说话了。这些年，黄梅珠过得越好，阿妈就越生气，因为那边的大佬还不能去工地，只好在家里吃老本。原因是在屯门修屋时摔了跤，在家休息了很久，没有收入。这样一来，阿妈就开始着急，总是劝黄梅珠要关心一下大佬。他那里只有三十八平哦，都转不开身的，你认为那是他应该受的苦吗？得闲时你不应问问吗？阿妈翻了翻松弛眼皮下面的那一摊灰色的眼珠，继续说：如果当时是他去了国营单位，哪里会发生这样的事情。

阿妈口中的国营单位早已改了制，招待所变成酒楼，包给了老板，因为光明乳鸽成了远近闻名的招牌菜，所以招待所这个名字也跟着保留下来。

似乎阿妈眼里的好，就是没有在工地做工。每次见到黄梅珠穿了一身整齐的制服，都会冷冷地发出一声哼，好像黄梅珠并不是她的女儿，而是一个被她嫉妒的同龄人。阿妈如果约了人在招待所里喝茶，刚好又见到黄梅珠穿梭其间指挥小妹摆菜，阿妈都会多点几碟放在一侧晾着，出门时再打包带走，反正她会留下单由黄梅珠去买的。黄梅珠冷冷地说："我怎么关心啊！我也有老有小，每天睡觉前感觉自己只剩下一口气，除了吃饭睡觉其他时间我都在做工啊！"

阿妈不看黄梅珠，一只手扶在巨大的冰箱扶手上说：你还有老公吧，还有头家，可你大佬乜都没有。说到这里，黄梅珠的阿妈委屈地瘪了瘪嘴，她希望黄梅珠这个做妹妹的拿些钱出来，平时黄梅珠偷偷塞给阿妈的都被拿去给了大佬，因为阿妈觉得大佬太可怜。这些黄梅珠都知道，只是不会揭穿。

"他怎么又没钱，不会又去赌了吧。"有一阵子，黄梅珠的大佬迷上了买马，输了钱也不会说，只是会突然回来，爬到阁楼上面蒙着头睡觉，做阿妈的便开始向黄梅珠要钱了。"早没有啦！赌呀赌的真是晦气。""你这样讲自己大佬咩意思？"阿妈不满意黄梅珠这么说。对于这个仔阿妈也是有怨，只是放在心里，别人不能提的。当初他去了香港，跟着潮阳人在新界和屯门做建筑外墙。大佬恋爱倒是谈过两次,被人骗了钱,到老都没娶上个老婆,这让阿妈感到内疚和没有面子。别人家的仔从那边过来都是带港币带利是糖,而自己的仔乜都冇。每次邻居问到这些,阿妈便会急,转过头来骂黄梅珠,她怀疑家里的这些事是女儿讲出去的。

见阿妈这么护短,黄梅珠索性来个狠的:"阿妈你要对大佬讲,不要拿我的钱给外面那些女人用,那些女人个个都在骗他,哪个都不会嫁给他,死了这份心啦。"

越是害怕越是会听到,这时的阿妈真的生了气,她重重地放下手里的炖盅,看也不看黄梅珠,黑着脸回房去哭了。平时阿妈最恨别人说出这句,就连走路都是躲着那些喜欢问东问西的人。上次她多吃了些治失眠的药,出院之后,身体有些虚弱,更加不愿意同邻居们一道去逛菜场了。

黄梅珠想好了,如果没有非她不可的事,以后都不回娘家,哪怕是他们求自己。哪里是娘家呀,分明是儿狼家。用一个招待所的事情说了多少年,好像她占了天大的便宜。这些年,让她失眠的事情有很多,很多时候,感觉头快要爆了。芬必得、必理痛不能再服,网上说吃多了会得老年痴呆。

起得有些晚,手机里的闹钟响了几次,可黄梅珠还是昏昏沉沉感觉不到天已经大亮了。原因是这一夜被分成几段,如同人生的各个时期。直到最后一次,她才没有那么混沌。快天亮的时候,睡在她旁边的陈家和便开始起床。与黄梅珠慢吞吞地起床不同,陈家和都是猛然坐起,然后下床。每次出差,照例也不说,只是把东西提早收拾好,放在客厅,时间一到,他便拎了箱子轻手轻脚地出门,像是担心黄梅珠临时把他叫住问些事情,拖了后腿。当时还是很远的差,需要住几天,并且只要出去便不回电话那种差。黄梅珠懂的,只是她不哭也不闹。她早想明白,做什么都没用,日子还得过。只要回来就好,即使带不回钱,也是回来就好,毕竟家里有个男人就不太会受欺负,至少不会受到小混混的威胁。黄梅珠和村里的其他女人一样,认命。有时她也会与其他姐妹一样,去街上发传单,美其名曰拓客。有次她遇见一个女人直奔她而来,应是见了黄梅珠穿的制服,便以为是社区干部。对方撩开上衣,露出胸前的伤口,说自己被家里的男人打了,其他部位也有。隔了衣服,女人手指着身上几处地方。由于没有心理准备,黄梅珠惊得张大了嘴,还没等她开口,对方便迅速离开现场。对方戴着口罩和墨镜,黄梅珠站在广场上发呆,感觉像是做了一场梦,为什么觉得这声音好熟呢。

现在的生意越发难做,天又热得要死,陈家和是不愿意出去的。疫情之后,现在的书越来越难推销。有一次他去推销书,一个年轻仔笑着问:"你知道孔夫子吗?"

陈家和怯生生地问:"这是什么,是个人名吗?"他似乎想到了什么,只是又不敢答。陈家和的手压着袋子里的古币,那是他自己花钱买的,如果有人买了他的书,他会送上一小串表示感谢。

"算了,说了你也不知,这都什么年代了,你肯定是当年没有好好读书,行了,以后别来打扰我们干正事,麻烦删了我微信吧。"对方说完关上门,把陈家和一个人扔在走廊。监控器下,陈家和无比孤单。这些事情是陈家和有次喝醉了酒讲的。

每次站在那些单位扫码登记时,陈家和总会愣上么一小会儿,他想不起自己要找谁。陈家和每次出差都会把声音搞很大,拉柜子似乎是卸柜子,开门如同启门,关门时必会发出砰的一声巨响。随后,她才会听见对方皮鞋在地板上来回走几趟,取钥匙,取手机和花镜。然后才算是彻底地出了门。只是很短的时间,他回来了,这次回来,他像是不再出门的样子,他先是用力拉上窗帘,脱掉了袜子放进了鞋里,随后她躺倒在沙发上面闭上了眼睛。

陈家和睡觉从不打呼噜,这就把从小爱打呼噜的黄梅珠比得像男人。陈家和不打呼噜就跟一个人喜怒不言于色一样,安静却恐怖,似乎让人找不到节奏和破绽,更弄不清他什么时候是不清醒的。黄梅珠任何时候回到床上,都感觉到一双眼睛在暗中打量着她,虽然陈家和可能已经睡着多时。这样一来,黄梅珠只能等到困得睁不开眼,才昏睡过去。黄梅珠平时走路也是提心吊胆,她不想惹陈家和不高兴,原因是对方的嗓门高低与他生意好坏有关,半夜的一声吼叫,常常会点亮不少人家的灯,随后是群里的一片骂声。这一声巨响虽然在预料之中,却还是让她醒了过来,再睡的时候便睡过了头。发现睡过了时,黄梅珠便紧张得不行,她看了一眼对面的墙,从床的另外一侧下了地,她想躲开那双来自其他种类的眼睛。

黄梅珠走进厨房时,看见了灶台上的油垢和没洗的碗筷,脑子又回到了昨晚。昨天晚上陈家和动手掐住了她的脖子,说不如大家一起跳海吧。黄梅珠的话在内脏里盘旋了一圈后又落回心口。她不敢说陈家和你这是家暴啊!她知道如果那样可能会刺激到对方，后果将不堪设想。

本来陈家和没有这个意识，家暴这一句出来，他仿佛被点醒了，他竟然把另一只手也抬了起来，两只手环着她的脖子，摆出凶狠的样子，陈家和发出的声音像是表演。这几年，生意失败之后，他的脾气越来越大。黄梅珠知道陈家和希望老婆恨他，只有这样，还当他是个男人。所以黄梅珠越是原谅，对方的火就越大。逼到最后，他说："你在同情我？"

碗筷是黄梅珠一气之下留下的，她本来想要临睡前把这些东西都洗净，无论如何都要收拾好，可是在厨房里找不到工具了。陈家和再次把她用来洗锅的刷子扔掉，而且还不忘记放在地上狠狠地踩上一脚，使得那个东西即使捡起来也不能再用。陈家和每次这样，黄梅珠都知道他又心烦了，生意没谈成，白白浪费了他的烟和酒，这些烟和酒是他自己都舍不得享受的东西。他带着黄梅珠在一个雷电交加的晚上送给对方的，前面他们已经在树下等待多时，直到别墅的大门打开，他看到了同事熟悉的身影，想不到他们已经捷足先登了。递上自己熬了几天填写的资料后，对方礼貌客气地说谢谢暂时不需要你的介绍，实在抱歉我们最近没有这方面的考虑，说完对方厌弃地看了黄梅珠一眼，陈家和才想起介绍黄梅珠的身份，招待所曾经是一个特别体面的工作，这也是当初的富二代陈家和看上她的原因。

这时他们身上的雨水透过裤管，正在干净的地板上流淌。黄梅珠能想到陈家和心疼地看向礼品时的样子，他们都在想要是能收回来就好了。之前他用雨伞护着它们，使得这些珍贵的礼品没有受到雨淋。回到家时，陈家和没有骂人，他甚至都没有提过对方的名字，只是沉默，天亮前他用手捻碎了自己喜欢的一只功夫茶杯。

黄梅珠像以往那样从床上跳下来，她差点摔了跤，她第一次发现脚有些沉重，而且酸痛。她像是个小脚女人那样站不稳。她摇晃着已经来到镜子前面。里面的女人是她熟悉的样子，肥而且灰暗，她长得越来越像自己的阿妈，那是她非常不愿面对的事情。原来那个曾经年轻漂亮的女仔，中年之后便越发难看，她不明白原因。眼睛浮肿得厉害，却不是哭的，她早已经不会那样，何时变成现在这个样子。发生过的一件件事情缠成了麻线，泡了水，化在一起，再次打成了结，你中有我，我中有你，无法捋清。当然，黄梅珠的样子是与陈家和一起变的，对方原来高挑的身子眼下成了缺点，提早有了驼背，腿中间出现 O 形，脚也成了八字的，穿歪了几双皮鞋，而一头白发染成黑发，不到半个月便成了黄色。黄色的头发配着一张面无表情苍白的脸，非常古怪。抽着廉价香烟的陈家和变得松松垮垮，再也不是那个每天早晨在头上打摩丝的新华书店经理。陈家和的脸阴郁得差不多掉下来，他就是要这样对着房间里的所有人。黄梅珠的脸倒是经常仰着，又白又虚，没了焦点。不知何时，黄梅珠的五官四散开来，她不想再凝视这张让自己也感到讨厌的面孔了。这些年，她一直都躲着镜子，里面的那个女人倒是会远远地观察她、提醒她。

黄梅珠是当年光明招待所的楼层经理，那个身材细长，特别会说话的小珠珠。这是那些叼着牙签，嘴花花的男客们给她起的绰号，真正有钱的倒也不会这样轻浮。陈家和是在那个时候遇见的她，发着毒誓要娶她，因为自己有大把钱，多数亲戚都在香港，逢年过节带回来的东西让全村人羡慕，陈家和给的小费都是港币。不曾想没有几年光鲜的日子，光明招待所便成了私人老板开的，陈家和觉得自己被骗了，可是又说不出口，只好每天给黄梅珠脸色。

光明招待所早已更名为招待所，经理的名倒还给黄梅珠挂着，只是已经兑入百分百的自来水，几乎没有人听她指挥，她成了光杆司令。

拧开水龙头的时候，黄梅珠发现又停水了。一个月停四次，小区的通知总是在停水之后发出来。前天晚上她还想着要不要拖地，外面在盖楼，隔壁在装修，无处不在的尘土飞扬，他们的家已经被浮灰盖住。仅仅犹豫了一下，身体便不愿意多走一步，她想躺下，躺下，就这样幸福地躺下。洗衣机里的衣服放了两天还没有洗，家里的水龙头里一滴水也没有，再这样下去，衣服就废掉了，可是她身上所有的器官似乎都生了锈。

这个时候，电话突然剧烈地响了起来，原来是淘宝上订的那两百块钱的衣服退货的事。果然货不对板，好在见了货，便在楼下及时地提出了退货。这次有了经验，黄梅珠坐在石阶上，用手机把手续办好，否则她担心因为懒而错过了退货的时间，浪费了她的钱，之前就有过教训。电话是菜鸟公司打过来的，对方说明天下午三点来取，黄梅珠说三点我在上班啊，我的快递可以自己寄回，你们只需把款项还回给我。

"我又不是只你这一份。"快递员说。

黄梅珠听完来了脾气："为了等你我难道不用上工啦？"

"家里有人就行。"小哥说。他不管黄梅珠阴阳怪气的发问，

409

又说:"那就四点吧,由你家里人拿给我就好。"

四点我也在上班,家里没有人。黄梅珠想到那个时候陈家和应该是在家的,只是她不想让对方知道,陈家和会生气,为了购物的事情,他已经发了几次火。

黄梅珠顶撞说:"我用的是自己的钱哦。"

陈家和说我差不多失业了,你还敢这样大手大脚。

黄梅珠说:"你不失业也没有给我买过什么,我们差不多都是AA,你很久没有交过家用,成天说没钱没钱的。"

陈家和说:"买个屁呀,你就是能装。"

快递小哥这时对黄梅珠说:"如果没有办法,你就上网取消吧,不要耽误我的时间。"黄梅珠说我取消了这个快递的话,可能我连同这件衣服的退款也拿不到了。

快递小哥说:"那我没办法。"

黄梅珠说:"我会投诉你的。"说话时,电话已经拨通。小哥看着她,慢慢摘下露出五指的线手套,点着了一支双喜牌香烟。

电话是个女机器人接的,很温柔的声音。对方说,请问您是否同意退掉订单。黄梅珠贴着话筒说,我不能退啊!退了单钱也没了,我试过的,真的真的。黄梅珠想稍微说得复杂一点儿,把之前的事情倒出来,可是她忘记了这已是一个新的时代,就连机器人也不愿意与她交流。黄梅珠说:"我如果退了这个订单的话,连两百块退款也拿不到了,之前就发生过。"对方把之前的话又重复了一遍。黄梅珠发现,无论说什么,对方的答案都是同样的。显然,那是被设置好的语音,永远这样循环着。这时快递员从口袋里摸出一支香烟,放在了自己的手心里转,见黄梅珠还在磨叽，对方冷着脸进了电梯，此刻，他有资格蔑视一个比自己还可怜的人。

黄梅珠的火是对着天空发的，对着自己发的，发完之后，她发现这团怒火裹挟着天上的脏水尘土变成大雨从空中落下，直接砸向她的身体。

黄梅珠本以为洗漱后便可以上班，可是她的情绪已经不对，心火旺盛，肉却是虚的，那些怨就这样浮在了身上。这时她听见了微信的滴声，是有人与她在搭话。语音里放出的声音特别有男人气，说："你怎么不收红包呢。"这个浮夸的男人是黄梅珠的发小。

"什么红包呀？"说话时，黄梅珠果然看见一小截红色映入眼帘。

原来今天是她的生日，她竟然忘记了。当然，每年都是后来才想到，想到的时候或是正在拖地或是晾晒衣服。她已经有太多年没有过生日，生日两个字如果提出来，陈家和会用鼻子哼出一声。于是她只好不提，尤其在陈家和生意不如意的当下。

眼下这个男人竟然还记得他的生日，真是令黄梅珠悲喜交加。除了银行，谁还记得她的生日，连阿妈都不再记得痛过的一天，竟然被这个男人记得。对方向她发了个一百五十二元的红包。黄梅珠犹豫了一下却没有接，她想了想之后认为连谢谢两个字都不必回。索性就放在那里，让对方的头像在那里闪着，仿佛一个孩子正焦虑地等着妈妈回家。被人期待也是一种很特别的感受，黄梅珠感到新鲜有趣。卡通头像后面是一个年过五十的男人，或者说是个落魄的生意人，那是黄梅珠的发小，当年她曾暗恋过对方。而此刻，他的辉煌不再，他的生意失败了。黄梅珠脑子里浮现出对方的样子，尽管失败而油腻嘴花的特点还保留着。他总是穿着一件棕色的中山装，梳着夸张的大油头，腕上紧紧地勒着一个焦糖色的红木珠子，露在外面的那一颗正好是个金的。黄梅珠知道如果她收了对方的钱，就等于与对方和好如初，对方欠的钱也可以随着黄色玩笑随风而逝。闭上眼睛，黄梅珠知道对方正在打她钱包的主意，而不是身体或其他。现在，已经没有人在乎她的身体了，除了绕道而行，有的还会发出感慨："你年轻的时候真的很靓，特别像江浙女生，完全看不出是本地人。"

黄梅珠不满地反击："本地女人怎么了。"对方发现说错了话，赶紧补救："当然也有好看的，比如说你。"这些话便是这位发小说的。实践证明，等待她的如果不是借钱，便是一个让她无法完成的事情。如果这一次完成不了，似乎欠了他的人情。显然对方在玩心理战术，而她过了许久才得以侦破。多年之后，黄梅珠终于明白，她真的没有多少魅力，而那些所谓的魅力源自她原住民这个身份的神话。可是谁骗她都可以，这个家伙是她的发小啊，只是当年随着父母一同去了新疆支边，回来时大好的机会已经错过，包括拆迁和分红，说什么话都带着醋酸。黄梅珠强压着心里的急火，在心里冷笑：少来这套吧，不要再编那些青梅竹马的故事，对于当年的深圳我真的没有印象，更不要说童年。在这个早晨，黄梅珠趁着心烦，单方把发小拉入讨厌的人里面，并给对方加上一个让自己感到解恨的标签。她收罗了一下，竟然在讨厌名下存有十几个名字，有的是同事，有的是同学，有的竟然是自己的兄弟。像是排掉了脏污的东西，黄梅珠一边从矿泉水瓶子里倒出水洗脸，一边在心里给对方的错误予以小结。

轻松后的黄梅珠莫名其妙有了些得意，她自言自语道：你为什么混成了这样？好吃懒做呗。你个好吃懒的人为什么要找我，我可不是你的同类，我早出晚归从十六岁就做事到现在，四十年啊！当年什么都是国营的，理发店、修车铺都是，这个端盘子的工作被人羡慕嫉妒死了，如果没有点姿色哪里会收。为了这份工差点搞得兄弟姐妹反目。现在的招待所什么都不是了，和我这个人一样。想到这里，黄梅珠开始警惕，她担心自己会在不理性的情况下，无私地帮助了这位无赖发小。有时她会考虑对方的不容易，有好几次，为了帮她完成任务，拉客人过来消费。她在安慰自己。他毕竟付出了暧昧呀，他在你最失意的时候也传递过温暖，要想想你都这么老了谁还想着撩拨你呢？

黄梅珠继续思考，发小也老了，什么都没剩，本以为深圳家乡在等着他，回来后，发现好处都与他无关。他只能用这个成本换取一点点好处，比如说给他发个红包，或是给他一些机会呀，让他做个中间商之类。老实人欺负老实人，可怜人欺负更可怜的人。你为什么要这样待我呢？她用自问自答的方式把对方数落了一番之后，让自己的脸对着光，黄梅珠觉得整个世界只有太阳是暖的。

不知何时，黄梅珠愿意用这种方式派遣自己的烦恼。面对陈家和那些恶言恶语，她没有办法消化的时候，便会找到发小不咸不淡聊上几句，她只把对方当成一个垃圾桶，剩下自己的那些没有理顺和分类的垃圾残余，连汤带水全部倒给对方。发小自然会把她当成空虚的女人，听着话，打着主意，他没有心情去心疼丢失的童年。清理过后的黄梅珠觉得舒服了一些，她在心里说："你的功能就是树洞，帮我装这些就好，不需要有什么反应。"当然了，过意不去的时候，黄梅珠也会考虑点回报。也不能总把对方当成出气筒，帮人家办点事情也是应该的，不要再总是抱怨啦，当然了，免费的住房肯定不可能了，又不是当年。

发小嬉皮笑脸："你不是有套农民房吗？我可以带人过去帮你暖暖房的，久不住人对房子不好哦。"

黄梅珠也不作答，她后悔当初虚荣，吹过这个牛。黄梅珠最多请对方吃一顿饭，反正自己手上可以打个八折。或者对方需要救急的时候，她也会帮个小忙。只是这个钱还是要还的，不还的话，黄梅珠会打电话教训对方半个小时，到了第二天，钱也就到账了。基于这样，对方通常希望黄梅珠请客。为了这顿饭，他会拉上自己的生意伙伴，欠下人情的朋友，同居过的前女友和未来女朋友。黄梅珠很快识破了发小的把戏，吃饭的时候，在介绍到黄梅珠时，发小已不再喊她小丫头大美女之类，而是说这是光明招待所的黄老板，家里有几处农民房，很快将会拆迁，引得有人拿了茶敬她。有时候，黄梅珠也是享受这种说法。只是人还没有走到家，发小便打来电话说："你可不可以先给我打两千元，救个急，一周后还你，耽误半个小时，老子不是人。"上次的钱他也是拖了几个月，所以他需要这样保证。

黄梅珠问："怎么又借钱？"

发小说："不是刚还你了？"随后又说："对对，你再帮我看看，你周围有没有个空房子，我需要过渡几天。"黄梅珠故意夸张地说："租房子，大把呀，中介机构三两步便有一个，需要我给推几个短信吗?"显然对方说的是黄梅珠的老房子,那是一个即将拆迁的老房子里的一间,一直是租着,这也是她不敢得罪老妈的原因。村里有的人家祖屋是不会分给女儿的,尤其是找了外地老公的女人。黄梅珠还算幸运分了一小间,虽然户名还写着老妈,可是她相信早晚有一天会写上她的名字。

"你没明白我意思,刚刚吃饭的那个女孩子你见到了吧,人不错的,我也是才认识,她身患重病,没有家人陪伴,需要临时住几天,刚做完手术什么也不能做的,身上又没有钱,很快还要复查,真是太可怜了,仅那几项检查便花光了家里所有的钱,这是什么世道啊!我,我想诅咒这个世界!"黄梅珠想起他在大街上仰天长叹、咆哮的样子时感到越发搞笑。

"哎呀,能不能不要再说什么归来还是个少年这句话啦,太搞笑啦,哪个归来不是渣男呢。"黄梅珠都想在"讨厌"两个字前面加上一个最了。电视上有了这一句之后,这个男人就经常拿过来用,滤镜般的美化自己。

这时,黄梅珠的阿妈突然打进来一个电话,平时她极少联系黄梅珠,来电话必然是有事情,而且总是非常要紧,当然百分之九十与钱有关。阿妈打电话的目的是什么呢?阿妈已在儿子或者媳妇或者侄女面前吹过牛,所以阿妈对黄梅珠说,哎呀,你要帮助侄女搵份工呀,黄梅珠说:"是她不想过来,还嫌我们这里脏,见的男人都是大叔大妈,哎呀,她这是找工作还是找老公呀。"

阿妈说:"工作要找老公也要找,你就不会重新再找一个给她吗。"

"我去哪里找啊!我这是招待所,不是人才市场,再说她又不是什么人才。"

阿妈不服说："当年你怎么又可以找到？"

"当年的光明招待所是镇政府的，国营单位，接触的人也有权，现在是什么，是个做生意的地方，人家老板要赚钱的。服务员的位子大把，不需要介绍啊！再说了这些工作我能做，她怎么不能做了。"

"她是你的侄女，如果他老豆当年不把这国营单位指标让给你，你会有今天吗。"阿妈说。

黄梅珠说："她上次骂我年轻时就是个三陪，一天到晚穿着高跟鞋拿着小本子，带着客人楼上楼下看海鲜，点菜，脸上赔着笑，看了就恶心。"当时阿妈和黄梅珠通完电话不懂关手机，被黄梅珠偷听到的。

黄梅珠总是搞不明白那些复杂的问题。现在她似乎捋清了一些头绪，她不理解阿妈为何总是盯着她。黄梅珠的阿妈说："因为你是阿姑呀。"

黄梅珠说："我是阿姑我就该死啊！"

"你怎么说死呢，你大佬细佬如果不是看在你会给我养老送终的份上，他们也不会把国营单位让给你的，还有那间屋。"

"什么？让我一个做女儿的要养老送终？好，那房产证上也要有我名吧，不然算什么。""早都办好了，是你大佬和细佬去办的。"

黄梅珠紧张起来："什么意思，有我的名字吗？"

"我都这么老了，不知能活到哪一天呢。我不想管你们年轻人的事情了。"阿妈开始敷衍，显然抛下了黄梅珠。

黄梅珠绝望了，她大叫："阿妈，我还年轻吗？各个人都以为我有钱，我是个拆迁户，可是这些年我赚了钱都拿给你们盖屋了，最后连一间都不给我留。"

黄梅珠的阿妈也不服气："那又怎样呢，如果当初不是你进了国营单位，你大佬会去香港吗，会这么惨吗？你细佬会去厂里打工吗？如果没有这种好单位，你那个老公会选你吗？"说完这些，阿妈似乎重新有了力量，她开始下达命令，以前的事不要再讲，记得揾工，你是阿姑，大人有大量，不要再阿吱阿咗说那么多废话。黄梅珠本来要回敬几句，想了下，上次与她吵过，阿妈便住进了医院，于是先等对方说完才挂断了电话。

黄梅珠站在原地还没有缓过神，招待所的电话便打了进来，是一位年轻的副总。对方说明天要安排人去拓客，你看看谁去合适。

"我不去了吧，这么老了，说话都没人听。"黄梅珠的手还在微微发抖，却故意装出平静，她懂对方的意思。

"哈，正好，你可以推销给那些阿伯呀。"九〇后的副总说。

黄梅珠说，那也不能安排我吧，光明招待所个个都是年轻妹，怎么非要我去呢。

"之前看您一天假都没有休过，想到你可能缺钱，刚好机会就来了。"对方还在试图说服她。

黄梅珠准备拒绝，说我不行，那些男人见了我站在身边都不好意思开黄色玩笑，茶也不好意思让我斟，唉，我都可以当他们的长辈了。说到这里，黄梅珠有些伤感，这个招待所差不多拖累了她一生。

想不到对方一下子笑了，说："这就对了啊！这次，我们需要你搞定的是那些退了休，有钱又寂寞的老年客人，你把他们拉过来吃饭啦，过年的时候家里人会丢下他们自己去外地潇洒的。"

见黄梅珠还是不答应，对方生气了，说："如果不行，你给我找个人替你去做，你总要为我们效点力吧。"

黄梅珠说："我让谁去呀，我都是招待所最老的了，我都效力四十年啦。"

副总冷冷地说："所以我们才没有炒掉你，本来公司是不想留个这么老的人，不仅用不了还要供着。"副总说完，不等黄梅珠说话便挂了电话。

你们是谁？黄梅珠拎着电话站在原地。除了她自己，怎么都成了你们。

夏天的中午是安静的，天上一丝云彩也没有。黄梅珠似乎回到了往日深圳，街上的行人不知道去了哪里，街的远处闪着亮光。这种反常让黄梅珠感到恍惚，像是配合她开始怀旧的心那样。

因为她在街上走了一大圈都不知道该去哪里，等从招待所回来时，人已经筋疲力尽。进到房里，看见陈家和正看着电视吃东西，锅里的荷包蛋已被他捞走，肉和青菜也没了，只剩下零零散散的几个榨菜和面条在锅里。黄梅珠想着要不要吃呢。如果不吃就得饿着，还会惹对方摔碗摔盆，如果吃了，便等于吃了一肚子闷气，还要洗碗洗锅。

电视开着，不知道是什么节目，男男女女尖叫着、笑着。

这个时候，黄梅珠想着要不要和那个发小聊几句。哪怕对方有多让人讨厌，她也想和对方说几句。刚写了几个字，又想到对方向她借房的事没有帮上，只好把写好的几个字删掉了。

这时进来一个陌生电话，黄梅珠犹豫着还是接了，竟然还是早晨那个小哥，黄梅珠想起淘宝上的衣服，于是冷冷地问："怎么不放进丰巢。"

快递说:"重要文件需要交到您的手上。"

"什么东西啊?搞得怎么神秘。"黄梅珠突然紧张了,她听见了自己的心跳。

对方说应该是录取通知书,属于特殊邮件,必须亲自签收。这时女儿的微信也到了,是一个大大的笑脸和拥抱,她心想事成。女儿有意选择了这种方式,就是要给黄梅珠一个大大的惊喜,考了几年,黄梅珠都想劝阻女儿,毕竟女孩子的青春短暂,况且还有一位富二代的追求,至少未来会衣食无忧。

黄梅珠全身的血向头上冲,陈家和没有出门应该也是这个原因吧,平时即使没有事情他都要出去逛的。黄梅珠怪自己,只顾着生各种闲气和抱怨,前天女儿还用微信提醒她记得收快递,而她竟然都忘了。出去打暑假工的女儿交代过她,可她被眼前的各种事情烦着而彻底忘了。黄梅珠的脑子里浮现出墙上的那幅向日葵。和黄梅珠一样,女儿也没有绘画天赋,不仅如此,当年的她,字写得也不好看。

"努力奔跑,才不会留在原地。"黄梅珠每天都在乱忙,从没想到上面还有一排用铅笔写的小字。

原来那蜘蛛是来报喜的。

(《上海文学》2022 年第 7 期)

吴　君　女,主要作品《我们不是一个人类》《亲爱的深圳》《皇后大道》《万福》等。出版专著12部,部分作品改编为影视作品,有作品译成英、俄、蒙等文字。曾获中国小说双年奖、百花文学奖、北京文学奖、广东省鲁迅文艺奖等。

单身母亲日记

阿依努尔·吐马尔别克

2021 年 7 月 18 日

今天我和女儿柯慕孜送母亲去北京西站。原本母亲说要将柯慕孜带回老家,八月底幼儿园开学前再送回北京。但对于我和柯慕孜组成的这个家庭,我有自己清晰的规划——今年七月就是我设想中柯慕孜回到北京的时间。为了这个计划,我已经筹备了长达两年。

如果生活有什么甜蜜和苦涩,那我们应该一起分担。

送母亲进站后,我决定带着柯慕孜坐地铁回家。从北京西站到我家要换乘两次,共一个半小时的车程。我决定把这次地铁之旅当成我和柯慕孜的相处试验,看看彼此的极限在哪里。对于已经三岁零两个月的柯慕孜,我还需要一段时间来熟悉,而柯慕孜也需要适应新的生活。

母亲说她将在八月底飞来北京居住一段时间,陪柯慕孜适应幼儿园的环境。这意味着我将要和柯慕孜度过一个多月只有彼此相伴的生活。

我和柯慕孜顺利完成了两次换乘,在家附近的地铁站出站。今天下了雨,蜗牛们集体出动,柯慕孜出站后马上发现了它们。她和每一只蜗牛谈心,用她所熟悉的家庭成员名称称呼它们。那段原本只需十分钟的路,我们走了快一个小时。一早起床送站的我筋疲力尽,强打精神陪着柯慕孜,她却精神抖擞,丝毫没有倦意。这是我照顾幼儿的初体验,那一刻,我完全被柯慕孜的童真可爱打动,也对未来的生活充满忐忑。

这已经期盼了近两年的团聚,总算真的实现了。

2021 年 7 月 25 日

柯慕孜的作息还停留在新疆时间。来到北京以后,这两个小时的时差让我们都有些苦恼。早上还好,不坐班的日子我会陪她睡到自然醒。比较艰难的是中午和晚上。她下午三点到五点午休,夜里一两点才入睡,战线拉得很长,我常常哈欠连天。她睡前总是不肯关掉电视。由于我们刚刚重逢,我不敢粗暴地关掉电视,害怕她会抗拒住在北京,只能柔声细语地商量。

做饭的时候,她会希望我放下手中的刀具,陪她在客厅玩。这导致我常常无法按时做饭。还好,她每天会喝三次三百毫升的牛奶,吃饭少一些我也不至于担心。等她入睡之后,我常常已经没有力气做饭了,只好吃一些简餐。但这种感觉更让我沮丧,我会觉得自己是一个无能的母亲。

一开始,我总是带着柯慕孜去超市买菜。她会希望买一些玩具或者零食,或者好奇地四处张望。这样一来,买菜的时间就变得很长,我也很疲倦。我开始在"美团买菜"上定菜,每天醒来第一件事就是在软件上选购蛋奶和蔬菜水果。二十分钟后菜就会送到。

我希望柯慕孜能感受到家庭氛围,无论她吃多少,我都要保证餐桌上有丰盛的食物。而接连几天无法按时做饭让我沮丧不已。这几天,我已经学会了在她起床之前把肉和菜洗净切好,并把电饭煲调好时间,等到快中午时用二十分钟时间炒菜。这样盛完米饭,就可以吃饭。

下午六点我会带着柯慕孜进行一些户外运动,有时骑单车,有时玩滑板。直到晚上八点左右回家,看电视和洗澡,再准备入睡。

这样的生活周而复始。

六月份柯慕孜还没来北京,我还是一个咖啡馆女孩,每个周末都和朋友混迹在三里屯、798艺术区、美术馆大街这样的地方,参加各种文艺活动,和朋友喝咖啡、抽水烟,过着标准的都市生活。

这个月,我已经变成了家庭妇女,每天蛰居简出。冰箱成了我最为关注的地方,我会根据冰箱里的存货进行统筹,并做出相应的规划。这两天我发现没有牛肉了,就带着柯慕孜去肉铺进行采购。

好友 Frida 最接受不了我的这种变化。在意识到我确确实实是一个三岁孩子的母亲前,她一直认为我和她一样是个单身女孩。等柯慕孜来了北京和我一起生活,她始终不肯来看我们。"你怎么会是一个妈妈?"——明明这两年来,在我担心无法准时将柯慕孜接回北京时，定期安慰我，给予我精神能量的也是她。

无论如何，柯慕孜的到来彻彻底底改变了我的生活，但我对现在的生活非常满意，因为从我生下柯慕孜到我结束七个月的产假独自回京，我最大的心愿就是和柯慕孜在北京团聚。

2021年8月10日

因为担心柯慕孜坠床，我们一直在客厅的地毯上打地铺睡觉。最近我意识到游乐区和休息区的混合让柯慕孜的作息无法规律。而且现在我已经有信心在夜里保持一定的警醒，保护好她。昨天我们搬回了卧室。这小小的变化让我欣喜非常，我觉得我正在逐渐学会怎样成为一位母亲。

然而又发生了一件让我非常懊恼的事情。今天我带柯慕孜去办公室工作。到了下午两点，柯慕孜想要回家。于是我背着包，拎着同事朋友送给柯慕孜的礼物，牵着柯慕孜的手去搭乘地铁。结果柯慕孜在地铁上睡着了，我只好抱起她，拎着所有物品下车。搭乘电梯来到了出站厅，我调整了一下手中的物品，把柯慕孜抱在怀里又走了大概二十米，准备出站。结果原本沉睡的柯慕孜突然说，妈妈，你的包！我回过头去看，原来我的手提袋真的忘在了地上。我只好抱着她回去拿。这一来一回让我非常狼狈，看着已经再次入睡的柯慕孜，我又觉得心疼不已。

回到家，我把熟睡的柯慕孜安置在床上，呆坐了很久。抱着柯慕孜使我的手臂酸痛，遗落手提袋更让我感到羞耻。如果我能够提前考虑好柯慕孜的睡眠习惯和我们的出行时间，或者归置好我们的个人物品，这样的情况就不会出现。柯慕孜下意识的反应让我很受震撼，小小的她竟然能注意到我们遗落的物品，这让我既欣慰又难过。

我非常不喜欢在生活选择中过分感性，那只会显得懦弱。我收起情绪，在淘宝上买了一个容量很大的妈妈包，把我的那些坤包都收在柜子里。

2021年8月12日

我意识到总是带着柯慕孜去办公室工作不是长久之计，必须想个办法。这段时间我们办公室来了很多实习生，我请其中一位女生为我介绍一位兼职照顾小朋友的大学生，结果当天就找到了。我答应为她支付一天一百五十元的薪资。她需要一周工作两天：提前一天来家里住，早上我会早起去上班，她要照顾柯慕孜到我下班回来。这个女生非常勤劳，又会陪柯慕孜玩游戏，柯慕孜也非常喜欢她。一个难题就这样解决了。

这段时间我喝咖啡喝得很多，夜里也喝。一整天都跟一个幼儿相处，对于一个成年人来说是极大的消耗。我不希望我和柯慕孜的生活变得杂乱无章，所以忙着打扫家里的卫生。常常我刚刚收拾好，柯慕孜就推着收纳箱哗啦啦地把玩具倒在地毯上。这样一来，我收拾得腰酸背痛，但几乎没有效果。有时她会希望我陪她玩游戏。她最近常玩一个消防员游戏——她驾驶汽车，我需要坐在副驾驶位陪她去救火。她已经形成了属于自己的空间概念，我总是无法准确找到她认为的副驾驶位置，这让她非常恼火。这个游戏每次我需要陪她玩一到两个小时，直到她决定休息一会儿，看看电视。

这段时间，厨房总是擦了又脏，洗衣机总是每天转，厕所也要时时擦洗。客厅的地毯上堆满了玩具，有时柯慕孜会随手把奶瓶放在地毯上，等我发现，奶渍已经弄脏了地毯，发出难闻的气味。我希望能保持干净整洁的生活环境，保持愉悦的精神状态，所以这些清洁工作又耗费了我的很多精力。

柯慕孜非常抗拒洗澡，为她洗澡是一件非常艰难的事情。但当她洗完澡，顶着湿漉漉的头发跑出浴室，躺在铺好的浴巾上，露出漂亮的笑脸时，我又会觉得一切都很值得。

我想起我小时候，妈妈总是在我们入睡后在厨房走来走去，弄弄这儿，弄弄那儿。现在我也成了这样的母亲，这让我疲累，也让我觉得踏实。家务劳作会给人带来实实在在的喜悦。

但到了晚上她睡着的时候，我会坐在餐桌前呆坐许久，用一两个小时的时间来平复自己。生活中多了柯慕孜，以及由此衍生的一系列家庭劳务，我也需要时间来适应。我不希望把自己负面的情绪展现在白天和孩子的相处中，因此会花时间调整身心。

这段时间，身边的朋友都给了我极大的精神能量，无论他们是否已经生育，总是对我照顾孩子的劳累表现出极大的共情。这让我十分感动。

2021年8月13日

今年十月我将要参加出版专业技术人员职业资格考试，领导说,如果不能通过就罚你去做校对。他虽然在开玩笑,但我还是很看重这次考试。如果顺利通过,不仅工作上会有诸多便利,而且明年开始我和柯慕孜就会拥有完整的国庆假期。考试的日子越来越近了,因为照料柯慕孜,我根本没有复习的时间,只能把希望寄托在她入园以后。

今天,北京市教委正式发了通知,中小学、高校会按时开学。我由此推断幼儿园也将按时开学,这也让我松了一口气。但与此同时,柯慕孜的幼儿园也发了通知,即使按时开学,第一周也将是半日学制,第二周才开始全天上课。这多出来的半周育儿时间,让我的复习时间又压缩了。

早在三月,我已经骑着单车去看了周围四五家幼儿园,有了初步的意向。今年六月,我通过朝阳区教委的网站给柯慕孜报了名。据我的同事说,早几年她们为女儿报名幼儿园时,还需要半夜在幼儿园门前排队,抢占名额。如果没能抢到公立幼儿园的名额,就要去价格高昂的私立幼儿园或者教学质量令人担忧的民办幼儿园。

我听了连连咋舌,还好现在情况有所好转,只需要在网站上进行筛选和报名,等待最终录取即可。7月12日,我登录网站,发现柯慕孜已经被我们心仪的那家幼儿园录取。那家幼儿园环境不错,实行小班教学,学校规模也较小,最重要的是离家近。

"等柯慕孜上了幼儿园……"这句话我已经说了近两年。在她念幼儿园时将她接到身边,是我最重要的计划。现在看着录取结果,我长长地舒了一口气。未来三年的生活因为柯慕孜的被录取有了基本的方向。

傍晚，我和柯慕孜在楼下骑单车，碰到一位邻居。邻居的儿子也即将入园，她很希望只上半天，这样孩子能有个适应期。她还担心儿子不能适应幼儿园的饮食。而我觉得柯慕孜直接上全天也没有问题，至于饮食我觉得完全可以克服。

夜里，我开始反思我的育儿理念。从童年时期，母亲就对我们极其严苛，我们也早已习惯了这样的严格要求。从小到大，我和妹妹没有昵称，母亲总是对我们像成年人一样直呼姓名。父亲则常常亲吻我们的额头和手背，这曾是我童年的重要记忆。和柯慕孜住在一起以后，我很希望她能比我们这一代家庭成员柔软，所以我总是随时随地对她说"我爱你"，而她也会甜蜜地回应我。这一声一声的"我爱你"给了我一种极大安慰，觉得我们已经改变了一些家庭习惯。然而我还是能够感觉到上一代的家庭教育在我身上打下的烙印，比如我也会认为没有做不到的事情，只有不去努力的人。哪怕对年仅三岁的柯慕孜，我也常常是这样要求。

看到那位对儿子入园真实地感到忧心的母亲，我更加反思自己，是不是应该更加柔软细腻一些呢？若干年以后，当柯慕孜长大成人时，她会怎样对待我以及身边的人，也许就取决于我现在怎样抚养她。而这个课题，我目前正在学习，并且需要多年以后才会知道答案。

2021年8月17日

这两天柯慕孜开始咳嗽，我的嗓子也开始疼。我十分担心她会发烧。如果她发烧，吃苦受罪不说，照料陪护也将是一个难题。我们现在的家庭情况，根本不允许我们生病。

我马上在网上买了头孢克肟颗粒和阿莫西林，把她常用的退烧药也找出来放在厨房的台面，并叮嘱她多喝水。每隔两个小时，就用额温枪测量她的体温。过了一会儿，我又担心额温枪测温不准，找出了传统体温计测量她的体温，整个人弄得十分紧张。

柯慕孜睡后，我一直睡不踏实，一直看护她到天亮。还好，她没有发烧，咳嗽也好转了。这时我才发现自己的嗓子也好转了，因为照顾柯慕孜，我总是无意识地一起喝水，反而缓解了我的症状。

2021年8月31日

今天我们领回了幼儿园的制服和被褥，我在家里为她穿上制服，背上书包，为她拍照，并发送给亲朋好友。

我少小离家，多年来在外求学，性格也颇为冷硬，很少和亲戚们有紧密的联系。柯慕孜住在新疆的三年，我的亲人都对她爱护有加。柯慕孜来到北京以后，他们常常联系我询问柯慕孜的近况，所以这次我也把她的照片发给大家。

从母亲回新疆到今天，整整过去了四十天。这独自育儿的四十天真不知道是怎么熬过来的。其中有几天，小阿姨帮助我照顾柯慕孜，但我毕竟还要做饭、打扫，并没有轻松多少。我只是深感责任在肩，咬牙坚持。

正在发呆，亲友们陆续回复祝福的信息。看着微信上的信息，我的内心盈满了感动。如果不是因为柯慕孜，我大概不会和大家有这样紧密的联系吧？几年前，我还常常感到我和世界的联系细若游丝，很多事情都无法与别人共情，总是游离在世界之外。现在，通过柯慕孜，我突然和世界产生了紧密的联系。通过每天洗厕所和倒垃圾这样琐碎的家务，我觉得自己成为更加成熟的人。

2021年9月8日

妹妹回到了北京，偶尔能来帮我照顾柯慕孜。我逐渐恢复了过去的状态，照顾柯慕孜也开始得心应手。

但随之而来的却是新的情绪问题。柯慕孜入园以后，我总是无故落泪。常常还在电脑前敲字，眼泪就无意识地流了下来。这让我很是惊讶，因为并没有什么值得悲伤的事情发生。

我明白是前段时间独自照顾幼儿的后遗症，当时我压力非常大，却只是一味地坚持。现在因为自己的时间充裕，当时淤积的情绪开始涌现。这突如其来的情绪问题让我措手不及，只能积极应对，期待尽快度过这个过渡期。那几天我常常会站在窗前静静发一会儿呆，窗外能看到一大片森林。看着颜色不一的树木在风中发出猎猎的响声，几乎把枝干伸向我的窗，我会觉得自己又恢复了平静。

我买了一辆自行车，每天接送柯慕孜。她7点40分入园，7点30分，我们会出家门，骑车约十分钟送她入园。然后我回到家里，打扫房间，收拾被褥，擦洗厨房和厕所。大约一个小时后,我会完成家务,坐在书桌前开始复习或者写作。写到约12点开始吃一些简餐和午休,接着工作。她下午4点15分放学,因此我常常在下午4点5分离开书桌,骑着自行车去幼儿园门口等待她。需要坐班时,我会去办公室工作,并在下午3点离开办公桌乘坐地铁回家接柯慕孜。她入学后,我的生活变得非常规律,也比八月轻松了很多。

今天,我读了一会儿《苏珊·桑塔格谈话录》。苏珊·桑塔格是我非常喜欢的公共知识分子,也是一位单身母亲。我知道她和儿子关系亲密,一直无意识地自我投射,与她对比。我希望柯慕孜长大后成为一个独立的人,但也希望自己成为她情感紧密的朋友,这是一个母亲的私心。

以往我只关注苏珊·桑塔格的学术理论,这次不免产生了惺惺相惜之感。以前只知道她喜欢搬家,我一直以为是知识分子的怪癖,这次细读才知道她是出于经济压力。

得益于我的工作,我和柯慕孜在北京的衣食住行和生活学习都有了基本的保障,我目前还没有感受到太大的经济压力。对未来,也有着较为乐观的估计。但今天我在想,如何成为一个经济和精神都有保障的母亲,也是我应该着手考虑的。随着柯慕孜日渐长大,我们会面对更大的经济压力,等她长大成人,我还要成为一个能够保障自己生活的母亲。这虽然是很久以后的事情,却是一位单身母亲应该早早着手考虑的。

2021年9月10日

今天是教师节，考虑到柯慕孜刚刚入园，对老师们的情况也不大了解，我就没有准备礼物。到了幼儿园门口，看到一位小朋友拿着几株塑料花，柯慕孜的脸立刻垮了下来。

我正打算安慰她，却见她喜上眉梢："妈妈，我们可以在路边的花坛采一些花，老师会高兴的。"我对她说，园丁在，恐怕不便，而且老师也不会希望你随意摘花。但我答应她晚上会拿着花来。

她虽然答应了，却一步三回头，对花坛里的花恋恋不舍。对我所说的那些规则她显然也不以为意。我能想到，她满脑子都是怎么样能够立刻拿到鲜花并让老师高兴。

我想起刚入学的那天，她在路上反复叮嘱我："妈妈，你能不能单独再跟老师通个电话，这样她会记住我。"我只是随口答应，但并没有跟老师通电话。结果回来的时候，她喜滋滋地说，她今天夸奖老师穿了漂亮的裙子，老师高兴地亲了她的脸颊。

前几天回家后，她说邀请了老师、园医、园长和保安大叔来家里吃饭，她告诉他们家里有很多食物。结果当然被婉拒了，但他们都非常高兴，在我第二天送柯慕孜时专程跟他们道谢，倒让我有些害羞。

生活中，我是非常讲究规则的那类人，也不太喜欢和萍水相逢的人有超越常规的来往。柯慕孜的父亲虽然是语言学的博士候选人，却极具街头智慧，总是能办成很多在我看来绝无可能的事情。当初吸引我的，也是他的这种不拘一格。这些天，我频频看到柯慕孜身上的另一半基因正在发挥作用。

这是极为有趣的发现，也让我对血缘有了更深的认识。

2021年10月6日

这几天我在阅读美国作家斯蒂芬妮·兰德写的《女佣的故事：我只想让我女儿有个家》。斯蒂芬妮是一位单身母亲，也是一位清洁女工。她在书中详细记录了她的生活，比如窘迫的时候身上只有十美元，只能带着女儿住在仅能居住九十天的收容所里，要通过做清洁女工才能保障生活……虽然她的记录里呈现了她生活困窘的那一面，我却看到她是一个人格健全的坚强女人。

我认为成为单身母亲只是一种选择，跟去超市选择哪一种清洁剂没什么差别，所以也几乎没想过把这段生活作为写作素材。但读了斯蒂芬妮的作品，我不禁在想，为什么我没有看到在中国有单身母亲写自己的生活并出版相关著作？也许是因为中国女性的思想观念更加保守，或者更多的单身母亲还处于比较艰难的生存环境难以顾及更多吧。

我仔细观察身边的人，其实单身母亲的比例不低，但甚少有人会主动承认，更多是处于一种讳莫如深之中，尽管周围的人早就敏感地察觉到，并窸窸窣窣地讨论了好几轮。我常常听到身边的同事、家人在讨论别的离异女性，想到我的私人生活也正在我听不见的地方被频繁讨论，总是忍俊不禁。

我偶尔会看到一些社交软件上的单身母亲，她们富裕多金，主动选择成为单身母亲，还有一些是从海外购买精子成为母亲。但这样的母亲毕竟还是少数，大部分单身母亲可能还正在贫困线上挣扎。

我不禁觉得自己非常幸运，能够选择自己喜欢的生活。除此之外，比较开明的家庭环境、居住在大型城市和多年来接受的教育也使得我有能力做出这样的选择。

我想起我刚成为单身母亲的那一年，还处在一种劫后余生的恐慌之中。在商场购物时，我看到了两个白人男性，其中一位高大英俊，另一位则身材矮胖，还有些秃顶。更让我惊讶的是，他们推着一辆婴儿车，车里是他们天使一样的婴儿。虽然已经住在北京长达十年，但本质上我还是那个出身于传统家庭，生活在宗教和家族隐秘地掌控人们生老病死和婚丧嫁娶的地方的姑娘。这样的家庭组成让我感动，也让我深感意外。我能想象更广义的人群会怎样看待我的选择。

我现在的生活似乎是一个漫长实验，验证一个女性能否同时扮演父亲和母亲的角色。或者说，一个个体能否承担一个幼儿长大成人所需要得到的全部抚养任务，最难兼顾的恐怕还是精神上的需要。当然，这是一个注定不那么成功的实验。因为即使是那些世俗意义上的完整家庭也没法保证孩子长大成人后会说自己出身于一个完美家庭。更何况，大部分人会认为"完整家庭"对于孩童至关重要。因此这个实验的前提条件就显得不那么充分。

但我认为在人这个维度，性别、年龄或者其他种种都只是其中一个变量，绝不可以一概论之。成为更加丰盈的人，献出足够的爱意，才是我最应该做的。我在微博记录我和柯慕孜的生活，希望不断提醒自己，要做一个完完全全爱她、让她永远够得着的人。而这需要我自己首先成为一个足够丰盈的人。

我想起很多年前，我刚刚十二岁，离开家去数百公里之外的陌生城市生活。夜里发烧，我用被子裹紧身体，让自己出汗。第一次离家远行的我用这样天真的方式疗愈身体，天亮的时候，我发现身下的被子完全湿透了。

那是我童年的终结，从那以后我开始独立生活，此后十八年几乎没有在家长待，而是独自踏上漫长艰辛的求学生涯，熬过常人难以想象的孤独，才从边陲之地来到北京读书、生活。

我曾和父亲母亲谈过漫长的求学经历给我带来的精神疼痛。我不断地转换城市，从新疆换到广东，又到北京。每一次都打破自己，又重新塑造。无数个日夜，我白天犯错，夜晚反刍。因为常年住校，我遇到的问题几乎无人解答，只能经过漫长的自我消化才变成一个个思维碎片，成为我的骨骼、肌肉和血液。那种不断打破和重塑确实让我蜕变，却是以一种极为残酷的方式。过早的独立让我成为一个非常警醒的人，即使夜里也会为明天担忧，我变得只相信自己，很少依赖别人。

父亲母亲却不以为然，他们认为我已经足够幸运，能够顺利考上大学，接受精英教育，留在北京工作。巨大的争执让我精神失控，痛哭出声。我意识到我终生无法得到一句道歉，就像父亲母亲也无法得到我的感谢。

知道自己将要成为母亲以后，我开始重新看待自己以往的人生，尽量成为一个已经解决自身精神疼痛的成熟母亲，希望我们的后代不至于像我们这样长大。但长期离家求学的经历无疑已经构成我精神的底色。我对柯慕孜的爱，是从对孩童的同情出发的。经历过残酷青春之后，我变成了一个珍视童心的人，呵护柯慕孜的童心，让她健康快乐成长，是我当时下定的决心。

抚养柯慕孜，也让我不断审视和回望自己的来路，不断矫正和疗愈自己。成为母亲，是我遇到的最棒的事情。

2021年10月8日

这段时间朋友们发信息问候我的近况，我都会戏谑回复："忙着做家庭妇女。"我常常这样说，并感到有趣。

这段时间我在频繁阅读，有时候也写作。高频度地阅读和写作让我恢复了对语言的敏感，我开始思考语言的本质。

我马上想到"家庭妇女"这个词。我不反感使用这个词大概是因为我还有一份全职工作，并不是真正的家庭妇女。如果是一个真正的家庭妇女，也许会觉得这个词带有某种倾向吧。如果从女性主义者的视角来看，也许还带有某种性别偏见，为什么不说"家庭主男"呢？如果重新定义承担家庭照料责任的人，应该怎样称呼？英文里会称承担经济责任的家庭成员为 provider，我一直觉得这个称呼非常中性和恰当。也许"家庭妇女"这个词也需要进行某种厘清和重新定义。

我习惯称呼自己这样的人为"单身母亲"。今天查了一下，"单身母亲"其实常用来称呼未婚生育的女性，而有过婚姻经历并婚内生子的女性应该称为"单亲妈妈"。

我们习焉不察的词汇背后其实有着深刻的潜意识。我发现自己潜意识里并不认可"单亲妈妈"这个词，因为无论是怎样来到这个世界，孩子总有自己的生物学父亲，"单亲"这个词本身并不成立。而"单身母亲"似乎更能准确表达"独自抚养孩子"这个生活状态。

2021年10月10日

因为办理离婚手续需要进行一段时间的交割，我与柯慕孜父亲的矛盾又到了不能调和的程度，我搬出原来的家，租住在六环外的一个小单间。那是2019年的夏天。

长达一个半小时的通勤时间让我第二天常常无法爬起来去上班，醒来时常常已经中午或者下午。仓促搬出家门，我只有一床单薄的棉被和两箱衣服，没有枕头和厨具。那是我人生的低谷阶段，我精神萎靡，根本无法起床，直到实在很饿了，我才会爬起来出门。因为地方偏远，我的住所附近没有什么像样的食物，所以我常常饥肠辘辘。

过了一段时间，我索性住在办公室，正好那段时间我在一间单人办公室办公，里面还有一张折叠床。下班后，我会去健身房做瑜伽，在那里洗澡和化妆，再去和朋友们吃饭，傍晚和朋友告别后回到办公室睡觉。

每隔两三天，我会回到那间临时住所，拿一些换洗衣服和生活用品。八平方米的斗室几乎什么都没有，我会在小区里一圈一圈地散步，听着飞机轰鸣飞过的声音。朋友们打来电话，我会用一种戏谑的语气提起自己的近况。比如秋天到了，薄棉被让我常常半夜冻醒，或者没有枕头让我难以入眠。因为不知道这样的生活状态会持续多久，我也没有心情去改善。

有一天，我收到了一个快递，里边是一个枕头。我想起前几天有一位只有一面之缘的朋友问我要过地址，说需要给我寄样刊，一问，果然是他寄来的。于是我有了枕头。

近八个月后，离婚财产分割完成，我搬回家独自居住。当时柯慕孜刚刚两岁，无法上幼儿园，而我又考上了研究生，需要脱产学习一年。我当时的工作状况和生活能力，无法把柯慕孜接到身边，更何况要从精神上完成一次重塑和跨越。当时我算得上一切从头开始，于是决定在柯慕孜三岁时把她接到身边，而在那之前完成工作、学习计划，最好再存一些钱。

这段生活确实完全重塑了我，我成为一个绝不抱怨而只是尽力解决问题的人。那段常常饥饿的日子完全改变了我的生活方式，以往我得过且过，也不太看重食物，此后非常注意照顾自己的生活，吃好每一顿饭。

经过这段艰难时光，我褪下了一些社会曾赋予我的女性性格，某种程度上成为一个无性别的人。我的一切选择并不以某一性别为出发点，而是理智思考的结果——为了更好地生活下去，更为周到地抚养我的孩子。

那段时间，我非常焦虑，因为不知道我的计划能否实现。我会掏出手机，对着日历计算我的学习计划进度和柯慕孜回北京的日子，不断地细化我的时间表。有时候我会在半夜醒来，继续核对我的时间表，生怕不能按时完成。我从未跟人提过自己的这种神经质行为，在别人看来，我可能过着无忧无虑的都市生活，但内心深处，我承担着巨大的压力。

我无意抱怨，只是客观回忆这段生活。

2021年10月14日

今天回家的时候，发现门上贴了自来水缴费通知。我正好把这几个月的票据都拿出来整理和分类。

我意识到我已经开始了一项长期工作，它是非常具体和琐碎的，需要落实到每一件小事，分解成每一个动作。

水费、燃气费、电费、网络费用都是需要定期缴纳或者查询余量的。衣服、窗帘和床上用品需要定期清洗、晾晒和熨烫，家具和地面需要定期擦洗。更多的则是看不见的家务，比如我发现厨房的垃圾桶常常粘上污渍，更换垃圾袋还需要及时擦洗垃圾桶，不然就会污迹斑斑。总而言之，要过上还算体面的生活，需要付出实实在在的劳动。而这些劳动不仅耗费体力，也意味着付出实实在在的时间。一个成年人，除去工作和睡眠时间，还需要接送和陪伴孩子，承担家务和顾及一些人情往来。可想而知，时间紧迫到什么样的程度。

我和柯慕孜因为生活简单，家务也比大家庭少一些，但我已经感受到忙碌和疲倦。

更重要的是，作为一个承担监护责任的人，我已经开始了一次人生长跑。我需要完成长达二十年的抚养工作，直到柯慕孜也拿起那把属于自己的生命之剑。这不仅需要体力，也需要好的心态。

2021年10月15日

我本科时就读于会计学院，经济学的知识对我的思维产生了深刻的影响。在我看来，情感的发生是非常简单的，而婚姻是极为复杂的经济学公式，感情、社会伦理、生活方式、经济能力、育儿观念，甚至宗教信仰都是其中的重要变量。如果经过推导发现结果为负，婚姻就没有了存续价值。

当我还更年轻的时候，只是懵懂地产生了这样的观念，却无法做出选择。在柯慕孜出生以后，我意识到生活是一场战役，除了打好自己的那一发子弹，挑选战友也极为重要。

我大学毕业那一年就结了婚，生下柯慕孜时刚过二十六岁。身边的朋友都还是单身，我已经成了单身母亲。我认为人生的苦难和考验无穷无尽，没有完整的家庭只是其中微不足道的一个。

坦率地讲，年少时我是那种崇尚精英主义的人，正是这份小小的雄心支撑我从几乎看不到未来的边陲之地一步步来到北京工作、生活。按照我的设想，我应该一步步获得世俗标准的成功和幸福。而成年以后发生的一切无疑离我的设想相去甚远，我几乎一直在花费时间和命运角力，而无法顾及其他。但我还能抖落身上的尘埃，让自己不至于脱离轨道，我要感谢自己。

2021年10月16日

我想起2018年5月20日，是我剖宫产生下柯慕孜的日子。

我清醒地经历了整个剖宫产手术的过程。医生剖开我的腹部和子宫之后，一阵扯拽，把柯慕孜拽出我的身体。确实是扯拽，因为巨大的力度使我的身体脱离产床，在和孩子分离之后，再落回产床。

医生的力度使我对生产的残酷有了最为直观的感受。想到我的腹部已经被剖开一个切口，从这个不大的切口缓缓掏出一个4.3千克、双顶径为9.9厘米的婴儿，然后等待着缝合，我感到自己被一种深邃的无力感包裹住了。

由于柯慕孜离开了我的身体，我感到体内骤然失重，脏器全部急速坠落，由此产生的压力差使我胸口剧痛，无法呼吸。麻醉师迅速伸手按住了我的胸口，缓解这突如其来的疼痛。我大口喘气，眼泪无意识地滚落。

孕育一个胚胎也许是两个人合力完成的，但生育并不是。它是只属于女人的战役。

生育之后，我很快就恢复了过去的体型，还穿着时髦的衣服。成为母亲也影响我对美的看法，我会花更多精力装扮自己，不想成为一个邋邋遢遢的母亲。从外貌来看，我可能比生育之前更美了一些。

但内心深处，我再也不是生育之前的我了。经历过一次生育的女人，就会像上过一次战场的士兵，我们更勇敢了，可是某些东西永远死去了。

按照哈萨克人的说法，生育神乌麦会庇护生产的女性。我常想，我所获得的巨大能量正是生育神带给我的。这巨大的能量，需要以生命为代价去博弈，才有可能获得。我认为生育对于一个女性产生的影响也许需要一生的时间去厘清，但我们可以记录片刻的感受，这会让我们更加接近这件事情的实质。

2022年3月6日

我想起当时我将要住进医院，等待预约好的剖宫产手术，母亲曾和我有过一次交谈。她说，我不希望你在生育之后衣衫不整、披头散发，或者哭哭啼啼、没有精神，你要保持良好的状态，成为一个结实的人，让那些关心、探望你和孩子的人都安心。我很吃惊，这和我此前的预期有很大不同——生育当然是一场战役，我以为她会充满柔情地鼓励我、安慰我。

剖宫产手术之后，妈妈把我的头发绾了一个高高的发髻，穿着几乎量体裁衣的合身衣着，我只需要在亲朋好友们看望我时露出得体的笑容。第二天，她就要求我下床行走，在楼道里缓慢地散步。"别那么软弱。"她经常这样说。我听说我的表姐生产后有一两天时间都痛得直哭，家人都很心疼，结果妈妈到医院非常恼火，要求她立刻起床活动。我的妈妈是个医务工作者，我可以理解她对疼痛的习以为常，但从她的这番话中，我无疑又感受到一种力量。

我想起我怀孕的时候，妈妈会把姥姥生前的头巾铺在我的枕巾上，整个孕期我都枕着姥姥生前留下的混合着香皂和爽身粉香味的头巾入睡。我感觉非常安心，仿佛她在给予我力量。整个生育过程，我是在一种极为别样的氛围中度过的，我觉得成为妈妈是一件非常高贵的事情。我要感谢我的妈妈，是她让我感受到女性之间的情谊。

我认可妈妈的看法。生活的战役无疑无穷无尽，生育只是其中一项，用尽全力完成这一战，虽然艰难，但并非不可能。我想起我小时候，母亲那一辈的女性普遍生育两到三胎，但她们依然爱美，穿着丝绒连衣裙和白色高跟鞋，用卷发棒烫出美丽的卷发，在家庭聚会上翩翩起舞，用有限的金钱营造出尽可能的美丽。其实新疆女人喜吃甜食，容易发胖，但因为对美的笃信，胖乎乎的妈妈们都有一种夺目的性感。

我是在成年以后回首自己的出生地的。也许大部分的妈妈都度过了艰难又破碎的人生，但她们都会把散落一地的骨骼捡拾起来，重新搭建起一个自我。

尽管早就离开了家乡，但我无疑受着这样的教育长大，我认可她们的人生观念，认为人的衣着或者活法关乎人的尊严。这并不分男女，任何时刻都应该保持高贵的自尊。

2022 年 3 月 10 日

我发现成为母亲以后，疲累总是很容易就被忘记，而愧疚则会常常吞噬我。柯慕孜回新疆度假以后，我常常想起那些因为忙碌没能照顾好她的瞬间——比如她在我身上蹦蹦跳跳而我因为无法忍耐而大吼大叫的时候；比如因为太累没有帮她洗澡她只能顶着一头乱发去上课的时候；比如我因为太累而比她先睡着的时刻；还有那些因为缺乏经验而照顾不周的时刻。

我总是想起吃饭的时候，餐桌上只有我们两个，而我当时还不太会做符合柯慕孜口味的美食，总是炒土豆牛肉，或者做面条。我们面对面吃饭的时候，我会想，如果我们的家庭成员能再多一两位就好了，这样吃饭的时候就会热闹一些；如果我会做的饭菜的样式能多一些就好了，这样丰盛的饭菜就会弥补家里安安静静的那份缺失。我会希望自己的身体更加强壮，意志更加坚强，笑容更加灿烂，会希望我们的家里总是欢声笑语。我多么希望我早早成熟起来，担负好自己的责任，做一个合格的妈妈。我不希望等到柯慕孜长大成人，她想起的都是妈妈照顾得不够好的那些事件。

还好柯慕孜是一个身体强壮、性格剽悍的女孩儿，常常带给我很多惊喜。我想她能够明白，尽管有很多不足，但妈妈非常爱她，也在竭尽所能。我下定决心，下学期要用更多的精力来照顾她、陪伴她。在这个夏天，我要教会她骑自行车和滑滑板，还要陪她去游泳和逛博物馆。

2022年3月15日

其实我并不认为做一个单身母亲有什么特别，但时间久了，也察觉到一些不同。

我想起去年我在北京师范大学听课，在"原典阅读"的课堂上，张莉老师讲到鲁迅笔下的经典形象——祥林嫂。祥林嫂在几次不幸之后，遇到了那位将她推向死亡的善女人柳妈。祥林嫂认为柳妈是新来的，又和她有着同等地位，就向她诉说。而柳妈是这样说的："你想，将来你到阴司去，那两个死鬼的男人还要争，你给了谁好呢？"祥林嫂因为害怕，选择了用一年的工钱捐门槛，最后还绝望而死。当老师讲到柳妈的这句话时，坐在我身边的女同学立刻转向我，指着我说："将来到了地下，你也会。"

那一刻，我被一种震惊和荒诞包围了，不由发出一声冷笑。我无法不对她这种没有教养的发言感到惊讶。这是一位常常分不清直率和无礼的女同学，我当时已经听许多同学抱怨过她的言谈，但此刻我也懒得校正她的家庭教养。我只是感到惊讶：说出这句话的并不是善女人柳妈这样的乡野村妇，而是一位受过高等教育的现代女性。这让我陷入另一种沉思。我在想，身为女性的我们，是不是也有柳妈那样极为冷酷的一面呢？我是在那一天意识到鲁迅是一位跨越了时代的作家。

我自认是那种天生强大、有目标导向的人，多年来所受的教育也让我不会在意任何闲言碎语，不会花费任何时间在没有意义的事情上。我很难想象，如果是一位祥林嫂一样的农村女性听到这样的话，她会面对怎样的痛苦。我想到我曾看到的那些报道，在农村，离婚的女性甚至不被允许在家度过除夕夜，而必须带着孩子住在酒店；我回到家乡，也确实看到农村离婚的女性一般不会回到娘家，而是苦苦打工独自支撑。如果是一位在这样的家庭成长起来的女性听到了这句话，不知道会作何感想。

那段时间，我常常阅读鲁迅，并非寻找一种安慰，而是提醒自己要成为自省的人。

2022 年 4 月 15 日

我想起去年妈妈离开北京后,我和柯慕孜一起度过的那个夏天。当时我刚刚完成研究生学业,朋友们四散天涯,我感觉非常失落。过去我的目标非常清晰:完成学业、接柯慕孜回到北京。而当柯慕孜真的来到了北京,我却觉得有点不真实。过去我对生活都只是想象,现在却要真刀真枪地实践了。我们要怎样度过往后的人生,我对此还很迷茫。当然要肆意生活,但生活的具体准则我好像还没习得。

大约是在柯慕孜回到北京的第二周,我决定带她出门走走。那是一个闷热的夏日,我们搭车去离我们最近的艺术展馆——罗红摄影艺术馆。

我和刚刚三岁的柯慕孜在展馆里四处观看,我帮她拍照,和她交谈,还把照片发给爸爸妈妈。我们在罗红拍摄的那些狮子、企鹅、天鹅、长颈鹿的照片前久久徘徊,那些肯尼亚、纳米比亚、南极的辽阔风景让我十分触动。罗红是 1967 年生人,在纳米比亚的原始部落肆意跳舞的他却似乎有着无穷的精力,我在他的作品里感受到巨大的生命能量。

然而那天,我却感觉到极度的孤独和无助。我意识到在北京这样的大都市,我和柯慕孜除了彼此,可以称得上举目无亲。实际上,又何止是北京,整个世界上,除了我们彼此,还有什么人是与我们紧密相连的呢?过去,我在北京的生活算得上肆意洒脱,但那一天,我却陷入一种无法自拔的自哀自怜里。

这种感觉，当时我根本不知道该跟谁分享。我不希望我的父母和妹妹为我们担心，而身边的朋友几乎都在外出度假，我的这种心情他们可能无法共情。我只能收拾情绪，不让柯慕孜察觉。

在那天之后，我和柯慕孜又度过了很多时光，朋友们相继回到北京，常常约我们出行，或者来家里看望我们。没过多久，妹妹也回到了北京，常常来陪伴我们。我们结识了几个不错的邻居，还有幼儿园的小朋友。有时我会把柯慕孜带到办公室工作，同事们都非常喜欢和欢迎我们。

我已经度过了那个艰难的时刻，成为更加强大的人，也习得了一些现实生活的经验和准则。我可以更加敞开心扉，成为一个开放的人，欢迎朋友们进入我和柯慕孜的世界，也常常走出去，加入他们。这样的事在过去很少发生。我成为一个愿意活在当下的人，这让我欣喜，也让我骄傲。想到这里，我突然不再苛责自己是不够好的母亲，反而想为自己鼓掌。

真希望明年的夏天，我们已经是更好的母亲和更好的孩子。

（《天涯》2022 年第 6 期）

阿依努尔·吐马尔别克　1992 年生于新疆精河，哈萨克族，毕业于中央财经大学会计学院，现居北京，供职某国家级出版社。就读于北京师范大学与鲁迅文学院联办研究生班。作品散见于《天涯》《大家》《散文·海外版》《青年文学》《散文选刊》等，有翻译作品刊登于《世界文学》《延河》等。

起舞吧

杨知寒

1

迟迟想让我给她盘个头，上午她有舞蹈课，舞蹈课上的女孩都盘头，要用到几个黑夹子一个黑网子，最后在头上箍出一个颜色绚烂的花儿，远看像后脑勺上种着向日葵。我问，马尾不行啊。她嘟嘴在镜子前干坐，嘴边一圈牛奶的白沫还没擦干净，不置一词。早餐我给她准备的是牛奶和面包果酱，她不满意，已经有点和我闹脾气，衣服也穿得磨磨唧唧。迫于无奈，我给郑道打电话，他没接着，俄罗斯比这边晚五个还是六个小时来着，没记清楚。迟迟的橙色舞蹈服昨天洗了，搭暖气上一晚没干，我正忙着用吹风机吹干，想着还要再带瓶水，带点小零食，一个半点儿，她可能会饿。连裤袜给迟迟穿上了，再套条外裤，到地方一脱就行，郑道还嘱咐我啥来着？吹风机呼呼地响，看时间，也看迟迟的表情，她还披散着头发，嘴角下耷，眼珠里不知道转什么念头。想和她说点话，话题始终酝酿，干酝酿不出来。一来时间快不赶趟，二来这么早起床我不习惯，脑子不是太清楚，今天早上闹钟响起,就跟外星人用的通讯设备一样,向我传递的尽是新奇的内容。迟迟过来了,迟迟要和我一起生活了,我要做个妈妈了。我做妈妈已经七年了,其间因为各种缘由,我们见面很少。像这样她在我身边醒来的早上,感受陌生又奇异。练功服终于全干,叠好,把它收进迟迟的小书包里,她还是坐着,一动不动。到她背后,我再次试图用夹子和网子收拢那些头发,可越是针对,越是流失,迟迟柔软的头发就像流沙,不断从我手指间逃逸。女儿在镜子里的眼神更让我心慌,我真不希望她这么小年纪就掌握了蔑视的情绪,但也许这是成长的本能,总有人会把所有的负面情绪一一教给她,来日,再让她一一教还别人。我撒开手,任由她确认我做不好这件事。征询道,姑娘,今天扎马尾行吗?妈白天练练这个盘头,明天指定给你扎上。她干脆说不行。我也干脆,你弄死我得了。

送她去教室,都是我和她这样的一大一小,手牵着手,默默往楼上爬旋转的台阶。迟迟一路不和我说话,到门口,我寻思抱她一下,嘴凑她脸上,被小手扒拉开。我知道自己身上气味不好,昨晚和前晚的酒精,去年和前年的酒精都在身体深处留下了味道,不是洗澡和香水能消除的。她讨厌我的地方当然不止这一点,我身上方方面面都不合她心意,虽然她嘴上从没说什么。站在玻璃窗外,目睹迟迟离开我,像个小鸭子划去深海,很快和其他孩子们汇聚到一起,将细瘦的小腿搭在杠子上,我简直不能再清楚,发现她每一个肢体动作,都暴露针对我的隐忍的愤怒。我一样能感到格格不入,毕竟其他的妈妈都三五扎堆,和我隔着距离。往常不会觉得有什么,此刻却害怕,我给别人造成的印象会继而延续到女儿的身上。她们看待她，大约会觉得可怜，越觉可怜，越认定我身上挑染成蓝紫色的短发和紧身T恤，是一种罪恶。我托着自己一只耳朵上的金属环，心情与上学时被老师叫上讲台，当众劈头盖脸一顿时的感受如出一辙。当时的办法沿用至今，即用眼神过滤掉周围所有，宁可让别人觉得我不在乎。我不在乎，便不会受到伤害。而我的迟迟，正将足尖一点点伸到她不可能一下扳到的位置，五官坚毅，不容妥协，没人过去要求她，她也在用自我要求的方式自我保护。我一时酸楚，支撑是种酷刑，转脸走了。下楼梯时，不免暗中希望等再到达地面，就可以掌握一个人作为母亲，要学会的所有课程。可直到最后一级走完，我还是班里考最后一名的学生。我空无一物，我没有见识。

我争取过女儿，相比郑逍拥有的一切，我的一切经由被审判，都打上了可耻的低分。直到离婚判决下来的一刻，我才第一次清楚意识到，在别人眼里，这些年嫁给郑逍，享受宠爱，当真和中彩票的几率相差无几。现在我们离婚，所有人为他庆贺，劝我则是，咋说你也过过好日子了。离婚是我提的，听来匪夷所思，也更活该。郑逍让我欣赏的地方始终没变，在我所有的信息接收渠道里，他从未对人说过我一句不好。对这样的人，你也很难去向别人吐苦水了。其实有没有苦水，自己也闹不清楚，像我们的开始一样，结束也糊里糊涂，如果非要找个解释，大概只能说，他太好，我太自私，我又不介意贯彻这种自私。郑逍人在国企，做中层领导，不同于其他同事，他总是朝九晚五，保持日常的规律，每天按时回家，甚至有时面对酩酊大醉的我，能默默无声去厨房熬顿粥饭。到我醒来，通常已是深夜，睁眼就能看到他，正埋首阅读手机上的财经新闻。这时餐桌上还飘着米粥未凉时，微弱的香味儿。好些时候我睁眼也不告诉他，我总想故意设一些埋伏给这个人，给他完全的空间和信任，作为试验一个好人的诱饵，看他会不会也有一点出格的行为。他全没有，渐渐让我怀疑他泯灭人性，更怀疑自己运气来临的不公道。我配不上他。无论从各个方面讲，作为爱人，他满分，作为父亲，则拥有更能让他脱颖而出的高分。所有的附加题，他都完善体面地答完了，而我甚至只能在卷面上，力求工整写出一个"解"。

四整年的婚姻里，我问过郑道无数次，为什么选我。开始他回答不出，后来归于沉默，到离婚前一晚，我们均痛哭流涕，他终于说，因为我的出现，补全了他人生想去实现，而未实现的部分。那一刻我将他的平头揽进怀中，一下下捋着。当时迟迟才三岁，每天九点之前，我们会轮流哄她入睡，但她更期待的陪伴对象始终是郑道。那一刻我同样决定接受命运的安排，把迟迟全交给她的父亲，作为我的一种补偿，一种愚蠢的还报。我们都喝了一点酒，于我已是常态，郑道始终不喜欢酒，为适应离别，也干了和我差不多的量。最后他和我肩膀勾肩膀，在午夜的阒静中，以只有双方能听清的音量，互唱给彼此听《爱的代价》。我仍追问，你没能实现的又是啥。郑道当时睁着他少有的，会脱离清醒的瞳仁，牢牢与我僵持着。他的每一寸皮肤都红了。他说，你补全了我的童年。谁会不想永远当个孩子？如果你把迟迟给我，我们就真互不相欠了。再往后的事，和收拾所有破碎关系一样，无非一步步走流程。收拾东西，找房子，搬家。我没资格索要东西，除了迟迟。毕竟其他，都是靠郑道个人奋斗得来的。

离婚后我没去别的城市,这儿挺好,环境熟悉,有几个朋友,本来我也不是那种有勇气折磨自己的人,从来相信世上无难事,只要肯放弃。我放弃了婚姻和迟迟,为收获一种更自我的生活,决心深陷泥潭,重新组织时间,且给它定下温柔的纪律。所以自然地,张辽能进入我后来的人生,成为我的爱人、知己和战友。和我一样,他也没固定工作,自诩艺术家,其实做的仍是经商的内容,有活儿的时候给广告商做几首歌,没活儿了自弹自唱,去酒吧里串场。朋友遍地,张口便三哥二妹,喝酒好喝湿衣服。张辽人如其名,自带历史渊源,高大魁梧,一身腱子肉,但我知道三国里曹操更多是叫张辽的字,文远。这点他就和古人不一样了,现实中张辽不文,也很少想得长远。有时我甚至怀疑,他的心理年龄在哪个区间,小学毕业能确定,到没到中考的岁数,始终是个疑团。

送完迟迟学舞蹈,给他去了个电话,问起床没有。张辽说,我的晚安,你的早安。早安啊,奥菲利亚公主。我说,昨儿不是说好了,十二点前咱俩各自休息。今天我早起,你也早起。咋还通上宵了。他说,不怪我,灵感昨天敲我一晚上门,真整出个好歌来。我说,闭嘴吧。抓紧补会觉,下午我过你那儿去。他打着哈欠,声音像个软绵绵的小狗,问,姑娘上课去了?我说,送完了。跟我闹一早上别扭。他说,下午你带她一起来。我喜欢姑娘,帮你俩调解调解。我说,反正你记着这事,到时候再说。他说,李芜,你再等会儿,等会儿我该睡了,该谁都叫不起来了。耐心听我跟你哼两句,行不?灵感还热乎呢,刚下沸点。我停住,站在街边,看一个个准备撤走的早餐摊,收棚子,拉店门,阳光普照，景象基本和非洲大草原差不多，是早已出离我的生活，无不带来新鲜的刺激。一会儿我计划去跑步，掐好时间，然后回去接迟迟，我还预备像别的妈妈那样，问她今天学会了什么，又克服了什么。饱满吸好一口气后，听张辽在电话那头以沙哑的音色，念诗一般唱："我弥补，我倾诉，我将心剖一半给你长居住。孩子请你观支舞，让不懂成为不束缚；孩子再来跳支舞，让缺憾暂且不作数。"我回他，完了？他说，完了。多少有点振聋发聩吧？我原地乐了，真好，张辽真好，他又一次成功把我从必须战斗的生死前线，拉回午睡过后，排排坐吃果果的幼儿园。跑步，跑个爹。我一时无限温柔，叮嘱他别再熬夜。亲爱的，体恤点儿身子，我不想来日在水滴筹里见到你。

我独自在城市的陌生上午里漫步，围绕女儿上课的地方，转去附近几条街。思维也许是因为酒精的不占据，反正是这几年少有的清醒。勾起往事，那些平日我唯恐去想起，现在却亟须它们的回忆，都能让我更好去适应此刻的身份，去相信，眼下可能当真是上天的恩赐。让我和迟迟，有一段相依为命的时间。这是老天爷在给我架下的天平上，另一端放设的筹码。即在获得自由自在人生的同时，失去情感的牵绊和被需要。如果母女情分，只此一段，我必须去做得好些。人行道上，绿柳如茵，南方的冬天一切绿色都未褪去，清早空气爽辣又陌生。躲在一块宣传板后，久久徘徊在它上面印出的民生新闻和国际要情前，鸵鸟一样转去后面，借其避风。这些年头一遭生出悔恨。恨我没能将这份牵绊持续，眼下即便得到，往后也没有延续它的本事。如果是这样，为什么我还要把迟迟带到这个世界上？让她注定，在得到生命的同时伴随一份重要的残缺。我边走边滴答眼泪。不自觉回到迟迟的舞蹈教室,大部分家长还留在那,一个半小时,压根没走,基本都坐在教室外的长凳上,手里捧着个卡通图案的水壶。另有些家长,是一直翘脚往窗户里瞧,因孩子一个动作,做出骄傲或皱眉的表情。快下课了。屋里是最后一曲排练的音乐,《爱我中华》。孩子们个个腰上别了红绸,迟迟站在头排,挥绸子姿势像个侠女,舒展干脆,没一个动作拖泥带水,转刻就能一字马劈在地上,腰杆溜直,横眉冷对。擦好眼睛,我默默站在外头,瞧女儿始终未见轻松的模样,严肃告诫给自己,要像女儿训练自己的动作那样,训练自己的精神。不止冷静,还要有充分的理解和包容。这么告诉自己,要给迟迟十二分的爱,哪怕没有,你去借一借。

毕竟往后,不会再有这样的时刻了。迟迟会长成少女,嫁做人妇。往后可能,母女缘分只这一程。

2

迟迟拖延着自己的动作,收拾每一样东西。她不知道我会等在外面。我迫切地给郑道又去了遍电话,希望他指教指教我,每回接迟迟下课,该说些什么,用怎样的语气。迟迟跟在一个胖姑娘后头走出,见我拿着手机,偏头没理会。郑道电话一直没通,这么长时间,也许在补觉。我伸手去够迟迟肩上的书包,叮嘱她,别急着下楼,外面凉,套上外裤再走。迟迟穿着一身练功服,匆匆往楼下跑,要是见不着我,兴许她也不这么跑。身后是家长们的声声殷切和小孩儿们懒散的撒娇,渴了,累了,烦透了。也有积极的,拍胸脯说,妈妈我今天一个动作都没忘。迟迟不是第一个到教室的,却是第一个跑出教室的,我紧追着,也只追到她练功服上那些鱼尾一般波浪的裙摆。它们一闪即过,漂亮得让人眼晕。

把迟迟领到张辽那儿,是下午两点多。他醒了,还提前收拾了下他的狗窝,屋里不能说多干净,算有能坐的地方。张辽把电脑拿给迟迟看,里面有他下好的一部动画片。随后他叫我去另一个房间,把烟递上。我抱怨说,她拒绝跟我沟通。看着眼前张辽剃过胡子,干净清爽的长条脸,他今天甚至给自己的长头发编了个纹丝不乱的粗辫子。既想像平时那样去笑话他,又觉得做不到。抽口烟,我说,孩子太小,我们这些年联系又太少,她对我可以说全不了解。中午带她去吃肯德基,小时候咱们吃次肯德基,不就是节了?对人家没用。也不知道郑道这些年给她喂的什么贵族饲料,无论你把什么鸡翅可乐土豆泥,堆到这小人儿跟前,都给你一种在她眼里是垃圾的感觉。她就是不痛快地小口张嘴,小口吃。一切相处,相处一切,都让我觉得受挫。我继续看着他,知道那种感觉吗,张辽?她不是不讲礼貌。跟服务员她都能轻声缓语说谢谢。说谢谢的时候,和郑道简直一个模子刻出来的,礼貌、优雅,自然和他人分出一条高低有别的界限。和她相比,我就是个白活的大人。你觉得她什么都不懂?她刚才也和你说叔叔好来着,还问你喝完的果汁杯子,应该放在哪儿。不管是不是生分,起码你们之间有交流,对我,她总沉默是金。我别扭的是这个事儿。张辽到我身边坐下,扶住我一侧肩膀说,挺替你难过的。我试着推他走,没推动,他用下巴一直顶我的嘴唇,上面有我熟悉的,属于醉生梦死国的味道。往日多少回,我都能被他身上的气味儿带领去山峰,带领入云雾。此刻,他让我认真体会到,鲁迅先生怎么说的,人与人的悲欢不相通。

给他一拳,有多远滚多远,说要调解,你调解啥呢。张辽给迟迟找的动画片,可谓苦心孤诣,正是母爱宣传片《宝莲灯》。小时候学校组织看过,当时印象最深的还不是母爱,是那个走江湖的骗子,挥舞葫芦瓶念,走走走,游游游。张辽一下下摩挲我的手背说,这就是你的病根。孩子看这个多少都会被打动,我当年还哭得稀里哗啦呢。扪心问问你自己,和我阿姨到底是处成啥样,才让你对母女关系这么不敏锐。我把头彻底转过去,不接这个话。也是我太了解张辽,和一个所谓搞艺术的人相处,就得时刻告诫自己,有点提防心。毕竟总要在他是想认真听你说,还是想认真找个素材间左右怀疑,最终得出的结果往往是,即便他当时理解了你,也不妨碍他把你的痛苦榨取干净,去应用变形,同时获利。我放心不下,想去看眼迟迟。客厅电脑里放曲儿熟悉的音乐,《想你的365天》。没经住情感的趋使,我还是想尽可能离她近一些,起码说,让迟迟在为那个遥远且不一定存在的三圣母和沉香,感到一丝共鸣时,转头就能看到我。妈妈在呢。妈妈没被囚禁于华山。我捋着她毛衣边缘一圈绒线,始终小心翼翼。迟迟眼里果然有泪水,我则在心里,小声默念,忍住,你永远也分不清,她到底是因为啥泛出的泪水,你已经怕了她了。电脑前闪过三圣母流泪呼唤儿子的画面,同一时刻,迟迟回身投我怀抱。

抚摸她头发松散的后脑勺，我说，好姑娘。我闭会儿眼睛又张开，迟迟小手伸着，给自己乱擦眼泪，想帮她擦，能感觉她躲。迟迟，我问她，你到底喜不喜欢妈妈。女儿点点头。我很满足，不管真话假话，不管是一时感动还是长期真心，起码这一刻，我给自己争取到一个进门的机会。喊张辽过来，他站在我们母女之间，臊眉耷眼。让他转过身去，抬手摆弄他半长不长的头发，我问迟迟，咱俩拿张叔叔做模特，练盘头怎么样？你和妈妈一起学，这样以后爸爸再出差的时候，迟迟也会给自己盘头发了。后一句，非我的初衷，我只是想不出能通过什么，和迟迟重新培养出感情。我想先变成她的朋友，和她共同参与一些事，如果有往后，再循序渐进。迟迟干坐不动，只是看我。我抓起张辽的秀发，拽下上面的皮筋，戴到自己手腕上。他如今头发四散，好比落败前的东方不败，满脸哀怨。让他拿几个卡子过来，别说没有啊，你一定有。还有网子。不让你找头花不错了，我姑娘眼里可不揉沙子。张辽去了。迟迟还是看着我，我们四目相对，感觉一个孩子的眼里并无多少对此刻的记取，只是很茫然。

我边给张辽绑头发边说，迟迟，看清妈妈手上的动作。迟迟说，看着了。将张辽头发拢住后，我又说，要分出条清晰的线。张辽不住喊疼，因我只顾向迟迟示范，将他当成了没感受的人偶。迟迟问，绑不拢怎么办？手里张辽的头发的确让人难驯服，像它们根根都有自己的意识，根根都各为其主。我咬牙说，越是针对，越是流失。只要不针对就行。张辽龇牙咧嘴转头说，这话，跟孩子说早点吧？绑了几次，失败很多次，上手后，我将步骤一一教给迟迟，张辽的脑袋瓜一个下午变化出许多种风格，虽然都是为完成同一个发型。迟迟学东西非常专注,我认真观察,她脸上既有属于我眉眼的相似,更有郑道的精气神在。看着那张和我相像,又不属于我的脸,我深觉人生奇妙,让我不禁揣测,母女缘分的落点究竟会在哪儿。

晚上我洗过澡,给迟迟放好水,她轻轻在里面关上门,然后脱衣服。我想帮她洗,被拒绝了。和郑道在一起时,即便他是爸爸,她是否也这样避讳着?独自到阳台上抽烟,我脑子里的怪念头越来越多,而过去几年中,它们以极低的频率出现。我很困惑,是女儿的到来,让那些人生迟到的几门课都同时想起我这个差生,索命似的向我要一个补考成绩吗?郑道终于打来电话,信号不稳定,他换了好几个地方,才终于和我顺畅交流。我苦笑,又叹气,听见我笑,郑道问,你们相处挺好的?我摇头,他看不见。迟迟在旁边?他问,我说在洗澡。他说迟迟不太会调热水,有时水温不稳定,她会一直站在水流里等,不知道调节。我问,你会中途进去帮她调吗。我的设想是对的,比起害羞,女儿对我抗拒,更多是将我界定为外人。我说,迟迟和我,好像很难亲近了。他说,不能怪孩子。我说,这些年我不在的时候,你很少和她提我吧。郑道犹豫着说是。我又说,提到我了,会说什么?他说我们真的很少提到你,她也很少问。阳台上蛾子们聚集在吊灯的四周,不停往上撞,我坐在藤椅上,露出一只白腿,花裙睡衣的带子也快开了,在松脱的边缘。头顶还有刚洗过的衣服,滴答滴答落在瓷砖上的圆水圈。我吞云吐雾,抹了一下脸。郑道说,她快洗完了吧,或者你去看看。我等,我们十二小时没说过话了。我扯嗓子喊,迟迟!水流声在微弱延续,他又催我去看。我突然感到非常疲惫，走到浴室门口时，人几乎是裸的。

迟迟也赤裸着，头发黏在脸上，她在持续的水流里站着，打哆嗦。我扔掉手机和烟，将睡衣快速脱下，罩在她湿漉漉的小身体上，质问她，为什么听到了，不回答？为什么水不热不叫人？迟迟茫然盯回我，眉头和郑道以一致的弧度拱起来。她又一次以起初闹别扭，而后疯狂的力气向外推我，我两手按紧她肩头，令她一次次身体转正，面对我站。我又问了一遍，白天问过的问题，你到底喜不喜欢我？迟迟不再回答，小手费力地推开我靠近她的脸，我的光身子。我完全泄气了，没这种经验，没人教过我怎么做母亲，电话再拿起时，郑道正愤怒地朝我嚷，他听到了我对女儿的态度。迟迟捧着我的手机，蹲上浴室马桶，我那件鲜红色的睡裙，被她大半拖到地上，边缘浸满洗澡水。我替她和她爸把门关好，回床沿上坐下，起开一瓶酒，汩汩灌给自己。迟迟近乎号啕。我不想听清楚，那些她和郑道交流里的温情的语气、无奈的求助，他们的相依为命，所有一早将我排除在外了的种种内容。酒精还没那么快回到我的世界里，它们试图麻醉我的每一个细胞时，我的每一个细胞，都已被更狠烈的手段动过刀子。

披了件男士大衬衫，我喝得红头涨脸。迟迟出来时，穿我的衣服，神色有如战士。我内心清楚，如果说，白天时，我已经跨进了一条腿，到和迟迟修复关系的门槛里，此刻，我们再度泾渭分明。门槛很远，门也不会再打开。我没叫她过来，没命令的口气，我简直像一个女儿，面对的是早已和我多年不往来的母亲的脸。迟迟甚至没见过她的外婆。我说了，对不起啊。迟迟把脸转开，居然回答我，没关系。语气轻飘飘的，郑道真是个合格的好爸爸。他没教会迟迟如何调洗澡水，但教会她如何调节情绪。我说，我知道你不会再过来了，我伤害了你。可妈妈真的很想抱抱你。是，责任全不在你，不在你爸爸，我是个非常自私又没数的母亲。如果一辈子都不和你这样朝夕相处，也许一辈子我都会忘记自己是个母亲。我自私在，以为个人的退出只是个人的退出，你我的缘分，是我主动放弃的。我没数在，居然以为我放弃了的，仍然属于我。

迟迟说她困了。我说好，睡衣在床上。洗漱好，你先睡。妈妈还要喝一会儿，一小会儿。

3

将迟迟送去舞蹈教室后，我去张辽家，他在打包东西。地上堆满垃圾，连他准备带走放在纸箱里的，一眼扫过去，也都像垃圾。张辽穿件破烂背心，绑冲天辫，手里边夹烟，边给我递来个苹果。我问，洗没洗。他诚实地说，没洗，但我擦过了。端详他两只爪子，灰突突的，我把苹果搁在桌上，问他是不是真想好了。张辽紧张起来，你又要反悔？房可已经到期，退了。我说，非赶这个节骨眼。迟迟还得住上几天呢，郑道后天回国，路上也得一天。张辽搂着我，说，咱仨在一起，让姑娘感受感受不同的生活状态呗。让她也知道知道，啥是爱情。我啐他一口，说人话。他说，也想让她知道，你有人爱。你活得一点儿也不糟，他调整下说，起码没那么糟。我们一起坐在堆满杂物的沙发上，身边是一把扫帚，一个空掉的吉他包，都竖立着放，像支持我们的拥护者。我感谢张辽，但他想得过于简单了，又或者，他把迟迟想得过于成熟。

关于张辽搬来，我们同居的事，之前已计划一两年。那时我们刚在一起，激情十足，因为激情，总互相较劲，伤害彼此同样狠绝。一两年过去，算是度过了情侣们都要经历的磨合期，开始有对未来的筹算。筹算第一步，是真正生活在一起。张辽从未和我提过结婚的事，我想，换任何男人此生大概都无法和我这样的女人，试图规划未来。毕竟过去那么美满的日子，我都能亲手把它毁了，难说我究竟能为得到自我满足，牺牲他人到何种程度。这是动念就能后怕的事儿。但在内心深处，念头日益坚定，我想和张辽在一起。只因他让我感到快乐。在经历过婚姻，做过母亲，最后又回到女人本身这程路上，我早已知晓自己要的是什么。不过是快乐。至于生计，至于人生的光灿或屈辱，也许四十岁后我会在意得要命。眼下，它们不必是主宰。

张辽要搬来的那个黄昏，我叼着烟头在厨房里洗菜、切菜。案板上不时响起笃笃的动静，同一时刻，迟迟在卧室看一本童话书。岁月一时缓慢，且带有他人生活里的色彩，陌生，让人心潮澎湃。我不禁有种幻想，如果迟迟愿意的话，能否，和我自此生活在一起。也许我和张辽会把她培养成另一种性格，走向另一种人生。自我反驳的意识很快到来，切好几段芹菜，将它们装进刚洗出来的白盘子后，盯着上面的水珠，我手中的烟灰悬悬欲坠。思索那会是一种世俗意义上的，好人生吗？如果迟迟变成了第二个我，等待她的，能否又是真的快乐。我不能抱这样的期望，正如我不能斩钉截铁对峙郑逍说，你很成功，但一点不令我羡慕。

我当然羡慕，一切无非是我做不到。那么对于迟迟，也许同样无法从中享乐。楼道里响起张辽的声音，他在弹琴，弹他自己写的歌，用琴声给往上搬行李的工人师傅加油鼓劲儿。不敢喊迟迟去开门，既然她沉浸在童话里，就多沉浸一会儿吧。我扎着围裙，手拿铲子，去给我抱着吉他穷困潦倒的爱人开门，四五点钟温柔的烟火与光线，照耀我俩，眼神一经相对，泪水都欲夺眶而出。

做了盘西红柿炒鸡蛋，一个青椒炒肉，一个鲫鱼汤，特意给迟迟做了水果沙拉。我不会做菜，很少下厨房，炒蛋里甚至有蛋壳，肉没提前腌过，鲫鱼也不知道事先放在油锅里煎一下，再去煮。这些都是张辽在尝菜时告诉我的，我用筷子打他的筷子，他不再说话。迟迟埋着头，用蘸了沙拉酱的水果就米饭吃，难想象她吃出了什么味道。我安慰女儿说，妈妈以后会把饭越做越好吃，凡事都要经过学习，才能掌握，是不是？好比说，我现在会给你盘头了。今天早上，给迟迟盘头时，她还在边上提点我该怎么做，自从上次拿张辽做了发型模特，我们已一起学会了这件事。迟迟仍吃得少，饭后张辽陪我一起洗碗。水流冲在手上，我看着几乎没被怎么动过的几道菜，不可能不沮丧。张辽从后抱着我说，何必挑战你不擅长的事。我说，逃避简直没法子。他说，晚上我们带迟迟去酒吧？我推他，你再不说人话。张辽细长的眼睛十分认真盯着我看，同时捧起我一双手，放到嘴边，水流关小了一点，但还继续流淌。他说，要么就把孩子留家里，让她看动画片。你好久没去听我唱歌，你自己也好久没去跳舞了。他诉说的是另一世界，在迟迟突然到来前，那个世界充斥我的日与夜，酒吧昏暗且变幻的光线里，张辽唱完一首歌，我继而上台，奉献一支舞。我围绕一根钢管,将身体时而抽离,时而纠缠在上头,耳畔尽是宇宙爆炸的声音,不断爆炸,不断被一瞬的光线刺晕。汗水顺动作洒出时,有如脱轨的星体,我能眼睁睁看见它们晶莹的折射。

拿上包,让张辽在楼下等我。走之前,看着迟迟在落地镜前练她民族舞的几个动作。她已经不需要人去扶着下腰,手臂和腿一起后仰扎在地上时,就像座小小平稳的拱桥。我打给郑遒,问,平时你不在家的时候,迟迟怎么度过?他问我要出去多久。我说一小时,至多一个半。他叹气说,知道,这么多天让你在家看孩子,委屈你性格了。迟迟爱看电视,她会很安静的,但你还是要记得锁门,关好水电气以及安慰她。我说,我记着。她都看什么动画片?郑遒说她不看动画片。爱看法制节目。我不信,他也在电话里笑起来,说,正是因为你。她总担心你会走上犯罪的道路。

怪不得迟迟看我的眼神总像我上学时的老师,她更像警察。我已经发现好几次,她会在我谈话时偷瞄张辽的全身上下,似乎他身上该有哪儿私藏了毒品。走到迟迟身边,说我很快就回来。她问我去哪。我说,妈妈去上班。迟迟别扭地沉默了,不知道她又会想到什么,但迟迟的早熟一样是我带给她的,我还得去解释。我说,等回来了,妈妈给你带一个礼物。本来想过带你一起去看妈妈的工作,思前想后,还是不合适。我抚摸她额头,缓缓说话,迟迟,我想送你一个礼物,很久很久了。但这个礼物,我会先交给你爸爸,让他替你保管。到你十八岁时,它会让你看到妈妈的人生。你很讲礼貌,知道礼尚往来的道理。如果到时候,至少，你不仇恨这个礼物，我希望能得来一个回礼。可以现在就告诉我你想要什么。自从你来，还没叫过我一声妈，等到十八岁了，由你去决定，要不要在自己心里，默默喊上一声。

老朋友都在，我和张辽刚一进门，舞池里便传来 DJ 的介绍声，他们来了！让我们欢迎，奥菲利亚公主，尼古拉斯殿下。张辽蹿上舞台，我跟老板互相递烟，解释长时间不来的原因，几个小姐妹从后台钻出，不是拍我屁股就是拧我耳朵，千种万类香水味齐齐涌来，张辽正在台上呼唤我。他将长辫子一甩，穿白衫的瘦长身体半弯在台上，去够麦克风。声音有些哑，连咳嗽几声。我换好了舞服，跷二郎腿坐在我们的固定位置上，听他再给我唱那天灵感敲他一晚上门，敲出的肺腑之言：

  我弥补，我倾诉

  我将心剖一半给你长居住

  孩子请你观支舞

  让不懂成为不束缚

  孩子再来跳个舞

  让缺憾暂且不作数

到我登台。将外套从台上甩给张辽，我盘踞钢管上，化成一尾蛇。张辽听我嘱咐，在台下一直录像，那晚我跳了两次，每次二十分钟。他全程录下来，包括期间我和客人热烈的互动，背景逐渐嘈杂，间杂有成人世界的咒骂声。我们提早离去，夜还没深，这是我俩头回从酒吧出来，不去酒店，也向着同一方向走。

偎着张辽的宽肩膀，我说，谢谢你。他问谢什么。我说，谢你歌里的东西。将我嘴边的烟头取下，张辽拿来给自己叼好了，又问，我这回怎么不怪他了，毕竟他又一次地从我身上得来灵感，也得来了那些与痛苦相伴随的养分，它们纠缠，一如我纠缠钢管，简直让人分不清孰重孰轻。我没回答，一并漫步到楼下，看见窗里还亮着灯，迟迟在等她妈妈。这是迟迟等我的最后一夜。明天中午，我咬紧牙关想定一个念头，郑道就会来接她。

还是八点半的闹钟，迟迟睡到八点半，我在六点半醒来，轻手轻脚到厕所里化妆，穿戴好。张辽还在大床上睡着，等我收拾齐备，在厨房里热好三人份的牛奶，煎好三人份有完整有残缺的鸡蛋后，先去叫醒张辽。他换衣服的空当里，我轻叩响迟迟的门。练功服昨晚洗过了，温度逐日升高，今早它全干透了。迟迟捂着打哈欠的嘴巴走向厕所，同时，我叠好练功服，带上小零食，把它们都锁进她的小背包。张辽神采奕奕，在饭桌上和迟迟竞赛脑筋急转弯，谁输了，谁先干掉眼前的牛奶。听着他们的每一句对话，我早早候在梳妆镜前，想象迟迟头发等会儿落在手上的感触。它们还极有营养，随我；发质偏硬，又随郑道，异常茂密。镜子里看得到，往我这儿走的路上，穿着蓝格睡衣的张辽将迟迟半道叫住，拽纸巾擦净她嘴唇上方的牛奶沫。我们在镜中相视一笑。迟迟坐到我前方的凳子上，由我给她盘头。已越来越驾轻就熟，马尾利落地扎好后，头发分成两股，先交叉，再缠绕，汇聚成团，用卡子固定四个角。黑网套在上头，簪子从中穿过，迟迟的眉头在镜里微皱了一下，我也知道她忍着疼。我无时无刻不端详着镜子里的她，觉得稍纵即逝，觉得前尘往事滚滚而来。

她也压抑着心事，小心问我，今天是爸爸接吧？我说，爸爸中午回来。他答应我，到了机场先不回家，到教室接你。迟迟喊出声耶。我跟她比了一个耶，张辽站过来，远远地，也朝我比了一个耶。他站在镜子里，看清我脸上没有笑容，毫无一丝一毫过去那种无论在欢场，还是在情场上的，流萤一般挑衅的风尘气。仅这个早上，我是最贤良淑德的女人，最二十四孝的母亲，我是，最循规蹈矩的舞蹈家。

张辽陪着我们，一同送迟迟上那节舞蹈课。迟迟再度像小鸭子划进了深海，身后又是此起彼伏的议论声。张辽和我，两个无论如何不是家长的大人，手扒在玻璃墙后，四腿均微微颤抖。张辽因为短觉，我因为短情。他低声问我，等郑逍来接姑娘了，他要不要躲出去？我说不用。郑逍明事理，他和迟迟生死一脉，在意的只有女儿。张辽还担心我脸色不好，我甚至没力气佯装打他一把。他又问，视频你发给老郑了吗。我说，发了。说完我笑，郑逍也许自己都没勇气看完那四十分钟，我的钢管舞表演，更遑论保存十来年，到迟迟成人，再转交给她看了。我只是抱一种期望，像我二十出头时嫁给郑逍，像我结婚第二年生下迟迟，像我结婚第四年决定放弃所有——种种，人生所有选择，都受了期望的蛊惑。此刻，我奢望一个七岁的女孩能够理解她母亲，哪怕等到她七十，都不用十八岁，仍不理解，我也无非是做了我自己的补救。虽然，它笨拙。挽着张辽粗壮的手臂，走向那段旋转楼梯，我们脚步一同落稳在最后一级台阶上，正遇到匆匆赶来提着行李箱的郑逍。几年未见，原想和他打个招呼，张辽也已后退步子，准备收容给我俩寒暄一面的空间。可郑逍看不到我们，如看不到一段空气。我张开的手掌,只能转接给身边的张辽,这个傻大儿,居然也举起自己的爪子,和我在半空中,轻巧一碰。我说,看着没,一道无声接力棒。我和郑道,联结正长期失效。张辽扣上衣服后的帽子,以儿童般不问因果地冲动带我跑上大马路。他声音洪亮,他步履还矫健呢。

他说,我的奥菲利亚公主,咱们终于自由啦。今晚我们,好好起舞吧——

(《西湖》2022 年第 2 期)

杨知寒　　生于1994,作品见《人民文学》《当代》《花城》等,曾获萧红青年文学奖,人民文学新人奖,钟山之星佳作奖。出版小说集《一团坚冰》。